Der Tag,
an dem
Marilyn
starb

© Tom Hawkins Photography

Donna Milner lebt mit ihrem Mann im kanadischen Bundesstaat British Columbia. Nachdem ihr erster Roman »River« 2008 in zahlreiche Sprachen übersetzt wurde und ein überwältigendes internationales Echo fand, widmet sie sich nun ausschließlich dem Schreiben. »Der Tag, an dem Marilyn starb« ist ihr zweiter Roman.

Donna Milner

Der Tag, an dem Marilyn starb

Roman

Aus dem kanadischen
Englisch von Sylvia Höfer

Weltbild

Als ich in der Dunkelheit eine Bewegung wahrnahm, fuhr ich herum. Aber ich sah nur die zerzausten roten Locken und das erschrockene Gesicht eines elfjährigen Mädchens, das mir aus dem Spiegel entgegenstarrte.

Das Blut pochte mir in den Ohren und ich schlich auf Zehenspitzen aus dem Zimmer. Am anderen Ende des Flurs sah ich ins Wohnzimmer und ins Bad. Beide Räume waren leer. Dann ging ich in Richtung Küche und sah ihn – meinen Vater, der allein im Dunkeln saß und aus dem Fenster starrte.

Irgendwie ahnte ich, dass es nicht die Zeit war, meinen kleinen Ablenkungstanz aufzuführen, mit dem ich so oft versuchte, ihn zurückzuholen, wenn er in seine Trancezustände versank.

Plötzlich zuckte das Licht von Scheinwerfern über das Fenster. Ohne seinen Blick von der Straße zu wenden, nahm Dad die Zigarette aus dem Mund und drückte sie in der Untertasse aus. Ich schlich zurück in den Gang und ins Wohnzimmer hinein, wo ich mich bei den Frontfenstern an die Wand lehnte und eine Ecke der dünnen Vorhänge beiseite zog.

Am Randstein draußen stand ein schwarz-weißes Auto. Lichtgefüllte Tröpfchen bedeckten die Windschutzscheibe und machten die Insassen unkenntlich. In dem Augenblick, als die Autotüren aufgingen, teilten sich die Schlafzimmergardinen auf der anderen Straßenseite. Mit einem Ruck wurden sie wieder zugezogen, aber so, dass ein kleiner Spalt offen blieb.

Mrs Manson. Die Nachbarin, der nichts entgeht, so nannte Mom sie – oder auch eine Wichtigtuerin. Und genau wie ich war sie gerade dabei, durch ihr Guckloch zu beobachten, wie vor unserem Haus zwei Polizisten aus dem Auto stiegen.

Ich rannte aus dem Wohnzimmer und flüchtete die Treppe hinauf. Atemlos setzte ich mich auf die Stufe über der Kehre und beugte mich vor, um besser lauschen zu können.

Das Klopfen an der Tür, das unser Leben für immer verändern sollte, war leise. Schon beim ersten zögernden Pochen öffnete sich quietschend die Eingangstür.

»Howard Coulter?« Die Stimme, die den Namen meines Vaters nannte, klang sehr jung. Noch jünger als die meines ältesten Bruders Frankie, der zwanzig war. Wie das Klopfen, so klang auch diese Stimme in meinen Ohren zu sanft und zu freundlich für einen Polizisten.

Mein Vater gab keine Antwort. Nach einem Moment des Schweigens fragte eine ältere, tiefere Stimme: »Dürfen wir hereinkommen, Mr Coulter?«

Plötzlich packte mich eine Hand an der Schulter. Ich fuhr herum und sah Kipper über mir mit seinem schlaffen Mund, der versuchte, ein Wort zu bilden. Ich hob einen Finger an die Lippen. Er lächelte und ahmte meine Pssst-Geste nach. Ich deutete auf die Stufe neben mir, und er ließ sich mit seinem großen Hintern darauf plumpsen. Obwohl drei Jahre älter, war mein Bruder mit seiner schweren Stehaufmännchenfigur kleiner als ich. Er legte seinen kurzen Arm um meine Schulter: Auch wenn er nicht begriff, was vor sich ging, freute er sich doch, Teil einer Verschwörung zu sein. Wir müssen ein merkwürdiges Paar abgegeben haben, wie wir so in der frühmorgendlichen Dunkelheit dasaßen: ich in meiner Unterwäsche, eine Haarlocke zwischen den Fingern drehend, und mein grinsender vierzehnjähriger Bruder in seinem blauen Teddybären-Pyjama und dem braunen Filzhut auf dem Kopf.

Dieser Hut mit der hochstehenden Krempe war fast mit Kipper verwachsen. Er nahm ihn nur zum Schlafen ab. Der Hut hing dann auf seinem Bettpfosten, bereit, in dem Augenblick, in dem Kipper aufwachte, auf seinem Kopf zu landen. Er hatte Dads Hut – ein Geburtstagsgeschenk von Mom – schon vor Jahren geerbt. Dad hatte ihn nie getragen.

Unten im Eingang wiederholte die allzu junge Stimme den Namen meines Vaters, und ich spürte, wie mich bei dem mitfühlenden Ton die Angst packte. Ich beugte mich vor und bemühte mich, um die Ecke zu schielen. Da fühlte ich eine andere Hand auf meiner Schulter, und schon zwängte sich mein Bruder Frankie, ohne Hemd und mit bloßen Füßen, zwischen Kipper und mir hindurch. Seine honigblonden Haare, die normalerweise zu einem perfekten Entenschwanz gekämmt waren, standen ihm wie Flügel vom Kopf ab. Ich konnte noch die Brylcreem riechen, ein Überbleibsel seines Rendezvous am Abend zuvor. Ohne stehen zu bleiben, sagte er: »Geht wieder ins Bett!«, und zog, während er die Treppen hinuntersprang, den Reißverschluss seiner Jeans hoch.

Kipper stand auf, wie stets bereit, Frankie widerspruchslos zu gehorchen. Gewöhnlich tat ich das auch. Aber dieses Mal nicht. Ich ging Frankie hinterher. Unten stand mein Vater regungslos da. Er wirkte klein und zusammengefallen in dem unbeleuchteten Eingang. Seine Hand lag wie angefroren auf dem Knauf der offenen Tür zur Eingangsveranda. Draußen prasselte im schwachen Morgenlicht der Regen auf die beiden Polizisten nieder.

2

Ich wusste, dass er anders war.
Schon mit sechs Jahren war mir bewusst, dass mein Vater nicht so war wie andere Väter. Andere Väter saßen nicht herum und starrten auf die Wand, auf einen Punkt ein paar Zentimeter über dem Fernsehgerät. Sie tauchten nicht regelmäßig in eine Welt des Schweigens ab und irrten auch nicht auf langen Wanderungen durch den Regen von Vancouver. Mein Vater verschwand manchmal für Stunden, ja sogar für ganze Tage, und kehrte von diesen Reisen mit müden Augen und bis auf die Knochen durchnässt zurück, aber immer irgendwie besserer Laune, so als hätte der Regen seine Stimmung ebenso aufgehellt, wie er die Luft der Stadt klärte.

Ich wusste, dass andere Väter mit ihren Söhnen Fangen spielten. Neidisch beobachtete ich, wenn sie ihre Töchter auf die Schultern hoben und Huckepack in ihren Gärten spazieren trugen. Und ich wusste, dass sie ihre Kinder wirklich wahrnahmen. Bei meinem Vater war ich mir da nicht immer sicher.

In meinem ersten Schuljahr erlaubte mir Mom, bis zum Ende der Barclay Street zu laufen und dort auf ihn zu warten, wenn er von der Arbeit im Sägewerk heimkam. Jeden Abend stand ich ungeduldig da, bis mein gut aussehender Vater, in dessen schütteren braunen Haaren noch Sägemehl hing, aus dem Bus stieg. Und jeden Abend bemerkte ich für einen Sekundenbruchteil Verwirrtheit in seinen Augen, wenn er mich dort stehen sah. Dann sagte er rasch: »Ach hallo, Ethie.« Er setzte mir seinen Schutzhelm auf und reichte mir seinen Henkelmann, der nach Metall und Sardinensandwich roch. Auf dem Nachhauseweg schlenkerte ich das Gefäß in der einen Hand, während ich mich mit der anderen an seine klammerte. Er tat so, als freute er sich, mich wiederzusehen.

Ich begriff früh, warum mein Vater so von der Welt entrückt war. Oder zumindest glaubte ich es zu wissen.

Es war »der Krieg«. Er hing bei uns zu Hause in der Luft wie ein Phantom. Er lauerte hinter dem leeren Blick meines Vaters und in den Whiskeyflaschen oben auf dem Kühlschrank. Manchmal schrie Dad mitten in der Nacht in seinen Albträumen und weckte mit seiner Raserei das ganze Haus. Für diese Fälle hielt Mom einen Besen neben ihrem Bett bereit. Einmal, nicht lange nach seiner Heimkehr aus dem Krieg, hatte sie den Fehler gemacht, ihn zu berühren, während er gegen die Schreckgespenster ankämpfte, die ihn im Schlaf quälten. Ein heftig um sich schlagender Arm traf sie direkt zwischen die Augen, brach ihr das Nasenbein und meinem Vater das Herz, erzählte sie. Also sprang sie in den folgenden siebzehn Jahren, wenn er neben ihr gegen seine Schreckensvisionen kämpfte, aus dem Bett und versetzte ihm einen Stoß mit dem Besenstiel. Sie legte sich erst wieder hin, wenn sie sicher war, dass er richtig wach war.

Dann lag ich oben in meinem Zimmer und lauschte, wie sie ihm in ihrer piepsigen Singstimme zusummte. Am nächsten Tag sahen die Augen meines Vaters leer und trocken aus, als warteten sie auf den nächsten Regen, der sie wieder beleben würde.

»Es ist der Krieg«, vertraute Mom Besuchern mit gedämpfter Stimme an, wenn sie versuchte, ihnen seine plötzlichen Rückzüge zu erklären. Als ich noch sehr klein war, hörte ich Mom und Frankie diese Worte im Zusammenhang mit den Absencen meines Vaters so oft sagen, dass ich »den Krieg« für eine Person hielt. Aber bald lernte ich, dass es nur Erinnerungen waren. Erinnerungen, die mein Vater mit niemandem teilte.

Auch wenn unser Haus in Fraserview, wie all die gleich aussehenden Häuser für Veteranen in diesem Viertel von South Vancouver, gemeinhin als »Kriegshaus« bezeichnet wurde, redeten wir selten vom Krieg. Und nie, wenn mein Vater da war. Der Krieg lauerte als düsteres Gespenst in den Winkeln unseres Lebens, bereit, jederzeit ohne Vorwarnung aufzutauchen und meinen Vater so lange in seinem stummen Griff zu halten, bis er nach seinen endlosen Spaziergängen durch die Stadt zurückkehren konnte. Als ich in die Grundschule kam, gewöhnte ich mir an, immer dann, wenn das Licht in den blauen Augen meines Vaters zu erlöschen begann, um Regen zu beten.

Es dauerte nie lange, bis meine Gebete erhört wurden.

»Niemand würde über das Wetter in Vancouver klagen, wenn er jemals in Tahsis gewohnt hätte«, sagte meine Mutter oft. »Dort war es wie in einer Autowaschanlage.«

Vor meiner Geburt hatte unsere Familie an der Nordwestküste von Vancouver Island gelebt. Mom sagte, sie habe immer vermutet, dass Dad nach seiner Rückkehr aus dem Krieg einen Job in einer besonders regenreichen Gegend gesucht habe. Als ein solcher Ort bot sich Tahsis an. Ich hatte Bilder gesehen und Moms Geschichten über die entlegene Stadt mit ihrer Holz verarbeitenden Industrie gehört, konnte mir aber kaum vorstellen, in einer Stadt zu leben, die nur per Schiff oder Wasserflugzeug zu erreichen war.

Einmal hörte ich Tante Mildred, Moms Schwester, sagen, die traumatische Flucht meiner Mutter von Tahsis nach Victoria an dem Tag, an dem mein Bruder geboren wurde, sei der Grund dafür gewesen, dass Kipper so auf die Welt kam, »wie er war«.

Ich erinnere mich, dass mir ihre Worte so große Angst machten, dass ich von der Wohnzimmercouch aufblickte und aufhörte, Kipper vorzulesen. Er saß neben mir und zog seinen Hut bis über die Augen herunter und seufzte schwer.

In der Küche, mit dem Rücken zu mir, saß Tante Mildred am Tisch. Sie hatte noch ihren Regenmantel an. Entweder muss ihr unser Haus zu kalt vorgekommen sein, oder sie fürchtete, ein Katzen- oder Hundehaar könnte an ihren teuren Kleidern hängen bleiben. Jedenfalls ließ sie immer ihren Mantel an, als wäre sie auf dem Sprung. Sie kam meistens dann zu Besuch, wenn Dad bei der Arbeit war.

Auf der anderen Seite des Tisches runzelte Mom die Stirn und blickte ihre Schwester über den Rand der Teetasse an. »Ich hab dir doch gesagt, dass das Down-Syndrom nichts mit den Umständen seiner Geburt zu tun hat«, seufzte sie. »Kippers Schicksal hat sich im Augenblick seiner Zeugung entschieden. Der Himmel hat es sich nicht im letzten Augenblick anders überlegt.«

»Leider«, murmelte meine Tante.

»Mildred!« In Mutters Stimme schwang eine Warnung mit.

Meine Tante schwieg einen Moment. Aber sie konnte sich nicht zurückhalten und hakte noch einmal nach: »Ich meine ja nur, Lucy, dass dieser Junge in eine Anstalt gehört. Je länger du damit wartest, umso schwieriger wird es. Es wäre für alle besser, und er wäre unter Seinesgleichen auch glücklicher.«

»Seinesgleichen – das sind wir«, sagte Mom. Dann sah sie an meiner Tante vorbei und fing meinen Blick auf. Sie lächelte. »Und er ist glücklich bei uns, Gott sei Dank.«

Das stimmte. Meistens.

Kippers wirklicher Name war Christopher Adam. »Nach dem heiligen Christophorus«, sagte Mom. Obwohl sie nicht katholisch war, hielt sie es für angebracht, ihren Sohn nach dem Schutzpatron der Fahrenden und Reisenden zu nennen, »denn auf dieser stürmischen Überfahrt nach Victoria Harbour hat jemand die Hand über mich gehalten«.

Sie hatte mir erzählt, dass ich für seinen Spitznamen verantwortlich sei. »Sobald du gehen konntest, bist du immer hinter ihm hergewackelt und hast seinen Namen gerufen. Kipper, das war es, was aus dir herauskam.« Der Name blieb an ihm hängen. Und bis auf Tante Mildred nannten ihn alle so.

Meinen Spitznamen hatte ich wiederum ihm zu verdanken. Da er mit seiner Zunge das »L« in Ethel nicht aussprechen konnte, wurde ich Ethie. Ein fairer Austausch und ein Geschenk, für das ich ihm ewig dankbar sein werde.

Wer außer Lucy Coulter hätte sein Töchterchen auch ausgerechnet Ethel genannt? Als ich alt genug war, um mich zu beklagen, erklärte mir Mom, sie habe mich Lily nennen wollen, aber Dad sei damit nicht einverstanden gewesen. »Es war, soweit ich mich erinnere, das einzige Mal, dass dein Vater sich auf die Hinterbeine gestellt hat.«

Kurz vor meiner Geburt schenkte Tante Mildred unserer Familie ihren alten Schwarzweißfernseher. Moms erstes Fernsehgerät. Und die erste Sendung, die sie ansah, war die erste Folge von *I Love Lucy*. Niemand außer meiner Mutter hätte aus all diesen Premieren das Zeichen herausgelesen, dass sie, wenn sie ein Mädchen bekäme – das sie nicht Lily nennen durfte –, es nach Lucy Riccardos Busenfreundin Ethel nennen sollte. Jedes Mal, wenn die Sendung anfing, zwitscherte Mom: »Da sind wir schon: Lucy und Ethel!«, als müsste ich daran erinnert werden, woher mein Name kam. Und jedes Mal drückte ich mir stöhnend ein Sofakissen aufs Gesicht. Wenn Kipper da war, schob er sich seinen Hut übers Gesicht und stöhnte ebenfalls.

Mein Bruder ahmte die Gefühle der Menschen nach, die er liebte. Das galt besonders für mich. Wenn ich lachte, lachte auch er, laut und bellend vor Freude. Wenn ich weinte, heulte er mit mir zusammen, schluchzte und schnappte nach Luft. Die Art, wie er meine Gefühle nachempfand, war so unmittelbar und intensiv, dass ich mir selbst oft erst dann, wenn ich seine Reaktion sah, bewusst wurde, was ich tatsächlich fühlte. Mit der Zeit lernte ich, solche Ausbrüche zu unterdrücken, weil ich wusste, dass sie bei Kipper einen Asthmaanfall auslösen konnten.

Dad gegenüber verhielt er sich vollkommen anders. Er war ruhig und friedlich, unabhängig davon, in welcher Verfassung Dad sich befand. Mom war der Meinung, dass Kipper unseren Vater am besten verstand. Wenn Dad in seine Stimmungen verfiel, in denen er sich sozusagen abmeldete, schmiegte sich mein Bruder mit seinem gedrungenen Körper an ihn. Dann legte er den Arm um Dads knochige Schulter und tätschelte ihm den Rücken, während sie schweigend vor dem Fernseher saßen, als wären sie zusammengewachsen.

In der letzten Woche hatte es heftig zu regnen angefangen. Während der ersten Augusttage schnitt Mom Artikel aus der *Daily Province* aus, die über eine Rekordzahl von Unfällen mit Blechschäden berichteten; die Zahl passte zur Rekordregenmenge. In den serienmäßig gebauten Veteranenhäusern, die sich in unserer Straße aneinanderreihten, brüteten Kindergesichter hinter regenverschlierten Fensterscheiben, während die Dachrinnen verstopften und die Abwässerkanäle überliefen. Zum Spielen ins Haus verbannt, fühlten sich die Kinder um den Rest ihrer Sommerferien betrogen. Ihre Mütter empfanden das genauso. Ich hörte, wie sie sich bei ihrem wöchentlichen Kaffeeklatsch in unserer Küche darüber unterhielten, dass ihre Männer den Wetterumschwung schon im Voraus gespürt hätten. Sie empfanden einen pochenden Schmerz um das Metall, das tief in ihren Muskeln steckte. Sie fühlten ihn in ihren vernarbten Kriegswunden. Und in den Knochen, die ihnen bei der Erinnerung an die windgepeitschten Brückenköpfe und die überfrorenen Schlachtfelder Europas wehtaten. Zu ihren Gesprächen leistete Mom keinen Beitrag. Im Gegensatz zu den anderen Vätern in unserer Straße war Dad äußerlich unversehrt aus dem Zweiten Weltkrieg heimgekehrt. In unserem Keller wurden keine Tapferkeitsmedaillen, zusammen mit einer eingemotteten Uniform, aufbewahrt. Anders als seine Nachbarn freute Dad sich über den Regen.

Auf dem Höhepunkt der sommerlichen Schlechtwetterperiode, am Donnerstagnachmittag, hatte Dad seine Lederbomberjacke aus dem Garderobenschrank geholt. Obwohl sie für ihn mindestens zwei Nummern zu groß und das braune Leder längst brüchig war, trug unser Vater auf seinen Rundgängen immer diese Fliegerjacke. Er zog sie sich über die Schultern, klappte den Schaffellkragen hoch und schlüpfte aus der Tür. Während wir anderen erleichtert aufatmeten, nahm Kipper seinen gelben Regenmantel und folgte ihm. Frankie sprang auf, um ihn aufzuhalten, aber Mom winkte ihn zurück. Wenn der Regen im Lauf des Tages nachließ, kamen Dad und Kipper ausgekühlt und nass nach Hause, aber beide erklärten, hungrig zu sein.

Sie setzten sich an den Esstisch, und Kipper nahm seinen nassen Hut ab. Sein dünnes Haar, eher orangefarben als rot, stand ihm in Büscheln vom Kopf ab. Mein Vater lächelte ihn melancholisch an und nannte ihn »meinen Leutesortierer«.

»Ja, Heutesortiera«, plapperte Kipper nach.

Ich glaube, wir alle sahen Dad mit fragendem Blick an.

»Leutesortierer?«, fragte Mom.

»Ja«, erwiderte Dad leise. »Er teilt die Leute in zwei Gruppen ein. In diejenigen, die sich mit ihm wohl fühlen, und die anderen, die das nicht tun.« Er zog die Schultern ganz leicht hoch. »Ich stell mir vor, das sagt einem so ungefähr alles, was man über einen Menschen wissen muss.«

Ich schaute Kipper an. Eine Erbse fiel von seinem Löffel und gesellte sich zu den anderen Eintopfspuren rund um seinen Teller. Unbekümmert schob er sich den nächsten überladenen Löffel in den Mund. Er kaute mit offenem Mund, schluckte und grinste meinen Vater an.

Frankie sah auf seine Uhr und sprang auf. »Muss jetzt gehen«, sagte er und wuschelte Kipper durch die nassen Haare. »Vielleicht könnte ich dich ja dazu bringen, dass du mir auch meine Freundinnen aussortierst.«

»Okay, Frankie«, rief Kipper ihm hinterher. Mom verdrehte die Augen.

Ich dachte über Vaters Worte nach. Es war eindeutig, dass die Leute auf Kipper reagierten, wenn sie ihn zum ersten Mal sahen. Ich hatte es bei den Kindern in unserer Nachbarschaft erlebt. Es gab diejenigen – meine Freundinnen –, die ihn akzeptierten, und andere, die ihn entweder hänselten oder ignorierten. So oder so – eine Reaktion gab es immer. Ich wunderte mich nur, dass mein Vater es überhaupt bemerkt hatte.

3

Jahre später, als Frankie und ich uns zum ersten Mal über diese Augustnacht des Jahres 1962 unterhielten, stellten wir fest, dass wir ganz unterschiedliche Erinnerungen hatten. So wusste er nicht mehr, dass Kipper und ich auf der Treppe saßen oder dass er uns ins Bett zurückgeschickt hatte. Ihm war nur noch in Erinnerung, dass er ins Wohnzimmer kam und unseren Vater an der offenen Tür stehen sah, während der Regen in den Vorraum wehte.

Frankie hatte das Licht im Eingang eingeschaltet. »Dad?«

Dad drehte sich langsam um und blinzelte, als würde er gerade aufwachen.

»Was ist los?«, fragte Frankie, führte die beiden Polizisten herein und schloss die Tür.

»Es geht um eure Mutter.« Dads Stimme war leise und merkwürdig ausdruckslos. »Es hat einen Unfall gegeben.«

»Geht es ihr gut?« Frankie richtete die Frage nicht an unseren Vater, sondern an die beiden Polizeibeamten.

Der Kleinere, dessen glattes Gesicht zu seiner allzu jungen Stimme passte, blickte seinen Kollegen an, der ihm ermunternd zunickte. »Nein«, sagte er leise. Er nahm seine triefende Mütze ab und sah auf sie hinunter: »Es tut mir leid, aber Ihre Mutter …«

»Sie ist heimgegangen, Frankie«, flüsterte Dad.

»Heimgegangen?«

Kipper, der mir nach unten gefolgt war, grapschte nach meiner Hand. Ein leises Pfeifen drang aus seiner Kehle, während er Luft in seine asthmatischen Lungen sog. Dads Blick sprang dorthin, wo wir beide hinter Frankie standen, aber er nahm unsere Anwesenheit nicht wirklich zur Kenntnis. Er fuhr sich mit der Hand durch das ungekämmte Haar und sprach dann das Unglaubliche aus: »Eure Mutter ist tot.«

Während sich diese klaren Worte setzten, herrschte Grabesstille. Dann ging das Heulen los. Ein animalischer Schmerzensschrei übertrug sich von Kippers offenem Mund zu meinem. Ich sah, wie er verzweifelt nach Luft schnappte, seine vor Schreck aufgerissenen Augen suchten meine, und seine Fäuste hämmerten gegen seinen Hut, als er versuchte, meine Hysterie nachzuahmen. Aber ich konnte nicht aufhören.

Es war Frankie, nicht mein Vater, der mir die Hände auf die Schultern legte. »Hör auf, Ethie«, sagte er mit leiser, aber fester Stimme. »Das hilft überhaupt nicht weiter.«

Ich kämpfte gegen mein Schluchzen an, zog mein Unterhemd hoch und wischte mir mit einem Zipfel übers Gesicht.

Frankie wandte sich Kipper zu. Er nahm ihm die trommelnden Hände vom Kopf. »Schau mich an, Kipper«, sagte er und hielt Kippers Gesicht mit beiden Händen fest. »Du musst jetzt ein großer Junge sein.«

Kippers Brust hob und senkte sich. Er nickte, presste sich die Hände auf den Mund, und die Tränen rannen ihm, mit Rotz vermischt, zwischen den Fingern hindurch.

»Tief durchatmen.« Frankie atmete tief durch und wartete, bis Kipper es auch tat. Links und rechts einen Arm um unsere Schultern gelegt, wandte er sich den Polizeibeamten zu. »Was ist passiert?«, fragte er.

In diesem Punkt gehen Frankies und meine Erinnerungen auseinander. Ich erinnere mich an nichts von der Erklärung, die, wie er schwört, der junge Polizist lieferte, während Dad nur dastand und vor sich hin stierte. Vielleicht war ich in einem Schockzustand, verloren in dem Bild, das sich vor meinem geistigen Auge von Mutters grünem Hudson auftat, der irgendwo auf einer regenglatten Straße zu Schrott gefahren war.

Ich erinnere mich nur an Frankies nächste Worte, die mich erreichten, als kämen sie aus einem langen Tunnel. »Moment mal«, sagte er. »Das kann nicht stimmen. Da muss ein Missverständnis vorliegen.« Und die Hoffnung, die in seiner Stimme mitschwang, weckte mich auf.

Der ältere Polizeibeamte blickte auf irgendetwas in seiner Hand. »Es tut mir sehr leid«, erwiderte er. Er drehte das Papier um und hielt es hoch.

Frankies Schultern sackten zusammen, einen Sekundenbruchteil bevor ich den Namen unserer Mutter erkannte, der uns aus dem Führerschein in die Augen sprang.

4

Howard saß im Fond des Streifenwagens und versuchte, sich zu konzentrieren, während der Beamte mit dem Milchgesicht auf dem Beifahrersitz redete. Gegen Mitternacht, so erklärte er, habe ein Mann, Besitzer eines Hausboots in Coal Harbour, in einem in der Nähe vertäuten Segelboot Licht bemerkt. Er habe im Jachthafen angerufen, um das zu melden, was er für einen Einbruch hielt.

Howard konnte sich immer noch keinen Reim darauf machen. Was hatte ein Segelboot mit Lucy zu tun? Er hatte nie im Leben eins betreten und war sicher, dass das auch für sie galt. Während der Beamte berichtete, wie die Polizei an Bord des Segelboots gegangen war und die Leichen entdeckt hatte, meinte Howard immer noch, alles sei ein großes Missverständnis. Doch sobald er den grünen Hudson auf dem Parkplatz des Jachthafens sah, spürte er, wie die falsche Hoffnung zu Bitterkeit wurde.

Er konzentrierte sich darauf, einen Fuß vor den anderen zu setzen, als er den Beamten die Rampe hinunter und durch das Labyrinth schwankender Stege folgte. Es regnete kaum noch. Die Möwen ließen sich vom Wind tragen und bettelten mit ihrem unablässigen Kreischen um Almosen. Der Morgen wirkte zu hell, das Licht zu grell. Die aufgehende Sonne schien durch die lockeren Wolken hindurch. Die ersten Strahlen prallten vom Wasser ab und brachen sich auf dem polierten Holz eines Segelboots, das am Ende des Kais vertäut war. Eine kleine Menge drängte sich vor dem Schiff zusammen. Gedämpfte Gespräche brachen ab, als Howard und die Polizeibeamten näher kamen.

Ein Mann in einem Geschäftsanzug – der zwischen den lässig gekleideten Zuschauern fehl am Platze wirkte – lief vor einem anderen Beamten, der sich Notizen machte, auf und ab.

»Verdammt noch mal!«, brummte der Mann vor sich hin. Als er Howard bemerkte, schnauzte er: »Was zum Teufel soll das? Kommen jetzt noch mehr Gaffer?«

Der Beamte blickte von seinem Notizbuch auf. »Der Ehemann des anderen Opfers«, erklärte er.

»Verdammt noch mal!«, wiederholte der Mann, jetzt mit leiser Stimme.

Der junge Beamte neben Howard beugte sich zu ihm. »Das ist Jeremy Telford«, flüsterte er. »Ihm gehört das Boot.«

Der Name kam Howard irgendwie bekannt vor.

Weiter vorn blieb der ältere Polizist stehen und wandte sich an Howard. »Sind Sie bereit?«, fragte er.

Howard nickte. Er hielt sich an einem Pfosten fest und schwang sich an Deck. Zwei weitere Polizisten standen rechts und links von der offenen Luke im Cockpit. Sie wichen Howards Blick aus, als er die hölzerne Leiter hinunterstieg. In der Kabine herrschte – bis auf das Geräusch der Wellen, die gegen den Schiffskörper klatschten, und das Knarren der Festmacher – eine unheimliche Stille. Die Luken waren geöffnet. Zu spät.

Howard wurde es plötzlich schwindelig, aber nicht, weil das Boot schaukelte oder weil er meinte, in der muffigen Seeluft noch etwas Gas zu riechen, sondern weil er auf dem Tisch zwei leere Weingläser sah und in der Ecke der Kabine eine marineblaue Jacke. Lucys Regenjacke.

Draußen rief der Bootsbesitzer mit schmerzerfüllter Stimme: »O Gott, und für die nächste Woche bereiten wir gerade eine große Kunstausstellung vor. Wir wollten das heute Abend feiern.«

An Deck murmelte einer der Beamten: »Sieht so aus, als hätte sie eine andere Vorstellung von einer Feier gehabt.«

Der Beamte neben Howard runzelte die Stirn und drängte ihn sanft weiter. »Hier hinein, bitte«, sagte er.

Die Tür zur vorderen Koje stand offen. Ein Lichtstrahl fiel auf das weiße Laken, das über das Bett drapiert war. Als der Beamte den Rand des Tuchs anhob, glaubte Howard, bereit zu sein. Aber nichts hatte ihn auf den entsetzlichen Schlag vorbereitet, der ihn bei Lucys Anblick direkt in die Brust traf. Oder auf die Art, wie sie eingerollt neben ihrer Freundin Marlene Telford lag.

Howard begriff jetzt, warum ihm der Name des Geschäftsmannes draußen auf dem Kai bekannt vorgekommen war. Er hatte ihn nie persönlich kennengelernt, aber er musste Marlenes Mann sein.

Howard schüttelte den Kopf: Sein betäubter Geist bemühte sich angestrengt, sich auf all das einen Reim zu machen. Zu seinen Füßen rollte eine leere Weinflasche über den Boden der Kabine. Der rote Fleck auf dem Teakholz war der Rest des verschütteten Inhalts. Die Welt stand kopf. Lucy hier? Und sie soll getrunken haben? Lucy trank nicht. Selbst ihre Kleidung ergab keinen Sinn: eine alte Hose und ein Hemd, das sie sonst beim Putzen trug. Was konnte sie veranlasst haben, in diesem Aufzug irgendwohin zu gehen? Lucy würde sich niemals ohne tadellose Kleidung und sorgfältiges Make-up in der Öffentlichkeit zeigen.

Dennoch war sie auch im Tod eine schöne Frau. Ihre kastanienroten Locken lagen ausgebreitet auf dem Kopfkissen neben dem wilden Gekräusel von Marlenes graumelierter Mähne. Die Sommersprossen auf Lucys milchweißer Haut nahmen gegen das schwarze Leinen der Bluse ihrer Freundin eine rosa Färbung an.

Howard beugte sich vor, streichelte ihr über die Wange und bemerkte die zerknüllten Papiertaschentücher in ihrer Hand. Er bemühte sich, auf den Beinen zu bleiben, nickte und wandte sich ab, während der Beamte das Laken wieder über Lucys Gesicht zog.

Howard stellte die Tüte auf den Autositz. Das waren die Habseligkeiten seiner Frau, alles in einem braunen Papierbeutel. Er öffnete ihn. Lucys süßer Moschusduft breitete sich im Wageninneren aus. Er schloss die Augen und holte tief Luft. Er brauchte einen Drink. Ein Bedürfnis, gegen das er seit den frühen Morgenstunden angekämpft hatte, als er allein im Ehebett aufgewacht war.

Das Herz schnürte sich ihm zusammen bei dem Gedanken daran, wie er Lucy in Embryonalstellung im Boot hatte liegen sehen, den Arm der Freundin wie zum

Trost um sie geschlungen. Er öffnete die Augen und versuchte, sich ins Gedächtnis zu rufen, wie sie gestern früh ausgesehen hatte. War sie beunruhigt? Er erinnerte sich, dass sie das Frühstück im Morgenrock und mit Lockenwicklern auf dem Kopf zubereitete, während sie ihn und Frankie aufzog und sagte, dass sie ihr etwas Schönes kaufen könnten von all dem Extrageld, das sie mit ihren Überstunden verdienten. War das gestern oder an einem anderen Morgen gewesen?

Einmal hatte Lucy ihm vorgeworfen, dass er sich nie umschaute, wenn er aus dem Haus ging. »Dann komme ich mir so vor, als würdest du mich sofort vergessen«, sagte sie. »Wenigstens besteht keine Gefahr, dass du jemals zur Salzsäule erstarrst«, fügte sie trocken hinzu.

Wenn er sich doch bloß gestern früh umgedreht hätte!

Er machte die Papiertüte wieder zu, packte das Lenkrad und blickte hinüber zum Burrard Inlet. Die Ironie traf ihn mit voller Wucht. In seinem Kopf schwirrten die Erinnerungen an den Moment, als er diese Gewässer zum ersten Mal gesehen hatte, an die verschwommenen Bilder, die er durch den Nebel wahrgenommen hatte, bevor er in den Krieg gezogen war.

Damals hatte er ihr nachgeblickt. Er hatte es immer getan bis zu seiner Rückkehr an dieselbe Pier vier Jahre später, als alter Mann von vierundzwanzig, niedergedrückt von einer Schuld, die zu schwer war, als dass er sie mit jemandem hätte teilen können. Nicht einmal mit Lucy. Eines Tages, so hatte er sich immer wieder vorgenommen, eines Tages würde er es ihr erzählen. Doch während der siebzehn Jahre hatte er niemals den Mut dazu aufgebracht.

Er sackte über dem Steuer zusammen und vergrub das Gesicht zwischen den Armen. Augenblicke später klopfte jemand an das Autofenster. Howard hob den Kopf und blickte in die Augen des jungen Polizeibeamten. Er riss sich zusammen, wischte sich mit dem Ärmel übers Gesicht und kurbelte das Fenster herunter.

»Alles in Ordnung, Sir?«, fragte der Polizist.

Howard schaffte es gerade noch, mit einem »Ja« zu antworten.

Aber er war nicht in Ordnung. Er war seit langer, langer Zeit nicht in Ordnung.

5

27. Oktober 1941: Canadian Pacific Trainyards, Burrard Inlet

Das schrille Geräusch, das entsteht, wenn Stahl über Stahl gezogen wird, riss Howard aus dem Schlaf. Er rieb sich den Hals und beugte sich vor, um aus dem Fenster zu schauen. Draußen verdunkelte ein schwerer grauer Nebel die Sicht auf Vancouver, während der Zug mit einem Rumpeln zum Stehen kam. Die Soldaten bewegten sich in den verschiedenen Phasen ihres Schlafes.

»Wir sind da, Leute!«, rief Brigadier Lawson vom hinteren Ende des Waggons. Der schlanke Offizier, Veteran des Ersten Weltkriegs, war, vom sorgfältig gepflegten Schnurrbart bis zu den blank gewichsten Stiefeln, der Inbegriff des Berufssoldaten. Er stieg im Gang über die ausgestreckten Beine und zusammengerollten Körper hinweg und verschaffte sich einen Überblick über seine Männer, bevor er in den nächsten Wagen ging.

Im Zug wurde gemunkelt, der Truppenkommandant sei über den Transport alles andere als glücklich. Vor seiner Beförderung zum Brigadier hatte Lawson den Auftrag erhalten, alle kanadischen Einheiten auf ihre »Einsatztauglichkeit« zu prüfen. Anscheinend hatte er sowohl die Royal Rifles als auch die Winnipeg Grenadiers, die Bataillone, die jetzt die Waggons füllten, in die Kategorie »C« – nicht einsatztauglich – eingestuft. Howard fragte sich, was ihr Kommandant, wenn die Gerüchte zutrafen, mit den ungefähr vierhundert Leuten anfangen würde – zu denen er selbst gehörte –, die diesen beiden Bataillonen unlängst als Verstärkung zugeteilt worden waren. Viele hatten noch nie einen Schuss abgegeben.

Howard stieß seinen Banknachbarn an, der aus dem Schlaf hochfuhr und auf die Füße sprang. »Das Schicksal wartet auf uns«, sagte Howard, schnappte sich seinen Seesack und den Helm und stellte sich zu ihm in den Gang. Er hatte nichts dagegen, den überfüllten Waggon zu verlassen, in dem die Luft mit abgestandenem Qualm erfüllt war. Im Schlepptau von Private Gordy Veronick musste Howard grinsen. Selbst jetzt, während er sich einen Weg durch die Menge bahnte, gelang es seinem Freund aus Kindheitstagen, großzutun. Als »ein einziges Kraftpaket« hatte Lucy Gordy einmal charakterisiert. Howard hielt ihre liebevolle Beschreibung für durchaus zutreffend. Der Gefreite mit seiner gut zehn Zentimeter kleineren, aber stämmigen Statur, den dunklen Haaren und dem dunklen Teint, war sein bester Freund, seit sie sechs Jahre alt waren.

Howard war mit drei älteren Brüdern aufgewachsen, von denen der jüngste vier Jahre älter war als er, und er kam sich manchmal wie ein Einzelkind mit fünf Erziehungsberechtigten vor. Als seine Mutter ihm erzählte, dass ein sechsjähriger Junge bald bei seiner Großmutter in der Nachbarfarm wohnen würde, war Howard in fliegende Aufregung geraten. Beide Eltern des Jungen waren an der Spanischen Grippe gestorben. Als der verdrossen dreinblickende Knabe dann zum ersten Mal in ihrem Garten auftauchte, versuchte Howard, Freundschaft mit ihm zu schließen.

Doch in dem Augenblick, als seine Mutter und Gordys Großmutter im Haus verschwanden, blickte Gordy noch kritischer drein. »Howie? So ein weibischer Name«, höhnte er und zog erhobenen Hauptes davon.

Howard war für den Rest des Sommers auf Abstand bedacht gewesen. Doch in der Schule, die aus einem einzigen Raum bestand, konnte er das großspurige Kind nicht länger ignorieren. Am Ende des ersten Schultags forderte Gordy ihn im Schulhof heraus. Vielleicht entschied er sich ausgerechnet für Howard, weil er der Größte in der Klasse oder sein Nachbar war. Vielleicht aber auch, weil er drei ältere Brüder hatte und er, Gordy, niemanden. Aus welchem Grund auch immer – er stolzierte um Howard herum wie ein Gockel, blieb dann stehen und hob die Fäuste. »Auf los! geht's los«, befahl er.

»Geht's los?«, wiederholte Howard.

»Jetzt tu nicht so!« Gordy stellte sich breitbeinig auf und boxte in die Luft. Seine Boxerhaltung sah so komisch aus, dass Howard lachen musste. Aber ehe er's sich versah, landete er auf dem Boden.

Während er und Gordy am Boden miteinander rangen, versammelte sich eine Menge und stachelte sie an. Genau in dem Moment, als Howard sich nach oben gekämpft hatte, schrie jemand: »Hey, Howie verkloppt das Waisenkind!« Die Gaffer wiederholten den Satz. *Waisenkind. Waisenkind.*

Gordy erstarrte und kniff die Lider zusammen. Doch Howard hatte noch bemerkt, dass seine Augen verräterisch glänzten. Er ließ Gordy los und wälzte sich von ihm runter. »Er hat was in die Augen bekommen«, rief er und stand auf. »Er kann nicht weiterkämpfen.«

Er packte Gordys Hand und zog ihn hoch. Während er ihn wegführte, fragte er: »Kommst du mit zu Millers Teich zum Kaulquappenfangen?«

Gordy wischte sich mit dem Ärmel über die Augen. »Ja«, sagte er. Und nach ein paar Schritten: »Ich hätte dich ordentlich verdreschen können, das weißt du, oder?«

»Na klar weiß ich das.«

Von da an war Gordy Howards bester Freund. Sie machten alles gemeinsam. Meldeten sich auch gemeinsam zu den Winnipeg Grenadiers.

Als sie jetzt aus dem Zug stiegen, blieb Gordy auf dem untersten Trittbrett stehen. »Hmm, wie das hier nach Salzwasser riecht, Jungs!«, rief er.

Howard sog die salzige Luft ein. Der Ozean. Er war sich nicht sicher, ob ihm dieser Geruch gefiel, aber auf jeden Fall war er intensiv.

»Riecht nach Sex«, rief jemand und sprach genau das aus, was er auch dachte.

»Ja, wie eine Frau vor dem Sex«, antwortete ein anderer.

»Oder gleich danach«, gab Gordy zurück.

Howard lachte in sich hinein. Ein leichter Regen legte sich auf sein Gesicht, als er sich zu den Männern auf dem Bahnsteig gesellte. Er nahm seine Schiffchenmütze ab und beobachtete die Offiziere, wie sie die Soldaten mit ungeduldigen Gesten aus den Waggons winkten.

»Schneller!« Das Kommando pflanzte sich fort.

»Antreten!« Die Soldaten gehorchten.

»Rechts um! Vorwärts! Marsch!«

»Na, wenigstens das können wir«, murmelte Gordy.

Dieses Mal lachte keiner.

Howard marschierte im Gleichschritt mit den anderen auf die Pier zu.

Als Howard sich dem Ende des Zuges näherte, rief jemand aus den Reihen: »Augen rechts!«

Da stand sie, auf der untersten Stufe des letzten Waggons. Der dunkelblaue Mantel war so geschnitten, dass ihre Figur zur Geltung kam. Schulterlanges Haar – eine Masse widerspenstiger Locken – umrahmte ein sommersprossiges Gesicht. Selbst in dem fahlgrauen Licht bemerkte Howard, dass ihre grünen Augen die Reihen der vorbeimarschierenden Soldaten absuchten. *Lucy!* Was um Himmels willen hatte Lucy hier verloren? Er kam aus dem Tritt, stolperte und stieß gegen den Rücken seines Vordermanns.

»Immer mit der Ruhe, Kamerad«, murmelte der Soldat. »Hast du noch nie ein weibliches Wesen gesehen?«

Howards Gedanken rasten. Er versuchte, sich einen Reim darauf zu machen, dass seine Lucy hier in Vancouver war.

Zum letzten Mal hatte er sie vor zwei Tagen gesehen, als sie, zusammen mit seinen drei älteren Brüdern, bei der Verladestation in Winnipeg gewartet hatte. Wie jeder andere Soldat, der sich von seiner Familie und seinem Schatz verabschiedete, hatte er sie bis zum letzten Augenblick im Arm gehalten. Dann hatte Gordy ihn zum Truppentransporter geschoben, und sie hatte ihnen noch hinterhergerufen: »Jetzt passt beide gut aufeinander auf!«

»Keine Sorge! Ich hab ein Auge auf ihn, Luce«, rief Gordy über die Schulter zurück. »Lieber würde ich mich Hitler persönlich entgegenstellen, als dir mitteilen zu müssen, dass unserem Jungen hier was passiert ist.«

Kaum war Howard eingestiegen, fuhr der Zug an. Er kämpfte sich zu einem Fenster vor, konnte aber ihr Gesicht in der winkenden Menge nicht mehr finden.

Und jetzt fragte er sich, wie sie in diesen Zug gelangt war. Und warum?

Als seine Kolonne an Lucy vorbeimarschiert war, fing er einen Blick von ihr auf. Sie sprang vom Trittbrett und rannte los, um seine Gruppe einzuholen; dabei schlugen ihr die beiden ramponierten Koffer gegen die Beine.

»Mein Gott, Lucy! Was machst du hier?«, fragte er aus dem Mundwinkel heraus, als sie neben ihm lief. Die Soldaten vor ihm drehten sich nach dem schönen Mädchen um, das versuchte, mit ihnen Schritt zu halten.

»Jetzt sei mir nicht böse, Howie!«, keuchte sie. »Du hättest doch versucht, mich daran zu hindern, wenn ich dir gesagt hätte, dass ich mitkomme.«

»Wie …?« Howard sah das grinsende Gesicht zu seiner Linken und runzelte die Stirn.

Gordy zuckte die Achseln. »Schau nicht mich an«,

sagte er und beugte sich vor. »Hallo, Luce. Schön, dich hier zu sehen.«

»Hi, Gordy«, rief sie zurück. »Nein, er weiß auch nichts«, sagte sie zu Howard. »Er kann doch vor dir nichts geheim halten. Deine Brüder haben mir geholfen. Sie haben mich in den Waggon geschoben.«

»Meine Brüder? Die waren eingeweiht? Und keinem ist eingefallen, mir Bescheid zu geben?«

»Hättest du zugestimmt, wenn ich gesagt hätte, dass ich mitkommen wollte?«

»Verdammt noch mal, nein!« Howard zwang sich, weiter geradeaus zu schauen und nicht zu grinsen. Aus dem Augenwinkel sah er deutlich genug die Entschlossenheit, die sich in Lucys Gesicht spiegelte, während sie mit gerecktem Kinn mitmarschierte. Ihre Beharrlichkeit nötigte ihm einen gewissen Stolz ab.

»Ich weiß nicht, wohin du unterwegs bist. Aber ich will dir so nahe wie möglich sein, während ich auf deine Rückkehr warte. Deshalb bleibe ich in Vancouver, bei Mildred.«

»Bei Mildred!«

Die ältere Schwester hatte Lucy immer eher wie eine Tochter als wie eine kleine Schwester behandelt – eine Tochter, die ihrer Meinung nach ständiger Aufsicht bedurfte. Sie hatte gar nicht erst versucht, die Antipathie zu verhehlen, die sie vom ersten Tag an Howard gegenüber empfunden hatte.

»Ich werde es hier gut haben«, sagte Lucy, und ihre Stimme klang ganz weich.

Mildred hatte also auch Bescheid gewusst! Lucy musste schnell gehandelt haben.

Ein paar Monate zuvor hatten Howard und Gordy die Hausfrauen von Winnipeg noch mit Eisblöcken beliefert. Kanada befand sich seit zwei Jahren im Krieg. Überall eilten junge Männer, von patriotischem Pflichtgefühl oder von der Aussicht auf ein regelmäßiges Einkommen getrieben, freiwillig zu den Waffen. Howards drei Brüder waren inzwischen im Ausbildungszentrum der Air Force stationiert, gut sechzig Kilometer nördlich von Winnipeg. Als jüngster Sohn hätte er zu Hause bei seiner verwitweten Mutter bleiben können, zumal seine Eltern beide im Ersten Weltkrieg gedient hatten, die Mutter als Krankenschwester im Lazarett, der Vater bei der Infanterie. Doch dann war seine Mutter unerwartet schnell gestorben, und noch während der Trauerzeit meldete sich Howard zur Armee. Im Gegensatz zu seinen Brüdern wollte er festen Boden unter den Füßen behalten und entschied sich wie sein Vater für das Heer. Am gleichen Tag noch verpflichtete sich auch Gordy.

Während ihrer Zeit im Ausbildungszentrum in Portage La Prairie war ein Kommandeur, Lieutenant Colonel Sutcliffe, von den Winnipeg Grenadiers erschienen und hatte Verstärkung für sein Bataillon angefordert. Der hoch aufgeschossene Mann mit dem schmalen Gesicht, dessen dunkle Augenbrauen zu seinem dichten Schnurrbart passten, hatte sich den Weg durch die Reihen der Rekruten gebahnt. Bis auf den letzten Mann waren sie angetreten. Mit durchdringendem Blick inspizierte er jeden Freiwilligen, und die Ausgemusterten traten, sichtlich enttäuscht, aus dem Glied. Bei Howard angekommen, hob er die buschigen Augenbrauen, als ihm der Staff Sergeant, von einem Klemmbrett ablesend, mitteilte, Private Coulter müsse noch die Grundausbildung absolvieren und habe bisher kein Waffentraining mitgemacht.

»Niemals einen Schuss abgegeben?«, fragte Sutcliffe.

»Nein, Sir … Vielmehr doch, Sir. Auf der Farm meiner Familie habe ich jede Menge Präriehunde abgeknallt.«

»Sie leben noch bei Ihrer Familie?«

»Nein, Sir. Meine Eltern haben ihre Farm während der großen Dürre verloren.« Howard erwähnte nicht, dass sein Vater knapp zwei Jahre nach dem Verlust der Farm einem Herzinfarkt erlegen war.

Der Offizier kniff die Augen zusammen. »Wie alt sind Sie?«

»Zwanzig, Sir.«

»Wann also haben Sie zum letzten Mal einen Schuss abgefeuert?«

»Vor sieben Jahren, Sir.«

»Mit dreizehn? Auf Erdhörnchen?« Sutcliffe schüttelte den Kopf. »Haben Sie je daneben geschossen?«

»Nur wenn ich wollte, Sir.«

Der Offizier wandte sich dem Sergeanten zu: »Dieser Soldat ist angenommen.«

Zwei Wochen später hatten Howard und Gordy zusammen mit den übrigen Grenadiers in Winnipeg den Zug bestiegen – mit unbekanntem Ziel.

Und während sie jetzt auf den Kai zumarschierten, merkte Howard, dass Lucy sich neben ihm abschleppte, und jeder seiner Muskeln zuckte, weil er ihr helfen wollte. Er zwang sich aber, weiter geradeaus zu schauen.

Die dunklen Gewässer des Burrard Inlet kamen in Sicht. Eine unerwartete Sorge stieg in ihm auf. Er war niemals auf einem Schiff gewesen, und schon gar nicht auf einem von der Größe dieses grauen Ungetüms, das drohend über dem Kai aufragte. Die ersten Soldaten gingen schon die Laufplanken der S.S. *Awatea* hinauf, während Howards Abteilung vor den Lagerschuppen stehen blieb.

Mit einem Seufzer der Erleichterung stellte Lucy ihre Koffer ab. »Hier werde ich warten, bis ihr losfahrt«, sagte sie und rieb sich die schmerzenden Hände.

»Hör zu, Lucy«, entgegnete Howard. »Ich möchte, dass du jetzt ein Taxi nimmst und zu deiner Schwester fährst. Wir wissen nicht, wann wir ablegen.«

»Private Coulter! Vorgetreten!«

Howard gehorchte. Hinter Lucy stand Brigadier Lawson, das Offiziersstöckchen unter den Arm geklemmt, und musterte Howard.

»Ist das Ihre Freundin?«, fragte er.

»Meine Frau, Sir.«

Lawson blickte von Howard zu Lucy. Ein wehmütiger Ausdruck flog über sein Gesicht, machte aber sofort wieder der mürrischen Miene Platz. Er beugte sich zu Howards Gesicht vor: »Sie haben«, knurrte er, »Zeit, bis der vorletzte Mann auf der Laufplanke des Schiffs ist, um sich richtig zu verabschieden. Und lassen Sie es sich gesagt sein, seien Sie ja der letzte Mann hier auf der Rampe.«

»Jawohl, Sir!«

Der Brigadier entließ Howard und stolzierte davon.

Lucy warf sich in Howards Arme, und sie küssten sich, während seine Kameraden johlten und pfiffen.

Lucy war seine Frau – seit einer Woche.

Sie hatten sich in der Grundschule kennengelernt, nachdem ihr Vater im Stadtzentrum Hamms Drug Store gekauft hatte. In der aus zwei Räumen bestehenden kleinen Schule hätte man unmöglich einen Neuzugang übersehen können. Aber mit Lucys Ankunft zerfielen die Fünft- und Sechstklässler in zwei Gruppen – die einen fühlten sich von ihrer Ungezwungenheit, ihren blitzenden grünen Augen und ihrem widerspenstigen roten Haar eingeschüchtert, die anderen folgten ihr auf Schritt und Tritt. Howard und Gordy waren irgendwo in der Mitte, aber Lucy fasste den Entschluss, sie zu bevorzugen. Bald hatten Howard und Gordy sie akzeptiert, und aus dem Duo wurde ein Trio. Das blieb einige Jahre so. Doch dann wechselten sie zur Highschool, und andere Mädchen nahmen von den beiden Jungen Notiz. Gordy fing an, sich wie ein eitler Fatzke aufzuspielen, und auch Howard stellte fest, dass ihm die Aufmerksamkeit der Mädchen gar nicht so unangenehm war.

Eines Tages, als sie beide sechzehn waren, erwischte ihn Lucy, als er zur Mittagszeit am Pult eines anderen Mädchens saß. Auf dem Heimweg von der Schule hielt sie ihm vor, die Tatsache, dass sie seine hellblauen Augen mit denen ihres Schwarms Henry Fonda verglichen habe, sei ihm zu Kopf gestiegen. »Du hast dich in einen richtigen Angeber verwandelt«, schmollte sie.

»Was?«, zog Howard sie auf. »Bist du etwa eifersüchtig?«

Lucy drückte ihre Bücher an die Brust und reckte das Kinn. »Und wenn schon.«

Howard grinste. »Komm«, sagte er. »Lass mich die tragen.« Sie reichte ihm ihre Bücher, und er trug sie bis zu ihrer Haustür. Damit war allen klar, dass sie jetzt seine feste Freundin war.

Es dauerte nicht lang, bis er an Gordy eine Veränderung feststellte. Seit Howards Familie ihre Farm verloren hatte und in die Stadt gezogen war, blieb Gordy meistens über das Wochenende bei Howard und übernachtete auch während der Schulzeit öfter bei ihm. Damit war es jetzt vorbei. An einem Freitagabend stellte Howard ihn zur Rede. »Was ist los?«, fragte er.

»Ich hab zu tun.«

»Was denn?« Gordy stampfte auf.

»Also«, begann Howard. »Wenn es wegen Lucy ist, so hat sich zwischen uns nichts geändert. Wir sind immer noch …«

»Sie ist jetzt deine Freundin. Du brauchst kein fünftes Rad am Wagen.«

Howard sah Gordy eindringlich an. »Also hör mal! Kein Mädchen schafft es, sich zwischen uns zu drängen.«

Gordy starrte mit herausforderndem Blick zurück. »Wirklich?«

»Wirklich. Nur ein Wort von dir.«

»Nein.« Gordy grinste und klopfte Howard auf die Schulter. »Sie hat ihre Wahl getroffen. Und ich habe jetzt die Wahl unter allen, die nicht Lucy sind.«

Lucys Familie war nicht ganz so rasch bereit, die Beziehung zu akzeptieren. Vor allem nicht ihre ältere Schwester Mildred. Einmal hatte Howard mitbekommen, wie sie ihn als »Schmuddelkind« bezeichnete. Sie hatte beobachtet, dass er Lucy auf ihrer Eingangsveranda einen Gutenachtkuss gegeben hatte.

Lucys entrüstete Reaktion konnte er durch das offene Fenster hören. »Dieses *Schmuddelkind* hilft immerhin, die Haushaltskasse seiner Familie dadurch aufzubessern, dass er jeden Tag die *Winnipeg Tribune* und am Wochenende den *Star Weekly* austrägt!«

Beim Weggehen kriegte Howard noch mit, wie sie wütend schloss: »Und irgendwann werde ich ihn heiraten.«

Wie ihre Familie, so lernte auch Howard bald, dass Lucy eine Kraft war, mit der man zu rechnen hatte. Doch als er sich zum Militär melden wollte und sie versuchte, ihn zu überreden, im Familienbetrieb ihres Vaters zu arbeiten, ließ er sich nicht erweichen. »Ich könnte nicht mehr zum Grab meiner Eltern gehen, wenn ich die Hände in den Schoß legen würde, während Deutschland schon wieder über Europa herfällt«, sagte er.

Einen Monat später, als er ihr beichtete, dass er sich freiwillig für eine Mission in Übersee gemeldet habe und in wenigen Wochen mit unbekanntem Ziel abreisen werde, hatte sie bestimmt: »Dann heiraten wir, bevor du abfährst.«

Weder Vater noch Mutter konnten ihr das abschlagen. Mildred hatte sich mittlerweile in einen Arzt am Krankenhaus in Winnipeg verliebt, wo sie als Krankenschwester arbeitete. Sie hatten geheiratet und waren nach Vancouver gezogen. Howard war sich nicht ganz sicher, ob er erleichtert war oder ob er es bedauerte, dass Lucys Schwester nicht zugegen war und keine Einwände erheben konnte, als sie sich vor dem Standesbeamten im Rathaus das Jawort gaben.

Jetzt hielten sie sich im Nieselregen einer fremden Stadt umschlungen, und der Mottenkugelgeruch seiner feuchten Wolljacke stieg ihnen in die Nase. Howard legte ihr die Hände auf die Schultern. Ihre grünen Augen blitzten ihn ohne Reue an.

»Lucy, Lucy. Was soll ich sagen?« Er wischte ihr die Wangen trocken. Wie konnte er ihr böse sein? »Warum hast du mir nichts gesagt?«

»Ich wollte nicht riskieren, dass du nein sagst. Ich habe mich entschlossen, zu kommen, und ich wollte die Zeit, die uns noch geblieben ist, nicht mit Streitereien verplempern. Und das sollten wir auch jetzt nicht tun.«

Er nahm sie wieder in die Arme und schielte dabei auf die immer kleiner werdende Gruppe derer, die darauf warteten, an Bord zu gehen. »Fahr jetzt zu deiner Schwester«, murmelte er.

»Nein.« Sie wurde ganz steif vor Ablehnung. »Ich werde hier sein, wenn du abfährst.«

Howard wich zurück. »Das ist doch Wahnsinn!«, sagte er. »Ich habe keine Möglichkeit herauszufinden, wann das sein wird.«

»Dann warte ich, bis du's herausfindest.«

»Verdammt, Lucy, sei nicht so bockig! Unsere Abfahrtszeit ist geheim. Vielleicht weiß ich sie erst in dem Moment, wenn wir ablegen.«

»Dann warte ich eben so lange. Du wirst nicht abreisen, ohne dass ich dir nachwinke. Und dabei bleibt es.«

»Aber das ist vielleicht erst morgen«, sagte er.

Lucy zuckte die Achseln.

»Lucy ...«, flehte er. Dann sah er, wie die letzten

Soldaten auf die Laufplanke zugingen. »Ich muss jetzt los.«

Er trat hinter dem letzten Soldaten auf die Rampe. Am oberen Ende der Laufplanke schaute er über die Schulter. Auf dem Kai stand Lucy zwischen ihren beiden Koffern, genau an der Stelle, an der er sie verlassen hatte.

»*Geh*«, sagte er lautlos, aber sie rührte sich nicht.

Unter dem Johlen und Pfeifen der Soldaten, die sich auf dem überfüllten Deck drängten, ging er an Bord.

Gordy lehnte an der Reling neben der Laufplanke. »Was bist du doch für ein Glückspilz!«, sagte er, als sich Howard neben ihn stellte. »Was für ein Abschied!«

Howard ließ seine Sachen auf den Boden fallen. »Ja. Nur dass sie den Kai nicht verlassen will, bis sie weiß, wann wir auslaufen.«

»Dann wird sie wohl bis auf die Knochen nass.«

Es regnete immer stärker. Lucys Locken hingen schlaff herunter. Sie zog ein Kopftuch aus ihrer Tasche und knotete es unter dem Kinn zusammen. Bald klebte es ihr am Kopf.

»Ich inspiziere jetzt mal das Schiff«, sagte Gordy. »Mal sehen. Vielleicht finde ich ja heraus, wann wir abfahren.«

»Danke.« Howard nahm seine Schiffchenmütze ab und setzte sich, ohne Lucy aus den Augen zu lassen, den Stahlhelm auf. Wie könnte er sie nur dazu bringen, endlich wegzugehen?

Das Geschrei der Möwen machte dem Kreischen der Kräne Konkurrenz, die die Frachträume der Schiffe beluden. Über der *Awatea* jedoch standen die Kräne still.

Endlich kam Gordy zurück und stellte sich wieder zu ihm an die Reling. »Mein Gott, dieser Pott ist eigentlich für fünfhundert Passagiere gedacht, nicht für zweitausend«, sagte er. »Wir sind hier zusammengepfercht wie in einer Sardinendose. Du kannst dir nicht vorstellen, wo wir schlafen müssen. Überall sind Hängematten aufgespannt, selbst in der Kombüse!«

Er blickte hinunter auf die Pier. »Sie ist immer noch da. Tut mir leid, aber ich habe nichts Amtliches erfahren, nur geht das Gerücht um, dass wir noch auf unsere schwere Ausrüstung warten. Sie soll heute irgendwann aufgeladen werden. Höchstwahrscheinlich fahren wir dann am Morgen ab.«

»Das genügt«, sagte Howard, legte die Hände um den Mund und brüllte zu Lucy hinunter: »Morgen früh!«

»Wie viel Uhr?«, rief sie zurück.

Howard zuckte die Achseln. Als er sah, dass sie sich nicht rührte, deutete er auf die Lagerhäuser jenseits der Pier und brüllte: »Stell dich wenigstens unter!«

»Private Coulter!«

Howard fuhr herum und nahm Haltung an.

Der Musterungsoffizier mit dem strengen Gesicht, Lieutenant Colonel Sutcliffe aus Portage La Prairie, jetzt Befehlshabender Offizier der Grenadiers, funkelte ihn zornig an. »Wissen Sie, wie viele Leute mir von dieser Abteilung unterwegs abhanden gekommen sind?«, fragte er.

Howard hatte gehört, dass mindestens zwanzig Soldaten den Zug verpasst hatten und dass einige auf der Fahrt quer durch Kanada während mehrerer Aufenthalte verduftet waren. Aber er antwortete: »Nein, Sir.«

»Zu viele, und ich will nicht noch einen verlieren.«

»Jawohl, Sir.«

»Wenn ich Ihnen die Erlaubnis gebe, das Schiff für ein paar Stunden zu verlassen, habe ich dann Ihr Wort, dass Sie zurückkehren?«

Howard glaubte, sich verhört zu haben, rief aber schnell: »Jawohl, Sir!«

Der Kommandeur überreichte Howard ein Papier. »Sie haben bis einundzwanzig Uhr Zeit, um Ihr Problem zu regeln.«

Howard nahm den Passierschein und salutierte.

Bevor der Offizier sich umdrehte, murmelte er noch: »Vielleicht möchten Sie ihr sagen, dass sie morgen früh um sieben Uhr hier sein soll.«

Auf der Rückbank des Taxis legte Howard den Arm um die bibbernde, triefnasse Lucy. Draußen wogten schwarze Regenschirme über den Menschenmassen, die sich im Zentrum von Vancouver auf den Gehsteigen drängten.

Das Taxi hielt vor einer roten Ampel an der Ecke Granville und Georgia Street, und Howard beobachtete die Fußgänger. »Man würde es nie für möglich halten, dass wir Krieg haben«, meinte er beim Anblick der Kauflustigen im Eingang des Hudson's-Bay-Kaufhauses.

Die Fahrt zum Haus von Lucys Schwester an der Vine Street dauerte zwanzig Minuten. Dann standen sie am Tor und blickten auf das dreistöckige viktorianische Haus.

Howard stieß einen Pfiff aus. »Ich würde sagen, dass der Platz für dich ausreicht.«

»Benimm dich jetzt bitte«, wies Lucy ihn zurecht, während sie die Verandastufen hinaufstiegen.

Als Howard Mildred das letzte Mal gesehen hatte, war er ein dürrer Bengel von siebzehn Jahren gewesen, kaum auf Augenhöhe mit ihr. Vom Stemmen der Eisblöcke, die einen halben Zentner wogen, hatte er Muskeln bekommen, und mit seinen Einsachtzig war er jetzt fast zehn Zentimeter größer als Lucys Schwester, die ihnen die Tür öffnete.

Im Gegensatz zu Lucy mit ihrer tollen Figur war Mildred eckig und herb. Ihre braunen Haare waren nach der neuesten Mode streng zurückgekämmt, was ihre hohen Wangenknochen und die Falten betonte, die sich zwischen ihren Augenbrauen gebildet hatten. Mit achtundzwanzig sah seine Schwägerin schon fast wie eine Matrone aus.

Er stellte überrascht fest, dass sie ihn nicht sofort erkannte. Doch beim Anblick ihrer Schwester schrie sie erstaunt auf. Sie zog sie in die Arme und führte dann beide durch die Tür. Howard folgte ermutigt, denn er glaubte, Mildred habe der Anblick seiner Uniform milder gestimmt.

»Ihr seht aus wie zwei aus dem Wasser gezogene Ratten«, sagte sie, während sie Lucy aus dem Mantel half. Dabei fiel ihr Blick auf die Taille ihrer Schwester. »Du bist doch nicht etwa …?«

»Mildred!«, fuhr Lucy sie an. »Natürlich nicht! Und nur zu deiner Information: Howard und ich sind verheiratet.«

»Ja, das ist mir jetzt klar. Ihr seid beide für jede Überraschung gut.«

»Du hast deiner Schwester ja gar nicht gesagt, dass du kommst«, flüsterte Howard Lucy zu, während sie durch die Eingangshalle gingen.

»Wie hätte ich das tun können?«, flüsterte Lucy zurück. »Ich habe ja nicht mal gewusst, ob dein Zug nach Osten oder Westen fährt!«

Im Salon winkte Mildred sie zur Couch und setzte sich dann kerzengerade in den zur Möbelgarnitur passenden Sessel. »Also, was soll das Ganze?«, fragte sie.

Die nächste Viertelstunde redete Lucy wie ein Wasserfall. Sie erzählte der Schwester vom Tod ihrer Schwiegermutter, dass Howard sich zur Armee gemeldet habe, von ihrer Hochzeit und von der geheimen Mission. »Doch wir haben schon Pläne für die Zeit gleich nach dem Krieg. Wenn wir nach Winnipeg zurückkehren, macht Howard eine Ausbildung zum Drogisten, und wir steigen zusammen in Dads Betrieb ein.«

Während sie sprach, fühlte Howard sich in dem Raum mit der hohen Decke unbehaglich und deplatziert. Er fingerte an seiner Mütze herum und bemühte sich, seinen Juckreiz zu ignorieren.

»Ich werde in Vancouver warten, bis Howard nach Hause kommt«, sagte Lucy. »Ich hoffe, dass ich eine Zeit lang bei dir und Sidney wohnen kann. Bis ich einen Job und eine kleine Wohnung gefunden habe.«

»Unsinn«, unterbrach ihre Schwester. »Du bleibst so lange bei uns, wie es nötig ist.« Sie schenkte Howard ein sparsames Lächeln. »Es ist ja nicht so, dass wir keinen Platz hätten.«

Aus ihren letzten Worten klang ein Hauch Traurigkeit heraus. Nach dreijähriger Ehe waren sie und ihr

Mann Sidney, der Chirurg am Vancouver General Hospital war, immer noch kinderlos. Lucy zufolge war sie bitter enttäuscht, dass sie nicht längst schwanger geworden war. Jetzt würde sie ihre Schwester bei sich haben und wieder bemuttern können, dachte Howard, der sich selbst wunderte, wie sehr ihn ihr Angebot erleichterte.

»Gut, dann ist das abgemacht«, sagte Mildred resolut und stand auf. »Dann bereiten wir mal für euch ein Abendessen, bevor Howard wieder aufs Schiff geht. Ihr müsst ja halb verhungert sein!«

»Viel Glück, mein Sohn«, rief der Taxifahrer, dessen raue Stimme Howard an seinen Vater erinnerte. Zweimal an einem Tag ein Taxi zu nehmen war ein unerhörter Luxus, aber so hatte er ein paar Minuten länger mit Lucy verbringen können.

Mildreds Mann wurde immer noch im Krankenhaus festgehalten, als Howard zu seinem Schiff zurückkehren musste. Da Mildred selbst nicht Auto fuhr, hatte sie ein Taxi bestellt und versprochen, Lucy am Morgen zur Pier zu bringen.

Im Hafen angekommen, sah Howard den Rücklichtern des Taxis nach. Es regnete nicht mehr. Trotzdem schlug er seinen Kragen hoch und schob die Hände in die Taschen. Obwohl er als Kind der Prärie wusste, was echte Kälte war, ließ ihn die Feuchtigkeit der Westküstenluft frösteln. Klammheimlich kroch sie durch die Kleider bis ins Mark und entzog ihm jedes Gefühl von Wärme. Er bibberte und wandte sich zu den Lagerschuppen, die sich an der Pier entlangzogen. Und obwohl er wusste, dass sich fast zweitausend Mann an Bord des Schiffes jenseits der Schuppen befanden, fühlte er sich plötzlich zutiefst einsam.

Er hörte den Lärm, noch bevor er beim Kai anlangte. Ein Durcheinander wütender Stimmen klang durch die Nacht. Als er zwischen den Schuppen um die Ecke bog, sah er eine Gruppe Soldaten, die meisten Grenadiers, die sich auf dem Kai unterhalb der *Awatea* zusammengerottet hatten. An der Reling des Schiffes standen zwei Offiziere und richteten ihre Maschinengewehre auf die Menge.

»Howard!« Gordy rannte auf ihn zu.

»Was ist denn hier los?«, fragte Howard, als sein Freund neben ihm stand.

»Wir sind wieder von Bord gegangen.« Howard verhaspelte sich bei seinem Erklärungsversuch. »Die Bedingungen auf diesem Kahn sind unmöglich. In Neuseeland war das Ding eine Art Luxuskreuzfahrtschiff, bevor es zu einem Truppentransporter umgebaut wurde. Aber die Einzigen, die irgendeinen Luxus zu sehen bekommen, sind die Offiziere. Unsere Jungs sind unten auf engstem Raum zusammengepfercht, während die Offiziere Kabinen haben, eine private Lounge und einen Speisesaal. Und heute Abend, während sie wahrscheinlich fürstlich gespeist haben, sind uns Kutteln mit Zwiebeln aufgetischt worden! Wir protestieren.«

Howard versuchte ein Schuldgefühl zu unterdrücken, hatte er doch Roastbeef und Yorkshire Pudding zum Abendessen bekommen. »Sieht mehr wie eine Meuterei aus«, sagte er und zeigte hinauf zu den Maschinengewehren.

»Glaubst du vielleicht, dass die geladen sind?«, spottete Gordy. »Menschenskind, warum sollten sie Munition an uns arme Schweine verschwenden? Wir wollen nur ein paar Zugeständnisse. Uns ist zu Ohren gekommen, dass die Boys von der Air Force, die nach England unterwegs waren, letzte Woche ihr Schiff in Halifax verlassen haben und dass man sich dann um sie gekümmert hat. Wir wollen verhandeln.« Er nickte in Richtung Colonel Sutcliffe, der versuchte, sich Gehör zu verschaffen. »Bis jetzt haben sie einhundertzwanzig Royal Rifles zur *Prince Robert,* unserem Geleitschiff, befördert«, krächzte Gordy. »Toller Fortschritt! ... Jetzt beschuldigt man uns, Meuterer und Deserteure zu sein. Scheiße, Howie, wir sind in dieser Armee der letzte Dreck. Komm schon, wenn genügend mitmachen ...«

In dem ganzen Tohuwabohu traten zwei Soldaten aus der Menge heraus. Sie duckten sich zwischen den Lagerschuppen hindurch und verschwanden. Während sie sich davonschlichen, geriet auch Howard in Versuchung und stellte sich einen Moment lang vor, dass er sich aus dem Staub machte und mit Lucy nach Hause fuhr.

Er wandte sich an Gordy. »Ich glaube, dass man als Freiwilliger kein Recht hat, sich seine Schlachten auszusuchen«, sagte er. »Jedenfalls habe ich mich bestimmt nicht wegen einer Streiterei über den Fraß und die Schlafmöglichkeiten gemeldet. Und ich glaube, du auch nicht.« Er drängte sich durch die Menge, und während er die Laufplanke hinaufging, schlossen sich ihm ein paar Soldaten an. Auf halber Höhe schaute er hinunter zu Gordy, der die Achseln zuckte und ihm dann folgte.

An Bord standen sie nebeneinander an der Reling und sahen zu, wie unten verhandelt wurde. Nachdem die Drohung mit dem Kriegsgericht zurückgezogen und bessere Bedingungen zugesagt worden waren, gingen die murrenden Männer in kleinen Grüppchen wieder an Bord. Sobald die Laufplanken eingeholt waren, legte Howard den Arm um Gordys Schultern. »Also«, sagte er. »Jetzt zeig mir das finstere Loch.«

Gordy hatte nicht übertrieben. Die kümmerlichen Quartiere unter Deck rochen bereits nach Schweiß, feuchten Uniformen und Mottenkugeln. Die meisten Uniformen der Grenadiers waren aus dem letzten Krieg. Im Inneren seiner Jacke war die Jahreszahl 1918 eingestempelt. Selbst seine Unterwäsche stammte aus einem Restposten aus dem Ersten Weltkrieg. Er konnte es kaum erwarten, die kratzigen Wollsachen gegen die neuen Uniformen auszutauschen, die man ihnen vor der Abfahrt versprochen hatte.

Unter Deck waren in jedem freien Winkel in Stehhöhe Hängematten befestigt. Sie hingen sehr dicht nebeneinander, und Howard stellte sich vor, dass eine einzige Bewegung genügte, um alle Mann in Schwingungen zu versetzen. Auch das machte ihm nichts aus, denn als Jüngster von vier Brüdern war er an Schlafen auf engstem Raum gewöhnt.

Er setzte sich in der Kantine an einen Tisch unter der Hängematte, die Gordy ihm gezeigt hatte, und schnürte seine Stiefel auf. Heute Nacht würde er bestimmt gut schlafen.

Er spürte das Rumpeln, noch bevor er es hörte. *Der Motor?* Howard setzte sich auf und horchte. Das waren die Schiffsmotoren im Leerlauf. Rasch schnürte er seine Stiefel wieder zu und stürzte an Deck.

Im dunklen Wasser wartete ein Schlepper vor ihrem Schiff. Howard rannte nach Backbord und blickte über die Schultern der anderen Männer, die sich an der Reling drängten. Der Kai selbst schien zu ächzen, während sich die *Awatea* vorsichtig seitwärts bewegte. Ein lautes Tuten bestätigte Howards Befürchtung. Sie legten ab.

Hafenarbeiter lösten dicke Taue von den Pollern. Der Abstand zwischen Schiff und Pier vergrößerte sich zusehends. Dann schien die S.S. *Awatea* mit leer laufenden Motoren Luft zu holen, bevor sie sich langsam vorwärts bewegte.

Am Bug des Schiffes sah Howard das Kielwasser hinter dem Schlepper weiß schäumen: Die *Awatea* wurde in den Fjord hineingezogen. Im finsteren Wasser näherte sich die HMCS *Prince Robert* der Meerenge. Nachdem das Geleitschiff im Nebel unter der Lion's Gate Bridge verschwunden war, lehnte Howard sich im Heck an die Reling, während die beiden Schiffe langsam in den Hafen einfuhren und vor Anker gingen. Er brauchte sich die Spekulationen der Soldaten nicht anzuhören, um zu begreifen, warum man die Pläne geändert hatte. Nach der Beinahemeuterei auf der Pier würde nun jeder, der mit dem Gedanken spielte, in der Nacht abzuhauen, schwimmen müssen.

In der Ferne blinkten die Lichter der Stadt durch den dichten Nebel. Ein Schauder durchfuhr Howard und ließ eine Leere zurück, die sich mit düsteren Vorahnungen zu füllen begann.

6

Wenn ich die Lider fest zusammenkniff. Wenn ich mich nicht rührte. Wenn ich nicht weinte. Wenn ich wirklich brav war, dann wäre das, was mein Vater gesagt hatte, nicht wahr.

Ich lag zusammengerollt unter der Bettdecke, die Hände um die Knie geklammert, und versuchte, nicht zu bibbern. Ich kniff die Lider noch fester zusammen und hoffte, in den Lichtblitzen hinter meiner Stirn das Gesicht meiner Mutter zu sehen. Ich wollte sie mir so vorstellen, wie sie gestern war. Ich konnte mich nicht an sie erinnern. In meinem Kopf purzelten die Tage alle durcheinander.

Im Sommer, wenn es keinen Unterricht gab, war ein Tag wie der andere. Wenn ich Schule hatte, ging Mom zwei Tage in der Woche arbeiten. Jeden Donnerstag- und Freitagmorgen nahm sie Kipper mit zu ihrem Job bei Marlene Telford, die in der Granville Street ein Geschäft für Künstlerbedarf führte.

Marlene! Jetzt erinnerte ich mich an gestern früh.

Kipper und ich hatten verschlafen. Nachdem ich meine Cornflakes hinuntergeschlungen hatte, rief ich Mom ein »Tschüss« zu. Ich hörte sie hinter der Badezimmertür sagen, dass sie zu Marlene in die Stadt gehen wollte. Aber ich war in Eile. Ich schob Kipper aus dem Haus, besorgt, das erste Lied in der Ferien-Bibelschule der neuen Methodistenkirche in der 51. Avenue zu versäumen. Dort sangen wir jeden Tag um Punkt zehn »I Will Make You Fishers of Men«, und der Lehrer pickte immer jemanden heraus, der den Strohhut und die Angelrute aus Bambus tragen sollte. Dann machte er ein Polaroidfoto von dem auserwählten Menschenfischer, das der Beneidenswerte behalten durfte. Vielleicht wäre ich endlich einmal an der Reihe.

Kipper und ich besuchten die zweiwöchige Bibelschule, die »Naschen und Werken« versprach, zusammen mit meiner Freundin Ardith Price. Kipper liebte die Lieder. Am meisten »Onward Christian Soldiers«. Dann marschierte er auf der Stelle und sang den Text mit seiner monotonen lauten Stimme, immer ein paar Takte hinterherhinkend.

Am Ende des ersten Tages nahm der Lehrer mich beiseite und sagte, es wäre vielleicht besser, wenn ich Kipper zu Hause ließe. In meine Erleichterung mischten sich Schuldgefühle: Neuerdings hegte ich – was ich meiner Mutter bestimmt niemals erzählt hätte – einen nagenden Groll gegen meinen Bruder, weil er mir von früh bis spät hinterhertrottete.

Doch Mom reagierte ungehalten, als ich ihr berichtete, was der Lehrer gesagt hatte. »Das wäre ja noch schöner!«, rief sie. »Von der normalen Schule können sie ihn abweisen, aber nicht von der Bibelschule, solange ich ein Wörtchen mitzureden habe.«

Am nächsten Morgen begleitete sie uns zur Kirche. Ich weiß nicht, was im Pfarrbüro vor sich ging, doch als Mom herauskam, sagte sie, ich solle mit Kipper zu den anderen Kindern im Untergeschoss gehen. Der Lehrer hat nie mehr davon geredet, dass Kipper wegbleiben sollte. Aber er hat auch weder ihn noch mich zum Menschenfischer erklärt.

Hätte ich doch gestern gewartet, bis meine Mutter aus dem Badezimmer kam! Als ich von der Bibelschule zurückkehrte, hütete Mary, Irene Mansons Teenagertochter, das Haus. Auf dem Block beim Wandtelefon stand eine Notiz, und im Spülbecken taute ein tiefgefrorener Thunfischeintopf auf. Später hatten Frankie und Dad gegrinst, als sie Moms schräge Handschrift lasen, mit der sie uns wissen ließ, sie gehe am Nachmittag in die Stadt und anschließend zu Marlene zum Kartenspielen. »Sie hat wohlweislich nicht Poker geschrieben!«, lachte Frankie, nachdem Dad die Aufpasserin bezahlt und nach Hause geschickt hatte. Wir alle wussten, warum Mom nicht wollte, dass die Oberklatschbase unseres Viertels, Marys Mutter Irene Manson, von ihrem heimlichen Laster erfuhr.

Erst vor ein paar Tagen hatte Frankie Mom aufgezogen und gesagt, dass die Polizei irgendwann die Tür zu Marlenes Wohnung im West End aufbrechen und den illegalen Spielerring auffliegen lassen würde.

»Bei uns geht es doch nur um Pennys«, hatte Mom ernst erwidert. »Pro Abend verliert niemand mehr als einen Dollar.« Trotzdem ließ sie uns schwören, über ihre wöchentlichen Pokerrunden Stillschweigen zu bewahren. Für alle – bis auf unsere Nachbarin Dora Fenwick – spielte sie am Mittwochabend Bridge. Sie wollte, dass weder ihre Schwester noch die Damen des Nachbarschaftskaffeekränzchens etwas über ihre heimliche

Aktivität erfuhren. An den Spielabenden kam sie erst nach Hause, wenn es für mich längst Zeit zum Zubettgehen war. Deshalb machte ich mir keine Gedanken darüber, dass sie, als ich gestern Abend ins Bett ging, nicht zu Hause war. Oder darüber, dass es Samstag und nicht Mittwoch war.

Jetzt warf ich die Bettdecke zurück. Auch wenn Frankie gesagt hatte, ich solle liegen bleiben, stand ich auf und schlich mich wieder hinunter. Ich konnte ihn leise am Telefon in der Küche reden hören, während ich in Moms und Dads Zimmer schlüpfte und in ihr Bett kroch. Ich zog mir die Decken über den Kopf und vergrub das Gesicht in Moms Kopfkissen. Jetzt war alles in Ordnung. Sie konnte nicht tot sein.

Tot? Tot war die halbverweste Möwe, die Kipper und ich letzte Woche am Strand gefunden und im Sand vergraben hatten. Tot war mein Goldfisch, den ich mit dem Bauch nach oben in seiner Glaskugel hatte treiben sehen und den Frankie die Toilette hinuntergespült hatte. Tot war unser alter Hund Pepper. »Der Himmel hat ihn gerufen«, hatte Mom uns erklärt, als wir unseren schwarzen Cockerspaniel, eingewickelt in eine ausgeblichene Babydecke, im Garten hinter dem Haus begruben. »Er ist jetzt im Himmel.«

Aber meine Mutter gehörte nicht in den Himmel. Und von jetzt an würde ich so brav sein, dass der Himmel einfach warten müsste.

Heute würde ich in der Bibelschule Jesus Christus als meinen Erlöser in mich aufnehmen, wozu uns der Lehrer am Ende des Unterrichts immer aufforderte. Bisher hatte ich der Versuchung widerstanden, nach vorn zu gehen – wie es meine Freundin Ardith schon getan hatte – und mich hinzuknien, während die Hand des Pfarrers Jesus über meinen Kopf in mein Herz sandte.

Danach hatte mir Ardith erzählt, dass sie die Wärme Jesu Christi in ihrem Herzen gespürt habe. »Jetzt kann ich ihn um alles bitten«, sagte sie. »Und wenn ich sterbe, gehe ich in das Himmelreich ein.«

Darüber wusste ich nichts, ich wollte nur nicht, dass meine Mutter dorthin ging. Bald würde auch ich imstande sein, Jesus um Gnadenerweise zu bitten.

Als ich nichts mehr riechen konnte, legte ich den Kopf auf eine andere Stelle und atmete wieder das angenehme Parfüm meiner Mutter ein.

Jemand zupfte an der Bettdecke. Ich schielte heraus und sah Kipper am Bett stehen. Ich schlug die Decke zurück, und er stieg ins Bett. Er legte seinen Hut auf den Nachttisch und kuschelte sich neben mich.

Ich biss mir auf die Lippe. *Nicht weinen, nicht weinen.* Jeden Augenblick konnte jetzt meine Mutter die Straße heruntergefahren kommen und sagen: »Wieder daheim, wieder daheim, schnucke-di schnuck«, wie sie das immer machte, wenn sie ihr Auto vor unserem Haus an den Randstein stellte. Ich nahm mir vor, nächstes Mal nicht zu stöhnen, wenn sie den Kinderreim wiederholte. Nicht auszudenken, dass ich sie nie mehr diese dummen Worte würde sagen hören. Wo immer sie die ganze Nacht gewesen war, was immer sie abgehalten hatte, nach Hause zurückzukehren – die Polizei irrte sich in allem, was sie meinem Vater gesagt hatte. Auch Polizisten konnten sich irren.

Wie Frankie sich mit den kleinen Krebsen geirrt hatte.

»Sie werden eingehen«, hatte er gesagt, als ich letzten Sonntag von Birch Bay mit Dutzenden winziger schwarzer Krebse zurückkam, die gegen die Wände meines Eimers scharrten. »Sie brauchen den Ozean«, beharrte er. »Sie brauchen Salzwasser.«

Aber jetzt war eine Woche vergangen, und die kleinen Krebse lebten immer noch in unserer alten Sandkiste. Jeden Tag schüttete ich Tafelsalz in ein Glas Wasser, nahm es mit in den Garten hinter dem Haus und goss es über ihnen aus. Ich streute Goldfischfutter in das kleine Nest, das ich für sie aus Muscheln, Steinen und Algen gebaut hatte. Es roch sogar wie am Strand. Aber irgendwie wurden die Tierchen immer matter. Vielleicht sollte ich sie heute zum Ozean zurückbringen und freilassen. Ja, genau das würde ich tun. Heute war Sonntag. Wenn es nicht wieder regnete, würde ich Dad fragen, ob wir am Nachmittag nach Birch Bay fahren könnten. Mom liebte den Strand.

Als ich aufwachte, schien die Sonne durch den Vorhangspalt. Aus der Küche hörte ich eine Frauenstimme. Mom war wieder da! Ich warf die Decke zurück und sprang aus dem Bett.

Alle hörten zu reden auf, als ich in die Küche gerannt kam. Ich sah von Dad und Frankie, die an den beiden Tischenden saßen, hinüber zu Tante Mildred und Onkel Sidney an der Arbeitsplatte. Schweiß glänzte auf der Glatze meines Onkels. Selbst die kurzen Haarbüschel über seinen Ohren sahen feucht aus. Er nahm die Brille ab und konzentrierte sich darauf, die Gläser zu putzen, während ich sein Gesicht studierte.

»Mom?«, stieß ich mit erstickter Stimme hervor.

Mein Vater hob nur den Kopf. Ich wandte mich Frankie zu, aber als er die rotgeränderten Augen hob, sahen sie müde, alt und genauso leer aus wie die unseres Vaters.

»Mein Liebling«, sagte meine Tante und beugte sich zu mir, um mich in die Arme zu nehmen.

»Nein.« Ich wich zurück, drückte mich an meinen Vater und schluchzte an seiner Brust. Er legte mir einen Arm um die Schulter.

»Geh nach oben und zieh dich an, mein Schatz«, sagte Tante Mildred. »Du kommst eine Weile mit zu uns.«

Meine Tante lud mich oft über Nacht zu sich nach Hause ein, und meistens ging ich gern mit. Ich war mir sicher, mit neuen Kleidern, Puppen oder Comic-Heften versorgt zu werden. Doch heute spielte das alles keine Rolle. Ich schüttelte den Kopf und schmiegte mich noch fester an Dad.

»Ich finde es eine gute Idee, wenn du eine Zeit lang mitgehst«, meinte er leise.

»Kipper auch?«, fragte ich und wischte mir mit dem Arm übers Gesicht.

Tante Mildred zog ein Stofftaschentuch aus ihrer Handtasche. »Ich glaube nicht, dass mein Haus der richtige Platz für deinen Bruder ist«, sagte sie und reichte mir das Taschentuch. »Ich wüsste nicht, wie ich mich seiner annehmen könnte.«

Was Kipper anbelangt, so gehörte unsere Tante zur berühmten zweiten Gruppe. Wenn sie uns besuchte, beachtete sie ihn kaum, und er hatte auch noch nie bei ihr übernachtet.

»Dann komme ich auch nicht.« Ich ging ein paar Schritte rückwärts und rannte dann aus dem Zimmer.

»Lass sie gehen«, hörte ich meinen Vater müde sagen. Oben zog ich mir meine Caprihose, ein T-Shirt und Turnschuhe an. Ich ging hinunter in den Keller, dann zur Kellertür hinaus und die äußere Betontreppe hoch.

Im Garten hinter dem Haus roch es nach feuchter Erde und Gras, und über die aufgeweichten Rasenstücke wanden sich Regenwürmer. Zwei Drosseln hüpften davon, machten sich aber nicht die Mühe, wegzufliegen. Sie nahmen ihre Suche nach einem Frühstück wieder auf, als ich bei der alten Sandkiste stehen blieb, wo die Krebse regungslos in ihrer Behelfsunterkunft saßen. Ich hockte mich hin und stocherte mit einem Stock in dem Haufen herum. Winzige Blasen quollen unter ihren Glupschaugen hervor. Scheren hoben sich und griffen kraftlos nach dem Stöckchen. Sie lebten noch.

Ich stand auf und stellte mich in den nassen Sand. Ich hob den Fuß und stampfte drauflos, bis die Krebse alle zermalmt und zerquetscht in der Sandkiste lagen.

7

Die Küchentür ging auf, und Frankie kam heraus. Ich hockte in der Sandkiste, die Arme um die Knie geschlungen, und sah zu, wie er die Verandastufen herunterkam. Unten fischte er ein zerknittertes Päckchen Zigaretten der Marke Players aus seiner Hemdtasche. Er klopfte eine heraus und steckte sie sich mit zittrigen Fingern zwischen die Lippen. Erst beim dritten Versuch gelang es ihm, ein Zündholz anzureißen. Er lehnte sich an die Hauswand, nahm einen Zug und starrte dann, die Zigarette zwischen den Fingern, in den Rauch, der sich von ihrem glühenden Ende nach oben kräuselte. Vor dem nächsten Zug blickte er auf und sah mich. Er schlenderte herüber und setzte sich neben mich auf den Rand der Sandkiste. Wir betrachteten beide das Häufchen zu meinen Füßen, während seine Zigarette herunterbrannte.

»Ich hab gar nicht gewusst, dass du rauchst«, sagte ich.

»Tu ich auch nicht.« Er hielt das Päckchen hoch. »Die gehören Dad.« Er trat die nicht zu Ende gerauchte Zigarette im Sand mit diesen bedächtigen Bewegungen aus, die auch für unseren Vater so charakteristisch waren. Ich betrachtete sein Profil, sein entschlossenes Kinn, die

Fältchen um seine Augen, die mir gestern noch nicht aufgefallen waren. Mir wurde klar, warum Mom immer sagte, er sei Dads Ebenbild.

Als er sich aufrichtete, fiel ihm eine honigblonde Locke in die Stirn. Er schob sie zurück, stand auf und wischte sich den feuchten Sand von seiner Jeans. »Ich denke, wir sollten wieder reingehen.« Er streckte die Hand aus, und ich ließ mich von ihm hochziehen.

Wir kamen gerade rechtzeitig die seitlichen Verandastufen hoch, um Tante Mildred in der Küche sagen zu hören: »Hast du mir überhaupt zugehört, Howard? Ich habe gefragt, was Lucy auf einem Segelboot verloren hatte?«

Ein Segelboot? Ich blieb stehen und drehte mich zu Frankie um. Und da sah ich ihn. Draußen auf der Straße, hinter dem glänzenden schwarzen Volvo meiner Tante, stand der grüne Hudson meiner Mutter.

»Sie war mit Marlene Telford zusammen«, antwortete Dad. »Das Boot gehört Marlenes Mann.«

»Marlene!«, schnaubte Tante Mildred. »Ich komme immer noch nicht mit.«

Auch ich kam nicht mit. Also war es kein Autounfall gewesen?

»Kohlenmonoxid ...«, fing Dad an, stockte aber, als Frankie die Tür aufstieß.

In der Küche standen meine Tante und mein Onkel an der Arbeitsplatte, genau wie vorhin. Immer noch am Tisch über seine Kaffeetasse gebeugt, blickte Dad verdutzt auf, als wir hereinkamen.

»Sprich nur weiter, Dad«, ermunterte ihn Frankie. »Auch Ethie soll das ruhig wissen.«

Ich hörte, wie Tante Mildred die Luft einsog.

»Die Polizei glaubt, dass es sich um eine Kohlenmonoxidvergiftung gehandelt hat«, sagte Dad zögernd in Richtung Tischplatte. »Ausgelöst durch ein defektes Gasgerät. Irgendwie haben beide nicht daran gedacht, die Luken auf dem Boot zu öffnen.«

»Aber warum ist sie überhaupt dort gewesen?«, fragte Tante Mildred. Mein Vater zuckte zusammen, weil ihre Stimme so scharf klang.

Ja, warum? Ich wartete auf seine Antwort. Er schluckte, sein Blick wanderte zum Kühlschrank und wieder zurück zu der unangezündeten Zigarette zwischen seinen nikotinverfärbten Fingern. »Das wüsste ich auch gern«, sagte er. »Es war eine Verkettung unglücklicher Zufälle. Ich kann euch nichts anderes sagen.«

»Kohlenmonoxid ist tödlich«, schaltete sich Onkel Sidney ein, »aber schmerzlos. Man dämmert einfach so hinüber. Obwohl es mich schon überrascht, dass beide nichts gemerkt haben.«

»Sie haben Wein getrunken«, sagte Dad.

»Ahh«, meinte Onkel Sidney, als würde das alles erklären.

Meine Tante aber riss die Augen auf. »Lucy? Lucy soll getrunken haben? Das kann ich mir nicht vorstellen.«

Ich konnte es auch nicht. Meine Mutter trank doch nur zum Weihnachtsessen ein Glas Wein, aber auch das leerte sie nicht.

Im Badezimmer lief die Spülung. Die Tür ging auf, und Kipper erschien, immer noch im Pyjama – und mit seinem Hut auf dem Kopf. Ohne etwas zu sagen, studierte er unsere Gesichter und stellte sich dann neben Dad.

Tante Mildred nahm ihre Handtasche und die Handschuhe von der Arbeitsplatte. »Wir fahren jetzt nach Forest Lawn und suchen den Sarg aus …« Die Stimme versagte ihr. Sie zögerte und fuhr dann fort. »Wir regeln alles. Ihr braucht euch keine Gedanken wegen der Ausgaben zu machen. Das übernehmen Sidney und ich.«

»Das ist nicht nötig«, seufzte Dad.

»Wir möchten es aber so«, sagte Onkel Sidney sanft.

Während sie über die Vorbereitungen für die Trauerfeier redeten, versuchte ich, die offenen Fragen zu sortieren. Warum waren Mom und Marlene auf einem Segelboot? Auf Moms Zettel hatte gestanden, dass sie zum Kartenspielen ging. Hatte sie gelogen? Ich war immer der Meinung, dass Mom wie Kipper sei – und überhaupt nicht lügen konnte. Ich dachte über das nach, was Onkel Sidney gesagt hatte. Der Gedanke, dass meine Mutter einfach eingedöst war, hätte mich irgendwie beruhigen sollen. Aber es war nicht so.

Ich schloss die Augen und wollte mir ihr Gesicht vorstellen. Es gelang mir nicht. In meiner Panik sah ich Frankie an. »Ich kann mich nicht an ihr Gesicht erinnern«, rief ich. Tränen verschleierten mir den Blick, als ich mich verzweifelt von ihm zu Dad drehte. »Ich will sie sehen.«

Ich spürte die Hand meiner Tante auf der Schulter. »Ich glaube nicht, dass das eine gute Idee ist, mein Schatz«, sagte sie. »Wir können bei mir zu Hause Fotoalben raussuchen, und da kannst du dir alle Bilder von deiner Mutter ansehen.«

»Nein!« Mit einem Ruck machte ich mich los und ging zu Dad. »Ich kann mich nicht an ihr Gesicht erinnern. Ich möchte sie sehen, bevor sie in den Himmel geht.«

»Ich wi Mom au sehn«, schaltete sich Kipper mit zitternder Unterlippe ein.

Tante Mildred ignorierte ihn. Sie funkelte meinen Vater an. »Das hast du doch nicht im Ernst vor?«

»Es wäre vielleicht nicht verkehrt«, meinte Frankie.

»Unsinn. Das Kind ist schon genügend traumatisiert.«

»Also, meine Liebe«, sagte Onkel Sidney, »eigentlich gibt es keinen Grund, wieso ...«

»O nein«, stöhnte Tante Mildred.

Dad hob die Hand. »Hört auf«, sagte er leise, fast entschuldigend. Er zog Kipper näher zu sich heran und blickte von meinem Bruder zu mir. »Ihr könnt eure Mutter heute nicht sehen«, erklärte er, »aber vielleicht morgen. Oder ihr könnt sie bei der Trauerfeier sehen und ihr Adieu sagen.«

»Howard!«, rief Tante Mildred. »Das ist doch nicht dein Ernst! Du wirst sie doch nicht zur Trauerfeier mitnehmen?«

»Aber natürlich werden sie dabei sein!«, antwortete er. »Sie ist doch ihre Mutter.«

»Und der Junge? Du willst auch den Jungen mitnehmen? Tut mir leid, Howard, aber darüber solltest du noch mal nachdenken. Er wird ja doch nur die ganze Feier hindurch heulen.«

»Wenn man bei einer Beerdigung nicht weinen darf«, meinte Dad, »dann weiß ich nicht, wann sonst.«

Kurz nachdem Tante Mildred in ihrem Volvo losgefahren war, klopfte jemand an der vorderen Tür. Dad öffnete, und da stand Mrs Manson. »Ist Lucy wieder da?«, fragte sie und gab sich keine Mühe zu verbergen, dass sie über seine Schulter ins Haus sehen wollte. Dad wandte sich ab und überließ sie Frankie.

Im Verlauf des Tages gaben sich bei uns Freunde und Nachbarn die Klinke in die Hand, und die meisten erkannte mein Vater nicht einmal wieder. Sie überreichten uns Eintopfgerichte und Napfkuchen, während sie nervös ihr Beileid bekundeten.

8

Mom hatte einmal eine Art Statistik über die Bewohner der dreiundzwanzig Häuser unseres Blocks aufgestellt. Bis auf das Haus der Fenwicks direkt nebenan waren alle nach dem Krieg von der Regierung für die wachsenden Familien der zurückgekehrten Soldaten gebaut worden. Jede Familie musste mindestens zwei Kinder haben, um Anspruch auf so eine subventionierte Behausung zu erheben. Moms Rechnung schloss Frankie nicht ein, weil er, wie sie sagte, kaum mehr als Kind mitgezählt werden konnte. Sie kam auf sechsundsiebzig Kinder in der Barclay Street. Doch an diesem Tag war alles merkwürdig still. Obwohl es nicht mehr regnete, spielte niemand auf der Straße Hockey oder Baseball. Auf dem Gehsteig wurde nicht seilgehüpft oder Himmel und Hölle gespielt. Selbst der Platz auf der anderen Straßenseite war leer. Nur Kipper war da.

Nachdem die Frauen aus der Nachbarschaft nach Hause gegangen waren und ihre Männer im Wohnzimmer bei Dad zurückgelassen hatten, setzte ich mich auf die Eingangsveranda. Ich beobachtete Kipper, der drüben auf der Schaukel saß und sie dann in Kreisen ausschwingen ließ. Dann ging die Tür des Hauses neben dem Park auf, und Mr Manson kam heraus. Er überquerte die Straße, in der Hand eine mit braunem Papier umwickelte Flasche.

Als er zu mir heraufkam, nickte er in Richtung Spielplatz. »Das scheint eine gute Methode zu sein, schwindelig zu werden«, sagte er. Ich stand auf und ließ ihn ins Haus, damit er sich zu den anderen Männern in der Dunkelheit unseres Wohnzimmers gesellen konnte.

In der Küche versuchte Frankie, die Esswaren im Kühlschrank unterzubringen. Er blickte auf, als ich hereinkam und mich ans Tischende setzte. »Hast du schon was gegessen?«, fragte er.

Von den Gerüchen der Speisen wurde mir ganz flau im Magen. Oder vielleicht war es die Tatsache, dass ich soeben das Fehlen der Whiskeyflasche oben auf dem Kühlschrank bemerkt hatte. »Ich habe keinen Hunger.«

Frankies Blick folgte meinem. Dann schob er die letzte Speise so in den Kühlschrank, als würde er das letzte Stück in ein Puzzle einpassen, und drückte dann die Tür zu. »Du musst was essen«, meinte er, ohne wirklich überzeugt zu klingen.

Bevor ich antworten konnte, sahen wir beide Dora Fenwick über den Rasen auf unsere seitliche Veranda zugehen. Ihr Sohn Danny trottete ein paar Schritte hinter ihr her.

Mrs Fenwick war Moms beste Freundin. Sie und Danny wohnten mit ihrer Mutter in dem alten Bauernhaus nebenan. Danny und ich waren gleich alt. Wir waren zusammen aufgewachsen und bis zum letzten Sommer dicke Freunde gewesen.

Als sie die Stufen heraufkamen, ging Frankie zur Küchentür und öffnete sie. Mit ihren verquollenen Augen sah Mrs Fenwick einen Moment erschrocken aus, bevor sie eintrat. Danny blieb mit gesenktem Kopf auf der Veranda zurück. Unter seinem Bürstenhaarschnitt konnte ich seine Kopfhaut sehen, während er durch seine neue Buddy-Holly-Hornbrille auf seine Fußspitzen starrte.

»Überbackene Spaghetti«, sagte Dora Fenwick mit einem gezwungenen Lächeln und stellte noch eine Auflaufform auf die Arbeitsplatte. Dann nahm sie meinen Bruder in die Arme, drückte ihn an sich und raunte ihm etwas ins Ohr.

Frankie murmelte: »Danke.« Er hustete und tat einen Schritt zurück. »Ich hole Dad.«

Sie zupfte nervös an den kurzen dunklen Haaren hinter ihren Ohren, dann wandte sie sich mir zu. Sie hatte wohl gefühlt, dass ich, sollte sie mich in die Arme nehmen, in tausend Stücke zerbersten würde. Sie zog ein Papiertaschentuch aus dem Ärmel ihres Sweaters, drückte es sich an die Augen und drehte sich dann zu Danny um. »Kommst du nicht rein, Liebling?«, fragte sie.

Er schüttelte den Kopf. »Ich warte hier«, sagte er. Dann überraschte er mich mit einer Frage: »Willst du nicht rauskommen?«

Ich stand vom Tisch auf. Genau in diesem Moment betrat Dad die Küche. Er und Mrs Fenwick umarmten sich umständlich. »Es tut mir so leid, Howard«, sagte sie und setzte sich auf den Stuhl, den er ihr anbot. »Kann ich irgendwas tun?«

»Nein, nein«, antwortete Dad. Er fuhr sich durch die Haare. »Ich denke, ihre Schwester wird uns schon alle in die richtige Richtung lenken.«

Sie nickte verständnisvoll. »Ich kann es einfach nicht glauben. Ich war gestern und heute den ganzen Tag bei der Arbeit.« Während sie sich die Nase putzte, setzte sich Dad auf den Platz, den ich gerade geräumt hatte.

»Meine Mutter hat gesagt, dass Lucy …« Sie zögerte. »Also, sie hat gesagt, dass Lucy gestern früh herübergekommen ist und nach mir gefragt hat. Aber«, fügte sie mit einem erstickten Lachen hinzu, »so wie das Gedächtnis meiner Mutter derzeit funktioniert, könnte das auch letzte Woche heißen.«

Ich fühlte einen Stich in meiner Brust, als ich sie von Mom und von gestern reden hörte. Es tat bereits weh, wenn jemand nur ihren Namen aussprach. Ich schlüpfte hinaus, ohne die Küchentür zu schließen, und setzte mich auf die Verandastufen. Wortlos ließ sich Danny neben mir nieder. Der einzige Laut, der von jenseits der Straße kam, war das Quietschen von Kippers Schaukel.

In der Küche putzte sich Dora wieder die Nase. Nach kurzem Schweigen räusperte sich Dad. »Hat es etwas gegeben, was ihr Sorgen gemacht hat, Dora?«, fragte er so leise, dass ich mich anstrengen musste, um es überhaupt zu hören. »Hat sie irgendwie beunruhigt gewirkt?« *Beunruhigt? Mom? War sie deshalb gestern früh so lange im Badezimmer gewesen? Warum ist sie zu Marlene gegangen?*

Danny rutschte auf der Stufe neben mir hin und her. »Jetzt komm schon! Wir gehen auf den Spielplatz«, flüsterte er.

Ich schüttelte den Kopf, während drinnen seine Mutter versicherte, dass Mom sich, soweit sie wisse, über nichts Ungewöhnliches Sorgen gemacht habe.

Da durchfuhr es mich wie ein Blitz. Vielleicht war es ja *meine* Schuld! Vielleicht war sie beunruhigt, weil ich angefangen hatte, mich über Kipper zu ärgern.

Jemand pochte gegen die Eingangstür. »Ich gehe jetzt«, sagte Dora, und ihr Stuhl schrammte über den Boden. »Ruf mich an, wenn ich irgendetwas tun kann.«

Dad hielt ihr die Küchentür auf. Als sie auf die Seitenveranda kamen, sprang Danny auf. Seine Mutter blickte uns freundlich an. »Möchtest du heute Nacht bei uns schlafen, Ethie?«, fragte sie.

Dannys Gesicht war ausdruckslos. Früher, als Danny und ich Freunde waren, war das Haus der Fenwicks für Kipper und mich wie ein zweites Zuhause gewesen. Wir hatten an vielen Wochenenden und Ferientagen im Sommer dort übernachtet.

»Wenn das für dich okay ist, Howard?«, fügte Mrs Fenwick hinzu.

Dad nickte. »Wenn sie möchte.« Ich meinte, aus seiner Stimme Erleichterung herauszuhören.

»Kipper auch?«, fragte ich.

Dannys Mutter lächelte. »Kipper natürlich auch.«

Ich holte unsere Pyjamas. Als ich wieder herunterkam, machte ich einen Bogen um das Wohnzimmer. Ich hatte noch immer nicht verstanden, was Frankie gemeint hatte, als er auf meine Frage, warum diese Männer bei Dad nur herumsaßen und fast nichts sagten, achselzuckend geantwortet hatte: »Es sind lauter Veteranen, und ich nehme an, es gibt ein Band zwischen ihnen, das Worte überflüssig macht.«

9

2. November 1941: Honolulu Harbor, Hawaii

So etwas hatte Howard noch nie gesehen. An der Reling rangelte er mit den anderen Soldaten um die beste Aussicht. Auf dem unteren Deck sah man an Backbord der *Awatea* vorgereckte Köpfe und winkende Arme. Das Gejohle der Soldaten ging unter in der Ukulelemusik, die Hula tanzende Mädchen auf der Pier begleitete. Münzen, Geldscheine und sogar Päckchen mit Zigaretten regneten auf die Tänzerinnen nieder. Ein Junge in einem roten Hemd mit Blumenmuster sammelte die Ernte ein und warf sie in eine große Holzschüssel am Kai.

Mit der Seeluft wehte von den Orchideenkränzen der Tänzerinnen ein exotischer Blumenduft herauf. Die anmutigen Bewegungen der jungen Frauen waren so fließend und so sinnlich, dass Howard sich vor Verlangen nach Lucy verzehrte.

Verlegen wegen seiner Erregung, lehnte er sich dichter an die Reling. Wie die anderen Soldaten an Deck trug er die neuen Shorts, die Teil der Tropenuniform waren, und ein kurzärmeliges Hemd. Die Soldaten hatten Weisung erhalten, keine Abzeichen oder Insignien zu tragen, die sie als Kanadier auswiesen. Das Britische Empire und Deutschland befanden sich im Krieg, und obwohl die kanadische Infanterie noch nicht in den bewaffneten Kampf eingetreten war, unterlag die Stationierung von Truppen der strengsten Geheimhaltungspflicht. Während sie Treibstoff an Bord nahmen, mussten folglich alle Mann auf dem Schiff bleiben.

»Willst du den Mädchen nicht was geben?« Gordy stieß Howard an und warf ein blitzendes Fünfzig-Cent-Stück hinunter.

»Du bist auf jedes hübsche Gesicht scharf«, sagte Howard. »Aber ich bin jetzt ein verheirateter Mann und muss meine Pennys zusammenhalten.«

»Ach was, du Geizkragen.«

Howard griff in seine Tasche, zog sein Wechselgeld heraus und warf die Münzen hinunter. »Bitte sehr. Zufrieden?«

»Keine Sorge«, sagte Gordy. »Ich werde Lucy schon nichts erzählen.«

»Besser nicht.« Howard lachte. Er sagte es nur halb im Scherz. Im Laufe der Zeit war er zu der Überzeugung gelangt, dass er besser nicht ausprobieren sollte, wie weit Lucys Neigung zur Eifersucht ging. Dass er Mädchen mit schwingenden Hüften Münzen zuwarf, war nichts, was er ihr gern hätte erklären wollen.

Er zog ein Zigarettenpäckchen aus seinem aufgerollten Ärmel. Obwohl er selbst nicht rauchte, nahm er die Rationen an, die die Armee sehr sparsam austeilte. Die Eltern hatten ihn gelehrt, niemals etwas abzulehnen, was man gratis bekam. Aus Langeweile hatte er ein paar Zigaretten geraucht, aber er konnte sich nicht vorstellen, nach diesen schlecht schmeckenden Dingern süchtig zu werden.

Er warf die Packung über Bord. Als der Junge hinzusprang, um sie aufzuheben, sah Howard, dass es kein Kind war, sondern ein ausgewachsener Mann. Er schob die Zigaretten in seine Tasche, blickte hinauf und salutierte zum Spaß.

Unten wurde weitergetanzt, bis die Motoren zu rumpeln begannen und das Schiff ablegte. Da nahmen die Hulatänzerinnen ihre Blütenkränze ab und warfen sie hinauf in die ausgestreckten Hände. Howard konnte einen fangen. Lächelnd winkte er dem Mädchen zu, das ihn geworfen hatte. »Wirf ihn ins Wasser, wenn ihr losfahrt«, rief sie. »Das heißt, dass du zurückkommst.«

Plötzlich überwältigt, warf Howard ihr eine Kusshand zu.

»Hoppla!«, rief Gordy und griff nach dem Kranz. »Weiß nicht, ob ich dieses kleine Detail vor Lucy geheim halten kann.«

Howard zog den Kranz aus Gordys Reichweite. »Nein, kommt nicht in Frage«, sagte er grinsend. »Du bringst mich nicht so weit, dass ich ihn dir gebe.«

»Was? Du willst nicht, dass dein bester Kumpel zurückkommt?«

Als die winkenden Mädchen nicht mehr voneinander zu unterscheiden waren, bahnten sich Howard und Gordy einen Weg zum Heck des Schiffes. Während Schlepper das Truppenschiff zogen, kam es dicht an einem japanischen Frachter vorbei. Howard hatte Berichte über den neuen japanischen Ministerpräsidenten, einen Kriegsbefürworter, und die zunehmenden Spannungen zwischen den Vereinigten Staaten und Japan gelesen und vermutete, dass es sich bei den asiatischen Fahrgästen, die sich auf den Decks der *Lisbon Maru* drängten, um japanische Staatsangehörige auf dem Weg in die Heimat handelte.

Eine Gruppe Soldaten näherte sich der Reling. Plötzlich legte sich ein junger Mann die Hände seitlich an die Stirn und zog seine Lider in Richtung Haaransatz, sodass sie enge Schlitze bildeten. »Japanischer Vater.« Er zog die Lider nach unten. »Chinesische Mutter.« Dann schob er das eine Lid nach oben, das andere nach unten und spottete: »Armes Baby.« Die Passagiere auf dem Frachtschiff konnten nicht gehört haben, was er gesagt hatte, aber die Gesten waren deutlich genug.

»Du lieber Gott!«, rief Gordy und drängte sich nach vorn.

Von dem kindischen Scherz eher peinlich berührt als schockiert, packte Howard seinen Freund am Arm und hielt ihn zurück. Er hatte schon erlebt, dass Gordy aus geringfügigerem Anlass einen Streit vom Zaun gebrochen hatte. »Er ist noch ein Kind«, sagte er. Der Soldat grinste sie an und zog ab.

Gordy stellte sich wieder neben Howard. »Alle wissen, dass einige Jungs bei der Angabe ihres Alters geschwindelt haben«, sagte er, »aber wie in drei Teufels Namen kann ein Musterungsoffizier geglaubt haben, dass dieser Rotzbengel über sechzehn ist?«

Howard zuckte die Achseln. Er schaute genau in dem Augenblick zu der sich entfernenden *Lisbon Maru* hinüber, als ein Mann am Bug des Schiffes seine Kamera absetzte. Ihre Blicke trafen sich. Trotz der Entfernung war der Hass im Blick des Japaners unmissverständlich. Schaudernd wandte Howard sich ab.

Die *Awatea* und ihr Geleitschiff, die *Prince Robert,* steuerten jetzt genau nach Westen. Howard ging hinüber zur Reling und warf seinen Blütenkranz über Bord. Er sah zu, wie er im schäumenden Kielwasser verschwand, was seine düsteren Vorahnungen verstärkte.

Zwei Stunden später mussten alle an Deck antreten. »Nehme an, wir erfahren jetzt endlich, wohin die Reise geht«, sagte Gordy. Gerüchte, die während der letzten fünf Tage auf See kursierten, waren von allen möglichen Zielen ausgegangen – von Singapur bis Indien, ja sogar vom Kriegsschauplatz in der nordafrikanischen Wüste war die Rede gewesen. In Anbetracht der Tropenuniformen, die sie erhalten hatten, erschien Howard jedes dieser Ziele möglich. Doch über den Wind und das Dröhnen der Motoren hinweg gab Brigadier Lawson von der Brücke aus bekannt, dass es ihre Pflicht sei, »das Gibraltar des Pazifik« zu verteidigen. »Männer, wir sind auf dem Weg, die britische Garnison in der Kolonie Hongkong zu verstärken.«

Ein Stöhnen ging durch die Reihen der Grenadiers. Viele der erfahrenen Soldaten hatten auf Jamaika fünfzehn Monate Wachdienst geschoben und waren auf einen Kampfeinsatz eingestellt. Howard hatte sich zur Armee gemeldet, weil sein Land im Krieg war. So einfach war das. Und er würde dorthin gehen, wohin man ihn schickte. Doch jetzt, da es so aussah, als wäre die Chance vertan, sich im Kampfeinsatz zu bewähren, fühlte er sich zwischen Enttäuschung und Erleichterung hin und her gerissen.

In dieser Nacht wurde auf dem Schiff Verdunkelung angeordnet. Bullaugen wurden verhängt und geschlossen gehalten. Um der Hitze und der stickigen Luft in den geschlossenen Räumen zu entkommen, nahm Howard seine Hängematte von den Haken, rollte sie zusammen und trug sie an Deck, wo er feststellen musste, dass viele andere auf dieselbe Idee gekommen waren. Er kehrte zu seinem Lieblingsplatz am Heck zurück und befestigte die Hängematte unterhalb der Geschütze. Er legte sich hinein, dankbar – und erstaunt –, dass er, im Gegensatz zu einigen der Jungs, von der Seekrankheit verschont blieb. Er mochte es, wenn ihm der Wind ins Gesicht blies. Dann schaukelte er in seiner Hängematte hin und her und döste ein, während die *Awatea* im Mondschein den Ozean in Richtung Westen durchpflügte.

Unter Lawsons Kommando wurde die Ausbildung während der Reise über den Ozean fortgesetzt. Schichtweise verbrachten die Soldaten viele Stunden auf den überfüllten Decks und absolvierten Mörser- und MG-Schießübungen. Howard machte auch das Gewehrputzen nichts aus, half es doch, die Zeit zu vertreiben.

Aufklärung darüber, was sie zu erwarten hatten, während sie in Hongkong ihren Dienst versehen würden, füllte den Rest des Tages aus. Offiziere wechselten sich ab und hielten Vorträge über die unterschiedlichsten Themen, von der Geschichte der Kolonie bis zu den Tropenkrankheiten – Geschlechtskrankheiten inbegriffen. Sie hörten sich britische Geheimdienstberichte über den Charakter des japanischen Soldaten an – Berichte, die die vier- oder fünftausend Soldaten der Kaiserlichen Armee an der Grenze der Gebiete von Hongkong zumeist nicht übermäßig ernst nahmen.

In Kanada hatte Howard noch die Karikaturen gesehen, in denen Japaner als dürre Männchen mit vorstehenden Zähnen und dicken Brillengläsern dargestellt wurden. Er dachte an den Mann auf dem Deck der *Lisbon Maru*, an seinen hasserfüllten Gesichtsausdruck, und war sich nicht so sicher. Offensichtlich war sich auch Brigadier Lawson nicht ganz sicher, dachte Howard, als er hörte, wie er seine Leute davor warnte, die Soldaten der Kaiserlichen Armee zu unterschätzen.

Auch wenn der Brigadier darauf bestand, dass an jedem Tag auf See geübt wurde, fanden einige Männer abends noch die Energie, bei dem illegalen Pokerspiel in einem Lagerraum auf dem Unterdeck mitzumachen. Howard stieg in den ersten Nächten hinunter und sah Gordy beim Spielen zu. Ziemlich viel Geld wechselte den Besitzer, und er fragte sich, ob es zu Temperamentsausbrüchen kommen würde, aber alle schienen mit ihren Verlusten und Gewinnen gut umgehen zu können.

»Eh?«, stichelte eines Abends ein Angehöriger der Royal Rifles gegen Howard, der hinter Gordy stand. »Spielst du bei der nächsten Partie mit oder nischt, Blondie-Erz?«

Howards sonnengebleichtes Haar hatte ihm unter den Grenadiers diesen Spitznamen eingetragen. Doch als er den französischen Akzent hörte, war er nicht ganz sicher, ob er gekränkt oder geschmeichelt sein sollte. Er betrachtete den grinsenden Soldaten aus Québec und zog dann eine Zehn-Dollar-Note heraus. Er spürte den

Hauch eines Bedauerns, als er sie aus der Hand gab, glaubte aber, dass die Kameradschaft unter den Männern die paar Dollar wert war, die er möglicherweise verlieren würde.

Zwölf Tage später, als das Schiff in den Hafen von Manila auf den Philippinen einlief, war Howard um fünfhundert Dollar reicher und rauchte ein Dutzend Zigaretten pro Tag.

Wie die anderen Männer fing auch Howard an, nervös zu werden. Nach siebzehn Tagen auf See wünschte er sich festen Boden unter den Füßen. Doch ebenso wie auf Hawaii durften sie auch in Manila ihr Schiff nicht verlassen. Als sie, nachdem sie Treibstoff geladen hatten, wieder aus dem Hafen ausliefen, wurden sie vom britischen Kreuzer HMS *Danae* begleitet.

»Warum brauchen wir plötzlich ein zweites Geleitschiff?«, überlegte Gordy, während er seinen Einsatz für diese Nacht in den Topf warf.

Die Pokerspieler um ihn herum spekulierten über die Wahrscheinlichkeit eines Krieges mit Japan. »Schön wär's ja!«, höhnte einer von den Royal Rifles und zählte seinen Einsatz ab. Aber viele waren schon überzeugt, dass sie sich bei der Ankunft in Hongkong den Weg vom Schiff herunter freikämpfen müssten.

Während hin und her diskutiert wurde, schwieg er bedrückt. Er fragte sich, warum die Frachträume immer noch leer waren. In Vancouver war die *Awatea* am Morgen nach der Beinahemeuterei ohne militärische Ausrüstung aus der English Bay ausgelaufen. An Bord hatte es geheißen, die Fahrzeuge und Schützenpanzerwagen würden auf einen Frachter geladen, der ein paar Tage nach ihnen ablegen würde. Howard hoffte, dass das Gerücht stimmte.

In den frühen Morgenstunden des 16. November, einundzwanzig Tage nachdem sie in Vancouver an Bord der *Awatea* gegangen waren, standen Howard und Gordy an der Reling und beobachteten, wie sich eine dunkle Masse am Horizont in festes Land verwandelte. »Das ist es, mein Freund! Hongkong«, sagte Howard. »Urlaub oder Hölle. Schätze mal, dass wir das bald herausfinden werden.«

Als sie sich der Kolonie näherten, fielen die Strahlen der aufgehenden Sonne auf den Berg und die Hügel an der fünfzehn Kilometer langen Insel. Bei der Einfahrt in den zwischen Insel und Festland gelegenen Hafen schaukelten Hunderte von Sampans um ihr Schiff herum. Howard wunderte sich, dass es keine Zusammenstöße gab, aber die seltsam anmutenden Fahrzeuge mit den rechteckigen Segeln wichen der *Awatea* geschickt aus.

»Schau dir das an!« Howard zeigte auf die Dächer palastartiger Gebäude, die aus der üppigen Vegetation auf den Berghängen der Insel herausblitzten.

»Wer hätte je gedacht, dass zwei Jungs aus der Prärie im Paradies landen würden?«, lachte Gordy.

Beim Näherkommen bemerkte Howard Tausende von Hütten, die sich an den Stränden und Hafenanlagen sowohl auf der Insel als auch auf dem Festland zusammendrängten. Die aus allen möglichen Materialien, von Wellblech bis Bambus und Papier, erbauten Bruchbuden sahen so aus, als könnte sie eine steife Brise davonwehen, welch ein Kontrast zur Opulenz der Häuser an den Hängen.

Während die *Awatea* auf der Festlandseite festmachte, kreisten Flugzeuge am Himmel. »Ich hoffe doch sehr, dass das nicht die ganze Air Force ist!«, meinte Howard mit Blick auf die vier museumsreifen Flugzeuge.

Unten auf der Pier standen in der Morgensonne die Repräsentanten der britischen Garnison in Habachtstellung. Howard stieß einen Pfiff aus. »Wie gut, dass wir diese Jungs bei uns haben!«, sagte er und deutete auf ein britisch-indisches Regiment. Die groß gewachsenen Soldaten mit den dunklen Gesichtern standen regungslos da. Howard konnte sich keine vornehmer oder entschlossener wirkende Gruppe von Männern vorstellen: Alle waren wie aus demselben Holz geschnitzt, von gleicher Größe und Haltung, und trugen makellose Khakiuniformen und hellbraune Turbane.

Die Laufplanken der *Awatea* wurden heruntergelassen. Auf der Pier legte eine Militärkapelle mit »Rule Britannia« los, und Howard sah zu, wie Major General Christopher Maltby, der britische Kommandeur der Garnison von Hongkong, und seine Offiziere an Bord gingen. In Tropenuniform und mit voller Kampfausrüstung warteten die Soldaten der kanadischen C-Force – einige, wie Howard und Gordy, hatten ihre Gewehre erst in der Nacht zuvor ausgehändigt bekommen – ungeduldig auf Deck, während ihre Befehlshaber die britischen Offiziere in der Schiffslounge empfingen.

»Die Briten lieben Militärparaden«, sagte Gordy. »Und jetzt, Jungs, werden wir ihnen eine liefern.« Auch Howard war erleichtert, dass sie mit echten Gewehren und Bajonetten zu ihren neuen Unterkünften marschieren würden.

Seltsam war, dass man die Männer wieder angewiesen hatte, jegliche Abzeichen oder Insignien zu entfernen, die sie als Angehörige der kanadischen Armee auswiesen. Während sie nun aber darauf warteten, von Bord gehen zu können, spielte die Kapelle »The Maple Leaf Forever«, und in der Menge, die sich unten versammelte, ertönten »Willkommen, Kanada!«-Rufe. Schöne Geheimhaltung, dachte Howard.

Am Mittag gingen die Soldaten, zur Musik der Dudelsackpfeifer-Band der Royal Scots, von Bord. Obwohl Howard sich nicht sicher war, ob auch etwas schottisches Blut in seinen Adern floss, durchzuckte ihn beim Klang der Dudelsäcke ein patriotischer Schauder. Endlich schloss er zu seiner Abteilung auf, die sich auf den Festland-Kaianlagen sammelte. Ermuntert durch die Jubelrufe der Menge und mit dem seltsamen Gefühl, dass sich der Boden unter seinen Füßen bewegte, zwang Howard seine ozeangewöhnten Beine, mit seinen Kameraden den Takt zu halten.

In der feuchten Nachmittagshitze bahnte sich der Zug seinen Weg hinauf zur Hauptdurchgangsstraße von Kowloon. Während des gut drei Kilometer langen Marschs zu ihrem neuen Stützpunkt blinzelte Howard in die schattigen Seitenstraßen hinein. Soweit das Auge reichte, erstreckte sich hier ein Durcheinander von baufälligen drei- und vierstöckigen Gebäuden mit Schildern voller chinesischer Schriftzeichen und mit Bambusgerüsten an den Fassaden. In den engen Gassen wimmelte es von Menschen, die sich an Imbissständen, Weidenkäfigen mit gackernden Hühnern und quiekenden Schweinen vorbeidrängten. Ungewohnte Küchendünste nach fremden Gewürzen und ranzigem Fett stiegen Howard unangenehm in die Nase. Dennoch war an dieser betriebsamen Stadt etwas, was ihn fesselte, und er verspürte einen plötzlichen Nervenkitzel, eine Mischung aus Erregung und Besorgnis.

Auf der ganzen Strecke lavierten sich Rikschas, von Kulis mit nacktem Oberkörper gezogen, geschickt durch die Lücken in der Kolonne hindurch. Im Vorbeifahren grinsten sie die marschierenden Soldaten an. Alte Frauen, tief gebeugt unter Bambusstangen, an deren Enden schwere Körbe hingen, warteten mit ausdruckslosem Gesicht, bis sie vorübergezogen waren. Asiatische Fußgänger und Ladeninhaber sahen von den Gehsteigen und Schaufenstern aus zu, während Scharen von Europäern Union Jacks schwenkten und Willkommensgrüße riefen. Howard fielen einige orientalische Gesichter auf, die sie entweder ignorierten oder ihnen nur verstohlene Blicke zuwarfen, aber die meisten schienen begeistert zu sein, dass die Verstärkung der zehntausend Soldaten, die zurzeit ihre Garnison bildeten, eingetroffen war.

Aus dem Unterricht auf dem Schiff wusste Howard, dass die Bevölkerung der kleinen Kolonie durch die Flüchtlingsströme vom chinesischen Festland auf fast zwei Millionen angeschwollen war. Doch während die Koloniebewohner ihnen bis zu den Toren von Camp Sham Shui Po zujubelten, fragte er sich, welchen Unterschied zweitausend weitere Soldaten letztendlich ausmachen würden.

10

Zum ersten Mal sah ich das Mädchen am Montagmorgen. Das Bett im oberen Gästezimmer der Fenwicks stand direkt neben dem Fenster. Ohne den Kopf vom Kissen heben zu müssen, hatte ich eine gute Sicht auf die Barclay Street. Die Straße war so schmal, dass dann, wenn auf beiden Seiten ein Auto parkte, ein drittes kaum noch hätte hindurchfahren können. Die auf beiden Seiten zusammengedrängten Häuser unterschieden sich nur durch ihren Anstrich – Mom sagte immer, die Regierung habe wohl nur drei Farbtöne zur Verfügung gehabt: Braun, Grün, Grau, Braun, Grün, Grau. Einzig das weißgetünchte Farmhaus der Fenwicks, das auf einem umzäunten Grundstück mit einem verwilderten Garten stand, fiel aus dem Rahmen. Vor den übrigen Häusern erstreckte sich ein mühsam gedeihender Grasteppich, unterbrochen nur von betonierten Wegen, die zu den Schaukeln auf dem Kinderspielplatz führten.

Der kleine Park war eher ein großes Gelände mit Rasenfläche zwischen dem Haus der Mansons und dem meiner Freundin Ardith. Vor Jahren hatten sich einige Väter aus der Nachbarschaft zusammengetan und dort eine Schaukelanlage und eine Rutsche aufgestellt. Mittlerweile wurden die Geräte nur noch von den wenigen Kleinkindern aus unserer Straße genutzt – und manchmal von Kipper. Wir anderen spielten auf der Straße.

Ich schaute auf das Frontfenster der Mansons, in dem sich die Morgensonne spiegelte. Bevor das grelle Licht mich blendete, hatte ich einen Blick auf Mrs Manson erhascht. Auch sie behielt den Park im Auge – und das Mädchen, das ganz allein vor der Schaukel stand. Selbst wenn sie keine Fremde gewesen wäre, hätte ich mich über sie gewundert. Ihre Kleidung – eine weiße Bluse und ein dunkler Faltenrock – wirkte für einen Sommertag zu förmlich. Ihr ebenholzschwarzes Haar war zu einem Bubikopf geschnitten, und der lange Pony reichte bis zu ihren Mandelaugen. Sie war Asiatin – eine Japanerin oder Chinesin. Ich konnte nicht sagen, was genau. In unserer Gegend gab es keine asiatischen Familien. Die einzigen Chinesen, die ich kannte, waren die Besitzer des Lebensmittelgeschäfts unten am Victoria Drive und Mr Fong, der Gemüsemann.

Bis vor ein paar Jahren war uns fast alles, was wir brauchten, ins Haus geliefert worden. Der Milchmann kam jeden zweiten Morgen. Der Gemüsemann und der Brotmann von McGavin fuhren einmal die Woche vorbei. Wenn wir dann gerade vor dem Haus spielten, traten wir, verärgert über die Störung, zur Seite.

Das Gemüseauto kam mittwochs. Mr Fong war der älteste Mann, den ich je gesehen hatte. Er sagte wenig, doch die Fältchen um seine dunklen Augen gruben sich noch tiefer ein, wenn er mit einem Lächeln aus dem Führerhaus kletterte und Kipper und mich mit Moms Liste dastehen sah. Wir folgten ihm das Treppchen hinauf in den Laderaum seines Lastwagens. Ich liebte den Geruch nach Gartenerde, Obst und Gemüse, der von den Holzregalen kam. Mr Fong gab uns Weidenkörbe, in die er die bestellten Waren füllte. Hin und wieder steckte er uns eine fleckige Banane in die Tasche.

An einem Sommertag – ich war sieben Jahre alt – kam sein Lastwagen herangerumpelt, als wir auf der Straße mit Sprungseilen spielten. Meine Freundin Ardith und ich standen an den Enden der langen Seile, die wir drehten, während eine Reihe Mädchen zu unserem Kinderreimsingsang abwechselnd hinein- und heraushüpfte. Als Mr Fongs Lastwagen näher kam, gingen wir stöhnend zum Randstein, wo wir, die Hände in die Hüften gestemmt, stehen blieben. Mit einem Ruck hielt das Fahrzeug vor unserem Haus, die Führerhaustür ging auf, und Mr Fong kletterte vom Fahrersitz herunter.

Während er zum Laderaum ging, spürte ich an meinem Ende des Seils ein ungeduldiges Zerren und ließ mich auf die Straße zurückziehen. Das Seil fing wieder zu schwingen an. Bei den ersten Worten des Kinderreims sah ich, wie Ardiths Augen herausfordernd funkelten, als sie sang: »Ein alter Chinese …«

Es war ein Vers, den wir oft gesungen hatten, doch jetzt brachte ich den Text zum ersten Mal mit Mr Fong in Verbindung. Trotzdem rutschten mir und allen anderen die albernen Worte einfach so aus dem Mund.

Ein alter Chinese
Aß sehr gern Käse,
Doch einmal aß er so viel
Dass ihm die Hose runterfiel.

Mr Fong blieb auf den Trittstufen seines Lastwagens stehen und wartete das Ende des Reims ab. Dann drehte er sich um. Sein Blick traf meinen. Ich merkte, dass er traurig war, und lief rot an. Aber es war zu spät. Ich schaute in eine andere Richtung.

Den Rest des Sommers blieb ich im Haus, wenn er uns mit Waren belieferte. Bald danach wurde in der Nähe ein großer Supermarkt gebaut, und ein Lieferant nach dem anderen stellte seine Tätigkeit ein. Mehr als fünf Jahre später fühlte ich immer noch die Schamesröte, wenn ich an jenen Tag dachte. Ich fragte mich, ob meine Mutter es je erfahren hatte.

Bei dem Gedanken an Mom zitterte mir das Kinn.

»Kommst du mit runter?«, fragte Danny von der anderen Seite der Schlafzimmertür.

»Ja«, antwortete ich, blieb aber zusammengerollt unter der Bettdecke liegen. Ich wollte allein sein, genau wie gestern Abend. Nachdem wir bei seinem Haus angelangt waren, ging ich direkt ins Gästezimmer, und er war, glaube ich, erleichtert. Er nahm Kipper mit in sein Zimmer, um mit ihm ein Brettspiel zu spielen. Als Mrs Fenwick den Kopf hereinstreckte, um nach mir zu sehen, tat ich, als schliefe ich, aber es erschien mir unmöglich, jemals wieder schlafen oder lachen zu können. Dann lag ich allein im Dunkeln und wunderte mich jedes Mal über Danny und Kipper, wenn von der anderen Seite des Flurs eine gedämpfte Lachsalve zu mir herüberdrang.

Danny gehörte zu den wenigen Nachbarskindern, die meinen Bruder niemals neckten. Und es hatte ihm anscheinend auch nichts ausgemacht, wenn Kipper auf unseren gemeinsamen Streifzügen hinter uns hertrottete. Dann war ich eines Tages, im letzten Sommer, als wir unseren Weg vom Schwimmbad nach Hause durch das Gebüsch abgekürzt hatten, der Versuchung erlegen und hatte mich auf Dannys Mutprobe eingelassen, ihm »Meines« zu zeigen, wenn er mir »Seines« zeigte.

Danach ließ ich Kipper schwören, das Geheimnis für sich zu behalten. Aber ich hätte es besser wissen müssen. Sobald wir zu Hause waren und Mom sich erkundigt hatte, wie unser Tag verlaufen sei, platzte er heraus: »Darf ich nich sagn. Hab's Ethie versprochn.«

Mom nahm mich zur Seite. »Sorg dafür, dass dein Bruder sein Versprechen nicht bricht«, sagte sie.

Ihre Reaktion fiel weniger dramatisch aus, als ich erwartet hatte. Sie sagte, Neugierde sei etwas Natürliches, aber vorläufig sei es besser, Privates für sich zu behalten. Ich weiß nicht, ob sie Dannys Mutter je etwas davon erzählt hat, aber seit jenem Tag ging er mir aus dem Weg.

Jetzt, als seine Schritte auf der Treppe leiser wurden, blickte ich noch einmal auf das Mädchen bei der Schaukel. Mit einem Seufzen schob ich die Bettdecke zurück. Kipper war auch schon auf den Beinen. Ich hatte ihn hinuntergehen hören, war aber im Bett geblieben. Ich hätte für immer dort bleiben wollen. Gestern Abend hatte ich nicht einschlafen wollen, und heute Morgen kam ich kaum aus dem Bett.

Widerstrebend zog ich mich an. Unten ging ich in das riesige Wohnzimmer. Dannys Großmutter saß da und starrte auf nichts Bestimmtes; ihre Gedanken weilten anderswo, wie die meines Vaters, doch ihre Rückzüge waren altersbedingt. Ich sagte ein leises Hallo, aber sie rührte sich nicht.

In der Küche stand Kipper an der Arbeitsplatte. Er hatte eine Schürze über seine Jeans und das T-Shirt gebunden und den Hut auf dem Kopf nach hinten geschoben. Er lächelte mich stolz an, während er eine Scheibe Brot in eine Schüssel mit verquirltem Ei tunkte.

»Hat hier jemand Hunger?«, fragte Dora Fenwick vom Herd aus. Sie schnippte ein heißes goldgelbes Arme-Ritter-Stück auf einen Teller, rückte vom Herd etwas zur Seite und ließ Kipper eine weitere tropfende Brotscheibe in die Pfanne legen.

Mit Schuldgefühlen stellte ich fest, dass ich eigentlich Hunger hatte. »Nein, danke«, murmelte ich, verließ die Küche und ging ins Badezimmer.

Ich wusch mir die Hände, nahm eine Bürste und versuchte, mir damit durch die Haare zu fahren. Die Borsten verfingen sich in meinen zerzausten Locken. Je mehr ich zog und zerrte, desto schlimmer wurde es. In einer Ecke des Badezimmers sank ich zusammen, schlang die Arme um mich und fing an, mich schluchzend hin und her zu wiegen. Wer würde mir jetzt die Haare richten? Wer würde uns unser Essen kochen? Sich um Kipper kümmern? Wer würde für uns sorgen?

»Ethie?«, rief Dannys Mutter durch die Badezimmertür. »Darf ich reinkommen, mein Liebes?«

Ich riss eine Handvoll Toilettenpapier von der Rolle und putzte mir die Nase, griff dann zum Türknauf und drehte ihn.

Mrs Fenwick kam herein und zog die Tür hinter sich zu. Sie nahm meine Hand und führte mich hinüber zur

Badewanne. Nachdem ich mich auf den Rand gesetzt hatte, ließ sie sich neben mir nieder und fing vorsichtig an, die Bürste aus meinem Haar herauszulösen. Ich versuchte, stillzuhalten.

»Das tut schrecklich weh, hm?«, fragte Mrs Fenwick.

Ich schluckte und nickte. Ich wusste, dass sie nicht mein Haar meinte. Der Schmerz saß drinnen, er war mir gestern in den Magen gekrochen, wo er den ganzen Tag wie ein heißer Stein gelegen hatte und auch noch am Abend, als ich mich bemühte, wach zu bleiben. Wie konnte ich schlafen oder essen, wenn meine Mutter diese Dinge nie mehr tun würde?

»Wenn ich dir bloß sagen könnte, dass alles wieder gut wird!«, sagte Mrs Fenwick. »Ich wollte, ich könnte den Schmerz wegwischen. Aber das kann ich nicht. Ein Teil davon wird immer bleiben, doch eines Tages wird er leichter zu ertragen sein. Bis dahin bin ich da, wenn du mich brauchst.«

Ich hielt die Tränen zurück, während Mrs Fenwick mir die Haare bürstete, wobei sie unten anfing und sich vorsichtig nach oben arbeitete. »Nach dem Frühstück flechte ich dir zwei schöne französische Zöpfe«, sagte sie. Sie tätschelte mein Knie und stand auf. »Und es ist nicht schlimm, wenn man Hunger hat«, fügte sie hinzu.

Nach dem Frühstück wusch sie mir in der Küche die Haare. Während sie das Shampoo einmassierte, blickte ich aus dem Fenster über dem Spülbecken. Das Mädchen, das ich zuvor gesehen hatte, stand immer noch an derselben Stelle im Park und starrte über die Straße auf unser Haus. Ob sie vielleicht in Frankie verknallt war? Bei uns riefen ständig Mädchen an oder erschienen an der Tür und fragten nach ihm.

War Frankie überhaupt schon auf? Und Dad? Plötzlich wollte ich unbedingt nach Hause.

Eine halbe Stunde später betrachtete ich mein fest geflochtenes Haar im Spiegel. In letzter Zeit hatte ich mir von Mom ungern Zöpfe flechten lassen, weil ich es nicht ausstehen konnte, wenn man mir sagte, ich sähe aus wie Pippi Langstrumpf. Jetzt betastete ich die noch feuchten Zöpfe. Ich mochte die Art, wie sie sich weich an meinen Kopf schmiegten und dann auf die Schultern fielen, statt bockgerade abzustehen wie Moms alberne Zöpfe. »Danke«, murmelte ich. »Wir gehen jetzt besser«, sagte ich zu Kipper.

Während ich wartete, bis er seine Turnschuhe zugebunden hatte, ging ich hinaus auf die Veranda. Gestern war die Barclay Street menschenleer gewesen. Heute Morgen waren wieder ein paar Kinder draußen. Die Straße hinunter saßen Wayne und Rob Ellis auf ihren Rädern und beschrieben Achter auf dem Pflaster. Debra Martin und Ardith Price ließen auf dem Gehsteig einen Lacrosseball springen.

Danny kam heraus und blieb an der Tür stehen. Er hatte sich im letzten Jahr stark verändert. Er war jetzt größer als ich. Mit seiner neuen Streichholzfrisur und der Buddy-Holly-Brille kam er sich wohl ziemlich cool vor. Und ich war nur … Tja, ich war nur ein Mädchen.

Er schielte, eine alte Gewohnheit, von der ihn auch seine tolle Brille nicht geheilt hatte. »Möchtest du, ehm, heute vielleicht mit mir was unternehmen?«, fragte er und rückte sich das dunkle Gestell zurecht.

»Nein«, sagte ich und rannte die Stufen hinunter. Wahrscheinlich hatte ihm seine Mutter nahegelegt, mich das zu fragen.

»Gehn wir heute Mom anschaun?«, keuchte Kipper hinter mir, während er versuchte, mit mir Schritt zu halten.

»Ich weiß nicht.«

Als wir aus Dannys Garten kamen, verstummte das Lachen der Kinder auf der Straße. Ich machte einen Bogen um Ardith und Debra. Vorgestern war Ardith meine Freundin gewesen. Heute sah sie aus, als hätte sie vor mir Angst.

Kipper blieb direkt hinter ihr stehen. »Hi, Ardie«, sagte er. Sie fing den harten Gummiball auf und drückte ihn sich an die Brust. Sie murmelte ihm ein Hallo zu und versuchte dann, mich anzulächeln, aber es misslang ihr. »Gehst du heute in die Bibelschule?«, fragte sie.

»Nein«, antwortete ich kurz. »Und du?«

»Ich weiß nicht ... vielleicht.«

»Tja, dann tschüss.«

»Hi, Hayne«, rief Kipper.

»Hey«, sagte Wayne und lenkte sein Rad in die entgegengesetzte Richtung.

»Wir gehn heute unsre Mom anschaun. Bevor sie in den Himmej geht.«

Wayne setzte einen Fuß auf die Straße. »Ja, ich hab's gehört. Es ... ehm ... es tut mir leid«, stammelte er. Er sah weder Kipper noch mich an, sondern blickte auf irgendeinen Punkt zwischen uns.

Ich nahm meinen Bruder bei der Hand und zog ihn weiter. »Ich hab dir doch gesagt, dass ich nicht weiß, ob wir hingehen – und außerdem heißt es: Himmel, und nicht Himmej!«

»Sorry, Ethie.« Kipper schniefte, und es klang, als wäre er den Tränen gefährlich nahe. »Himmej«, wiederholte er. »Himmej.« Er sah mich Beifall heischend an.

Ich bereute bereits, mich über ihn geärgert zu haben, und versuchte, ihn anzulächeln. »Ist schon okay«, sagte ich. Bevor wir in unseren Garten einbogen, warf ich einen Blick hinüber zum Park.

Das Mädchen war verschwunden.

11

Hätte ich damals wirklich nachgedacht, wäre ich wohl zu dem Schluss gekommen, dass eigentlich Kipper für alles verantwortlich war, was damals passiert ist. Ohne ihn hätten sich Mom und Marlene nicht kennengelernt. In meinem ersten Schuljahr trug Mom immer noch ihren aussichtslosen Kampf mit jenen Leuten aus, die Kipper den Zugang zur Schule verwehrten und die sie die »Gipsköpfe« nannte. Dann fing sie an, ihm selbst Unterricht zu geben. Und so gingen sie in der ersten Septemberwoche Malutensilien kaufen und kamen nicht nur mit neuen Farben und Pinseln für Kipper nach Hause, sondern auch mit einem Job für Mom in Marlenes Laden für Künstlerbedarf in der Granville Street. Es war der ideale Job für sie, weil sie Kipper mitnehmen durfte. Während sie im vorderen Raum des Ladens arbeitete, verbrachte er den Tag, zusammen mit Marlenes Malschülern, hinten im Atelier.

Ich mochte Marlene Telford. Sie wollte nicht, dass Kipper und ich Mrs Telford zu ihr sagten, sondern bestand darauf, beim Vornamen genannt zu werden. Ein paarmal, wenn Mom am Mittwochabend keinen Aufpasser für uns organisieren konnte, waren wir mit ihr zu Marlenes Wohnung im West End gegangen, in der Nähe des Stanley Parks. Dann saßen wir am Küchentisch, ich mit meinen Hausaufgaben und Kipper mit seinen Malsachen, während die Frauen im Wohnzimmer Karten spielten. Marlenes Freundinnen kannten meinen Bruder alle aus dem Geschäft und machten viel Aufhebens um ihn, küssten ihn, zwickten ihn in die Wangen und nannten ihn ihren hübschen Picasso.

Sie waren ganz anders als unsere Mutter. Während Mom immer ein Kleid anzog, wenn sie das Haus verließ, trugen sie Hosen oder lange wehende Röcke und Schlabberhemden. Und im Gegensatz zu Mom, die niemals ohne Lippenstift und Rouge vor die Tür getreten wäre, benutzte keine von ihnen Make-up.

Frankie nannte Marlene einen Beatnik, aber ich wusste nicht, was das bedeutete. Was ich jedoch wusste, war, dass auch er sie mochte. Tante Mildred mochte sie nicht. Wenn sie Marlene erwähnte, nannte sie sie »Lucys Boheme-Freundin«. »Sie trägt ihr Anti-Establishment zur Schau wie andere Leute ihre Kostüme«, hörte ich sie einmal zu Mom sagen, »doch ihr Mann ist eine große Nummer im Kunsthandel. Es ist leicht, das System zu kritisieren, wenn man reich ist.«

Mom hatte gelacht. »Marlene ist, wie sie ist. Sie ist einer der originellsten Menschen, die ich kenne.«

»Originell?«, hatte Tante Mildred protestiert. »Demnächst wird sie dich dazu bringen, schwarze Trikots und Rollkragenpullover zu tragen, in Cafés herumzusitzen und Gedichte von Jack Kerouac vorzutragen.«

»Hmm, das klingt ja wirklich *groovy*«, scherzte Mom, und da musste selbst Tante Mildred lachen.

Als Kipper und ich von Danny zurückkamen, lag

die Montagsausgabe der *Daily Province* schon auf der Eingangsveranda. Ein Foto von Marilyn Monroe, die in einem Badeanzug posierte, nahm die halbe Titelseite ein. Die Schlagzeile dazu lautete: »*Mysteriöser Tod eines Stars*«.

Ich nahm die Zeitung und blätterte sie auf der Suche nach etwas über meine Mutter durch. Kipper ließ sich auf die oberste Stufe plumpsen und sah zu, wie die ungelesenen Seiten auf den Boden flatterten. Beinahe hätte ich es übersehen, aber auf Seite zwölf sprang mir in der zweiten Spalte der Name meiner Mutter in einem kleinen Artikel ins Auge.

Kohlenmonoxidvergiftung fordert zwei Menschenleben

Die Stadtpolizei hat den Unfalltod zweier Frauen aus Vancouver, Lucille June Coulter und Marlene Agnes Telford, bestätigt. Die Leichen wurden am Sonntag in den frühen Morgenstunden an Bord eines Segelschiffs in Coal Harbour entdeckt. Todesursache ist vermutlich eine Kohlenmonoxidvergiftung. Der Eigner des Bootes, Jeremy Telford, Besitzer der Telford Galleries und Ehemann eines der Opfer, stand für einen Kommentar nicht zur Verfügung.

Marlene Telford? Ich hatte gestern das Gespräch mit angehört – erinnerte mich sogar daran, dass Dad »die beiden« gesagt hatte, aber bis zu diesem Augenblick war mir nicht klar geworden, was er damit gemeint hatte. In der Nacht zuvor hatte ich wach gelegen und nach einem Motiv gesucht, nach jemandem, dem man die Schuld zuweisen könnte, und ich hatte auf Marlene getippt. Es war schließlich das Segelboot ihres Mannes. Während ich, wie erschlagen von dieser neuen Information, langsam zur Kenntnis nahm, dass auch sie tot war, schwang die Eingangstür auf, und Frankie blinzelte in die grelle Morgensonne. Mit seinen geröteten und geschwollenen Lidern sah er aus, als hätte er die ganze Nacht nicht geschlafen. »Ich sehe, du hast die Zeitung schon bekommen«, sagte er.

Er bückte sich, um mir beim Aufsammeln zu helfen. Unterdessen strich unsere Katze Ginger mit erhobenem Schwanz an uns vorbei. Kipper hob sie hoch und drückte sein Gesicht in ihr Fell. »Hassu Hunga?«, fragte er und trug sie ins Haus.

Ich folgte meinen Brüdern. Als ich Dad auf der Wohnzimmercouch unter der grauen Reservedecke aus dem Wäscheschrank liegen sah, blieb ich stehen. Erschrocken suchte ich Frankies Blick, aber mein großer Bruder war bereits in der Küche und breitete die Zeitungsblätter auf dem Tisch aus.

Kipper ging zur Arbeitsfläche, füllte den Futternapf und nahm ihn und Ginger hinaus auf die Seitenveranda. Ich setzte mich Frankie gegenüber. »Warum schläft Dad auf der Couch?«, flüsterte ich.

Frankie zuckte die Achseln. »Er wird nicht mit dem leeren Schlafzimmer fertig, denk ich mal«, antwortete er.

»Frankie? Glaubst du …«, stammelte ich, »… glaubst du, dass Mom mir böse war? Dass es mei … dass es meine Schuld war?«

»Nein. Natürlich nicht«, sagte Frankie. »Wie kommst du nur auf so was?«

»Dad hat gesagt – er hat gesagt, dass sie sich über irgendetwas aufgeregt hat. Ich habe gedacht, dass es vielleicht war, weil ich Kipper nicht überall mit mir herum …«

»Nein, Ethie.« Er ging in die Hocke, bis er mit mir auf Augenhöhe war. »Mom ist – Mom war sehr stolz auf dich. Und auf Kipper. Was geschehen ist, hat nichts mit dir oder mit ihm zu tun. Es war ein furchtbares Unglück.« Er breitete die Arme aus, und ich ließ mich hineinfallen.

»Aber warum war sie mit Marlene auf einem Boot?«, murmelte ich in sein Hemd, das bereits von meinen Tränen nass war.

»Vielleicht hat sie einfach mal eine Pause gebraucht, eine Zeit für sich allein mit einer Freundin. Ich weiß es nicht.« Er seufzte. »Wir werden es wahrscheinlich nie erfahren. Und wir würden uns nur verrückt machen, wenn wir versuchen, es herauszufinden.«

In diesem Moment sah ich Tante Mildred durch die offene Eingangstür kommen. Ihre Augen blickten freundlicher, als sie uns in der Küche so aneinandergekuschelt sah. Dann wandte sie sich in Richtung Wohnzimmer. »Howard!«, rief sie.

Frankie ließ mich los, und wir gingen gerade in dem Moment in das andere Zimmer, als unser Vater seine Decke wegschob. Er hatte noch die Kleider vom Vortag an. Verdutzt setzte er sich langsam auf.

Tante Mildred schnalzte mit der Zunge. »Schau dir bloß das hier an!«, sagte sie und ließ den Blick durchs Zimmer schweifen. Das Geschirr und die Gläser vom gestrigen Abend standen noch überall herum. Volle Aschenbecher und leere Schnapsflaschen standen auf dem Tisch. »Was würde bloß eure Mutter denken?«, sagte sie und steuerte in die Küche.

»Sie würde denken, dass sie uns fehlt«, rief Frankie hinter ihr her.

Tante Mildred ließ die Schultern hängen. Sie holte tief Luft und stieß dann das Fenster auf. »Hier stinkt es«, brummelte sie.

Zum ersten Mal nahm ich das schmutzige Geschirr im Spülbecken zur Kenntnis. Ich eilte zur Arbeitsplatte und fing an aufzuräumen.

»Wer hat dir die Haare geflochten?«, fragte Tante Mildred.

Ich brachte kein Wort heraus, so schuldig fühlte ich mich, weil ich zugelassen hatte, dass Mrs Fenwick mir die Zöpfe flocht. Weil ich bei ihr übernachtet hatte. Weil ich gefrühstückt hatte.

Kipper kam zur Seitentür herein und verkündete: »Das war Dannys Mutta.« Dann fügte er stolz hinzu: »Und wir habn Arme Ritter gemacht.« Ginger sprang ihm aus den Armen, lief durch die Küche und strich unserer Tante um die Beine.

Tante Mildred schrie auf und wich zurück. »Hau ab!«, zischte sie.

Kipper fing die flüchtende Katze ein und verschwand mit ihr im Wohnzimmer. Tante Mildred presste die Lippen zusammen. Sie stellte ihre Handtasche auf einen Stuhl, dann kam sie zu mir ans Spülbecken und sammelte die Gläser ein.

Hinter ihr tauchte Frankie auf. »Bitte, Tante Mildred«, sagte er höflich, aber bestimmt, »aufräumen tun wir selbst.«

»Aber ich wollte doch nur …« Sie stellte das Geschirr ins Becken und schaute ihn an. »Sieh mal, wir wollen ja bloß die nächsten paar Tage durchstehen. Die Beerdigung ist für Donnerstag angesetzt. Ich bin hergekommen, um Kleider für eure Mutter auszusuchen.«

»Darum können wir uns kümmern«, sagte Frankie.

Sie straffte die Schultern, ging zum Tisch zurück und griff nach ihrer Tasche. »Ich komme morgen um zehn wieder«, sagte sie. »Dann nehme ich Ethie zum Einkaufen mit, damit sie für den Gottesdienst etwas Anständiges zum Anziehen hat, denn dein Vater besteht ja darauf, dass sie mitkommt.« Ihr Blick huschte zum Wohnzimmer hinüber. »Aber allmählich glaube ich, dass dein Vater gar nicht in der Lage ist, Entscheidungen zu treffen.«

Frankie begleitete sie zur Tür. »Wenn einer von euch etwas braucht«, sagte sie, während er ihr die Tür aufhielt, »macht einfach eine Liste, und ich hole sie morgen ab.«

Frankie gab ihr einen Kuss auf die Wange. »Wir kommen schon zurecht, Tante Mildred.« Doch während er sie beruhigte, hörte ich die Mattigkeit in seiner Stimme, die ihn Lügen strafte, und mir wurde klar, dass er es selbst nicht glaubte.

Als Tante Mildred abgezogen war, saß Dad immer noch auf der Couchkante, den Kopf in den Händen vergraben, und presste sich die Finger an die Schläfen. Er sah kleiner aus, irgendwie zusammengeschrumpft, als wäre ein Teil von ihm mit unserer Mutter gegangen – und als wären nicht mehr viele Teile übrig. Hatte Tante Mildred das gemeint, als sie sagte, Dad sei nicht in der

Lage, Entscheidungen zu treffen? Es war ja, mit Ausnahme von Geldangelegenheiten, immer Mom gewesen, die im Alltagsleben unserer Familie die Entscheidungen getroffen hatte, Mom, die alles ausgebügelt hatte. Als ich beobachtete, wie mein Vater so dasaß, nicht ganz bei uns, wurde ich von Panik erfasst und fragte mich, ob er ohne sie nun noch tiefer in seiner stummen Welt versinken würde.

Kipper saß auf der Couch neben ihm. Mit einer Hand streichelte er Ginger, mit der anderen tätschelte er Dads Schulter. Von irgendwo ertönte ein ganz leises Geräusch wie das Zischen von Dampf, der aus einem Kessel entweicht. Es wurde lauter, bis ich die schrillen Schreie erkannte, die aus meinem Vater aufstiegen. »Ein Memento aus dem Krieg, das in seinen Eingeweiden lauert«, hatte Mom es jedes Mal genannt, wenn er einen solchen Ausbruch hatte.

Er stand auf und stürzte ins Badezimmer.

»Ich habe Kaffee gemacht«, rief Frankie ihm hinterher.

Als Dad in die Küche kam, wischte ich gerade den Herd ab und nahm die Kaffeekanne von der hinteren Kochplatte. Er bemühte sich, das Zittern seiner Hände zu verbergen, während er sich einen Becher von dem starken schwarzen Kaffee eingoss. Dann ließ er sich auf dem Stuhl am Tischende nieder.

Am Spülbecken stand Kipper, die Arme bis zu den Ellenbogen in Seifenlauge getaucht. »Wir räum auf«, gab er bekannt.

»Ja, das sehe ich.« Dad versuchte zu lächeln. Er nahm einen Schluck Kaffee und zuckte zusammen.

»Sorry, ich habe noch nie Kaffee gemacht«, sagte Frankie.

»Ich hab schon schlechteren getrunken«, antwortete Dad und nahm zum Beweis noch einen Schluck. Er stellte den Becher ab und griff sich das Päckchen Zigaretten vom Fensterbrett.

Frankie schob einen sauberen Aschenbecher über den Tisch und setzte sich ans andere Ende. »Dad?«, fragte er. »Hast du gehört, was Tante Mildred über die Kleider für Mom gesagt hat?«

»Nein.«

»Sie wollte was aussuchen. Ich hab ihr gesagt, dass wir uns darum kümmern.«

»Ja«, sagte Dad, »das ist eine Entscheidung, die nicht eure Tante zu treffen hat.« Leise fügte er hinzu: »Es soll ihr grünes Kleid sein.«

Frankie wartete ein Weilchen. Dann kam er zur Spüle, nahm ein neues Geschirrtuch und fing an, die Teller abzutrocknen. In dieser Hinsicht hatte Tante Mildred recht gehabt. Wir mussten die nächsten paar Tage irgendwie hinter uns bringen. Uns betäuben und einfach weitermachen. Wenn jemand wusste, wie man das machte, dann war es unser Vater; er war ein Meister darin geworden, sich wie ein Schlafwandler durch die Hindernisse des Lebens zu schlängeln. Aber schließlich war auch immer Mom zur Stelle gewesen, um ihm den Weg freizuräumen.

Den Rest des Tages starrte er aus dem Fenster, während meine Brüder und ich das Haus aufräumten. Nachdem wir mit dem Geschirr fertig waren, staubte ich ab und wischte jede Fläche sauber, während Frankie und

Kipper vorne den Rasen mähten. Am späteren Abend, als ich schon auf meinem Zimmer war, hörte ich, wie Frankie ausging, und da fühlte sich das Haus noch leerer an. Der Duft nach Zitronenöl und Essig hing schwer in der Luft. Ich stieg ins Bett, holte tief Atem und versuchte, mir den Geruch von Moms Putztag ins Gedächtnis zu rufen. Aber ihr Gesicht konnte ich immer noch nicht sehen. Ich weinte in mein Kissen, bis ich plötzlich Kippers flatteriges Atmen hörte. Ich hob den Kopf und sah ihn verschwommen neben meinem Bett stehen; seine Vogelbrust hob und senkte sich mit jedem rasselnden Atemzug.

»Wo ist dein Puffpuff?«, fragte ich.

Er atmete angestrengt und holte seinen Inhalator aus der Hosentasche. Er steckte sich das Mundstück zwischen die Lippen, drückte ihn mit einer Hand nach unten, während er in der anderen etwas in die Höhe hielt. Beim Ausatmen stieß er hervor: »Damit du dich an ihr Gesicht erinnern kanns.«

Kipper entging wirklich nichts. Gestern hatte ich mich darüber beklagt, dass ich Moms Gesicht nicht sehen konnte, und da stand er nun mit einem Foto von ihr! Dankbar setzte ich mich auf und streckte die Hand nach dem Bild aus. Während er sein Medikament einatmete, betrachtete ich den Schnappschuss von Mom und Kipper, der in Marlenes Malladen entstanden war.

Nachdem er in sein Zimmer zurückgegangen war, schob ich das Bild unter mein Kissen und schlief mit Moms frisch eingeprägtem Gesicht ein.

Am Dienstagmorgen wachte ich spät auf und hatte für kurze Zeit vergessen, dass sich alles geändert hatte.

Widerstrebend musste ich mich an alles erinnern. Auch daran, dass ich das Gesicht meiner Mutter nur noch auf Fotos sehen würde.

Im Wohnzimmer lagen Dads Decke und Kissen immer noch auf der Couch. Man hörte die Spülung im Bad rauschen. In der Küche stand die Kaffeekanne auf der Arbeitsfläche; daneben war Kaffeepulver verstreut. Ich öffnete den Kühlschrank, der mit dem Essen anderer Leute gefüllt war. Ich hatte keinen Hunger. Ich machte die Tür wieder zu und setzte mich ans Tischende. Gerade noch rechtzeitig, um zu sehen, wie Tante Mildreds Auto in unsere Straße einbog.

Einkaufen! Ich sollte ja heute mit ihr einkaufen gehen. Ich wollte schon aufspringen, doch warf ich noch schnell einen Blick über die Straße in den Park. Das Mädchen, das ich gestern bei der Schaukel gesehen hatte, stand an derselben Stelle und sah zu unserem Haus herüber. In dem Augenblick, als das Auto meiner Tante an den Randstein fuhr, trat das Mädchen auf den Gehsteig.

Hinter mir ging die Badezimmertür auf, und mein Vater kam heraus. Wie in Trance kam er in die Küche und starrte, als wäre ich gar nicht da, mit aschfahlem Gesicht aus dem Fenster.

12

17. November 1941: Camp Sham Shui Po, Kowloon

Ihr Name war Feng Shun-ling. Howard sah sie zum ersten Mal am Morgen nach seiner Ankunft in Hongkong. Er war früh aufgestanden. Seine Unruhe hatte zweierlei Ursachen: Zum einen fiel es ihm schwer, sich an ein festes Bett zu gewöhnen, nachdem er so lange in einer Hängematte geschlafen hatte, und zum anderen hatte ihn mitten in der Nacht ein verdächtiges Jucken geweckt. Draußen zündete er sich in der Einsamkeit und Frische vor Tagesanbruch seine erste Zigarette an.

Er lehnte sich an den Zaun des Lagergeländes und blickte hinaus auf die Bucht. Zwischen den Morgennebelfetzen fuhren Fischerboote mit blinkenden Lichtern aufs Meer hinaus. Unterhalb des Lagers wich die Flut immer weiter zurück. Ein strenger Geruch nach Tang und Fäulnis hing in der feuchten Luft. Während Howard an seiner Zigarette sog, hörte er ein Tapsen. Er fuhr herum und sah zwei gebückte alte Frauen, die jenseits des Zauns die Straße hinunterschlurften. Fasziniert beobachtete er, wie langsam sie mit ihren Füßen vorankamen, die so winzig waren, dass sie eigentlich nicht einmal den zartesten Körper hätten tragen können. Hinter ihnen tauchten aus dem Nebel weitere Gestalten auf. Sie kamen aus allen Richtungen, eine stumme, freudlose Prozession von Männern, Frauen und Kindern. Am Rand des Ufers oberhalb der Bucht angelangt, ignorierten sie die Stacheldrahtbarrikaden, schlüpften durch unsichtbare Lücken und tauchten auf der anderen Seite wieder auf.

In den ausgemergelten Gesichtern derer, die dicht am Zaun vorbeikamen, erkannte Howard die Verzweiflung von Hungernden. Einige warfen begehrliche Blicke auf die Zigarette in seinem Mund. Instinktiv griff er in seine Tasche, merkte aber gleich, wie sinnlos der Versuch wäre, die wenigen Zigaretten aus seiner Packung zu verteilen. Es waren viel zu viele Leute. Er ließ seine Zigarette halb aufgeraucht zu Boden fallen und trat sie mit dem Absatz aus.

Was auch immer sich vor ihm abspielte – er wollte nicht wie ein Voyeur wirken und trat den Rückzug an. Und genau in diesem Augenblick sah er die beiden Mädchen.

Sie kamen Arm in Arm die Straße herunter. Das jüngere, geführt von dem älteren, ging langsam mit gesenktem Kopf, als würde es ihre schwarzen Stoffschuhe betrachten. Ein Mann mit einem primitiven schaufelartigen Gerät ging abschirmend neben ihnen her. Während die drei näher kamen, erblickte das jüngere Mädchen Howard, stieß einen Schrei aus, vergrub das Gesicht an der Schulter ihrer Begleiterin und klammerte sich an sie. Das größere Mädchen drehte das ovale Gesicht Howard zu und sah ihn direkt an.

Ihre weit auseinanderstehenden braunen Augen waren so dunkel, dass sie im Morgenlicht wie Ebenholz wirkten, ebenso schwarz wie ihr Haar, das im Nacken zu einem festen Knoten geschlungen war. Wie ihre beiden Begleiter trug auch sie einen grauen Kittel und weite Hosen. Die unförmige Kleidung konnte die eckigen Konturen ihres ausgezehrten Körpers nicht verbergen, doch ihre runden Wangen und vollen Lippen sprachen dem Hunger Hohn. Sie hielt Howards Blick einen kurzen Moment stand, dann schlossen sich ihre Lider mit den schweren Wimpern. Sie zog das jüngere Mädchen noch näher an sich heran, hielt es fest und raunte ihr, als sie an Howard vorbeigingen, offensichtlich etwas Tröstliches zu.

Als sie am Ende der Straße das Ufer erreichte, wand sie sich durch den Drahtverhau und war plötzlich, wie durch einen Zauber, auf der anderen Seite. Dann half sie den anderen – wahrscheinlich waren es ihre Schwester und ihr Vater –, ebenfalls hindurch.

Howard konnte sich von dem Anblick nicht losreißen.

Als fühlte sie seinen forschenden Blick im Rücken, sah sich das Mädchen um.

Minuten später erschienen sie unten auf dem Watt. Sie zogen sich die Stoffschuhe aus, banden sie zusammen und hängten sie sich um den Hals; dann gingen sie barfuß an den Menschen vorbei, die bereits den Strand absuchten. Sie wateten durch die seichten Tidetümpel und durchkämmten den Seetang mit Stöcken, die sie unterwegs aufgelesen hatten. Hin und wieder bückte sich das ältere Mädchen, hob einen Gegenstand auf und legte ihn, zusammen mit Tangbüscheln, in die Stofftasche auf dem Rücken des jüngeren Mädchens.

Der Mann stapfte in einiger Entfernung von ihnen durch den Schlick, blieb ab und zu stehen und stach seine Schaufel in den Boden. Als er zu graben anfing – mit einer Geschwindigkeit, die Howard überraschte –, liefen beide Mädchen herbei, um ihm zu helfen. Sie schaufelten mit bloßen Händen, bis der Mann eine offensichtlich schwer zu fassende Muschel aus dem Loch herausholte. Dieser Schatz wurde in der Stofftasche versenkt, und sie zogen weiter.

Auf der ganzen Wattfläche mühten sich die Menschen auf ähnliche Weise ab. Eine mobile Armee von Entsorgern, die in Schlick und Schlamm nichts anderes als Fußabdrücke hinterließ.

Howard behielt das größere Mädchen im Auge. Selbst aus der Entfernung war sie leicht auszumachen. An der Art, wie sie sich bewegte, war etwas, was sie von den anderen unterschied. Zwar hielt sie den Kopf gesenkt, doch sie ging mit der stolzen Haltung eines Menschen, der an ein besseres Leben gewöhnt war.

»Was gibt's denn da zu sehen?« Gordy schreckte Howard aus seinen Tagträumen.

Dieser nickte in Richtung Strand. »Sie sehen aus, als wären sie vorm Verhungern.«

Gordy zündete sich eine Zigarette an. Obwohl beide die Hungerjahre der Weltwirtschaftskrise erlebt hatten, fiel es ihnen schwer, sich eine Existenz vorzustellen, die so ärmlich war, dass man sich von Seetang ernährte. Schließlich wandte sich Howard ab. Auf wackligen Beinen, weil er die Bewegung der See immer noch in den Knochen hatte, machte er sich auf den Weg zur Kantine.

»He, Howie, warte mal!«, rief Gordy und gestikulierte in Richtung Kaserne. »Bevor wir was essen, musst du dir das hier ansehen.«

Howard zuckte die Achseln und ging mit ihm zurück zu ihrer Hütte. Sie hatten keine Eile. Die neu angekommenen Soldaten mussten ohnehin den ganzen Tag im Camp verbringen.

Auf dem Lagergelände liefen die Männer nur halb bekleidet herum.

»Schnapp dir ein paar davon«, sagte Gordy und zeigte auf die mit Moskitonetzen versehenen Armeefeldbetten am Ende ihrer Hüttenreihe.

Howard erkannte zwei britische Soldaten wieder, die er am gestrigen Abend kennengelernt hatte. Peter und Dick – an ihre Nachnamen konnte er sich nicht erinnern –, die nur ihre Unterwäsche anhatten, lagen mit geschlossenen Augen da, als schliefen sie, während asiatische Männer ihnen die schaumbedeckten Gesichter rasierten. Gestern Abend hatten die beiden Maschinengewehrschützen vom Middlesex Regiment, ihre neuen Stubengenossen, mit ihren asiatischen Dienern geprahlt, die jeden Morgen im Lager erschienen. Für zwei Hongkongdollar die Woche, also ungefähr sechzig kanadische Cent, führten sie Aufträge für sie aus, von der Reinigung der Uniformen über das Stiefelwichsen und Bettenmachen bis zum Rasieren.

»Sieht so aus, als würdet ihr Jungs hier wie Gott in Frankreich leben«, sagte Howard. »Erinnert eher an ein Ferien- als an ein Militärlager.«

»Tja, ein bezahlter Urlaub im Paradies, mein Freund«, erwiderte der Soldat namens Peter, der sich gar nicht erst die Mühe machte, den Sarkasmus in seinen Worten zu kaschieren. »Hongkong, leck mich! Ihr Jungs gewöhnt euch am besten an das, was wir Briten bereits kennen. Auf diesem Posten werdet ihr kein Gefecht erleben. Allerdings gibt's dann auch keine Medaillen.«

»Glaubt ihr nicht, dass die Japaner uns angreifen werden?«, fragte er.

Dick nahm seinem Barbier das Handtuch ab und wischte sich die Seifenreste aus dem Gesicht. »Nicht die geringste Chance.« Er setzte sich auf die Bettkante, während sein Diener davonschlurfte. »Das käme einem Angriff auf das gesamte Britische Empire gleich. Außerdem: Die Japaner können wahnsinnig schlecht sehen. Nachts können sie nicht kämpfen, und ihre Piloten sind zu kurzsichtig, um im Sturzflug Bomben abzuwerfen. Diese kleinen gelben Scheißkerle würden es nicht wagen, einen Streit mit uns vom Zaun zu brechen.« Er stand auf und schlüpfte in seine Shorts. »Wir haben sie in Grenznähe durchs Fernglas beobachtet. Schmuddeliges Pack, faulenzt verschlafen im Lager herum und ist genauso ausgehungert wie die Flüchtlinge. Nein, die werden uns keine Scherereien machen.«

Sein Diener kehrte mit einem Tablett zurück. Dick nahm eine Tasse Tee und trank der Gruppe halbangekleideter Grenadiers aus Kanada zu. »Trotzdem, die Stationierung hier hat ein paar Vorteile. Sollte man ausnutzen, solange man kann, was?«

Später, beim Frühstück in der Kantine, saßen die beiden britischen Soldaten Howard und Gordy gegenüber. Howard hörte ihrem Gerede zu und fand sie auf Anhieb sympathisch. Wie er und Gordy kamen sie von einem Bauernhof und waren seit Kindheitstagen miteinander befreundet. Sie hatten sich ebenfalls zusammen gemeldet und beschlossen, im selben Regiment zu dienen. Doch anders als Howard und Gordy, die sich äußerlich nicht ähnelten, glichen sich Private Peter Young und Private Dick Baxter wie Brüder. Sie waren beide zierlich gebaut und höchstens einen Meter zweiundsiebzig groß. Selbst ihre Frisur war identisch – über den Ohren kurz geschoren, aber die Haarfarbe war verschieden: Peters Haare waren dunkelblond und Dicks rötlich, passend zu den Sommersprossen.

»Bisschen lästig, das«, sagte er und nickte Howard zu, der eine Stelle auf seinem Arm kratzte. »Diese kleinen Biester lieben den Geschmack von frischem Canuck-Blut.«

Während sie aßen, rieten sie den anderen, ihre Feldbetten auseinander zu nehmen und den Rahmen mit Petroleum zu bestreichen. »Während es trocknet, hängt eure Matratzen in die Sonne«, empfahl Peter. »Bettwanzen verabscheuen Licht und Hitze.«

Als sie von der Kantine zurückkamen, kroch die Flut über das Watt, und die feuchte Fläche glänzte in der aufgehenden Sonne wie Seide.

An der hinteren Tür ihrer Hütte saß Gordy und kratzte sich an der Wade. »Komm, wir gehen in den Schuppen des Quartiermeisters und holen uns Petroleum, bevor es alle ist.« In dem Augenblick tauchte die Familie, die Howard am Morgen gesehen hatte, am oberen Ende des Ufers hinter den Baracken auf. Howard hörte, wie Gordy

Luft holte, bevor er sich wie hypnotisiert auf den Zaun zubewegte. Die Hände auf den Pfosten gelegt, rief er: »Hallo, ihr da! *Speaky English?*«

Das jüngere Mädchen zuckte zusammen und verbarg das Gesicht an der Schulter der Schwester. Mit einem verächtlichen Blick scheuchte der Vater seine Töchter weiter.

»Warten Sie!«, rief Gordy. »Ich will nur mit Ihnen reden …« Er verstummte und sah ihnen nach.

»Mach dir nichts draus, mein Freund.« Peter kam zum Zaun und stellte sich neben Gordy. »In der Stadt gibt es jede Menge Suzie-Qs, die sich freuen, wenn man mit ihnen plaudert und tanzt.« Er zwinkerte Howard zu. »Von ein paar anderen Gefälligkeiten ganz zu schweigen. Kommt heute Abend mit uns. Dicky und ich werden euch einweisen. Man braucht nicht Flüchtlingen hinterherzujagen, um sich in Hongkong zu amüsieren.«

Da sie in der Nacht und den ganzen Tag zuvor ihr Camp nicht hatten verlassen dürfen, freute sich Howard auf seinen ersten Ausgang und eine Besichtigung der Sehenswürdigkeiten. In der schwülen Abendhitze unternahm er seine erste Rikschafahrt. Er und Gordy lehnten sich in dem wackligen Gefährt zurück, während ein barfüßiger Kuli die langen Holzstangen auf Hüfthöhe hob und sich in den Verkehr einfädelte. Vor ihnen waren Peter und Dick ebenfalls in einem solchen Vehikel unterwegs.

Howard lachte beim Anblick der anderen Soldaten aus dem Stützpunkt, die ihre Fahrer zur Eile drängten. Die grinsenden Kulis erhöhten ihr Tempo und steuerten geschickt an Autos, Bussen und Fahrrädern vorbei, ohne sich um das Gehupe und die verärgerten Ausrufe zu scheren. Während sie sich die Durchgangsstraße hinunterschlängelten, beugte Gordy sich vor und bot ihrem Fahrer den doppelten Preis an, wenn er die vor ihnen fahrende Rikscha überholte. Als sie schließlich bei dem Geldwechsler ankamen, zahlte er dem Mann fünfundzwanzig Cent.

»Sei doch nicht blöd«, schimpfte Peter, als er aus seiner Rikscha kletterte. »Der Preis beträgt zehn Cent.«

»Fünfundzwanzig sind doch nur ein Viertel Dollar«, antwortete Howard und schickte den Fahrer weg.

»Trotzdem, ihr verderbt uns die Preise. Unser Pfund hat nicht denselben Wechselkurs wie euer Kanadadollar.«

»Ach, hör schon auf, Kumpel«, beschwichtigte Gordy. »Aber hier sind sie's so gewöhnt.«

»Schon gut, schon gut«, meinte Howard. »Jetzt spendieren wir euch ein Bier.«

»Ja, und das kostet auch zehn Cent. Dass ihr ja nicht mehr bezahlt!«

»Abgemacht.« Howard lachte und zog Gordy in die Wechselstube. »Wir sind ja schließlich nicht hier, um die Wirtschaft von Hongkong zu ruinieren.«

Augenblicke später kamen sie heraus und grinsten über den Haufen Geld, den sie für ihre Pokergewinne ausgehändigt bekommen hatten.

»Haltet das bloß gut versteckt!«, sagte Dick. »Hier wimmelt es vor Taschendieben und Straßenräubern. Und einverstanden: Ihr Jungs dürft uns das Bier bezahlen.«

Gleichmäßig über alle Taschen der Uniform verteilt, beulten Howards Banknotenbündel seine Kleider aus. Zum ersten Mal in seinem Leben fühlte er die berauschende Macht des Reichtums. Während er seinen selbsternannten Stadtführern durch ein Labyrinth enger Gässchen und Straßen folgte, vergewisserte er sich unablässig, dass noch alles da war.

So etwas wie das pulsierende Nachtleben der Kolonie hatte er noch nie gesehen. Selbst Winnipeg, das ihm, als seine Eltern ihn als Knirps zum ersten Mal mitgenommen hatten, großen Respekt eingeflößt hatte, war nichts im Vergleich zu hier. Neonlichter, mit lateinischen Lettern und chinesischen Schriftzeichen, leuchteten über dunklen Schaufenstern. Auch wenn Kowloon gestern, als sie hindurchmarschiert waren, nur exotisch gewirkt hatte, so zeigte die Stadt jetzt, in der Dunkelheit, ihre schäbige Seite. Auf den mit Kopfstein gepflasterten Seitenstraßen wimmelte es immer noch von Menschen, die sich scheinbar planlos in alle Richtungen bewegten und nicht auf die Bettler achteten, die mit ausgestreckter Hand auf der Straße hockten. Abfälle schwammen im Rinnstein der engen Gassen. Der Geruch von Gewürzen mischte sich mit dem Gestank nach Fäulnis. Schlafende Menschen – die Howard auf den ersten Blick für Bündel aussortierter Kleider gehalten hatte – lagen zusammengerollt in dunklen Ecken. Frauen mit glänzendem schwarzem Haar standen in offenen Türen und riefen: »*Hey, wanna Party? Happy, happy time.*«

»Fünfzig Cent kurz. Ein Dollar lang.«

»Heute nicht, Schätzchen«, rief Peter zurück und zwinkerte Gordy und Howard zu. »Man muss kein Risiko eingehen. Im Sun Sun Café könnt ihr euch aus einem

Katalog 'ne nette und saubere Mieze auswählen. Alle untersucht von einem angesehenen Militärarzt – und sagt ja nicht weiter, dass ihr das von mir habt!«

»Ich bin verheiratet«, erklärte Howard.

»Tja, ich aber nicht«, lachte Gordy.

Nach einer ausgedehnten Kneipentour kamen sie schließlich ins Sun Sun Café and Dance Parlour. In der oberen Etage tanzten asiatische und eurasische »Zehn-Cent-pro-Tanz«-Mädchen mit Soldaten und Matrosen oder miteinander. Andere saßen kichernd an Tischen oder lungerten an der Bar herum. Exotisch die hochgeschlitzten Seidenkleider in leuchtenden Farben, die gestickten Drachen, die gepuderten und bemalten Gesichter.

In dem verqualmten Saal roch es nach verschüttetem Bier, nach Räucherstäbchen und zu vielen schwitzenden Menschen. Aus der Wurlitzer Jukebox in der Ecke plärrte Musik. Über den Lärm hinweg buhlten Männer in Uniform um die Aufmerksamkeit der Mädchen. An einem Ende der Bar steckten Geschäftsleute die Köpfe zusammen.

Howard und Gordy folgten ihren neuen Freunden über die Tanzfläche zur Theke.

Gordy sagte etwas, aber es ging im Krach unter.

Howard legte sich die Hand ans Ohr. »Was?«

Gordy brüllte: »Keine dieser Damen kann es mit dem Chinapüppchen aufnehmen, das wir heute früh vor dem Camp gesehen haben.«

Howard war vielleicht nicht mit der Wortwahl seines Freundes einverstanden, aber seine Meinung teilte er.

Als Howard am nächsten Morgen aufwachte, war Gordys Bett schon leer und gemacht. Er ahnte, wo sich sein Freund aufhielt, stand auf und zog sich an. Bis auf die Geldscheine in seinen Schuhen und unter den Wickelgamaschen hatte er seine Hongkongdollar in seinen Seesack gesteckt und in den Spind gesperrt. Er war froh, dem Petroleumgestank zu entkommen, der an den Metallteilen der Betten haftete, und gesellte sich zu Gordy am Zaun. Sie standen rauchend nebeneinander und beobachteten die Leute, die unten den Strand absuchten.

Gestern spätnachts war ihnen drastisch vor Augen geführt worden, wie groß die Not der Flüchtlinge war. Als sie das Sun Sun Café verlassen hatten, war ein Lastwagen ein paar Meter von ihnen entfernt zum Stehen gekommen. »Der Totentrupp«, murmelte Dick, als zwei Männer aus dem Führerhaus sprangen. Die Männer hatten schwarze Tücher vor Mund und Nase gebunden und lasen das, was Howard für ein Lumpenbündel gehalten hatte, von der Straße auf. Sie warfen es hinten in ihren Lastwagen, wo es auf einem wachsenden Berg lebloser Körper landete. Erst jetzt begriff Howard, dass der Gestank, der unter den exotischen Düften der Stadt waberte, der Geruch des Todes war.

Howard ließ Gordy am Zaun zurück und ging in die Kantine. Da er keinen Appetit mehr hatte, trank er nur eine Tasse Kaffee. Die drei hart gekochten Eier von seinem Tablett steckte er sich in die Taschen.

Die Strandsucher verließen allmählich vor der auflaufenden Flut das Watt. Gordy stand immer noch am Zaun und blickte in die Gesichter der von unten zurückkehrenden Flüchtlinge, als sich Howard zu ihm gesellte. Beinahe hätten sie sie verpasst. Nachdem die Familie die Barrikaden am Ende des Ufers überwunden hatte, hielt sie sich auf der anderen Straßenseite. Sie war schon vorbeigegangen, als Gordy sie erkannte. »Warten Sie! Bitte warten Sie doch!«, brüllte er. Er streckte seine Hand mit drei Hershey-Schokoladeriegeln durch den Zaun. »Hier bitte. Schokolade. Geschenk.«

Die Mädchen eilten weiter, aber ihr Vater verlangsamte seine Schritte. Gordy zog die Hand zurück und rannte am Zaun entlang, bis er die Gruppe überholt hatte. Dann streckte er die Riegel noch einmal hinaus und rief: »Hier – Hershey-Schokoriegel. Bitte, nehmen Sie.«

Der Mann blieb stehen. Ermutigt streckte Gordy auch die andere Hand durch den Zaun: »Name ist Gordy Veronick, sehr erfreut«, sagte er mit einem so breiten Grinsen, dass ihm nach Howards Meinung nicht einmal der argwöhnischste Mensch hätte widerstehen können.

Der Mann trat an den Zaun und schüttelte, zu Howards Erstaunen, Gordy die Hand. »Ich heiße Feng Guoren«, sagte er und überraschte Howard ein weiteres Mal, und zwar mit seinem guten Englisch. »Vielen Dank für Ihr Geschenk.« Er nahm die Schokoriegel und ging zu seinen Töchtern.

»Nein! Warten Sie!«, rief Gordy. »Ich möchte mit Ihnen reden! Ich wollte Ihre Tochter fragen …« Resigniert sah er die Familie davoneilen. »Du meine Güte! Ich wollte sie ja nur ins Kino einladen.«

Da reichte Howard ihm die drei Eier. Gordy nahm sie und flitzte den Zaun entlang, bis zu den Eckpfosten des Militärstützpunktes.

Als Howard sich sicher war, dass Gordy seine Zeit

verschwendete, blieb der Vater wieder stehen. Er ließ die Mädchen auf der anderen Straßenseite zurück und ging auf den Zaun zu. Es folgte eine angeregte Unterhaltung, und schließlich wurden die Eier durch den Draht gereicht. Der Mann kehrte zu seinen Töchtern zurück. Er sprach kurz mit dem älteren Mädchen, das dann an den Zaun herantrat. Es kam zu einem kurzen Gespräch zwischen ihr und Gordy, und zuletzt nickte sie.

Gordy stand regungslos da und sah zu, wie die drei am Ende der Straße verschwanden. Dann schob er die Hände in die Taschen und trabte mit hängenden Schultern und gesenktem Kopf auf die Barackenreihen des Camps zu.

Howard lief hinter ihm her. »Na? Geht sie mit dir ins Kino?«, fragte er und hoffte, dass Gordy den Anflug von Neid in seiner Stimme nicht hörte.

Gordy nickte und ging, für ihn ganz untypisch, ohne ein Wort zu sagen weiter.

»Na, das ist ja prima!«, rief Howard ihm nach.

Gordy blieb stehen, und als er sich umdrehte, drückte sein Gesicht Empörung aus. »Mein Gott, Howie!«, presste er hervor. »Er hat sie mir verkauft! Kannst du dir das, verdammt noch mal, vorstellen? Hat mir die Dienste seiner Tochter für drei Hongkongdollar pro Woche verkauft!«

13

Tante Mildred und ich kehrten am frühen Dienstagnachmittag von unserer Einkaufstour zurück. Sie nahm die Woodwards-Tüten vom Rücksitz ihres Autos, während ich zu unserer Tür lief. Die heiße Sommerluft roch nach dem frisch gemähten Gras und den Bartnelken, die unter unseren vorderen Fenstern blühten. Während ich den Duft von Moms Lieblingsblumen tief einatmete, fiel mir der heiße Stein wieder auf den Magen.

Drinnen stand Frankie, den Rücken uns zugekehrt, und sprach leise ins Telefon. Am Tisch saß Kipper, seine Farbtöpfe und Malutensilien vor sich ausgebreitet. Er blickte von dem Gemälde auf, an dem er arbeitete, und als er mich sah, quiekte er: »Ethie!« Er ließ seinen Pinsel fallen, sprang auf, schlang die Arme um mich und drückte den Kopf an meine Schulter. »Du has mia so gefeht!«

Tante Mildred seufzte und fragte: »Wo ist dein Vater?«

Frankie winkte in Richtung Wohnzimmer. Er wusste, dass sie nicht Kipper angesprochen hatte. Sie wendete sich selten an ihn. Häufig sagte sie etwas über seinen Kopf hinweg, als wäre er gar nicht im Raum. Darüber hatte sich unsere Mutter entsetzlich geärgert. »Sprich nicht, als ob Kipper nicht da wäre«, hatte sie öfter gesagt, wenn irgendjemand in ihrer Anwesenheit diesen Fehler beging. Aber bei Tante Mildred nützte es nichts. Wenn sie etwas zu Kipper sagte, dann hatte sie etwas an ihm auszusetzen. Erst letzte Woche hatten er und Mom sie auf die Eingangsveranda begleitet. »Mach den Mund zu, Christopher«, hatte Tante Mildred gesagt, nachdem sie Mom zum Abschied umarmt hatte. »Du siehst ja aus, als würdest du Fliegen fangen.«

Er grinste zu ihr hinauf. »Dasiss, wei meine Sunge dicker iss als die von andern Leutn«, erklärte er mit der Aufrichtigkeit, die nur Kipper zu eigen war. »Und außadem«, fügte er stolz hinzu, »hab ich ein Extrachromosom.«

Mom lachte. »Na na!, jetzt gibst du aber ganz schön an«, sagte sie und legte ihm den Arm um die Schulter.

Alles, was sie über das Downsyndrom in Erfahrung bringen konnte, hatte Mom an uns Kinder weitergegeben. Sie wollte, dass Kipper mit Informationen »gewappnet« war, wie sie es ausdrückte, und die Art, wie sie an diesem Tag lächelte, als meine Tante abzog, verriet mir, dass es sich ihrer Meinung nach gelohnt hatte. Später hörte ich, wie sie Dad berichtete, dass bei diesem Geplänkel mit Mildred die Wahrheit den Sieg davongetragen habe.

Unsere Mutter gab niemals vor, dass Kipper so sei wie andere Kinder. Sie wollte, dass er über das Bescheid wusste, was bei ihm anders war. Keine Beeinträchtigungen, sagte sie, nur Unterschiede. Als er alt genug war, um eingeschult zu werden, weigerte sie sich, die Begründungen zu akzeptieren, mit denen die Behörden ihre Ablehnung rechtfertigen wollten. Von 1954 bis 1958 war sie jedes Mal, wenn sie ihn anmelden wollte, von einer Stelle zur anderen gehetzt worden. Die Schulbehörde überließ die Entscheidung den Schulleitern; die Schulleiter überließen sie den Lehrern.

»Er wird niemals lesen und schreiben können«, versicherten ihr die Lehrer. »Wir würden für ihn nur den Babysitter spielen. Das ist den anderen Kindern im Klassenzimmer gegenüber nicht fair.« Ihre Entscheidung beruhe auf einem Vorurteil, warf Mom ihnen vor, und sie behauptete, sie würden den anderen Kindern sogar die Chance vorenthalten, etwas von Kipper zu lernen.

Als Kipper zehn war, konnte er lesen, nicht fließend, aber er konnte viele Wörter aussprechen. Er konnte auch in Druckschrift schreiben. Was er aber am besten konnte, war Malen. Und am liebsten malte er Häuser in allen Formen und Größen. Die Gebäude in unserem Viertel mögen alle gleich ausgesehen haben, aber in Kippers leuchtenden Wasserfarbenbildern ähnelte jedes Haus irgendwie der Familie, die darin lebte. Die Häuser sahen aus, als würden sie gleich zu atmen anfangen, besonders unser braunes Haus. Die Wohnzimmerfenster und die Küchenfenster rechts und links von der Eingangstür waren wie Augen unter einer steilen Dach-Stirn. Die Tür und die drei zur Veranda führenden Stufen sahen aus wie ein Mund, die offenen seitlichen Fenster oben wie Ohren. Er malte unser Haus in unterschiedlichen Farben, je nach Stimmung und Jahreszeit. Marlene, die seine Bilder liebte, rahmte sie ein und nahm einige in ihre Kunstausstellungen auf. Zwei wurden sogar verkauft. Um seinen Geldsegen zu feiern, bestand Kipper darauf, uns alle zum Abendessen ins King's Drive Inn am Kingsway zu Hamburgern und Milchshakes einzuladen.

Kipper malte weiter. Marlene rahmte weiter. An unseren Wänden war kaum noch Platz. Ich hatte eines seiner Bilder von unserem Haus, in Rosatönen gemalt, über meinem Bett hängen. Tante Mildred erwähnte die Kunst, die unsere Wände zierte, niemals, und sie schenkte auch dem Bild, das mein Bruder jetzt auf dem Küchentisch malte, keine Beachtung.

Ich blieb in der Küche und schaute Kipper über die Schulter. Ich war erstaunt, einen strahlend blauen Himmel zu sehen, übersät mit Wolken in den unterschiedlichsten Formen. »Was soll das? Und wo ist das Haus?«

»Mom wohnt jes nich in eim Haus«, antwortete er. Sein Ton verriet mir, dass er sich sehr bemühte, tapfer zu sein. »Sie wohnt im Himmej.«

Ich schluckte den Kloß hinunter, der in meiner Kehle aufstieg, und damit auch den Impuls, seine Aussprache zu korrigieren.

Erst dann hörte ich, wie meine Tante zu Dad sagte, sie wolle Moms Kleider zum Bestattungsunternehmen bringen, und Frankie hörte es auch. Er verabschiedete sich schnell von seinem Gesprächspartner, hängte den Hörer an die Wand und lief an uns vorbei. Ich rückte so zur Seite, dass ich ins Wohnzimmer spähen konnte. Dort stand meine Tante mit verschränkten Armen beim Fernseher in der Ecke und wartete auf Dads Antwort. Er machte den Mund auf und schloss ihn wieder, als Frankie hereinkam und sich neben ihn stellte. »Darum kümmern wir uns schon, Tante Mildred«, sagte Frankie.

»Aber …«

»Ich habe gerade mit der Friedhofsverwaltung gesprochen«, erklärte er. »Der amtliche Leichenbeschauer hat sie freigegeben ...« Er merkte, dass ich sie beobachtete. »Dad und ich gehen morgen zum Bestattungsinstitut und nehmen alles Nötige mit.«

»Dann ist ja alles in Ordnung. Sagt mir nur Bescheid, wann ihr geht, und wir treffen uns dort.«

»Vielen Dank«, erwiderte Frankie, »aber ich glaube, wir müssen zuerst allein hingehen.«

»Ach, na ja, ich ...«, stotterte sie. Dann bemerkte sie mich. »Ethie, bring deine neuen Kleider nach oben in dein Zimmer. Und nimm deinen Bruder mit. Ich muss mit deinem Vater reden.«

Enttäuscht, weil er von seinem Bild weggeführt wurde, trampelte Kipper hinter mir nach oben. In meinem Zimmer schleuderte ich die Einkaufstüten in die Ecke. »Mary-Jane-Schuhe, so was hat sie mir gekauft!«, jammerte ich, als er hereinkam. »Babyschuhe und Babysocken mit Spitzenmuster. Und weiße Handschuhe!«

Kipper stand da und blickte auf die Tüten hinunter.

»Die ziehe ich nicht an!«, schmollte ich und warf mich aufs Bett.

Und dann hörte ich, so deutlich, als stünde sie im Zimmer, die Worte meiner Mutter: »Da fiegt das Vögechen bunt und keckst dir auf den Mund.« Ich zog meine Unterlippe ein. Das letzte Mal hatte Mom diesen albernen Satz vor einer Woche zu mir gesagt, als ich am Trout Lake einen meiner Lieblingsschuhe verloren hatte. Der kleine sumpfige See war nur zehn Autominuten von unserem Haus entfernt, und an heißen Tagen fuhr Mom oft zum Abkühlen mit uns dorthin. Als wir damals nach dem Schwimmen zu unserer Liegedecke zurückkehrten, stellte ich fest, dass mein Handtuch und einer meiner Schuhe verschwunden waren. Meine Mutter tröstete mich, als ich weinte, denn diese Schuhe mit dem Schottenmuster und den gelben Schnürsenkeln waren meine Lieblingsschuhe. Wir suchten die ganze Umgebung ab, fanden aber nichts, auch nicht im Fundbüro im Strandhaus. Als wir zusammenpackten, um nach Hause zu gehen, sagte Mom, ich solle den anderen Schuh auf dem Regal in den Umkleideräumen stehen lassen. »Warum?«, fragte ich.

»Wer auch immer den anderen genommen hat, findet ihn vielleicht«, sagte sie. »Es geht ja nicht, dass zwei Leute mit nur je einem Schuh herumlaufen.«

Ich schmollte den ganzen Weg nach Hause, und Moms Vogeldreckdrohung konnte mich nicht besänftigen. Aber es war nicht Moms Stimme, die ich jetzt hörte. Kipper neckte mich mit ihren Worten. Ich wälzte mich herum und blickte in sein grinsendes Gesicht. Ich setzte mich auf und griff in meine Rocktasche. Dann, während die Erwachsenen unten leise miteinander sprachen, saßen Kipper und ich auf meinem Bett und betrachteten das Foto unserer Mutter.

In den Tagen vor der Beerdigung trug ich dieses Bild immer mit mir herum und zog es hervor, wenn ich fürchtete, ihr Gesicht zu vergessen. Ohne Mom war unser Haus merkwürdig still. Jeder, der etwas zu essen brachte oder mit Dad im Wohnzimmer saß, sprach in gedämpftem Ton oder flüsterte. Selbst das Telefon, das alle paar Minuten läutete, schien leiser zu läuten. Ich versuchte, unser Haus ordentlich und sauber zu halten, aus Angst, dass Tante Mildred hereinschneien und meinen Vater wieder tadeln könnte.

Ich nehme an, dass Kipper ungefähr dasselbe dachte. Am Mittwoch, dem Tag vor der Beerdigung, war ich am späten Nachmittag in der Küche und schrubbte eine der vielen Kasserollen aus, die ich den Nachbarn zurückgeben wollte, als ich plötzlich Kipper kreischen hörte. Dann folgte eine wahre Explosion schneller Schritte in Richtung Kellertür. Mein Vater stieß die Tür auf und rannte die Stufen hinunter. Frankie und ich folgten ihm. Bei der Kehre der Treppe hielten wir inne; dort stand Dad und starrte auf Kipper hinunter, der in einem Laugensee watete, die Arme voller Schaum, das Gesicht vor Panik verzerrt. Neben ihm zischte und tuckerte die Waschmaschine und spuckte weiße Schwaden aus. Seifenlauge bedeckte den Boden und noch die unterste Stufe der Treppe. Seifenblasen schwebten durch die Luft; eine besonders große war auf Kippers Hut gelandet und saß dort wie ein Pompon. Über ihm kauerte Ginger auf dem Fensterbrett und betrachtete die Szene.

Frankie eilte hinunter und zog den Waschmaschinenstecker. Dad und ich liefen hinter ihm her. Während wir durch das Schaummeer wateten, versuchte Dad erfolglos, ein Lachen zu unterdrücken. Auf der anderen Seite der Maschine kicherte Frankie. Kipper blickte von ihm zu Dad, und sein panischer Gesichtsausdruck verwandelte sich in ein Grinsen. »Hopsa!«, sagte er. »Zu vieje Basen.«

Dad und Frankie brachen in hysterisches Gelächter aus. Ich stand noch verwirrt da, bis Kipper mir einen Armvoll Schaum zuwarf. Dann griffen wir alle in den

Schaum und bewarfen uns damit, während uns die Tränen über die Wangen liefen.

Dann wischten wir auf, und Kipper erzählte uns, dass er versucht habe, die Wäsche zu waschen. Frankie fragte: »Wie viel Waschpulver hast du denn genommen?«

Kipper zeigte auf das Brett über der Waschmaschine, wo eine große Schachtel Tide auf der Seite lag. »Eine«, sagte er stolz. »Ich hab's auf de Rückseite gelesn.«

»Einen Messbecher voll?«, fragte Frankie.

»Oh!«, sagte Kipper, weil ihm die Wahrheit dämmerte. »Eine Schachte.«

Das Beseitigen der Spuren von Kippers gut gemeinter Tat erwies sich als Vergnügen. Wohl deswegen, weil es uns die Gelegenheit gab, etwas gemeinsam zu machen und an etwas anderes zu denken als an Mom.

Doch dann erschien Tante Mildred oben auf der Treppe.

14

Das ist genau das, wovor ich dich gewarnt habe«, sagte Mildred zu Howard. »Wie kannst du dich um diese Kinder kümmern, wenn du wieder zur Arbeit gehst?« *Wo du es doch nicht mal schaffst, wenn du zu Hause bist.* Er wischte sich die Hände an einem Geschirrtuch ab. Seine Schwägerin stand gegen den Küchentisch gelehnt da; die schwarze Handtasche hing an ihren verschränkten Armen.

Setzte sich diese Frau denn niemals hin? »Es ist nur Seifenlauge«, seufzte er.

»Heute«, sagte sie. »Morgen ist es vielleicht Feuer oder …« Sie fuhr fort, eine ganze Litanei von Tragödien aufzusagen, aber Howards Blick wanderte zum Fenster hinter ihr. Seit gestern früh suchte er ständig die Straße ab, um sich zu vergewissern, dass das Gespenst aus dem Park nicht wieder auftauchte. Fing er zu halluzinieren an? Oder holten ihn seine Albträume jetzt schon am helllichten Tag ein? Es gab auf der Welt nicht genug Alkohol, um seine Reue darin zu ertränken.

»Hörst du mir überhaupt zu, Howard?« Ihre schrille Stimme brach in seine Gedanken ein.

»Hörst du mich?«, wiederholte sie. »Ich habe dich nach deinen Plänen gefragt.«

»Ich weiß nicht«, antwortete er zögernd. Er wusste nicht, was er sonst sagen sollte.

»Nun, du wirst anfangen müssen, dir Gedanken zu machen – und zwar bald.«

Während sie so redete, baute sich zwischen Howards Schulterblättern ein dumpfer Schmerz auf. Er kroch die Wirbelsäule hinauf bis zum Nacken. Dann explodierte ein brennender Schmerz in seinen Schädel hinein. Von unten drang Kippers bellendes Lachen herauf, gefolgt von Ethies gedämpfter Antwort. Im Kellerflur ging die Tür auf und wieder zu. Howard blickte auf und fragte leise: »Müssen wir wirklich jetzt darüber reden?«

Mildred nahm die Arme auseinander und hängte ihre Handtasche auf die andere Seite. »Ich möchte es nicht zum Thema machen, bevor meine Schwester ihre letzte Ruhe gefunden hat. Aber erinnerst du dich überhaupt an das, worüber wir gestern gesprochen haben? Hast du über meinen Vorschlag nachgedacht?«

Howard erinnerte sich. Er wusste, was sie wollte.

»Denk einfach mal darüber nach, Howard«, drängte sie. »Ethie ist fast ein Teenager, eine junge Frau. Wer wird sie durch diese Jahre leiten? Wer wird ihr den ersten BH kaufen? Ihr etwas über die Veränderungen in ihrem Körper erklären? Du? Frankie? Und Christopher«, fuhr sie fort, ohne seine Antwort abzuwarten. »Es gibt Plätze für Leute wie ihn, Heime, Internate, wo man weiß, wie man sich um ihn kümmert. Wirklich, es hätte schon längst passieren sollen. Aber jetzt … Nun, es gibt gar keine Alternative mehr.«

»Wir schaffen das schon«, sagte Frankie und trat in die Küche.

»Und wie, bitte schön?« Mildreds Stimme wurde merklich sanfter, als sie sich an ihren Neffen wandte.

»Dad wird in den nächsten Wochen seinen Urlaub nehmen, dann nehme ich meinen«, sagte Frankie. »Und danach werden wir sehen. Vielleicht können wir im Sägewerk umschichtig arbeiten, ich weiß es nicht, aber wir werden es schon irgendwie hinkriegen.«

»Und du würdest deine Abendschule aufgeben?«

»Vorübergehend, ja.«

Sie wandte sich an Howard. »Und du schaust einfach zu, wenn dein Sohn aus einem falschen Loyalitätsgefühl heraus so etwas tut?«, fragte sie. »Wirst du ihm weiterhin erlauben, dass er unser Angebot ausschlägt, ihm ein Universitätsstudium zu bezahlen? Oder möchtest du, dass er den Rest seines Lebens in einem Sägewerk arbeitet?«

»Darüber kann Dad nicht entscheiden«, unterbrach sie Frankie mit einem warnenden Unterton in der Stimme.

»Er bringt ein sinnloses Opfer, Howard«, beharrte Mildred. »Wenn Ethie bei uns wohnen würde, wenn Christopher in einer Anstalt wäre, gäbe es keinen Grund für Frankie, so angebunden zu sein. Unser Angebot steht. Ein Wort von dir genügt.«

Howard schüttelte den Kopf in dem Versuch, sich nicht im Spinnwebennetz ihrer Worte zu verfangen, denn das Merkwürdige war ja, dass ihre kühle Argumentation einen Sinn ergab. »Lass uns etwas Zeit«, sagte er müde. »Ich werde es mir überlegen. Wir reden darüber. Nur nicht jetzt.«

»Na schön«, meinte Mildred und holte aus ihrer

Handtasche einen braunen Umschlag heraus. »Hier hast du Informationen über Internate und Heime in der Stadt«, erklärte sie und legte ihn auf den Tisch. »Und hier …«, ergänzte sie und fasste noch einmal in ihre Tasche. »Sidney hat einige Hebel in Bewegung gesetzt, um frühzeitig an eine Kopie des Berichts des amtlichen Leichenbeschauers heranzukommen.« Sie blickte auf das weiße Couvert hinunter. »Er wollte nicht, dass ich es aufmache. Sagte, dass es deine Sache sei, ob du uns den Inhalt mitteilst.« Widerwillig hielt sie es hoch. »Ich hoffe, das ist der Fall.«

Als Howard sich nicht rührte, legte sie den weißen auf den braunen Umschlag. »Wenn du kannst.«

Nachdem Frankie die Eingangstür hinter ihr geschlossen hatte, wandte er sich an Howard. »Du denkst doch nicht im Ernst daran …?«

Howards Mund war trocken. Er schluckte. »Ich weiß nicht«, murmelte er. »Ich weiß es einfach nicht.« Er ging hinüber zum Tisch und nahm die beiden Couverts. Er fasste sie am Rand an, als könnten sie brennen, und verließ die Küche.

Hinter ihm fluchte Frankie leise.

Im Flur schlich sich Howard zur Schlafzimmertür. Jedes Mal, wenn er hineingehen musste, verspürte er diesen herzzerreißenden Schmerz. Jetzt holte er tief Atem und öffnete die Tür. Drinnen tanzten Staubkörnchen im Sonnenlicht, das durch einen Vorhangspalt hereinfiel. Jemand hatte das Bett gemacht, aber Lucys Sachen lagen noch da, und auch ihr Duft war präsent.

Howard ging, als würde er sich den Weg durch ein Minenfeld bahnen, hinüber zu seiner Kommode und zog die oberste Schublade auf. Er ließ die Umschläge auf die anderen Papiere fallen und schob sie wieder zu. Dann überlegte er es sich anders, öffnete die Schublade wieder und holte das braune Couvert mit den Informationen über die Internate heraus. Ohne es zu öffnen, zerriss er es in zwei Teile und die Teile wieder in zwei Hälften und ließ alles zusammen in die Schublade fallen.

Dann nahm er den weißen Umschlag in die Hand. Er drehte ihn um, zögerte einen Moment, dann öffnete er ihn und zog vorsichtig den Bericht des Leichenbeschauers heraus. Die gedämpften Geräusche im Haus, das Ticken des Weckers auf dem Nachttisch, rückten in die Ferne, während er den Bericht las und noch einmal las und versuchte, aus dem Fachjargon schlau zu werden.

Er enthielt keine Überraschungen. Es war genau so, wie die Polizei vermutet hatte. Der Bericht des Leichenbeschauers endete mit folgendem Satz: »Unfalltod infolge unvollständiger Verbrennung eines defekten Kerosinheizgeräts, was die Freisetzung von Kohlenmonoxid zur Folge hatte.« Doch eine Aussage in dem Bericht sprang Howard direkt in die Augen. »Der Alkoholspiegel im Blut der Toten war so extrem hoch, dass das Opfer zum Zeitpunkt des Gasaustritts wahrscheinlich schon bewusstlos war.«

Obwohl der Bericht so ausgefallen war, wie Howard erwartet hatte, war er nicht auf den schweren Schlag gefasst, den diese unpersönlichen Worte ihm versetzten. Lucy betrunken? Unvorstellbar! Er ließ sich auf den Stuhl vor der Frisierkommode fallen und senkte den Kopf. Er schloss die Augen und presste die Hände an die Lider. Als er sie wieder wegnahm, bemerkte er durch seinen verschleierten Blick etwas, was in der untersten Schublade von Lucys Frisierkommode eingeklemmt war. Er beugte sich vor und entfernte das Papierfitzelchen, dann setzte er sich auf und starrte darauf, bis er begriff, worum es sich handelte. Er zog langsam die Schublade ganz auf und sah den zur Seite gekippten Schuhkarton. Die Hälfte des Inhalts, ein Wust von Zeitungsausschnitten, die dem ähnelten, den er in der Hand hielt, lag verstreut über dem säuberlich verwahrten Schreibpapier in der Schublade. Er nahm eine Handvoll heraus. Das war typisch Lucy! Sie hatte sich angewöhnt, Artikel aus den Tageszeitungen herauszuschneiden und jedem zu zeigen, der sich dafür interessieren könnte. Fast jeden Abend wartete die *Daily Province* mit Löchern auf Howard, wenn sie die Zeitung vor ihm in die Hand bekommen hatte. Doch diese Ausschnitte hier stammten nicht aus neuerer Zeit. Das Papier war vergilbt und brüchig. Er ließ die Ausschnitte fallen, griff sich eine weitere Handvoll und forstete sie durch. Jeder trug ein Datum der Kriegsjahre. Warum hatte er sie zuvor nie gesehen? Warum hatte sie insgeheim an dieser Verbindung zu einer Vergangenheit gehangen, die er zu vergessen suchte? Hatte sie sie über all die Jahre hinweg gerettet in der Hoffnung auf einen Tag, der nun niemals kommen würde? Der Tag, an dem er imstande wäre, diese verlorenen Jahre mit ihr zu teilen?

Sie hatte es gewusst. Natürlich hatte sie gewusst, dass er mit etwas viel Schlimmerem nach Hause zurückgekehrt war als einem in seinen Eingeweiden verborgenen Parasiten. Doch in all den Jahren hatte sie ihn niemals bedrängt, niemals gefragt, was dort drüben passiert war.

Er kniff die Lider fest zusammen. Mein Gott, warum hatte er ihr nicht die Wahrheit gesagt?

Die Schlafzimmertür ging auf. »Dad?«, rief Ethie.

Er schreckte auf und ließ ein Papier zu Boden fallen, dann schob er die anderen Ausschnitte in die Schublade. Als er sich vorbeugte, um das Papier aufzuheben, bemerkte er, dass es sich nicht um einen Zeitungsausschnitt handelte, sondern um ein vergilbtes Telegramm. Es war das Telegramm, in dem er ihr vor einundzwanzig Jahren mitgeteilt hatte, dass er wohlbehalten in Hongkong eingetroffen war.

15

19. November 1941: Hongkong

19. NOVEMBER 1941, 17:46

MRS LUCY COULTER
455 VINE ST
VANCOUVER BC CANADA

WOHLBEHALTEN EINGETROFFEN BRIEF FOLGT
LIEBE GRÜSSE
HOWARD

Howard las die viel zu kurze Nachricht noch einmal. Die Erlaubnis, nach Hause zu telegrafieren, war mit Auflagen verbunden gewesen. Er hatte das Formular auf der Rückseite unterschrieben und dem Angestellten überreicht, der es mit einem Nicken absegnete, bevor er sich dem nächsten Soldaten zuwandte.

Vor dem Telegrafenamt wartete Gordy ungeduldig, ohne sich bewusst zu sein, dass er von einem Fuß auf den anderen trat.

»Fertig«, sagte Howard und bemerkte die Erleichterung in den Augen seines Freundes. Er war schon verblüfft gewesen, als Gordy ihn zum Mitkommen an diesem Abend aufgefordert hatte. »Ich bin lange genug hinter dir und Lucy hergetrottet«, argumentierte er, als ginge es darum, eine Schuld zu begleichen. Aber Howard hörte aus seinem Drängen auch eine Bitte heraus. War Gordy nervös vor dem Rendezvous mit einem Mädchen? Er erkannte seinen Kumpel aus Kindheitstagen kaum wieder. Nun dämmerte es Howard, dass er jetzt lernen würde, wie man sich als fünftes Rad am Wagen fühlt.

Sie reihten sich in den Menschenstrom auf dem Gehsteig ein, der zur Pier von Kowloon führte. Am Ende der Nathan Road überquerten sie die breite Avenue, indem sie Bussen und anderen hupenden Fahrzeugen auswichen. Insgeheim fragte sich Howard, ob das Mädchen überhaupt auftauchen würde. Vielleicht hatte ihr Vater die Schokolade und die Eier in der Absicht angenommen, mit seinen Töchtern und den drei Dollar von Gordy zu verschwinden.

Howard hatte es sich nicht verkneifen können, Gordy zu fragen, warum er überhaupt zugestimmt hatte. Wenn ihn doch schon der Gedanke, dass ein Vater die Dienste seiner Tochter verkaufte, so empört hatte. Gordy hatte geantwortet: »Du glaubst doch nicht, dass ich sie irgendeinem anderen Trampel überlasse?«

Während sie sich der Gruppe der Passagiere näherten, die auf die Star-Fähre wartete, spürte Howard, dass er selbst besorgt war, und eine Welle des Mitgefühls mit Gordy stieg in ihm auf. Aber das Mädchen war da. Sie wartete beim Drehkreuz, die Hände über einem frischen Kittel gefaltet. Ihre Haare waren nicht zurückgebunden, sondern hingen offen herunter, eine Kaskade, schwarz wie Ebenholz, die ihr ovales Gesicht mit den dunklen Augen einrahmte. Ein Zweifel zuckte über ihr Gesicht, als sie die beiden auf sich zukommen sah. Aber als sie vor ihr stehen blieben, sagte sie nichts.

Wieder trat Gordy von einem Fuß auf den anderen, während er Howard hastig vorstellte. Das Mädchen grüßte mit einem Nicken. Sie verhielt sich weder auffordernd noch ablehnend, als Gordy die Hand hob und wieder senkte, offensichtlich unsicher, ob er nach ihrer Hand greifen oder ihr seinen Arm anbieten sollte. Schließlich nahm er seinen Mut zusammen und legte ihr den Arm um die Schultern, um sie durch das Drehkreuz zu führen.

Sie ließen sich vom Strom der Fahrgäste auf die Holzbänke der Fähre zutreiben, während das Schiff ächzend von der Pier ablegte. Nachdem sie Sitzplätze gefunden hatten, stellte Howard fest, dass sich außer ihnen keine Weißen auf dem überfüllten unteren Deck befanden. Und dass es Frauen gab, die standen. Er und Gordy sprangen im gleichen Moment auf und boten ihre Plätze an. Shun-ling folgte ihnen zur Seite, wo sie sich an die Reling lehnten. In Verlegenheit gebracht durch das Gedränge – das Mädchen stand eingezwängt zwischen ihm und Gordy –, blickte Howard unverwandt auf den Hafen.

Die Strahlen der untergehenden Sonne verschwanden hinter den schroff aufragenden Bergen. Vor dem purpurroten Himmel zeichnete sich die Gruppe dunkler Gipfel, hoch aufragender Felsentürme und steiler Küstenabschnitte ab, welche die Insel von Hongkong bilden.

Shun-ling sagte etwas, aber ihre leise Stimme ging im Dröhnen des Motors unter. »Wie bitte?« Gordy beugte sich vor.

»Duftender Hafen«, wiederholte sie. Der Geruch des trüben Gewässers erinnerte Howard eher an verrottenden Kompost.

»Chinesische Bedeutung von Hongkong«, erklärte Shun-ling. »Duftender Hafen.« Sie zeigte auf den Gipfel, der die hell erleuchtete Stadt Victoria überragte. »Sie müssen Zug zur Spitze nehmen. Schöne Aussicht.«

Howard beugte sich weiter zu ihr, um sich den singenden Tonfall ihrer Worte nicht entgehen zu lassen, während sie die Namen der kleineren Inseln aufzählte und auf die jeweiligen Erkennungszeichen deutete.

Gordy schien im gleichen Maße seine Nervosität abzustreifen, wie Shun-ling die Rolle der Touristenführerin übernahm. »Sie sind in Hongkong zu Hause?«, fragte er. »Ich meine, sind Sie hier geboren?«

»Nein. Wir haben in kleinem Dorf bei Nanking gewohnt.« Nach kurzem Zögern setzte sie hinzu: »Bis Japaner kommen ...« Ihre letzten Worte wurden vom Wind davongeweht. Weder Howard noch Gordy baten sie, sie zu wiederholen.

Wie in Kowloon drängten sich die Menschen auch in der Stadt Victoria, die sich auf der Inselseite des Hafens an der Küste entlangzieht. Das Klappern von Holzsandalen auf der Pier wetteiferte mit den Rufen der Rikschafahrer, die in gebrochenem Englisch auf sich aufmerksam machten. Der Duft nach Sandelholz und Räucherstäbchen vermischte sich mit den Gerüchen des überfüllten Hafens. Howard sagte sich, dass der Anblick zweier Soldaten an der Seite einer schönen jungen Chinesin zu Hause in Kanada Aufsehen erregen oder wenigstens einige Passanten veranlassen würde, sich umzudrehen. Hier dagegen wurden sie nicht beachtet, waren nur Teil des Gedränges auf Dämmen und Gehsteigen.

In Gedanken formulierte er schon einen Brief. *Stell dir zwei Millionen Menschen vor, Lucy! Das ist mehr als das Doppelte der gesamten Bevölkerung der Provinz Manitoba!* Man konnte es sich kaum vorstellen, geschweige denn beschreiben. Einerseits war Hongkong eine kosmopolitische Metropole mit modernen Gebäuden und Geschäften, die imposanter waren als alles, was er je gesehen hatte. Andererseits drängten sich in einem Gewirr klappriger Bauten alte Tempel mit aufgebogenen Dächern. Und überall, auf den verkehrsreichen Straßen wie in den finsteren Gassen, gab es Bettler.

An der ersten Straßenecke hockte eine alte Frau mit ausgestreckter Hand. Howard blieb stehen und fischte Kleingeld aus seiner Tasche. Seine Münzen verschwanden in ihrem Ärmel. Plötzlich krallten sich knochendürre Finger an seine Arme, zupften an seinen Uniformtaschen. Unmengen von Bettlern mit verzweifelten Augen waren aus dem Nichts aufgetaucht. Sie pressten sich an ihn, schoben ihn, während sie um seine Aufmerksamkeit buhlten, über den Gehsteig. Ein vorüberkommender Engländer schlug mit seiner aufgerollten Zeitung nach ihnen. »Ermuntere sie bloß nicht, du Dummkopf!«, rief er. »Oder wir werden hier alle noch regelrecht überrannt.«

Gordy und Shun-ling zogen Howard auf die Straße, wo sie sich durch den Verkehrsstau hindurchkämpften.

»Wenn Almosen geben wollen«, sagte Shun-ling, als sie wohlbehalten auf der anderen Straßenseite gelandet waren, »überlassen am besten mir. Ich machen, dass niemand sieht.«

Howard nickte. Der Vorfall hatte ihn erschüttert und beschämt und gehörte gewiss nicht zu den Dingen, die er nach Hause berichten wollte. Die Leute dort hatten während der Weltwirtschaftkrise zwar auch Hunger gelitten, doch niemals hatte er eine solche Verzweiflung gesehen wie in den Augen dieser Bettler. Und er hatte auch keine Schaufenster wie die gesehen, an denen sie vorbeieilten und in denen, wie zum Spott, die teuersten Waren zur Schau gestellt wurden.

Vor dem Harbour Hotel machte ein Straßenfotograf, der seine Kamera auf ein Stativ montiert hatte, Aufnahmen von Passanten. Na, dachte Howard, wenigstens das ist so wie zu Hause. Sobald der Fotograf sie im Sucher hatte, legte Howard seine Hand auf Shun-lings Schulter, packte Gordys Arm, um ihn näher an sich zu ziehen, und grinste in die Kamera. Die Blitzlichtlampe brannte aus, und Howard nahm den Abholschein aus der Hand des Fotografen und fragte sich, was zum Teufel in ihn gefahren war. Vielleicht war es die Erinnerung daran, dass er und Gordy sich an dem Tag, an dem sie ihre Uniformen erhalten hatten, zusammen mit Lucy in der Innenstadt von Winnipeg für einen Straßenfotografen in Positur geworfen hatten. Was auch immer, es hatte sich jedenfalls gelohnt: Als er Gordy den Schein überreichte, wurde er mit einem schüchternen Lächeln von Shunling belohnt. Dem ersten, das er auf ihrem Gesicht gesehen hatte.

»Und jetzt«, sagte Gordy und steckte den Schein des Fotografen in die Tasche, »ab zum Abendessen. Wo sollen wir essen?« Er blieb vor dem Hotel stehen. »Hier?«, fragte er Shun-ling.

Sie schüttelte den Kopf und ging weiter. Howard blickte in das hell erleuchtete Fenster. Auf der Straße mochten sie nicht auffallen, aber er war sicher, dass die Leute hier sich umdrehen würden, wenn sie zu dritt den Speisesaal des Hotels beträten. Drinnen saßen Männer in weißen Dinnerjackets und Offiziere in Ausgehuniform an Tischen, auf denen Stofftischtücher lagen; in ihrer Begleitung befanden sich Damen in großer Abendgarderobe. Shun-lings schäbige Aufmachung verriet dagegen sofort, dass sie zu den Armen der Stadt gehörte.

Sie folgten ihr und bogen von der Durchgangsstraße in eine Seitengasse ein. In dem trüben Licht schlängelten sie sich durch ein Gewirr enger Gässchen, bis Shun-ling vor einem Schaufenster stehen blieb. Ihr kritischer Blick wanderte über die Reihen gebratener Enten, die dort, von gelbem Licht angestrahlt, aufgehängt waren, und sie sagte: »Dies hier gut.«

Sie fanden am hinteren Ende des Lokals noch einen freien Tisch. Wieder waren er und Gordy die einzigen Weißen. Es wurde in einer fremden Sprache geplaudert, während die Kellner sich durch die Tischreihen zwängten und mit Speisen beladene Tabletts über dem Kopf balancierten. Gordy schaute auf die Menge seltsamer Gerichte, mit denen ein Nachbartisch vollgestellt war, und bat Shun-ling, etwas zu bestellen.

Der Kellner erschien und stellte eine weiße Teekanne und Gläser auf den Tisch. Shun-ling tauschte rasch ein paar Worte mit ihm aus, und er verschwand wieder. Dann goss sie den dampfenden Tee in die Gläser. Als sich zeigte, dass weder Gordy noch Shun-Ling mit einer Unterhaltung beginnen würde, sagte Howard: »Sie sprechen sehr gut Englisch, Shun-ling. Wo haben Sie es gelernt?«

»Mein Vater. Er war Lehrer.«

»Und Ihre Schwester? Spricht sie auch so gut Englisch?«, fragte er.

»Meine Schwester, Shun-qin, spricht nicht«, antwortete sie und sah auf ihre im Schoß gefalteten Hände.

»Sie spricht kein Englisch?«

Sie blickte ihm in die Augen. »Nicht Englisch. Nicht Chinesisch. Sie spricht nicht.«

»Ach, Sie meinen, sie ist stumm«, sagte Gordy. »Kann nicht sprechen.«

Shun-ling wandte sich ihm zu. »Nein. Nicht *kann* nicht. Spricht nicht. Meine Schwester spricht nicht. Nicht, seit Japaner in unser Dorf kommen.«

Howard erinnerte sich an einen Artikel, den er in der Zeitschrift *Life* über die Schreckensherrschaft der Japaner während der Belagerung von Nanking im Jahr 1937 gelesen hatte. Er wusste nicht, wie er reagieren sollte. Shun-ling studierte wieder ihre Hände, bis der Kellner drei Schalen und drei Paar Stäbchen auf den Tisch schob.

»Ich werde verhungern, wenn ich damit essen muss«, sagte Gordy.

Howard zuckte zusammen.

»Ich zeigen«, sagte Shun-ling. Augenblicke später, als die dampfenden Platten mit dem Essen kamen, nahm sie Gordys rechte Hand. Ihre langen eleganten Finger hielten seine Hand und legten die Essstäbchen in die richtige Position. Mit zielbewussten und fließenden Bewegungen brachte sie seinen Freund so weit, dass er sich aus der Sauce des ersten Gerichts einen glitschigen weißen Bissen herauspickte. Seine Hand hob sich langsam, und sie ließ sie los. »Etwas, was schwimmt«, sagte sie, während es ihm gelang, den Bissen mit einem triumphierenden Grinsen zum Mund zu führen. Sie nahm ihre eigenen Essstäbchen und deutete damit auf jedes Gericht. »Etwas, was kriecht, und etwas, was fliegt.«

Ihre Erklärungen ließen Howard im Dunkeln darüber, was genau er aß – und er war sich nicht sicher, ob er es überhaupt wissen wollte.

Während er und Gordy darin wetteiferten, den Umgang mit den Essstäbchen zu meistern, beobachtete Shun-ling lächelnd ihre Fortschritte. Sie selbst aß langsam und kaute gründlich. Wie Howard bemerkte, aß sie von je drei Stücken, die sie von jeder Platte nahm, nur eines. Er fing Gordys Blick auf, und durch schweigende Übereinkunft legten sie sich beide ebenfalls weniger in ihre Schüsseln. Am Ende des Mahls blieb noch mehr als die Hälfte der Speisen übrig. Der Kellner erschien wieder, um die Platten einzusammeln, und sprach kurz mit Shun-ling. Als er mit der Rechnung zurückkam, stellte er eine in braunes Papier eingeschlagene Schachtel vor sie hin.

Draußen folgten sie Peters und Dicks Anweisungen und fanden den Weg zum Empress Theatre.

»Ist ja richtig schick hier«, sagte Gordy und ließ das elegante Vordach auf sich wirken. »Wetten, dass selbst

Hollywood nichts Tolleres zu bieten hat?« Drinnen eroberten sie drei Sitzplätze nebeneinander auf dem Balkon. Der Karton auf Shun-lings Schoß roch nach Ingwer und Sesamöl. Auf der Leinwand wurde die britische Wochenschau *Britain at War* gezeigt. Howard betrachtete die Schwarzweißbilder von startenden Bombern, die Richtung Ärmelkanal flogen, und fragte sich, ob seine Brüder schon nach Übersee verlegt worden waren.

Als der Hauptfilm, *Früchte des Zorns,* begann und Henry Fonda auf der Leinwand erschien, flüsterte Gordy: »Sieht er nicht aus wie Howard, hm?« Er wiederholte es, bis ihn jemand in der Reihe hinter ihnen zur Ordnung rief.

Nach der Vorführung warfen einige Frauen, die aus dem Kino strömten, einen genaueren Blick auf Howard und wisperten, hinter vorgehaltener Hand.

»Also bitte! Hab ich doch gleich gesagt, dass du wie er aussiehst!« Gordy versetzte Howard einen Stoß in die Rippen.

Vielleicht mit Ausnahme der Nase und dem eckigen Kinn konnte Howard keine Ähnlichkeit erkennen, obwohl auch Lucy schon öfter davon gesprochen hatte. Er fühlte sich unbehaglich und entfernte sich von dem lebensgroßen Plakat, auf dem Henry Fonda als der idealistische junge Pächter einer kleinen Farm, Tom Joad, abgebildet war. Mit dem Schmerz der ganzen Welt in seinen blauen Augen blickte er zum Himmel auf.

Shun-ling betrachtete das Plakat eingehend und ließ ihren Blick von Howard zum Gesicht des Schauspielers und wieder zurück wandern. »Es sind die Augen«, sagte sie. »Sie haben gleiche Augen. Gute Augen.« Ihre Finger berührten flüchtig seinen Arm, eine Berührung, so federleicht wie ein Flüstern, und als sie sich auf den Weg zur Fährstation machten, breitete sich die Wärme von dieser Stelle über seinen ganzen Arm aus.

Im Hafenviertel war auf den Gehsteigen ein Markt aufgebaut worden, wo Verkäufer alles, von Papierfächern bis zu Seidenkleidern, feilboten. Soldaten und Matrosen, britische und asiatische Zivilisten bummelten zwischen den Ständen umher und feilschten in gebrochenem Englisch.

Plötzlich hielt Gordy inne. »Entschuldigt mich, ihr zwei«, sagte er, »aber ich muss mal dorthin, wohin auch der Kaiser von China zu Fuß geht. Zu viel Tee.« Er fuchtelte in Richtung eines Hotels und lief darauf zu.

Während sie auf ihn warteten, schlenderten Howard und Shun-ling weiter an den Ständen vorbei. Einer der Verkäufer hielt ein besticktes rotes Kleid hoch. »Sie für Ihre Freundin kaufen«, rief er.

»Sie ist nicht ...«, erwiderte Howard und bemerkte dann, dass Shun-ling ihn beobachtete. Ihre dunklen Augen funkelten keck. Er lachte. »Shun-ling«, sagte er, »helfen Sie mir, etwas für meine Frau auszusuchen.«

»Ach – Sie sind verheiratet.« Sie trat näher an den Stand heran, um die zusammengefalteten Seidenkleider anzusehen.

Howard fragte sich, ob er sich den Anflug von Enttäuschung in ihrer leisen Stimme nur eingebildet hatte. Er hob ein kunstvoll gefertigtes orangefarbenes Wickelgewand hoch. »Wie wäre das?«, fragte er.

»Falsche Farbe«, sagte Shun-ling. »Vielleicht zu kompliziert.«

»Ach, ich glaube, Lucy käme schnell damit klar.« Howard faltete es wieder zusammen und legte es zurück. Shun-ling betastete den Stehkragen eines blau-weißen Kleides mit Blümchenmuster.

»Dieses hier viel weniger«, erklärte der Verkäufer zu dem schlichten Gewand. Er sah Howard an und ergänzte: »Selbes Blau wie Ihre Augen.«

Shun-ling strich über den Baumwollstoff. »Dieses besser«, sagte sie. »Hält mehr aus.«

Howard zog ein grünes Seidenkleid aus dem Stapel und faltete es auseinander. »Und wie wäre dieses hier?«

Während Shun-ling um den Preis feilschte, kam Gordy zurück. »Für Lucy«, sagte Howard und zeigte ihm das Kleid.

»Ich seh schon, wie sie in Winnipeg mit diesem Fummel herumspaziert«, sagte Gordy.

Als der Verkäufer das Kleid in eine Papiertüte legte, griff Gordy nach dem orangefarbenen Gewand. Er hielt es hoch und fragte Shun-ling, ob er es ihr schenken dürfe. Sie verzog das Gesicht. »Sie wollen mich wie *happytime* Mädchen?«

»Nein, nein. Ich wollte Ihnen nur etwas Hübsches kaufen.« Mit einer linkischen Geste berührte er ihre Schulter. »Hören Sie«, stammelte er, »ich möchte gar nichts aus Ihnen machen. Ich möchte nur Freundschaft, okay?«

Gordy hob das blau-weiße Baumwollkleid hoch: »Würden Sie das von einem Freund annehmen?«

Sie sah es sehnsüchtig an und nickte.

Als sie wieder in Kowloon waren, versuchte sie, Gordy davon abzuhalten, sie nach Hause zu begleiten. Sie erklärte ihm, dass ihre Schwester vor allen Männern mit Ausnahme ihres Vaters Angst hatte. »Mir passiert nichts«, sagte sie. »Ich nichts zum Stehlen, nur das.« Sie drückte ihre Pakete mit dem Kleid und den Essensresten an sich.

Doch Gordy insistierte. Er würde nicht hereinkommen, sagte er, »aber bis zur Tür muss ich Sie bringen. Sonst kann ich heute Nacht nicht schlafen.«

Howard verabschiedete sich auf der Nathan Road von ihnen. Statt eine Rikscha zu nehmen, lief er lieber zu Fuß zum Camp zurück; die Tüte mit Lucys Kleid hatte er sich unter den Arm geklemmt. Im Lager angekommen, setzte er sich auf die Stufen und zündete sich eine Zigarette an. Als er das Zündholz ausblies, bemerkte er, dass im Dunkeln jemand an der Wand des Häuschens lehnte. Er erkannte den Mann als einen der Diener wieder, die morgens im Camp die Soldaten rasierten. War dieser Mann die ganze Nacht hier und wartete?

Howard hielt sein Zigarettenpäckchen hoch. Lächelnd rückte der Mann näher, nahm eine Zigarette und lehnte sich wieder an die Wand. Nachdem Howard sie angezündet hatte, winkte er den Mann zu sich heran. Er versuchte es mit ein paar Fragen, erhielt aber nur ein Kopfschütteln als Antwort. Kein Englisch. Dann saßen sie schweigend da und rauchten. Howard blickte zum sternenübersäten Himmel auf und dachte an Lucy unter denselben Sternen, aber da fiel ihm ein, dass zu Hause wahrscheinlich noch die Sonne schien. Wie viel Uhr mochte es dort sein? Er holte seinen Taschenkalender aus der Brusttasche, öffnete ihn und nahm Lucys Foto heraus. Er betrachtete es und zeigte es dann dem Mann. »Meine Frau«, sagte er stolz.

»Ah.« Der Mann nickte anerkennend.

»Es ist eine Sandkastenliebe«, erklärte Howard.

»Sand …, Sand …« Der Mann versuchte, die Laute nachzuahmen, gab es aber auf.

»Ja, eine Sandkastenliebe«, wiederholte Howard und blickte auf ihr lächelndes Gesicht. Seine Lucy. »Ich bin ein Glückspilz«, sagte er mehr zu sich selbst.

Warum spürte er dann aber immer noch die Wärme auf seinem Arm an der Stelle, die Shun-ling berührt hatte?

16

Es war nicht richtig, dass an diesem Morgen die Sonne schien. Die ganze Welt hätte weinen sollen, um mit ihren Tränen die Erde aufzuweichen. Doch die Sonne schien ins Wohnzimmer, und um zehn Uhr war es in unserem Haus schon stickig. Draußen segelten bauschige Wolken, unheimlich wie die auf Kippers Bild. Das Geräusch der Rasensprenger unserer Nachbarn drang, zusammen mit dem Geruch nach nassem Gras und sonnenerhitztem Asphalt, durch die offenen Wohnzimmerfenster. Sommergerüche, die normalerweise bedeuteten, dass alle Kinder unseres Blocks im Freien spielten. Ich schaute hinaus auf die leere Straße. Wo waren denn alle? Wahrscheinlich versteckten sie sich in ihren Häusern, damit sie nicht sehen mussten, wie wir uns auf den Weg zu Moms Beerdigung machten.

Ich saß auf der Couch und wartete auf meine Tante und meinen Onkel. Meine Wut auf den Sonnenschein dehnte sich auf alles und jeden aus. Ich war böse auf meine Tante, weil sie mich die albernen Schuhe und so blöde Kleider tragen ließ, böse auf die Kinder in unserer Straße, die noch Mütter hatten, böse auf Jesus, den ich nun nie mehr in mein Herz lassen würde. Am allermeisten war ich auf mich selbst böse, weil ich am letzten

Samstag in die Bibelschule gegangen war, denn wäre ich an diesem Tag zu Hause geblieben, wäre Mom vielleicht gar nicht ausgegangen.

Neben mir saß Kipper und fingerte an seinem Hut herum. Die Ärmel seiner Jacke waren zu kurz, und unter seinen Hosenbeinen schauten weiße Socken heraus; aber immerhin war die Aufmachung, die Mom ihm für die Kunstausstellung gekauft hatte, noch so gut wie neu. Er zog sich seinen Hut in die Stirn, hob dann die Augenbrauen und ließ sie auf und ab tanzen, was er immer tat, wenn er nervös war.

»Hör auf!«, sagte ich unfreundlich. Ich kickte die Hacken meiner Schuhe gegen die Couch und sah in Erwartung einer Reaktion zu Dad. Er saß in einem Anzug, den Frankie für ihn herbeigezaubert hatte, zusammengesunken in seinem Sessel. Angesichts der Miene, die er machte, bereute ich meinen Ausbruch sofort. Doch der Blick meines Vaters konzentrierte sich nicht auf Kipper, der seinen Hut wieder zurechtrückte, oder auf meine Hacken, die gegen die Couch knallten – er starrte auf meine Hände.

»Keine Handschuhe!«, sagte er in einem erstickten Flüsterton. »Bitte zieh sie aus, Ethie.«

Erleichtert stopfte ich die weißen Handschuhe, die meine Tante mir gekauft hatte, zwischen die Polster.

Mein Vater trommelte mit den Fingern auf die Armlehne seines Sessels, und auf seiner Stirn glänzte Schweiß. Frankie, der auf und ab ging, hielt inne, griff in seine Tasche und reichte Dad ein Taschentuch.

Für mich war mein Bruder Frankie nie etwas anderes als ein Erwachsener gewesen. Dads Beschützer. Moms bester Freund. Auf mich hatte er immer wie eine jüngere Ausgabe unseres Vaters gewirkt. Aber als ich Frankie beobachtete, wie er weiter auf und ab ging, da zitterte sein Kinn, und ich erkannte den kleinen Jungen, der er einmal gewesen sein musste. »Du siehst hübsch aus«, platzte ich heraus und kam mir sofort dämlich vor. Er war wohl daran gewöhnt, so etwas zu hören, aber nicht von seiner kleinen Schwester. Und nicht an dem Tag, an dem seine Mutter zu Grabe getragen wurde.

Frankie versuchte ein Lächeln, aber es geriet ihm eher zur Grimasse. Er blieb stehen und berührte meine Wange, eine Geste, die so sanft und unerwartet war, dass mir die Tränen kamen. »Danke, Schwesterchen«, sagte er.

Ich sog die Backen ein und verdrehte gleichzeitig die Augen – ein Trick, den ich von Mom gelernt hatte, um unerwünschte Tränen zurückzudrängen. Weil es diesmal nicht klappte, sprang ich auf, ging zum Fenster und schaute wieder auf die sonnenüberflutete Straße hinaus.

Der Duft der Bartnelken schwebte vom Blumenbeet unter dem Fenster herauf. Und mit ihm kam eine Erinnerung an meine Mutter, wie sie im Garten kniete und einen Strauß pflückte. *Sie steckt ihre Nase hinein, atmet tief ein und überreicht ihn mir. »Ist das nicht ein himmlischer Duft, Ethie?«*

Seit Kipper mir am Montag Moms Foto gegeben hatte, war ich durch alle Phasen gegangen: Zuerst war es mir nicht gelungen, ihr Gesicht zu sehen, und am Ende sah ich es überall. Jedes Mal, wenn ich ins Badezimmer ging, sah ich sie im Spiegel des Apothekenschränkchens. *Sie spitzt die Lippen und trägt rubinroten Lippenstift auf, neigt den Kopf zur Seite, dann dreht sie sich um und tupft mir ein bisschen Farbe auf die Lippen.*

Als Kipper mit seinem Anzug ins Wohnzimmer kam, hatte ich gleich gesehen, wie sie seine Fliege zurechtrückte – so, wie sie es getan hatte, bevor sie zu Marlenes Laden gingen, um seine Bilder zu verkaufen. *Sie bindet die Fliege fester, schiebt sie mit einem Klaps nach unten und strahlt ihn an. »Hübsch siehst du aus, mein Junge, und du wirst es denen zeigen!«*

Heute früh, als Mrs Fenwick mir die Zöpfe flocht, stellte ich mir vor, dass meine Mutter neben uns stand. *Sie zieht mir eine Locke von der Stirn und zwirbelt sie zwischen den Fingern. »Holdes Mädchen mit lockigem Haar …«*

Und jetzt sah ich meine Mutter draußen mit einem Fuß auf dem Trittbrett des am Randstein parkenden Autos stehen. Ich blinzelte, und unser alter grüner Hudson stand wieder verlassen auf der Straße.

Obwohl sie immer behauptete, sie habe das Auto für Dad gekauft, gehörte es tatsächlich Mom. Und laut Frankie war das auch der Grund, weshalb Tante Mildred darauf bestanden hatte, uns mit einer Friedhofs-Limousine zum Gottesdienst abzuholen, denn »der Gedanke, dass wir in Moms ›Gangsterauto‹ auftauchen könnten, ist für sie entsetzlich«.

Moms Gangsterauto. So wurde es seit jenem Tag genannt, an dem sie den grünen Hudson, Baujahr 1947, ersteigert hatte – hauptsächlich wegen Tante Mildreds Reaktion auf den Ort, an dem sie ihn erworben hatte.

Ich war neun, als Mom eines Tages in der *Daily Province* die Ankündigung der Polizeiauktion entdeckte. Sie hatte den Artikel ausgeschnitten und ihn am Abend vor Dads Platz auf den Esstisch gelegt.

Geld war bei Dad ein heikles Thema. Es war das Einzige, was ihn bei der Gestaltung unseres Lebens zu interessieren schien. Nach jedem Zahltag verbrachte er ein angestrengtes Wochenende und beschriftete weiße Umschläge für unsere monatlichen Rechnungen. Jede Erwähnung von Geld schien ihm Schmerzen zu bereiten. »Eine altmodische Haltung, ein Überbleibsel von der Weltwirtschaftskrise«, murmelte Mom, versuchte aber, Gespräche über Finanzen möglichst zu vermeiden. Als es jetzt um die Anschaffung eines Familienautos ging, behauptete unser Vater, es mache ihm nichts aus, mit dem Bus zur Arbeit zu fahren. Ein Auto sei ein Luxus, auf den wir verzichten könnten.

Wir waren nicht die einzige Familie in der Barclay Street ohne Auto, aber als Mom den Artikel über die bevorstehende Versteigerung las, begann sie ihre Überzeugungsarbeit bei Dad. Im Lauf der Woche erinnerte sie ihn jeden Abend an die Auktion, und ihre Geschichten über mögliche Schnäppchen wurden immer toller. Als Dad ihr sagte, dass er es sich nicht leisten könne, an dem Tag freizunehmen, meinte sie, dann würde sie eben allein hingehen. Er runzelte die Stirn: »Eine Frau bei einer Polizeiauktion?«, fragte er.

»Und warum nicht?«

»Richtig. Warum eigentlich nicht?«, gab er klein bei. Dann fügte er hinzu: »Mal ganz abgesehen davon, dass wir es uns nicht leisten können.«

Am Morgen der Versteigerung öffnete Dad, bevor er zur Arbeit ging, die Fächer seiner Brieftasche, in der ein einziger Zwanzigdollarschein steckte. Mom zog ihn heraus, bevor Dad irgendetwas sagen konnte.

Ich setzte mich auf ihr Bett und sah ihr beim Anziehen zu. Sie rollte Seidenstrümpfe die Beine hinauf und befestigte sie an einem ausgefransten Hüftgürtel; dabei schob sie als Ersatz für einen fehlenden Knopf eine Kupfermünze durch den Halter. Dann durchforstete sie ihren Kleiderschrank, zog einen Bügel mit einer Plastikhülle heraus, zwinkerte mir zu und sagte: »Ein besonderes Kleid für einen besonderen Anlass.« Ihre Strümpfe mochten Laufmaschen haben, aber als ich sah, wie sie sich ihr grünes Kelly-Kleid über den Kopf zog, wusste ich, dass es um etwas Ernstes ging.

Wir standen im morgendlichen Nieselregen an der Busschleife am Victoria Drive, und Kipper und ich kuschelten uns mit ihr unter einen verbogenen Regenschirm. Ich erinnere mich an das Lagerhaus an der Water Street, das in Nuancen von Schwarz und Weiß bemalt war. Graues Licht fiel durch die Schiebetüren. Nackte Glühbirnen hingen an Kabeln von der Decke, aber ihr greller Schein wurde von den schwarzen Wänden und dem ölverschmierten Betonboden gedämpft. Es roch nach Staub und Öl. Und nach Männern. Genau wie mein Vater vorhergesagt hatte, war außer Mom keine einzige Frau da.

Kipper und ich trotteten hinter Mom her, als sie sich der Menge anschloss, um die Fahrzeuge zu inspizieren. Sie ging um jeden Wagen herum, als wüsste sie, worauf man zu achten habe. Sie öffnete Türen, um ins Innere zu spähen, kickte gegen Reifen, und wenn die Haube hochgehoben wurde, warf sie einen prüfenden Blick auf den Motor. Sie schien sich gar nicht bewusst zu sein, dass sie die einzige Frau in Sichtweite war, und dann noch eine mit Kindern im Schlepptau.

Als sie fertig war, blieben wir zusammen hinten stehen. Während wir auf die Versteigerung warteten, hielt Mom uns dadurch bei Laune, dass sie für uns die Berufe der Männer erriet. Sie nickte in die Richtung der Gruppe von Leuten, die die Köpfe zusammensteckten und Notizen verglichen. »Autohändler«, flüsterte sie. Unruhige junge Männer, die versuchten, locker zu wirken, waren »Schuljungs auf der Suche nach ihrem ersten Auto«, und ältere in Anzügen, die nervös auf ihre Uhren schauten, waren »Geschäftsleute, die sich einen Vormittag von ihrer Arbeit weggeschlichen haben«. Mom zufolge war hier jeder Beruf vertreten, von pfennigfuchsenden Lehrern bis zu Antiquitätenhändlern. Arbeiter in grauen Overalls und Polizisten in blauen Uniformen waren leicht zu erkennen. Alle Männer, wer sie auch sein mochten, taten so, als wäre sie gar nicht anwesend. Aber ich bemerkte sehr wohl, dass viele ihr verstohlene Blicke zuwarfen.

Als die Zeiger der Uhr an der Wand genau auf zehn Uhr standen, gingen die Leute auseinander. Der Auktionator trat an das erste Auto heran. Er zog eine Karte mit einer Nummer von der Windschutzscheibe und begann, die Hand auf die Motorhaube gestützt, mit der Versteigerung. Das erste Gebot lautete auf einhundert Dollar. Das Herz rutschte mir in die Hose, als ich an die Zwanzigdollarnote in Moms Handtasche dachte.

Da schlug der Auktionator schon mit der Hand auf die Haube des Autos und brüllte: »Zuschlag erteilt für einhundertundfünfundsiebzig Dollar!«

Er ging zum nächsten Auto, und wieder dauerte es nicht lange, bis er verkündete: »Zuschlag erteilt!« Auf diese Weise brachte er ein Auto nach dem anderen an den Mann.

Je weiter er sich bewegte, desto höher wurden die Gebote. Falls Mom sich über die Preise wunderte, ließ sie es sich nicht anmerken. Schließlich kam er zu dem dunkelgrünen Hudson, Baujahr 1947. Die staubbedeckte Limousine war zweifellos der älteste Wagen in der Lagerhalle, und der, den sie am gründlichsten inspiziert hatte. Als der Auktionator seine Hand auf den geschwungenen Kotflügel legte, zog Mom ins Gefecht. Sie packte Kipper und mich, drängte sich nach vorn und ging in Wartestellung.

Auf die Aufforderung, ein erstes Gebot über fünfzig Dollar abzugehen, kam keine Reaktion. Der Auktionator holte tief Luft und fragte: »Hat hier jemand vierzig Dollar gesagt? Wer bietet vierzig Dollar?«

»Fünf Dollar!«, rief meine Mutter.

Darauf folgte unterdrücktes Gelächter, von dem schließlich die ganze Lagerhalle erfasst wurde. Selbst der Versteigerer kämpfte mit einem Lächeln. Er beschloss, ihr Gebot zu ignorieren, und wiederholte seine Aufforderung, vierzig Dollar zu bieten. Da rief eine zweite Stimme: »Zehn!«

Das Gekicher verstummte. Köpfe reckten sich, um den zweiten Bieter zu lokalisieren. Ich folgte der Richtung, in die der Auktionator blickte. Dort stand einer der Autohändler lässig an die Wand gelehnt; ein Zahnstocher klebte an seiner Unterlippe, und er hatte sich sein graues Trachtenhütchen über die Stirn nach hinten geschoben. Er interessierte sich offensichtlich nicht für den Ablauf der Auktion, sondern konzentrierte sich auf das Klemmbrett in seiner Hand.

Ich blickte zu Mom auf. Auch sie hatte den zweiten Bieter gesehen. Mit fest auf ihn gerichteten Augen rief sie: »Ich biete elf Dollar!«

Der Händler hob träge den Kopf. Sein Blick wanderte über den Raum zu meiner Mutter in ihrer ganzen Pracht und Kampfeslust. »Zwölf«, forderte er sie heraus.

»Dreizehn«, rief sie sofort.

Als wären sie beide allein in der Halle und als hätte er alle Zeit der Welt, betrachtete er sie eingehend.

»Zum Ersten!«, rief der Auktionator laut.

Als ginge es um einen Wettstreit, bei dem man sich ohne zu blinzeln anzustarren hatte, fuhren weder Mom noch der Autohändler zusammen.

»Zum Zweiten!«

Mit geradem Rücken und gerecktem Kinn zuckte Mom nicht mit der Wimper.

Ohne sie aus den Augen zu lassen, hob der Autohändler seinen Stift. Ich sah, wie sich seine Mundwinkel zu einem Grinsen verzogen. Er genoss die Situation. Ich sah von ihm zum Versteigerer, der auf die Reaktion des Händlers wartete. Dieser, Mom immer noch anstarrend, tippte mit zwei Fingern gegen den Rand seines Huts und verneigte sich leicht in ihre Richtung.

Eine Hand fiel auf die Motorhaube. »Zuschlag erteilt für dreizehn Dollar an die Dame in Grün!«

Alle Blicke richteten sich auf Mom, während sie triumphierend hinüberstolzierte, um beim Auktionator ihre Quittung abzuholen.

Mom hatte immer gesagt, dass man selbst dann, wenn man nur ein Zehncentstück in der Tasche habe, den Kopf so hoch tragen müsse, als hätte man eine Million. Und das war genau das, was sie jetzt vormachte, als sie vom Auktionator die Quittung entgegennahm und dann zu uns zurückkam. »Na dann also los«, sagte sie, »lassen wir diese Herren mit ihren Geschäften allein.« Sie nahm uns bei den Händen und marschierte durch die Menge, die ihr Platz machte, zum hinteren Teil der Halle, um ihren Wagen zu bezahlen.

Doch Mom war noch nicht fertig. Nachdem sie bezahlt hatte, erklärte man ihr, dass sie das Auto aus dem Lager fahren müsse, sobald die Auktion beendet sei. Sie hatte niemals ein Auto gefahren; deshalb wurde vereinbart, dass es jemand auf der Straße parken würde, bis Dad es abholen könnte. Dieser Jemand war ein junger Polizeibeamter, der hineinkletterte und den Schlüssel umdrehte. Nichts tat sich. Er trat wiederholt aufs Gaspedal und drehte noch einmal den Schlüssel um. Nichts. Er stieg aus und öffnete, während Mom ihm über die Schulter sah, die Motorhaube. Dem Auto fehlte die Batterie.

Wie eine nass gewordene Henne mit zerzausten Federn marschierte Mom zum Schalter zurück, empört darüber, dass Vancouvers »Freund und Helfer« einer arglosen Frau ein Auto ohne Batterie angedreht hatte. Selbst wenn die Regeln lauteten, dass die Autos so verkauft wurden, »wie besichtigt«, machte Mom ein solches Tamtam, dass eine Batterie besorgt wurde, die die Polizeidirektion der Stadt Vancouver fünfzehn Dollar kostete – zwei Dollar mehr, als sie für den Wagen bezahlt hatte, wie sie jedes Mal genüsslich hinzufügte, wenn sie diese Geschichte zum Besten gab.

Jetzt saß sie, nachdem sie ihre Schwester angerufen hatte, triumphierend hinter dem Lenkrad, während Kipper und ich auf der Rückbank auf und ab hopsten und aus den Stoffsitzen ganze Staubwolken aufwirbelten.

Tante Mildred kam, von Moms Erwerbung eher peinlich berührt als beeindruckt. »Um Himmels willen, Lucy! Wenn ihr ein Auto braucht, warum hast du uns nicht gefragt? Wir hätten dir Geld geliehen! Wer weiß, wo das hier schon überall gewesen ist.« Damit war die Entrüstung unserer Tante noch nicht erschöpft. Ein Polizeireporter der *Daily Province* war bei der Auktion zugegen gewesen. Und am nächsten Tag erschien in der Zeitung ein Foto von Mom, wie sie, mit einem Fuß auf dem Trittbrett ihres Dreizehndollarautos, dastand wie eine zerzauste Jägerin auf ihrer Beute.

»Lucy! Wie konntest du nur?«, klagte Tante Mildred.

Aber Mom war stolz auf ihren Kauf und genoss es, die Geschichte zu erzählen, wie sie mit einem Zwanzigdollarschein in der Tasche zu einer Polizeiauktion in die Stadt fuhr, Dad ein Auto kaufte und sogar noch mit Wechselgeld nach Hause zurückkehrte. Ihre Story wurde immer besser. Sie behauptete, ein solches Schnäppchen gemacht zu haben, weil sie die Autohändler überboten habe. Sie erklärte sich für unschuldig, wenn Dad sie aufzog, dass es vielleicht etwas mit der Wirkung zu tun gehabt haben könnte, die sie bei der Auktion auf die

Männer ausgeübt habe. Ich vermute, dass er wohl recht hatte, denn ich hatte gesehen, welchen Blick sie diesem Autohändler zuwarf – einen Blick, der ungezogene Kinder zur Vernunft bringen oder erwachsene Männer vor Schreck erstarren lassen konnte, diesen für sie so typischen Wage-es-ja-nicht!-Blick.

Nachdem Frankie angefangen hatte, im Sägewerk zu arbeiten, kaufte er sich einen gebrauchten Studebaker. Er war nicht so alt wie der Hudson, hatte aber, Mom zufolge, auch viel weniger Charakter. Frankie hielt dem entgegen, dass alle Mädchen sein blaues Coupé mit der Kugelnase für sexy hielten. Als Dad dann immer häufiger mit Frankie zur Arbeit fuhr, lernte Mom Auto fahren und übernahm den Hudson. Frankie und Dad bastelten ständig an ihm herum. »Alles, was ihn zusammenhält, ist Hoffnung«, zog Frankie Mom auf. »Eines Tages wird er einfach einen Seufzer tun und den Geist aufgeben.« Aber er war immer noch da und stand auf unserer Straße, als wartete er darauf, dass Mom hineinsprang und losfuhr.

Eine schwarze Limousine rollte hinter ihn an den Randstein. »Sie sind da«, sagte ich mit pochendem Herzen. Obwohl ich darauf bestanden hatte, zur Beerdigung mitzugehen, bekam ich plötzlich Angst.

»Ich muss Pipi machn.« Kipper sprang auf und rannte ins Bad.

Die Tür der Limousine ging auf, und Onkel Sidney und Tante Mildred stiegen aus.

Ich beobachtete, wie sie auf die Veranda zugingen. Alles, was meine Tante trug, war schwarz, ihr Kleid, ihr Hut, ihre Schuhe, sogar ihre Strümpfe.

Frankie öffnete die Tür, bevor sie anklopften. Dad stand mit einem Ruck von seinem Sessel auf, und ich stellte mich zu ihm. »Sind wir alle fertig?«, fragte Tante Mildred hinter ihrem schwarzen Netzschleier.

»Fertig!«, rief Kipper aus dem Flur. Er kam um die Ecke und wischte sich die Hände an der Hose ab.

Ich sah, wie meine Tante hinter ihrem Schleier die Stirn runzelte, als er sich uns im Wohnzimmer anschloss, aber sie sagte nichts. Wie Sträflinge traten wir im Gänsemarsch hinaus in den strahlenden Sonnenschein. Als Kipper auf die Veranda herauskam, schnauzte Tante Mildred ihn an: »Nimm diesen lächerlichen Hut ab.«

Verwirrt griff Kipper nach oben und hielt ihn fest. Den Tränen nahe blickte er mich Hilfe suchend an.

Genau da wurde mir klar, was meine Mutter jetzt getan hätte. Und was sie von mir erwarten würde. Ich straffte die Schultern und legte einen Arm um Kipper. »Es ist in Ordnung so«, sagte ich zu ihm. »Lass ihn auf.« Ich schob ihn weiter. »Er behält ihn auf«, erklärte ich, als wir an meiner Tante vorbeigingen. »Den Hut hat er von Mom bekommen.«

17

Erst Jahre später sollte ich begreifen, dass der Tod für meinen Vater kein Unbekannter war. Er wusste, wie er aussah, wie er sich anhörte und wie er roch. Er hatte beide Eltern verloren, bevor er zwanzig war. Seine Jugend war schlagartig beendet, als er auf dem Schlachtfeld die erste Explosion erlebte und ein Brei aus Fleisch, Knochensplittern und Blut auf seinem Helm landete.

Nach der Rückkehr aus dem Krieg erfuhr er vom Tod seiner drei Brüder. Alle gefallen, alle nicht von Bombereinsätzen über dem Kanal zurückgekehrt, keine sechs Monate nach ihrer Ankunft in Großbritannien.

Auch Frankie sollte sich an das Bild erinnern, wie Dad auf dem Weg zum Begräbnis unserer Mutter zusammengesunken auf der Rückbank der Limousine saß, und er hatte auch seine Angst nicht vergessen, dass Dad sich vielleicht nie mehr gerade aufrichten würde.

Die Erinnerung kehrt oft in Schüben zurück und meistens nur in verschwommener Gestalt. Aber meine Erinnerung an jenen Tag ist völlig klar. Im Fond der Limousine hing der muffige Geruch nach Leder. Die rostbraunen Sitze, von derselben Farbe wie die Bomberjacke meines Vaters, waren rissig und ausgeblichen, wahrscheinlich von den Tränen Tausender von Trauernden. Dieser Geruch sollte mich stets an die Fahrt von unserem Haus zum Friedhof erinnern.

Ich war zwischen meinem Vater und meinen Brüdern auf dem Banksitz eingekeilt. Uns gegenüber saßen Tante Mildred und Onkel Sidney. Wir schwiegen, jeder in seine Gedanken vertieft, während die Limousine langsam den Kingsway hinunterglitt. Ich schaute aus dem Fenster und fragte mich, wie die Welt nur so normal aussehen konnte.

Der Verkehr um uns herum verlangsamte sich und machte Platz für den schwarzen Wagen des Bestattungsinstituts, damit er mit seiner Hinterbliebenenfracht vorbeifahren konnte. *Erleichtert, weil es sie nicht getroffen hat, weil sie nicht an der Reihe sind.* Ich erinnerte mich, dass Mom einmal diesen Gedanken aussprach, als sie, wie die übrigen Verkehrsteilnehmer, zur Seite fuhr, damit ein Trauerzug die Straße für sich haben konnte.

Wir fuhren an der Boundary Road und am dichten Wald des Central Park vorbei, und mir wurde bewusst, dass ich nie wieder auf den Wegen dort spazieren gehen und meiner Mutter zuhören würde, die mir erklärte, dass diese prächtigen Bäume mitten in der Stadt immer wieder das Präriemädchen in ihr überwältigten. Alles, alles war Mom. Wie konnte die Welt ohne sie noch existieren?

Zu rasch waren wir in Royal Oak und fuhren durch das gusseiserne Tor des Forest Lawn Friedhofs.

Die Kapelle erhob sich auf dem höchsten Punkt des Geländes, neben dem voll belegten Parkplatz. Wir hielten direkt vor den Marmorstufen an. Niemand rührte sich, bis der Chauffeur ausstieg, um das Auto herumging und die Tür öffnete. Während sich unsere Augen draußen an das grelle Tageslicht gewöhnten, verloren wir wohl alle vorübergehend die Orientierung. Aber dann trieb uns Tante Mildred voran und führte uns die Stufen hinauf.

Die Eingangshalle war erfüllt vom schweren Duft der Lilien. Kipper blickte um sich. »Dasiss ja eine Kirche!«, sagte er, nahm seinen Hut ab und drückte ihn sich an die Brust.

Wir vier standen eng aneinandergeschmiegt da, während Nachbarn, Freunde und Fremde in die Kapelle strömten. Einige legten im Vorübergehen die Hand auf Dads Schulter oder seinen Arm und murmelten ein paar Worte. Dann kam ein Mann und führte uns, zusammen mit Tante Mildred und Onkel Sidney, einen Gang hinunter in einen schwach beleuchteten Seitenraum im vorderen Teil der Kapelle. Ein breites Fenster mit durchscheinenden grauen Vorhängen trennte uns von den anderen Trauergästen und dem blumenbedeckten Sarg.

Ich sank auf einen der gepolsterten Sitze neben Dad. Kipper setzte sich auf die andere Seite und tätschelte mit der einen Hand Dads Knie, mit der anderen umklammerte er seinen Hut. Neben mir saß Frankie kerzengerade da und starrte nach vorn.

Ich spähte durch den Vorhang und über die Blumen hinweg in die überfüllte Kapelle. Hinten mussten sogar viele Leute stehen. Ich erkannte Mrs Manson mit Mann und Kindern in der ersten Reihe. Hinter ihnen rückten andere Gesichter aus unserer Nachbarschaft ins Blickfeld. Die Prices, die Blacks und die Johnsons. Ardith, Mary, Susie. Aus der Barclay Street waren alle da. Aber wer waren die anderen? So viele Leute! Ich erkannte einige Damen aus Marlenes Malladen und von ihrem Kartenspielabend. Zwischen ihnen sah ich das verweinte Gesicht von Dora Fenwick; neben ihr saß Danny.

Die sanfte Orgelmusik, die ich erst jetzt wahrnahm, verstummte. Hinter einem Holzpult räusperte sich der Pfarrer, ein Fremder. Er fing zu reden an. Ich ignorierte die unbekannte Stimme, die über Dinge sprach, die nichts mit meiner Mutter zu tun hatten. Am Ende der Ansprache setzte die Orgelmusik wieder ein. Ein paar Beherzte schlossen sich dem Pfarrer an, der sang: »There's an old rugged cross ...«

»Das nächste Lied gehörte zu Lucy Coulters liebsten Kirchenliedern«, kündigte der Pfarrer an. »Nummer siebenundachtzig in Ihrem Gesangbuch.«

Woher wusste er, welches Moms Lieblingslied war? Wer sollte ihm das gesagt haben? Tante Mildred? Dad? Hätte Dad es überhaupt gewusst?

Alle suchten das Lied, und Frankie nickte zu den ersten Takten der Orgeleinleitung. Dann sprang Kipper auf. Auf der Stelle marschierend, sang er aus voller Kehle: »Onward Christian so-o-oldiers«. Frankie und ich standen auf, um ihn zu begleiten. Als Onkel Sidney sich uns anschloss, sackte Tante Mildred auf ihrem Sitz zusammen und vergrub das Gesicht in den Händen. Dad saß da und starrte auf einen Punkt, den keiner von uns sehen konnte.

Nach dem Schlusschor, als alle sich wieder gesetzt hatten, kündigte der Pfarrer an, dass die Familie etwas sagen wolle. Frankie zog ein zusammengefaltetes Stück Papier aus der Brusttasche und beugte sich vor. »Dad?«, versuchte er einen Vorstoß. Als er keine Antwort bekam, langte er über mich hinweg und stupste mit dem Zettel Dads Arm an. »Das Gedicht«, flüsterte er.

Aber unser Vater hörte ihn nicht. Frankie seufzte und erhob sich. Er warf Dad einen letzten Blick zu, bevor er die Schultern straffte und zum Rednerpult ging.

»Es ist nicht leicht«, begann Frankie und strich das Stück Papier glatt, »aber ich muss ein gegebenes Versprechen halten.« Die Stimme versagte ihm. Er schluckte und begann von neuem. »Jeder, der unsere Mutter kannte, weiß, dass sie Gedichte liebte. Gedichte aller Art. Gute und schlechte, alberne und ernste. Sie war imstande, im passendsten beziehungsweise unpassendsten Augenblick Byron oder Ogden Nash oder einen schlichten Kinderreim aufzusagen.«

Zustimmendes Gekicher ging durch die Reihen, und ein paar Leute nickten. »Vor allem liebte sie ein bestimmtes Gedicht von William Wordsworth, schon allein deshalb, weil ihr Name darin vorkommt. Mom machte nie einen Hehl aus ihrer Eitelkeit«, fügte er mit einem kleinen Lächeln hinzu und wartete ab, bis das Gemurmel verstummte. »Es war ihr Wunsch, dass ...« – er blickte zu Dad hinüber – »dass es eines Tages bei ihrem Begräbnis vorgelesen werden sollte. Keiner von uns hätte sich jemals vorgestellt, dass dieser ›eine Tag‹ so bald kommen würde.« Er biss die Zähne zusammen und blinzelte ein paarmal. »Bevor ich ihr diese Bitte erfülle, möchte ich sagen, dass die Predigt heute zwar aufrichtig gemeint war« – er wandte sich mit einem entschuldigenden Lächeln an den Pfarrer –, »aber sie handelte nicht von der starken, couragierten Frau, die für ihre Überzeugungen, ihre Kinder und ihren Mann kämpfte.

Sie ist … sie war eine Frau mit einem feurigen Temperament, und sie liebte Schnulzenfilme und die Fernsehserie *Name That Tune,* auch wenn sie unmusikalisch war. Eine Frau, die Poker spielte statt Bridge.« Frankie blickte zur Decke hinauf und flüsterte: »Verzeih mir, Mom!« Er räusperte sich. »Sie ermunterte ihre Kinder, so gut zu sein, wie sie nur konnten – sie glaubte, dass es keine ›gewöhnlichen‹ Menschen gebe, weil, wie sie immer sagte, jeder irgendwie ungewöhnlich sei.« Er holte tief Luft. »Ich bin mir sicher, dass sie für Sie alle vielerlei war. Sie war vielleicht nicht die beste Hausfrau der Welt oder die beste Köchin, aber Gott weiß, und ihre Kinder wissen, dass sie die beste Mutter war.« Er senkte den Kopf und strich das Papier wieder glatt. »Dies hier ist für sie«, sagte er. Und dann begann er mit kräftiger und klarer Stimme vorzulesen:

Wo man begangne Wege verließ,
Sie wohnte bei Dove's Quelle.
Des Mädchens Schönheit keiner pries,
Bevor ich war zur Stelle.

Ein Veilchen, das durch einen Stein
Voll Moos dem Aug' verborgen!
Schön wie ein Stern, der ganz allein
Am Abend scheint, am Morgen.

Wer kannte sie, wer fragte nach,
Als Lucys Leben wich?
Sie aber ist im Grab und, ach,
Welch Unterschied für mich!

Er machte eine kleine Pause, hob dann den Kopf und fügte hinzu: »Die Zeile ›Des Mädchens Schönheit keiner pries‹ ergibt im Zusammenhang mit unserer Mutter keinen Sinn, denn jeder, der sie kannte, war in sie verliebt. Und ja, welchen Unterschied, welchen Riesenunterschied, wird ihr Verlust für uns alle bedeuten!« Er faltete das Papier sorgsam zusammen und verließ das Podium.

Draußen stand ich zwischen Frankie und Kipper, während die Menge an uns vorbeizog. Kommentare darüber, wie wunderbar sie aussah, machten mich wütend. Haben diese Leute meine Mutter überhaupt gekannt?

»Genau wie Marilyn Monroe«, wisperte eine Frau ihrer Begleiterin zu. »Ewig schade um sie.«

Ich sah zu meinem Vater auf, aber er hatte es nicht gehört. Wieder einmal war er, obwohl er bei uns stand, nicht wirklich anwesend.

Dann passierte etwas Merkwürdiges. Der Schleier hob sich von Dads Gesicht. Er schüttelte den Kopf, als traute er seinen Augen nicht, und tat einen Schritt auf die beiden Männer zu, die auf ihn zukamen. Ich hatte die beiden noch nie gesehen. Sie trugen blaue Jacken, aber der Ärmel des Kleineren war am rechten Ellenbogen hochgesteckt. Der größere Mann streckte Dad die Hand entgegen.

»Ken Campbell«, sagte Dad mit belegter Stimme.

»Wir haben in der Zeitung der Legion über Lucy gelesen«, antwortete der Mann und legte beide Hände um Dads ausgestreckte Hand. »Da mussten wir natürlich kommen.«

18

20. November 1941: Hongkong

»Ich glaube, Lawson will uns umbringen«, stöhnte Ken Campbell, als er sich auf das Feldbett neben Howards fallen ließ. Der Metallrahmen erbebte unter dem Aufprall des Einmeterneunzigmannes.

Howard nahm seinen Stahlhelm ab und grinste auf den Funker hinunter. Größe und Gewicht seines Kameraden von den kanadischen Grenadiers standen im krassen Gegensatz zu seinem engelgleichen Gesicht. Aber an dem Gefreiten Campbell war nichts Kindliches. Howard hatte während der heutigen Manöver seine rohe Kraft erlebt und war froh, dass sie in derselben Kompanie waren.

»Nehme an, unser Befehlshaber glaubt nicht, dass diese Japsen sich wegen eines Wettsingens rund ums Lagerfeuer an der Grenze sammeln«, sagte Howard, während er sich seine verschwitzte Uniformjacke aufknöpfte.

»Lockvögel«, konterte der britische MG-Schütze Peter Young von seinem Bett herüber. »Wenn es eine Invasion gäbe – und das ist absolut unwahrscheinlich –, dann, sagt Major Malty, würde sie von See aus erfolgen.«

Die meisten britischen Soldaten in Hörweite murmelten zustimmend. Doch einige der Kanadier unterstützten die Meinung ihres befehlshabenden Offiziers, der den größeren Ansturm von Norden her über Land erwartete. Heute früh hatte Brigadier Lawson angekündigt, dass sie sofort beginnen würden, sich mit der Topographie der Gegend vertraut zu machen, sowohl auf dem Festland als auch auf der Insel. Die Übungen würden anstrengend werden, stellte er den Soldaten in Aussicht, dafür würde aber jeder, der am Ende des Tages noch Energie und Lust hätte, großzügig bemessene Ausgangserlaubnis erhalten.

Howards schmerzende Muskeln bestätigten die Quälerei ihres ersten Manövertags. Doch so erschöpft er von der Kletterei unter der stechenden Sonne auch war – als Gordy ihn aufforderte, ihn und Shun-ling am Abend wieder zu begleiten, konnte er nicht ablehnen.

»He, Campbell«, rief Gordy auf dem Weg zu den Duschen, »komm heute Abend mit uns ins Sun Sun.«

»Nö«, sagte Ken, »ich gehe mit Black und Richards ins Kino. Du weißt ja, ich bin ein verheirateter Mann.«

Shun-ling stand in ihrem weiß und blau gemusterten Kleid vor den Toren des Camps. Trotz ihrer Schüchternheit sah sie aus, als wäre sie mit sich zufrieden; doch als sie näher kamen, errötete sie und senkte den Blick.

»Oho! Donnerwetter!« Gordy stieß einen anerkennenden Pfiff aus. »Du wirst das hübscheste Mädchen auf der Tanzfläche sein.«

Sie sah ihn an. »Zuerst bitte nach Kowloon gehen? Danach auf The Peak?«

»Wir sind in deiner Hand.« Lachend hob er zum Zeichen der Kapitulation die Arme.

Howards Rikscha fuhr hinter ihnen her, schlängelte sich über kopfsteingepflasterte Nebenstraßen durch den Verkehr. Sie ließen das belebte Geschäftsviertel hinter sich und gelangten in einen älteren Teil der Stadt. Dort hingen in den schattigen Gassen über den Eingängen von Antiquitätenläden und Rauchsalons Stoffbahnen, die sich mit ihren schwarz aufgemalten Schriftzeichen beim leisesten Lufthauch bauschten. Über die Gasse waren Wäscheleinen gespannt, an offenen Fenstern und auf wackligen Balkonen suchten ganze Familien Erholung von der Spätnachmittagshitze. Schwarzhaarige Kinder ließen ihre Füße zwischen den Gitterstäben herunterbaumeln, während sich ihre Eltern in Weidenstühlen ausruhten und sich Luft zufächelten. Auf einem überfüllten Balkon, vier Stockwerke über der Straße, lehnten sich Teenager so weit über die Balustrade, dass es aussah, als könnten sie gleich abstürzen. Sie riefen den *Soldiahs* in den Rikschas Grüße hinunter, und als Howard ihnen zuwinkte, kicherten sie.

Er wunderte sich über die Freundlichkeit der Chinesen. Wo auch immer sie hingingen, wurden sie wie Helden begrüßt, die gekommen waren, um die Kolonie zu beschützen.

Ihre Rikschas wurden langsamer und blieben schließlich vor einem schmalen Laden stehen. Sobald die Fahrer bezahlt waren, trabten sie weiter und wurden von der Dunkelheit verschluckt. Ein leuchtendes Apothekenzeichen im Fenster legte eine orangefarbene Aura um Shun-lings Profil, während sie Howard und Gordy in das Geschäft führte.

Beim Öffnen und Schließen der Tür bimmelte über ihnen eine Glocke. Innen wirkte der Laden wie eine Miniaturausgabe des Drugstores von Howards Schwiegervater in Kanada. Auf den Regalen erkannte er viele vertraute Produkte, vom Aspirin der Firma Bayer bis zu Einlaufschläuchen. Aber der Mann, der hinter dem Ladentisch die Glasvitrine zuschloss, erinnerte in nichts an Lucys Vater. Statt eines weißen Apothekerkittels trug er ein bodenlanges schwarzes Gewand und eine runde Seidenkappe. Ein langer geflochtener Zopf hing ihm wie ein Seil über den Rücken.

Er steckte den Schlüssel zwischen die Falten seines Gewands und drehte sich dann um. Über sein rundes Gesicht breitete sich ein Lächeln aus. »Feng Shunling!«, rief er.

»Ah Sam.« Sie begrüßte ihn mit einer Verneigung, und sie tauschten ein paar Sätze auf Chinesisch aus.

Als Shun-ling Howard und Gordy vorstellte, musterte der Mann die beiden genau. Er begrüßte sie mit einer leichten Verbeugung, wobei er die Arme verschränkte und die Hände in seinen weiten Ärmeln verbarg.

Shun-ling redete weiter, bis der Ladenbesitzer nickte. »Ich verstehe«, sagte er. »Was die Herren brauchen, gibt es hier nicht.« Er machte eine Handbewegung, mit der er die westlichen Medikamente abtat. »Was Sie für Ihr Problem, *Cimex lectularius*, diese lästigen nachtaktiven Tierchen, benötigen, erfordert die Kenntnisse eines Apothekers«, fuhr er fort, und zwar in perfektem Englisch mit britischem Akzent. Er führte sie durch das Regallabyrinth. Sein langer Zopf schwang bei jedem Schritt hin und her, während er über die Schulter weiter über die Plage der Bettwanzen dozierte. Howard sah Gordy fragend an und überlegte, ob er selbst Shun-ling je etwas über ihr Problem erzählt hatte. Sein Freund schüttelte den Kopf und zuckte mit den Achseln.

In einer dunklen Ecke schob Ah Sam einen Bambusvorhang zur Seite und legte den Blick auf eine Wand mit winzigen Holzschubladen frei, in die unterschiedliche Symbole eingeschnitzt waren. Auf den Regalen darüber standen Gläser und Fläschchen mit Pulvern, getrockneten Blättern, Kräutern und Wurzeln, verschrumpelten Froschbeinen, getrockneten Eidechsen und unkenntlichen Teilen von Tieren.

»Wie geht es Ihrem verehrten Herrn Vater, Shun-ling?«, fragte Ah Sam, während er ein Glas mit grünem Pulver herunternahm und kleine Mengen davon geschickt in zwei mit Öl gefüllte Fläschchen schüttete.

»Es geht ihm gut, vielen Dank«, antwortete sie.

»Warum besucht er mich nicht? Mir fehlen unsere Schachpartien. Und«, fügte er kichernd hinzu, »unsere philosophischen Streitgespräche.«

»Mein Vater ist ein sehr beschäftigter Mann.«

Ah Sam hob eine dünne Augenbraue, ging aber nicht darauf ein. Er verschloss die beiden Fläschchen mit einem Korken, nahm eine brennende Kerze von der Theke und goss etwas Wachs über den Pfropfen. »Und Ihr Fräulein Schwester?«, fragte er und stellte die Fläschchen beiseite, damit das Wachs hart werden konnte.

»Bei Shun-qin hat sich nichts geändert.«

Er griff unter den Ladentisch und zog eine Blechdose von der Größe eines Buches hervor. Er wickelte sie in ein Stück braunes Papier. »Für ihren Hals«, sagte er und verschnürte das Päckchen mit Bindfaden. »Sie werden sie wohl nicht zum Sprechen bringen, aber wer weiß? Wenn sie daran glaubt? Und außerdem ...«, setzte er mit einem Augenzwinkern hinzu, »schmecken sie wie Bonbons.«

»Es tut mir leid«, sagte Shun-ling und senkte den Blick. »Ich habe kein Geld.«

»Nein, nein, meine Liebe. Das ist ein Geschenk. Seien Sie so gütig und nehmen Sie es an.«

»Vielen Dank, Ah Sam. Wieder stehen wir in Ihrer Schuld.«

»Pah!«, erwiderte er, während er die Fläschchen einwickelte. »Ich bitte Sie! Es ist mir eine große Freude, Sie zu sehen. Bitte grüßen Sie Ihren Vater von mir.«

Er überreichte Howard und Gordy die Päckchen. »Alte chinesische Medizin«, erklärte er, wieder mit ernstem Gesicht. »Sie wirkt. Einmal auftragen genügt, und Sie spüren, wie das Jucken nachlässt. Dann werden die Wanzen Sie in Ruhe lassen.«

Er zögerte nicht, ihr Geld zu nehmen; Howard schätzte den Preis auf weniger als zwei Dollar. Ein geringer Preis, wenn damit das unerträgliche Jucken ein Ende haben würde.

Der Apotheker verbeugte sich, als Howard sich bedankte. »Es war mir ein Vergnügen.«

»Wie kommt es, dass Sie wie ein Brite sprechen?«, fragte Gordy.

»Nun, verehrter Herr!« Ah Sam sah ihn mit einem nachsichtigen Lächeln an. »Ich *bin* Brite, wie Sie es zu nennen belieben. Ich bin in London geboren und habe in Oxford studiert. Nach Abschluss meines Pharmaziestudiums bin ich nach Hongkong gezogen, das, wie Sie wissen, ebenfalls britisch ist.«

»Oh ... ich ...«, stotterte Gordy, »ich habe nur gemeint, na ja, die Kleider, die ...«

»Alles geschäftsfördernd, glauben Sie mir. Ein Chinese im traditionellen Staat«, er breitete die Arme aus und ließ sein wallendes Seidengewand rascheln, »das ist eine Neuheit, die sowohl den Europäern als auch den Asiaten gefällt.«

Während die Bergbahn langsam den steilen Hang von The Peak hinauffuhr, fragte Howard Shun-ling über Ah Sam aus.

»Wir ihn treffen, wenn wir Hongkong kommen, vor drei Jahren«, antwortete sie. »Nachdem wir Japanern entkommen.«

Beim Zuhören wurde Howard klar, dass sie im Laden perfekt Englisch gesprochen hatte, während sie jetzt in ein Kauderwelsch zurückfiel. Ihm kam der Verdacht, dass Shun-ling, wie der Apotheker, schauspielerte und die Rolle einer Dienerin übernommen hatte.

Und warum nicht? Zu Ah Sam hatte sie Vertrauen. Aber sie hatte keinen Grund, einem Mann zu vertrauen, der für sie als Begleiterin bezahlt hatte.

»Meine Schwester Medizin brauchen«, fuhr sie fort. »Ein paar andere aus Norden sagen uns, dass Ah Sam helfen. Er nicht so viel verlangen. Immer versuchen, uns gratis geben. Aber mein Vater stolzer Mann. Ah Sam und mein Vater, beide Intellektuelle. Beide gern reden. Ah Sam manchmal finden Dolmetschjob für meinen Vater. Nicht mehr oft. Mein Vater zu stolz, ihn besuchen. Will nicht, dass sein Freund sehen, wie tief er fallen.«

Howard konnte nicht umhin, sich zu wundern. Zu

stolz, um eine milde Gabe von einem Freund anzunehmen, aber nicht zu stolz, um seine Tochter einem Fremden zu verkaufen?

Der verqualmte Tanzsaal über dem Sun Sun Café war so voll, dass man nur stehen konnte. Über den Lärm der Gespräche drang aus der Wurlitzerorgel in der Ecke der blecherne Sound von Glenn Millers »The Nearness of You«. Auf dem Parkett schmiegten sich die Mädchen eng an ihre Partner in Uniform, während ihre geschminkten Augen den Raum bereits nach dem nächsten Kunden absuchten.

Howard ließ Gordy und Shun-ling neben der Jukebox stehen und schob sich durch die Menge, um Getränke zu holen. Als er Dick Baxters rötliche Haarpracht entdeckte, drängte er sich zwischen ihn und Peter an die Theke. »Hallo, meine Freunde«, sagte er und versuchte, allerdings ohne Erfolg, ihren britischen Akzent nachzuahmen. »Drei Bier«, rief er dem Barkeeper zu. »Und noch zwei für meine Freunde hier.«

»Du hast gerade was versäumt«, sagte Peter.

Während sie auf die Getränke warteten, brachten ihn die beiden MG-Schützen auf den neuesten Stand. »Zwischen ein paar Briten und den Kanadiern hat es ein Geplänkel gegeben«, erzählte Dick. »Es ist zu Handgreiflichkeiten gekommen. Aber jetzt ist alles geregelt.«

»Was ist denn passiert?«

Dick zuckte mit den Achseln. »Sieht so aus, als hätten einige von unseren Jungs keine Lust mehr, zuzuschauen, wie ihr aus den Kolonien mit dem Geld um euch werft, als gäbe es kein Morgen.«

»Ach was, sie amüsieren sich doch nur«, sagte Howard. Er zog eine Handvoll Münzen aus der Tasche und zählte sie auf der Theke ab. »Sie führen sich im Moment auf wie Kinder in einem Bonbonladen«, meinte er und griff nach den Bierkrügen, die man ihm zuschob.

»Na, vielleicht könntet ihr ihnen ausrichten, dass sie sich mäßigen sollen«, sagte Peter. »Man munkelt, ihr Jungs hättet so gut wie keine eigene Ausrüstung mitgebracht.« Er hob seinen tropfenden Krug und sah Howard über den Schaum hinweg an. »Dass ihr euch in fast jeder Hinsicht auf die Garnison verlasst«, fügte er hinzu, und in seiner Stimme schwang ein leise provozierender Ton mit.

»Alles ändert sich, wenn unser Versorgungsschiff eintrifft«, sagte Howard. »Es ist unterwegs.«

»Das sollte verdammt noch mal stimmen!«, rief Dick. »Wir haben nicht mal genug Ausrüstung und Munition für uns selbst, und da kommt ihr Jungs mit den tiefen Taschen und den leeren Händen daher. Nichts für ungut, mein Freund, aber viele von uns fragen sich, wozu ihr nütze sein werdet.«

»Wozu wir *wann* nütze sein werden?«, fragte Howard. »Wann sollen denn die nicht vorhandenen Japaner auftauchen?«

Peter grinste. »Schon gut.« Er gab Howard einen Klaps auf den Rücken. »Dick und ich nehmen dich bloß auf die Schippe. Ich sag dir was«, meinte er augenzwinkernd, »wenn euer Schiff auftaucht oder die Japaner – dann spendieren wir das Bier.«

»Abgemacht«, lachte Howard.

Er balancierte die drei Bierkrüge durch den Saal und

hoffte, dass er recht hatte und das Versorgungsschiff wirklich bald eintraf. Heute hatte die britische Armee ein paar Glückspilzen Bren-Gun-Carriers ausgeliehen, aber keiner dieser Minipanzer war bis zu seinem Regiment gelangt. Während der Manöver hatten er und Gordy abwechselnd die Gewehre von einer Position zur anderen schleppen müssen. Und als ob sie nicht schon schwer genug gewesen wären, hatte ihnen das steil abfallende Gelände fast den Rest gegeben.

Am Abend setzte er sich in der Kaserne auf sein Feldbett und schrieb einen Brief an Lucy. Er wollte weder die Schießübungen noch das Ausheben der Schützengräben, noch die Manöver erwähnen. Stattdessen versuchte er, die Besonderheiten dieser aufregenden Stadt zu schildern, und beschrieb die Bergbahnfahrt zum hoch über der Insel aufragenden Peak.

Bahnwagen, die direkt an einem steilen Berghang hinauffühlen! Mitten durch den Urwald und über die Dächer von Häusern hinweg, die aussehen wie Paläste! Wirklich, Lucy! Es ist, als wäre man auf dem höchsten Punkt der Welt. Ich konnte sogar die Lichter der Dschunken unten im Hafen sehen. Ganze Familien leben auf diesen merkwürdigen Schiffen, und einige Leute setzen niemals in ihrem ganzen Leben den Fuß auf festen Boden, hat man uns erzählt.

Alles, was ich hier sehe, sehe ich auch mit Deinen Augen. Würde es Dir gefallen? Ich glaube, Du würdest über einiges staunen. Aber Du würdest nicht mit solchen Glotzaugen herumgehen wie wir Jungs. Der beliebteste Zeitvertreib in dieser Stadt scheint Einkaufen zu sein. Ich habe ein grünes chinesisches Kleid für Dich gekauft. Keine Sorge, es war spottbillig.

Alle rauchen; selbst die Ärmsten finden Geld für Zigaretten. Ich muss Dir ein Geständnis machen, Lucy. Auch ich habe damit angefangen. Das liegt an den von der Armee gratis verteilten Rationen. Ich höre damit auf, wenn ich wieder zu Hause bin.

Ich habe mich mit einem Asiaten angefreundet, einem Barbier, der jeden Morgen kommt, um einige der britischen Jungs zu rasieren. Heute Abend habe ich ihm ein Bier gebracht. Er kann kaum ein Wort Englisch, aber wir saßen draußen vor der Hütte und bewunderten Dein Foto wie zwei liebeskranke Schuljungen.

Er schrieb nicht über die Hunderttausende von Flüchtlingen, die sich in der Stadt drängten, über die Kluft zwischen den Steinreichen und den Bettelarmen. Er sagte nichts über die Leichen, die auf die Ladeflächen der Totentrupp-Trucks geworfen wurden. Und mit keinem Wort erwähnte er Ah Sam und wie sehr er sich zu diesem Mann hingezogen fühlte. Einen Moment lang war er in dem kleinen Laden in Versuchung gewesen, ihm seine eigenen Träume, Apotheker zu werden, anzuvertrauen.

Er erwähnte auch nicht, was ihm durch den Kopf gegangen war, als er auf dem Peak über dem Südchinesischen Meer stand. Es war ein atemberaubender Blick, der aber seinen Reiz verlor, als er sich fragte, ob Brigadier Lawson recht hatte und sie durch eine von Norden aus erfolgende Invasion auf die Insel zurückgedrängt würden: Wohin sollten sie dann ausweichen?

19

Frankie hat mich aufgespürt. Ich blinzelte ins Licht, das in den Kleiderschrank fiel, und sah ihn in der offenen Tür stehen, Dads Anzugjacke über dem Arm. »Hallo, Ethie«, sagte er, als wäre es nichts Ungewöhnliches, mich auf dem Boden von Moms Kleiderschrank vorzufinden, eine ihrer Blusen ans Gesicht gedrückt.

Frankie griff nach einem Bügel. »Was machst du hier drinnen?«, fragte er.

»Ich sitze hier.«

»Huhu, das sehe ich.« Er hängte Dads Jacke über mir in den Schrank. »Ein paar von deinen Freundinnen sind draußen, warum kommst du nicht mit und sagst Hallo?«

Ich schüttelte den Kopf. Genau vor ihnen hatte ich mich ja versteckt. Vor ihnen und den Nachbarn, die sich in unserem Haus versammelt hatten. Ich hatte die Blicke gesehen, die sie mir am Grab zuwarfen. Von jetzt an würde ich das Mädchen sein, dessen Mutter in eine Grube hinabgesenkt worden war.

Frankie hängte auch seine Jacke auf und lockerte seine dünne Strickkrawatte. »Okay«, sagte er, »aber hier drinnen musst du ja ersticken. Komm wenigstens raus und kümmere dich um Kipper – er hat dich schon gesucht.« Er hielt mir die Hand hin. »Er ist drüben im Park.«

Ich ließ mich von ihm auf die Füße ziehen und aus dem Schlafzimmer führen. Im Flur auf der Treppe saß ein Mädchen mit aufgebauschten blonden Haaren, ein Sandra-Dee-Typ. Als sie uns kommen sah, sprang sie auf. Große Rehaugen, umrahmt von schwarzem Lidstrich, beobachteten Frankie mit genau dem Ausdruck, den Kipper immer aufsetzte, wenn er mit seinem Hockeyschläger auf dem Gehsteig stand und hoffte, dass ihn die Jungs zum Mitspielen auffordern würden.

Frankie flüsterte dem Mädchen etwas ins Ohr. Sie tat mir leid, bis sie sich gegen die Wand fallen ließ und eine Schnute zog. Mom hätte sich über diesen Schmollmund königlich amüsiert. Ich machte mich von Frankies Hand los und drängelte mich durch den überfüllten Flur.

Alle redeten leise, doch mit solchem Nachdruck, als würde, wenn nur einen Moment lang Stille einträte, offenbar, wie leer das Haus jetzt war. Das Summen der Stimmen folgte mir. Obwohl sämtliche Fenster offen standen, war zu wenig Luft für alle diese Leute im Zimmer.

In der Küche saßen die Frauen aus der Barclay Street um unseren Tisch herum, alle in schwarzen Baumwollkleidern, und viele hatten noch die schwarzen Hütchen, die sie auf der Beerdigung getragen hatten, auf dem Kopf. Letzte Woche hatten sich ihre Gespräche um den Regen gedreht. Heute sprachen sie über die erdrückende Hitze. Wie konnten sie hier so herumsitzen, rauchen und plaudern, als wäre dies einer von Moms allwöchentlichen Kaffeeklatschnachmittagen? Nur ohne sie?

Die anderen Frauen, von denen ich einige erkannte, machten sich mit dem Geschirr und dem Essen zu schaffen. Dora Fenwick stand an der Arbeitsplatte und rührte in einem Krug Limonade. Als ich zu ihr trat, blickte sie auf. »Ach, da bist du ja, Ethie!«, sagte sie. »Möchtest du etwas Limonade? Oder Eistee?«

Ich zuckte die Achseln.

»Danny ist mit meiner Mutter nach Hause gegangen«, sagte sie, schenkte mir ein Glas ein und reichte es mir. »Warum gehst du nicht rüber und besuchst ihn?«

Ich nahm das Getränk, ohne auf ihren Vorschlag einzugehen. Ich wollte weder Danny mit seinen mitleidigen Augen noch seine Großmutter um mich haben.

Das Geschnatter am Küchentisch hinter mir verstummte. Ich spürte, dass sie wie ein Schwarm schwarzgefiederter Vögel jede meiner Bewegungen beobachteten und nur auf die Gelegenheit warteten, herabzustoßen und mich zu trösten. Warum mussten sie überhaupt hier sein? Warum konnten sie nicht nach Hause gehen wie mein Onkel und meine Tante?

Dora Fenwick schob mir eine Locke aus der Stirn. »Hast du Hunger?« Bei der sanften Berührung ihrer Finger stieg ein Kloß in meiner Kehle auf. Ich schüttelte den Kopf und wich zurück.

Im Flur lehnte Frankie an der Wand und sprach immer noch mit dem Schmollgesicht. Seine neueste Flamme, vermutete ich. Wie lange es wohl mit ihr gutgehen würde? Einmal, als er gerade einem Mädchen, das Mom besonders mochte, den Laufpass gegeben hatte, schalt sie ihn einen kleinen Lumpen.

»Ich kann nichts dafür, wenn die Ladys mich unwiderstehlich finden«, hatte Frankie geantwortet.

Mom hatte die Augen verdreht. »Weißt du, es gab eine Zeit, da hat dein Vater sich allerhand auf sein Aussehen eingebildet und den Herzensbrecher gespielt. Aber damit habe ich Schluss gemacht. Wenn du mal die Richtige findest, wird es dir genauso ergehen …«

Grinsend hatte Frankie ihr einen Kuss auf die Wange gedrückt und ein Liedchen angestimmt, dem zufolge er ein Mädchen haben wollte, das genauso sei wie das, das seinen lieben alten Dad geheiratet hatte.

Dieses Sandra-Dee-Mädchen war es jedenfalls nicht.

Ihr reichte ich jetzt mein Glas Limonade, aber während sie das Getränk annahm, wandte sie ihre maskaraschweren Augen keinen Moment von Frankie. Sie hob das Glas an die Lippen, dann hielt sie inne, weil sie mich bemerkt hatte. »Ach, Eva! Oder …?«, fragte sie mit zuckersüßer Stimme.

»Ethie«, verbesserte Frankie.

»Ethie, es tut mir so, so leid wegen deiner Mutter«, sagte sie schmachtend und streckte mir die Hand entgegen.

Ich zuckte zurück und flüchtete ins Wohnzimmer. Bläulicher Zigarettenrauch hing über den dort versammelten Männern, und ich sah meinen Vater zusammengekauert auf der Kante seines Sessels sitzen, die Ellenbogen auf die Knie gestützt. Wie eine Vogelscheuche, der die Füllung abhanden gekommen ist, starrte er auf das Glas in seiner Hand. Im Gegensatz zu den anderen im Zimmer, die alle bereits die Ärmel ihrer weißen Hemden aufgerollt hatten, trugen die beiden Fremden, die beim Begräbnis aufgetaucht waren, immer noch ihre Jacken und Krawatten.

Ich drängte mich hinüber zu Dad.

»Ich hatte keine Ahnung, dass du nach Vancouver gezogen bist, Howard«, sagte der eine Fremde, der auch im Sitzen groß wirkte. »Warum hast du dich nie gemeldet …?« Er blickte auf und sah mich. »Hallo!«, sagte er und lehnte sich zurück.

Ich setzte mich auf die Armlehne von Dads Sessel. Er sah mich an und zwang sich zu einem Lächeln, das aber nicht bis zu seinen Augen reichte.

»Sie sieht genauso aus wie das Bild, das du immer bei dir getragen hast«, meinte der Mann. »Ihrer Mutter wie aus dem Gesicht geschnitten, oder?«

Dad tätschelte mein Knie. »Ja«, flüsterte er, »das stimmt.«

Der Fremde, dem ein Arm fehlte, räusperte sich. »Sag mal, hast du gewusst, dass unser Freund hier inzwischen Dr. med. Ken Campbell ist?«

Dad war offensichtlich erleichtert über den Themenwechsel. »Nein«, sagte er, »aber es überrascht mich eigentlich nicht.«

Der Arzt lächelte. »Und du, Howard, hast du nach dem Krieg mit dem Pharmaziestudium angefangen?«

»Nein, ich habe eine Lehre als Mühlenbauer gemacht«, antwortete Dad. »Und wie war das bei dir, Jack?«, fragte er den Mann mit dem fehlenden Arm. »Bist du in Vancouver geblieben?«

»Ja, ich habe in der Fischkonservenfabrik gearbeitet«, sagte der Mann. »Als der Chef der Firma herausfand, was ich durchgemacht hatte, gab er mir einen Job auf

Lebenszeit.« Er hob sein Glas. »Mein Arm wird da drüben den Würmern zum Fraß dienen, nur weil ein paar Politiker weiche Knie bekamen und Mutter England nicht Nein sagen konnte.« Er lachte bitter auf. »Aber solche Scheißknöpfe kann ich immer noch drücken.« Er fing meinen Blick auf. »Huch, tut mir leid, kleines Fräulein! Entschuldige bitte meine Ausdrucksweise.«

Mein Vater schien weder die Ausdrucksweise des Mannes noch mein nervöses Gekicher bemerkt zu haben. Er hob sein beinahe geleertes Glas, und ich roch, dass es kein Eistee war. Der einarmige Mann neigte sich unbeholfen zur Seite und zog mit seiner linken Hand eine kleine Flasche aus der Jackentasche. Während er Dad nachschenkte, drängte sich Frankie durch die Menge. Er blieb wie erstarrt stehen, runzelte die Stirn, wandte sich ab und verließ das Haus, die Freundin im Schlepptau.

Ich blickte wieder meinen Vater an und sah das, was Frankie gesehen hatte: Der leere Raum zwischen meinem Vater und der Welt wurde größer.

Ich hatte den ganzen Tag nicht geweint. Nicht in der Limousine, nicht während des Gottesdienstes. Als der Sarg meiner Mutter in die Grube hinabgesenkt wurde, als die Handvoll Erde, die der Pfarrer hinunterwarf, auf das polierte Holz fiel und Dora Fenwick zu schluchzen anfing, blieben meine Augen trocken. Nicht weil ich nicht traurig gewesen wäre, sondern weil ich nicht weinen konnte. Meine Tränen stauten sich irgendwo hinter meinem Kummer. Doch als mein Vater jetzt seinen Drink hinunterkippte, wurde dieser Kummer von der Angst verstärkt, dass er dieses Mal vollkommen in dem leeren Raum verschwinden könnte. Ich rutschte von seinem Sessel herunter und flüchtete durch die vordere Tür.

Ich stand auf der Veranda und versuchte, da ich nur verschwommen sah, meinen Blick auf den Park gegenüber zu fokussieren. Frankie hatte seine Freundinnen. Dad hatte seinen Whiskey. Ich hatte Kipper.

»Kennst du sie?«, fragte jemand hinter mir.

Ich wischte mir rasch übers Gesicht, drehte mich um und sah Irene Manson, die mich durch ihre schwarze Katzenaugen-Brille beobachtete.

»Wen?«

»Diese Chinesin«, sagte sie mit einer Kopfbewegung in Richtung Spielplatz. »Die sich da drüben im Park mit Kipper unterhält.«

20

Warum ich Mrs Manson anlog, ist mir bis heute nicht klar. Vielleicht weil alle Nachbarskinder auf unseren Verandastufen und auf unserem Rasen saßen, nervös in ihren Sonntagskleidern herumzappelten und meinem Blick auswichen. Vielleicht auch nur, weil ich damals glaubte, das, was ich sagte, könnte wahr sein.

»Ich wundere mich bloß, weil ich sie schon vorher dort gesehen habe«, sagte Irene Manson, als ich ihre Frage nicht sofort beantwortete. Ohne den Blick von mir zu wenden, zündete sie sich eine Zigarette an. »Sie kommt normalerweise am Morgen«, fuhr sie fort. »Kommt und steht einfach da und beobachtet euer Haus.«

Dasselbe Mädchen, das ich am Montag und Dienstag gesehen hatte? Ich fuhr genau in dem Augenblick herum, als jemand aus dem Park kam und auf die Straße trat. Es *war* dasselbe Mädchen. »Sie ist nur eine, die Frankie mag«, log ich und zwängte mich zwischen Ardith und Debra hindurch auf die Verandastufen. Ich ignorierte ihren Gruß und ging auf den Gehsteig zu, wo ich ungeduldig wartete, bis zwei Autos durch die Verengung zwischen den auf beiden Straßenseiten parkenden Fahrzeugen hindurchgekrochen waren. Sobald die Straße frei war, rannte ich hinüber. Kipper stand allein bei den Schaukeln und winkte dem Mädchen wie einer Freundin nach.

»Wer war das?«, fragte ich.

»Heiß nicht.«

»Worüber hat sie mit dir gesprochen?«

»Mom.«

»Mom!«, platzte ich heraus. »Was hat sie über Mom gesagt?«

»Sie wojte wissen, wo sie iss.«

»Was hast du ihr gesagt?«, fragte ich, obwohl ich es genau wusste.

»Im Himmej. Ich hab ihr gesagt, dass Mom im Himmej iss.«

Am Ende der Straße verschwand das Mädchen um die Ecke.

Ich packte Kipper am Arm. »Komm, wir gehen ihr nach.«

Die Schritte meines Bruders waren meist schwer, seine Füße wie Bleigewichte. Mit seinem langsamen, rollenden Gang hatte er immer Probleme, mit mir Schritt zu halten. Aber jetzt versuchte er es nicht einmal. Immer wieder blickte er über die Schulter.

Ich blieb stehen. »Ich will erst wieder nach Hause gehen, wenn alle weg sind«, erklärte ich ihm und griff wieder nach seinem Arm. »Na komm schon«, drängte ich. »Das wird ein Abenteuer.«

»Okay, Ethie.«

Als wir an der Ecke ankamen, war das Mädchen schon zwei Blöcke weiter. Wir folgten ihr in einiger Entfernung den Victoria Drive hinunter, wo sie an der Bushaltestelle in einer Schlange stand.

Ich zog Kipper in das Wartehäuschen. »Hast du Geld bei dir?«, flüsterte ich.

Grinsend nahm er seinen Hut ab und drehte ihn um. Seine kurzen Finger fummelten im Schweißband herum und zogen einen Silberdollar hervor.

»Oho! Wo hast du denn den her?«

»Von damas, wie ich meine Bider verkauft hab«, antwortete er stolz. »Er iss für was Besonderes.«

»Na ja, das hier ist was Besonderes. Wir nehmen ihn für eine Fahrt mit dem Bus.«

»Okay, dasiss gut«, sagte er genau in dem Moment, als der Bus Richtung Hastings Street anhielt.

Die Türen gingen auf, und die Leute, die angestanden hatten, stiegen ein. Ich wartete, bis das Mädchen drinnen war, und stupste dann Kipper an. Wir folgten den letzten Fahrgästen die Stufen hinauf, und die Türen schlossen sich mit einem mechanischen Seufzen. Kipper reichte seinen Dollar dem Fahrer, der ihn in die Glasröhre warf. Ich grapschte nach dem Wechselgeld, das klirrend in dem metallenen Ausgabefach landete, und gab es Kipper.

»Zurücktreten!«, schnauzte der Fahrer, und der Bus fuhr mit einem Ruck an. Kipper und ich setzten uns auf den ersten freien Doppelsitz. Während ich so tat, als schaute ich aus dem Fenster, beobachtete ich das Mädchen. Sie saß hinter der seitlichen Ausstiegstür. Während der Bus sich in den Verkehr einfädelte, schaute ich geradeaus.

»Was hat das Mädchen sonst noch gesagt?«, wisperte ich Kipper ins Ohr, der die Münzen in seiner Hand sortierte. Vor lauter Konzentration hatte er die Augenbrauen zusammengezogen. »Sie hat gesagt, es tut ihr heid.«

Der Bus fuhr am Kingsway und dann am Broadway entlang. Jedes Mal, wenn wir eine Haltestelle anfuhren, vergewisserte ich mich, ob sie ausgestiegen war. Aber sie blieb sitzen und blickte noch immer aus dem Fenster, als der Victoria Drive in den Commercial Drive überging.

Diese Strecke kannte ich. Bevor Mom Autofahren gelernt hatte, nahm sie diesen Bus, wenn sie mit uns in die Stadt fuhr. Als wir am Trout Lake vorbeikamen, schluckte ich ein bedrohlich aufsteigendes Schluchzen hinunter bei der Erinnerung daran, wie sie mich an jenem Tag getröstet hatte, als ich meine Lieblingsschuhe verloren hatte.

An der Hastings Street kamen wir am Laden der Heilsarmee vorbei. Dorthin hatte Mom mich immer mitgenommen, um Schulkleider zu kaufen. Es gab zwar auch einen am Victoria Drive, aber sie wollte meine Kleider nicht in so großer Nähe zu unserem Haus kaufen. Es hätte ja sein können, dass ich in der Schule in Sachen auftauchte, die eine Klassenkameradin aussortiert hatte.

An der Main Street hielt der Bus an einer roten Ampel. Als ich das Museum an der Ecke sah, musste ich an den Tag denken, den wir im letzten Frühjahr dort mit Mom verbracht hatten. Ich wischte die Erinnerung an die Mumie in einem Glaskäfig im zweiten Stock weg.

Die Ampel sprang auf Grün. Der Bus fuhr zur nächsten Haltestelle vor den Army & Navy Stores. Wie war es möglich, dass ich Mom erst vor ein paar Wochen geholfen hatte, die Körbe mit den Neunundzwanzig-Cent-BHs zu durchwühlen, bis sie triumphierend einen in ihrer Größe hochhielt?

Mom war überall. Nur nicht bei uns.

Ich fragte mich, warum ich überhaupt in diesem Bus war, warum ich diesem Mädchen folgte. Was erwartete ich? Als Kipper mir jedoch in die Schulter knuffte und aus dem Fenster auf das Mädchen zeigte, das auf dem Gehsteig davoneilte, sprang ich auf und lief zur vorderen Tür. Verärgert schob der Fahrer den Hebel zurück, sodass die Türen sich noch einmal öffneten und Kipper und ich aussteigen konnten.

Die Straßen in der Innenstadt rochen nach verbranntem Zucker und Kaffee.

Wir holten das Mädchen an der Ecke ein, bevor sie die Hastings Street überquerte. Ich wusste jetzt, wohin sie ging.

Chinatown. Eines von Moms liebsten Vierteln. Sie bummelte gern durch die exotischen Läden, aß in den gut besuchten Restaurants oder beobachtete die Straßenfeste. Ich erinnerte mich an das erste Mal, als sie uns drei zum chinesischen Neujahrsfest mitgenommen hatte. Kipper und ich hatten Angst vor dem Krach der Trommeln und Knallkörper in den überfüllten Straßen. Beim Anblick des riesigen verrückten Drachens, der sich vorbeischlängelte, versteckten wir uns hinter Moms Rock, bis Frankie auf die Menschenbeine unter der Verkleidung mit den roten und gelben Fransen zeigte. Ich weiß nicht, ob Dad jemals mitgekommen ist.

Das Mädchen vor uns betrat am Ende des Blocks einen Gemüseladen. Ich hielt Kipper ein paar Augenblicke zurück und stupste ihn dann in Richtung der Obst- und Gemüsekisten am Gehsteig. Wir spähten ins Schaufenster hinein. Drinnen stand das Mädchen und sprach mit einem Mann in einer weißen Schürze. Er überreichte ihr eine Orange.

»Ich hab Hunga«, jammerte Kipper.

»Pssst«, sagte ich und wisperte dann: »Wir holen uns danach was.«

»Nach was?«, versuchte er zurückzuflüstern.

»Wenn wir gesehen haben, wohin sie geht.«

»Aber harum?«, fragte er. »Harum gehn wia hinter ihr her?« Genau in diesem Moment kam das Mädchen wieder heraus und verschwand in der Gasse neben dem Geschäft.

»Stell dir einfach vor, wir wären Spione, die hinter dem Feind her sind«, erklärte ich und lief ihr nach.

»Aber sie iss kein Feind. Sie iss nett«, sagte Kipper hinter mir.

»Tu einfach so – okay?« Ich hielt mich an der Seite des Ladens und lugte in die Gasse hinein. Das Mädchen war weg. »Los«, winkte ich Kipper zu.

»Der Mann da hat ihr eine Orange einfach so gegebn«, sagte er, während er sich hinter mir herschleppte. »Vieheicht iss das Mr Fong. Vieheicht schenkt er uns auch eine.«

»Es ist nicht Mr Fong.«

Ein verwitterter grauer Holzzaun zog sich an der Seite des Ladens entlang. Wir gingen in die Nebengasse und schauten in den hinteren Teil des Grundstücks. Dort war sie auch nicht. Wir hatten sie aus den Augen verloren.

Ich stand da und überlegte, wohin wir jetzt gehen sollten, als ich die Sträucher mit den schwarzen Johannisbeeren hinter dem Zaun sah. Beim Anblick der reifen Beeren konnte ich meinen Hunger nicht mehr bezähmen. Ich griff zwischen die Zweige und pflückte eine Handvoll Rispen. Kipper ging am Zaun entlang und warf sich die Beeren einzeln in den Mund. Dann blieb er plötzlich stehen und sagte: »Oooo, wie schön!«

»Was?« Ich ging zu der Stelle, wo er zwischen die Bretter eines hohen Holztors spähte.

»Ein keines Haus.« Er trat zur Seite und ließ mich schauen. Er hatte recht. Dort, in dem Hof hinter dem Laden, stand ein Häuschen, nicht viel größer als ein Kinderspielhaus. Eine Miniaturausgabe der chinesischen Tempel, wie ich sie in Büchern gesehen hatte. Die rote Farbe war ausgeblichen, und das stark aufgebogene Dach war mit zerbrochenen Ziegeln gedeckt; manche fehlten schon. Von der goldenen Farbe waren nur noch Kleckse übrig. Doch für Kipper war es schön. »Was iss das für ein Haus?«, fragte er.

Bevor ich antworten konnte, sah ich, wie das Mädchen eine offene Treppe an der Rückseite des Ladens hinaufstieg. Im zweiten Stockwerk schloss sie eine Tür auf und schlüpfte hinein. *Hier musste sie wohnen.*

Plötzlich fühlte ich mich unsicher. Das Spiel war vorbei. Ich pflückte noch ein paar Johannisbeeren. »Gehen wir«, sagte ich und wischte mir die Hände am Kleid ab. »Wir kaufen uns eine Orange.«

Kipper stopfte sich die letzten Beeren in den saftverschmierten Mund, und wir machten uns auf den Weg zurück. Wir blickten über die ordentlich aufgereihten Orangen in der Kiste vor dem Laden. Ich wählte eine aus und war schon im Begriff, hineinzugehen und dafür zu zahlen, als ich das Mädchen hinter dem Ladentisch stehen und sich eine Schürze umbinden sah.

Auch Kipper bemerkte sie. »Sie arbeitet hier!«, rief er.

Das Mädchen blickte auf. Ich warf die Orange in die Kiste zurück, packte Kipper am Hemdzipfel und zerrte ihn die Straße hinunter.

Zwei Blöcke weiter blieb ich stehen und wartete, während er in seiner Tasche nach seinem Inhalator kramte. »Harum …«, keuchte er zwischen einigen Sprühstößen, »habn wir sie nich besucht?«

Auf diese Frage hatte ich keine Antwort. Ich wusste es nicht und bedauerte bereits, nicht hineingegangen zu sein.

Er nahm noch einen Sprühstoß und sagte dann: »Gehn wir zurück.«

Ich blickte die Straße hinunter. Ich wollte jetzt nach Hause. Vielleicht waren endlich alle gegangen. Was ich Mrs Manson erzählt hatte, stimmte wahrscheinlich. Sie war nur eines der vielen Mädchen, die in meinen großen Bruder verknallt waren.

Wir blieben beim nächsten Obststand stehen. Ich vergewisserte mich, dass Kipper noch zwei Zehncentstücke für die Rückfahrt hatte, und kaufte eine Orange. Ich schälte sie, und wir teilten uns die Schnitze, während wir zur Haltestelle an der Hastings Street liefen und eine Abkürzung über den Victory Square nahmen. Diesen kleinen Park im Herzen von Vancouvers Innenstadt kannte ich von den Feiern am Remembrance Day, zu denen Mom und Dad uns jeden November mitnahmen. Alljährlich legte mein Vater am Ende des Gottesdienstes seine Anstecknadel mit der Mohnblume auf den Sockel des Ehrenmals in der Mitte des Parks. Als wir jetzt daran vorbeikamen, saß ein Mann in verschmutzten Kleidern gegen den grauen Stein gelehnt da. Ich wich ihm aus, aber Kipper blieb stehen. »Er schäft im Frein!«, stellte er fest.

Der Mann schlug die Augen auf und grinste, dabei wurden seine schwarzen Zähne sichtbar. »Hey, mein Junge«, lallte er, »hast du 'nen Zehner für 'nen alten Soldaten?«

Kipper griff in seine Tasche. Ich zerrte ihn weg und hielt seine Hand fest, bis wir bei unserer Bushaltestelle angelangt waren. Während wir warteten, gab ich ihm den Rest der Orange.

Der Bus hielt, und ich bat Kipper um das Geld.

Er stopfte sich den letzten Schnitz in den Mund, rieb sich die Hände am Hemd ab – er schmierte die Orangen- über die Johannisbeerflecken – und griff dann in seine Tasche. Er zog die Hand leer wieder heraus. Er durchwühlte beide Taschen und stülpte sie nach außen. »Es iss weg!«, rief er, den Tränen nahe.

»Das kann nicht sein.« Ich tastete seine Taschen ab, sogar die auf seinem Hemd. Aber er hatte recht: Die Zehnerstücke, die wir für die Busfahrt brauchten, waren verschwunden.

»Gehen wir surück und suchen sie, Ethie.«

Ich dachte an den Betrunkenen. Das Kleingeld musste bei ihm herausgefallen sein. Inzwischen war es bestimmt schon weg.

»Es ist futsch«, sagte ich resigniert. »Wir müssen zu Fuß gehen. Es ist nicht so weit.«

War es aber doch. Ich weiß nicht, wie viele Stunden wir auf den Straßen verbrachten, aber als wir beim Kingsway anlangten, hatte die Dämmerung bereits eingesetzt. Und als wir in die 51. Avenue einbogen und dann unsere Straße hinauftrotteten, leuchteten die Verandalampen in der Dunkelheit. Rasensprinkler klickten in den Vorgärten, und der Geruch nach nassem Gras und Blumen erfüllte die Abendluft.

Auf dem ganzen Weg nach Hause beklagte sich Kipper kein einziges Mal. Wenn sein Atem schwer ging, sog er an seinem Inhalator. Immer wieder sagte er: »Sorry, Ethie. Sorry.« Er war so traurig, dass ich ihm nicht böse sein konnte. Ich war nur erleichtert, als wir endlich in die Barclay Street einbogen.

Alle Autos waren fort, und unser Haus lag im Dunkeln. Nicht einmal das Flackern des Fernsehbildes erhellte unser Wohnzimmerfenster. Als wir den Weg hinaufgingen, warf ich einen Blick in den hinteren Garten. Frankies Studebaker war weg. Vielleicht war er auf der Suche nach uns. Er und Dad mussten sich Sorgen gemacht haben. Vielleicht hatten sie sogar die Polizei benachrichtigt, und alle suchten nach uns.

Die Eingangstür war sperrangelweit offen. Im Haus herrschte Stille. *Leer?* Wir schlüpften hinein, und ich schaltete die Lampe an. Dad saß zusammengesunken in seinem Sessel, genau dort, wo ich ihn zurückgelassen hatte. Er blinzelte in unsere Richtung, strich sich das Haar aus der Stirn und fragte verschlafen: »Ach, seid ihr zwei immer noch auf?«

Er hatte nicht einmal gemerkt, dass wir weggegangen waren!

21

Die weißen Handschuhe bewegten sich wie Geister in einem Totentanz vor Howards verschwommenem Blickfeld. Er kämpfte gegen die unsichtbaren Fesseln, aber er wusste, dass es vor dem Grauen, das jetzt folgen würde, kein Entrinnen gab. Schreie stiegen wie zerhackt in seiner Kehle auf und zerrten ihn in die Wirklichkeit. Er bemerkte, dass er aufrecht auf der Couch saß und gegen den sich verflüchtigenden Schrecken anfuchtelte. Die Bitten um Gnade auf seinen Lippen erstarben.

»Dad?« Eine Hand berührte seine Schulter. »Dad, ich bin's. Frankie.«

Vor Schweiß feuchtkalt und mit rasendem Herzen schnappte Howard nach Luft und konzentrierte sich auf die Schatten. Die Umrisse der Gestalt seines Sohnes, von hinten beleuchtet von den Straßenlaternen vor dem Wohnzimmerfenster, wurden schärfer.

»Diese alte Couch mit der klumpigen Füllung kann sehr unbequem sein«, sagte Frankie ruhig.

»Ich habe auf Schlechterem geschlafen.« Howard erwartete ein energisches Drängen, er möge doch in sein Bett zurückkehren. Doch stattdessen ging Frankie aus dem Zimmer. Augenblicke später kam er mit einem Kissen, einer Decke und Howards kariertem Morgenmantel zurück. Er ließ die Sachen auf die Couch fallen und wünschte seinem Vater eine gute Nacht. An der Tür sah er sich noch einmal um und fragte: »Alles in Ordnung, Dad?«

Howard bemühte sich, sein Hemd aufzuknöpfen, und hoffte, dass Frankie das Zittern seiner Hände nicht bemerkte. »Ja«, erwiderte er. »Gute Nacht, mein Sohn.«

Ohne Eile zog er sich aus, schlüpfte in seinen Schlafrock und legte sich wieder hin. Aber er hielt die Augen weit offen aus Angst vor den schauderhaften Bildern, die hinter seinen Lidern lauerten. Und aus Angst vor dem immer wiederkehrenden Albtraum, aus dem er, ohne Lucy, die ihn zurückholte, vielleicht nie mehr auftauchen könnte. Doch im wachen Zustand konnte er nicht verhindern, in die Erinnerungen zurückzusinken, die der Albtraum ihres Todes aufgewühlt hatte. Und das Erscheinen der beiden Hongkong-Veteranen. Vor allem das von Ken Campbell.

22

6. Dezember 1941: Insel Hongkong

Auf der Empore des abgedunkelten Kinosaals stimmte Howard in das allgemeine Stöhnen über die Filmstörung ein. Auf der Leinwand kämpfte der Titelheld, Sergeant York, mit der Gewissensentscheidung, für sein Land zu töten oder seinen religiösen Überzeugungen zu folgen. Doch die Worte, die aus den Lautsprechern kamen, passten nicht zu Gary Coopers Lippenbewegungen.

»Achtung, Achtung! An alle Angehörigen von Militär und Marine! Sämtliche Urlaubs- und Ausgangsgenehmigungen für das Wochenende sind aufgehoben. Ich wiederhole: Alle Genehmigungen aufgehoben. Befehl an alle Infanteristen: Begeben Sie sich zum Stützpunkt! An alle Marineangehörigen: Begeben Sie sich zu Ihren Schiffen im Hafen! Unverzüglich!«

»Tja, das könnte der Moment sein!«, sagte Ken Campbell und stand auf. Howard drückte sich durch die Reihe und entschuldigte sich jedes Mal, wenn er gegen Knie der Zuschauer stieß, die sich den Film zu Ende anschauen wollten. »Mitten im Film, verdammt noch mal!«

»Die Japsen müssen im Anzug sein!«

»Morgen früh sind wir mittendrin im Getümmel!«

»Ach was, das ist bloß ein weiteres Manöver. Reg dich ab.«

»Ja, was soll diese Eile?«, fragte der Soldat am Ende der Reihe, als Howard bei ihm angelangt war. »Den Film können wir uns wenigstens zu Ende ansehen.«

»Hast du keine Ohren, Kamerad? ›Unverzüglich‹ heißt sofort! Los!«, bellte die massige Gestalt hinter Howard und veranlasste den Soldaten, mitzukommen.

Howard lachte. »Wie gut, dass hier drin niemand deinen Rang erkennt«, sagte er, »oder dein Gesicht. Von so einem Milchgesicht würde doch keiner Befehle entgegennehmen!«

Auf der Fähre, während der Überfahrt zurück nach Kowloon, fragte sich Howard, ob Ken wohl recht hatte. War nun der Moment gekommen? Oder folgte nur ein weiterer Drill?

Howard musterte die Soldaten auf dem unteren Deck der Star-Fähre. Einige, wie Ken Campbell, standen gedankenverloren an der Reling, während das Schiff auf die Pier von Kowloon zutuckerte. Andere klagten über die Annullierung der Ausgangsgenehmigungen oder stellten wilde Spekulationen über die Aussicht an, einen Einsatz zu erleben. Auch Howard spürte, wie ihm das Blut schneller durch die Adern strömte bei der Vorstellung, einer Prüfung unterzogen zu werden und im Angesicht der Gefahr herauszufinden, wer er tatsächlich war. Im Widerspruch zu diesen heroischen Vorstellungen kam die ernüchternde Realität der Angst hinzu.

Als sie im Camp Sham Shui Po eintrafen, ermahnte Colonel Sutcliffe die Männer, sich in der Nacht gut auszuruhen, ließ sie aber über das Weitere im Dunkeln. Howard lag auf seinem Bett, unfähig, Schlaf zu finden, und fragte sich, wo Gordy war. Er hatte am Morgen, mit einer Ausgangsgenehmigung für das ganze Wochenende, das Lager verlassen. Hatte er inzwischen erfahren, dass alle Genehmigungen annulliert waren? Heute Abend würde er irgendwo in Victoria sein, mit Shun-ling.

Im Laufe der letzten drei Wochen hatte Gordy – der immer geschworen hatte, sich nie von einem Mädchen an die Kette legen zu lassen – seine freie Zeit ausschließlich mit Shun-ling verbracht. Als Howard hörte, dass Gordy sogar eine Wohnung für Shun-ling und ihre Familie auf der Insel mieten würde, fragte er: »Handelst du da nicht ein wenig voreilig?«

»Was geht dich das an, verflixt noch mal?«, hatte Gordy ihn angefahren. »Ich kann mich nicht erinnern, dass du mich je um die Erlaubnis gebeten hättest, Lucy zu heiraten.« Er grinste, aber Howard hatte den warnenden Unterton herausgehört.

Nach einem Augenblick betretenen Schweigens sagte Gordy: »Du würdest es nicht für möglich halten, wie sie jetzt hausen, Howie.« Seine Stimme klang wieder normal, als er den Wellblechschuppen beschrieb, den sie ihr Zuhause nannten. »Keinen Köter würde man in so einem Loch schlafen lassen!«

Mit der Hilfe von Peter und Dick, die ihn als »verdammten Idioten« bezeichneten, weil er das Unglück einer ganzen Familie stemmen wollte, hatte Gordy eine Wohnung im Bezirk Wanchai ausfindig gemacht. Am Morgen hatten er und Shun-ling die Fähre dorthin genommen, um die Wohnung für die Familie herzurichten. Ihr Vater und ihre Schwester würden erst am Montagmorgen dort einziehen, wenn Gordy ins Lager zurückkehren musste.

In der letzten Woche hatte Howard seine Abende in der Stadt mit Ken Campbell verbracht. »Wir verheirateten alten Männer müssen zusammenhalten«, war seine Ausrede, um das Paar nicht zu begleiten. Aber die Wahrheit war, dass er dann, wenn er die Zeit mit Gordy und Shun-ling verbrachte, Lucy nur noch mehr vermisste. Und außerdem konnte er die Erinnerung an das, was er letzten Samstag gehört hatte, nicht verdrängen.

An jenem Nachmittag war er allein durch die Nebenstraßen von Kowloon gewandert, um Ah Sams Laden zu finden. Ken Campbell hatte ihn gedrängt, noch mehr von dem Mittelchen gegen Bettwanzen zu besorgen. Und ein Gang zur Apotheke war immer eine glaubwürdige Entschuldigung.

Als er eintrat, bimmelte die Glocke über der Ladentür. »Hallo, Ah Sam«, begrüßte Howard den Mann hinter der Theke. »Erinnern Sie sich an mich?«

Ausdruckslos zuckte Ah Sam mit den Achseln. »Für mich sehen sie alle gleich aus.«

»Ich … mhm …«, stammelte Howard.

Ah Sam hob die Hand. »Nur ein kleiner Scherz, Sir«, sagte er, und ein Lächeln breitete sich über sein Gesicht aus. »Natürlich erinnere ich mich an die beiden kanadischen Freunde von Feng Shun-ling. Was machen die Insekten?«

Erleichtert lächelte Howard zurück. »Großartig!«, antwortete er. »Ich meine, sie sind weg. Ich bin hier, um für einen Freund noch eine Portion von dem Mittel zu kaufen.«

Ah Sam führte ihn in den hinteren Teil des Geschäfts und sagte: »Ich hoffe, Sie beide behandeln meine gute Freundin Feng Shun-ling mit Respekt.«

»Selbstverständlich«, erwiderte Howard verblüfft.

»Sie ist eine ganz besondere junge Frau«, sagte Ah Sam. »Ihnen ist sicherlich klar, dass sie und ihre Familie sehr viel durchgemacht haben.« Während er mit dem Finger geschickt das grüne Pulver in das winzige Fläschchen tippte, erzählte er Howard, dass Shun-ling und ihr Vater in der Universität festgesessen hatten, als die Japaner Nanking überrannten. »Am Ende landeten sie in der Sicherheitszone – einem geschützten Gelände mitten in der Stadt, das Ausländer eingerichtet hatten. Deutsche.« Er blickte auf und neigte den Kopf zur Seite. »Ganz schön ironisch, oder? Gerettet durch das Hakenkreuz.« Ohne eine Antwort abzuwarten, fuhr er fort: »Sie waren Augenzeugen des Gemetzels. Auf die flüchtenden unbewaffneten Zivilisten wurde mit Maschinengewehren geschossen, Kinder wurden ermordet, Frauen vergewaltigt und verstümmelt, alles vor aller Augen.« Er schüttelte den Kopf. »Feng Guo-ren, Shun-lings Vater, hat mir von zwei hochrangigen japanischen Offizieren erzählt, die sogar eine ›freundschaftliche‹ Wette abgeschlossen hatten, wer die meisten Zivilisten mit seinem Säbel abschlachten könne.«

Howard hörte ungläubig zu, als Ah Sam berichtete, wie die Opfer sich vor ihrer Ermordung in einer Reihe aufstellen mussten.

»Junge, Alte, es wurde kein Unterschied gemacht, es ging nur um die Zahl der Toten. Fotografien der Offiziere in ihren blutgetränkten Uniformen, zusammen mit ihren Opfern, wurden in der Stadt aufgehängt. Ein Mitarbeiter vom Roten Kreuz berichtete, einer der Offiziere habe sich bitter über seinen beim Morden beschädigten Säbel beklagt.« Er machte eine Pause. Im Raum herrschte eine unheimliche Stille. Ah Sam stellte das Fläschchen auf den Ladentisch, damit das Wachs trocknete. »Nach einer Woche konnte Shun-lings Vater zwei Soldaten von Chiang Kai-sheks zurückweichender Armee bestechen, damit sie sie mitnahmen«, erzählte er. »Sie entkamen mitten in der Nacht durch einen Abwassertunnel unterhalb der Stadtmauer. Auf dem ganzen Weg zurück in ihr Dorf war alles eingeäschert und ausgeplündert. Sie hatten Mühe, ihr ausgebranntes Haus zu erkennen. In den Ruinen fanden sie die verkohlte Leiche von Shun-lings zweijährigem Bruder. Der verstümmelte Leichnam ihrer Mutter lag draußen.«

Howard schluckte die Bitterkeit hinunter, die in seiner Kehle aufstieg. »Und ihre Schwester?«, fragte er.

»Sie ist davongekommen, weil sie sich auf dem Boden der Kohlgrube versteckt hatte. Ein japanischer Soldat hatte Mitleid mit ihr. Als sie an die Reihe kommen sollte, begrub er sie unter den gärenden Kohlköpfen. Dort lag sie, zwischen herumwuselnden Ratten, bis ihr Vater und Shun-ling sie halb tot auffanden. Seither hat das arme Kind kein Wort mehr gesprochen.«

Noch am Abend, als Howard sich zu Gordy und Shun-ling gesellte, war er außerstande, die grauenhaften Bilder aus seinem Kopf zu verbannen, und empfand dem Mädchen gegenüber noch größere Fürsorglichkeit.

Im Sun Sun Café ging er mit ihr und Gordy zur Theke. Als der Barmann sich ihnen zuwandte, wich Shun-ling vor Angst zurück. »O Gott!«, flüsterte sie. »Ein Japaner!«

Howard und Gordy hatten sie, die am ganzen Leib zitterte, die Treppen hinunter und nach draußen geführt.

Jetzt, als Howard in die Dunkelheit hinausstarrte und auf den Morgen wartete, dachte er daran, dass sich Shun-ling, als sie von der Theke zurückwich, an *seinen* Arm geklammert hatte. Und an das Aufflackern in Gordys Augen, als auch er es bemerkt hatte.

Bis zum Nachmittag des nächsten Tages hatten alle Soldaten ihre Gefechtsstationen bezogen. Nur Gordy fehlte immer noch.

Am südwestlichen Zipfel der Insel, in einem Schützengraben über dem Südchinesischen Meer, lehnte sich Howard in voller Kampfausrüstung gegen die mit Sandsäcken gesicherte Wand. Den Rest seiner Hongkongdollar hatte er in allen Taschen seiner Uniform verteilt. Lucys Bild steckte im Kalendertagebuch in seiner Brusttasche. Er war bereit. Aber wofür?

Etwa zweihundert Meter weiter unten, auf der schmalen Straße, die sich um die Insel wand, wirkte alles ganz normal. Hin und wieder sah man ein ziviles Auto oder Ortsansässige auf Fahrrädern oder zu Fuß. Nicht einmal der kleine Hirsch, der den Hang nach Grasflecken absuchte, ließ sich von ihnen stören. Am frühen Nachmittag kam ein älteres britisches Ehepaar die Straße heraufgewandert, zwischen sich einen großen Picknickkorb.

Ein paar Meter von Howard entfernt richtete sich Ken Campbell im Schützengraben auf. »Das ist vielleicht nicht der beste Tag für so was, Leute«, brüllte er hinunter.

Der Mann blieb stehen, stützte sich auf seinen Spazierstock und schirmte die Augen gegen die Sonne ab. »Und warum nicht, wenn ich fragen darf? Wir machen jeden Sonntag hier unser Picknick.«

»Haben Sie nicht gehört? Die Kolonie ist in höchster Alarmbereitschaft! Es kann jeden Moment zum Angriff kommen.«

»Lächerlich! Niemals würden die Japaner das Britische Empire herausfordern!«

Verwundert beobachtete Howard, wie das Paar von der Straße abbog und zu einem Felsvorsprung hinunterstieg, wo es seine Decke ausbreitete. Die Frau spannte einen Schirm auf, und die beiden tranken in der Nachmittagssonne ihren Tee. Schwarzhalsstare schnappten sich die Krümel, die ihnen zugeworfen wurden, und das Meer glitzerte friedlich unter einem klaren blauen Himmel. Aber wo waren die Dschunken, Sampans und Fischerboote, die gewöhnlich in diesen Gewässern schaukelten? Howard hatte das Gefühl, die Leute wüssten, dass etwas im Gange war.

Zwei Stunden später erhob sich das Paar, sammelte seine Sachen ein und schlenderte zurück. Howard bewunderte ihre tollkühne Ruhe, während ihm der Schweiß über den Nacken rann.

In der Nachmittagshitze liefen die Gerüchte durch die Schützengräben. Die japanische Armada war im Südchinesischen Meer gesichtet worden – mit Kurs auf Hongkong.

Keine Sorge. Zwei Schlachtschiffe, die Prince of Wales

und die Repulse, *der Stolz der britischen Marine, sind auf dem Weg hierher.*

Die japanische Armee, die an der Grenze zusammengezogen wurde, wuchs, die Zahlen nahmen stündlich zu. Um fünf Uhr abends stand die inoffizielle Zählung bei vierzigtausend Mann.

Keine Sorge: Chiang Kai-sheks Armee bildet die Nachhut.

Die Schiffsladung mit der fehlenden Ausrüstung der Kanadier war nach Europa umgeleitet worden.

Du kannst deinen Arsch drauf wetten, dass sie nicht riskieren, diese kostbare Fracht zu verlieren. Überleg mal, was das über uns aussagt, hm?

Das Wortgeplänkel in den Schützengräben half, die Langeweile zu vertreiben. Doch als die Sonne unterging, beschloss Howard, das Gerede nicht weiter zu beachten. Er würde nur das glauben, was er mit eigenen Augen sah, und in diesem Augenblick war das Gordy, der von der Ladefläche eines Versorgungslastwagens sprang. Er kletterte über den Damm und stürmte dann, wie ein Stier in die Arena, mit gesenktem Kopf den Hügel hinauf und zum Graben, wo Howard wartete.

»Bin ich froh, dass du's geschafft hast!«

»Tja, mir bleibt keine Wahl, oder?«

Howard war erstaunt über die für seinen Freund ungewöhnlich knappe Antwort, sagte aber nichts.

Das Abendessen wurde vom Versorgungslaster herunter verteilt. Gordy rührte seine Kekse und das Cornedbeef nicht an. Er starrte, die Ellenbogen auf den Rand des Grabens gestützt, hinaus auf das sich immer dunkler färbende Meer. »Auf der Fähre habe ich gehört, dass an diesem Wochenende japanische Zivilisten verschwunden sind.« Als er sich umdrehte, sah Howard, wie sehr sein Gesicht von Sorge gezeichnet war. »Die Flüchtlinge haben panische Angst. Auch Shun-ling.«

Da Howard ihre Geschichte kannte, überraschte es ihn nicht. Er hätte gern gewusst, wie viel Gordy davon bekannt war, unterließ es aber, ihn danach zu fragen.

Gordy schraubte seine Feldflasche auf, nahm einen tiefen Schluck und wischte sich mit dem Handrücken über den Mund. »In Kowloon herrscht Chaos«, fuhr er fort. »Um von der Fähre herunterzukommen, mussten wir uns durch Ströme von Flüchtlingen kämpfen, die in ihrer Panik versuchten, auf die Insel zu gelangen. Sobald wir durch waren, eilte Shun-ling davon, um ihren Vater und ihre Schwester zu holen. Sie wollte nicht, dass ich sie begleitete, aber ich bin ihr trotzdem gefolgt. Dann bin ich zurückgeblieben und habe ihr nachgeschaut, bis ich mir sicher war, dass sie wohlbehalten auf der Fähre waren. Erst dann habe ich meine Sachen aus dem Camp geholt. Und es ist mir scheißegal, was die Armee dazu sagt, dass ich zu spät komme.«

»Du hast nichts versäumt.«

Gordy zog ein zerknautschtes Päckchen Zigaretten aus dem Ärmel. Wortlos hielt er es Howard hin. Mit schützend zusammengelegten Händen zündete er beide Zigaretten an. »Ich hab mich wirklich zusammenreißen müssen, um zurückzukommen, Howie«, sagte er leise. »Ich bin kein Deserteur. Trotzdem, ich habe Angst. Ich fürchte mich nicht vor dem Kampf und nicht einmal vor dem Tod. Aber vor dem, was ihr und ihrer Familie passieren könnte, wenn die Japaner angreifen.«

»Vielleicht tun sie's ja doch nicht«, antwortete Howard und bemühte sich, überzeugend zu klingen. »Es könnte sich als falscher Alarm erweisen. Vielleicht sitzen wir morgen Abend schon wieder im Kino.«

Am nächsten Morgen um sieben Uhr versuchte Howard zu orten, woher das Brummen kam, dieses unverwechselbare Dröhnen in großer Höhe fliegender Flugzeuge. Der Himmel war klar, doch das Geräusch ließ auf Dutzende von Flugzeugen schließen, die sich näherten. *Verstärkung?* Das Dröhnen verwandelte sich in das Jaulen einer Staffel, die rasch an Höhe verlor. Augenblicke später ging Howards winzige Hoffnung im rollenden Donner von Explosionen auf dem Festland unter. »Mein Gott, sie bombardieren das Camp!«, schrie er und schüttelte Gordy wach.

Aus der Richtung des Flugplatzes Kai Tak war das Heulen der Luftschutzsirenen zu hören, dann folgten Detonationen von Bodenabwehrgeschützen. Mit ihren Kameraden kauerten Howard und Gordy hilflos im Schützengraben auf der Insel, unfähig zu sehen, unfähig zu helfen, während in kurzer Entfernung Tod und Verwüstung herabregneten. Keine zehn Minuten später drehten die Flugzeuge ab. Im Osten färbten Rauchwolken den Himmel schwarz. Howard sah den Schützengraben entlang und fing Ken Campbells Blick auf, dessen Gesicht aschgrau war. Er hielt das Empfangsgerät in der Hand und rief: »Pearl Harbor ist vor sechs Stunden angegriffen worden …!« Er wurde vom Donnern eines Tieffliegers übertönt.

Der Zero Fighter flog direkt über sie hinweg. Das

Knattern von Maschinengewehrfeuer dröhnte in Howards Ohren, während der Hang unter Beschuss genommen wurde und Erdklumpen aufwirbelten, die in die Schützengräben prasselten. In der Sekunde, bevor er auf dem Boden aufschlug, sah Howard den blutroten Kreis auf den Spitzen der Tragflächen. Es gab keinen Zweifel mehr: Sie befanden sich im Krieg mit Japan.

Zwei Tage später saßen sie in demselben Schützengraben; der Krieg ein fernes Grollen und Radioberichte. Auf dem Festland standen die Dinge nicht gut. Wie Brigadier Lawson vorhergesagt hatte, war der Hauptstoß der Invasion aus dem Norden über Land erfolgt. Die von den Royal Scots und den britisch-indischen Brigaden, den Punjabis und den Rajputen, bemannte »Gintrinker-Linie« war durchbrochen worden. Man hatte damit gerechnet, dass die ausgefranste achtzehn Kilometer lange Verteidigungslinie, die weniger als sechzehn Kilometer nördlich von Kowloon in Ost-West-Richtung verlief, wochenlang standhalten würde. In den Schützengräben gab es keine lässigen Reaktionen mehr auf die Berichte.

Am Mittwoch forderte Gordys Sorge um Shun-ling ihren Tribut: Zusammengesunken saß er im Schützengraben, der Schweiß rann ihm von der Stirn. »Menschenskind, hätte ich jetzt gern ein Stück von dem Eis, das wir in Winnipeg ausgeliefert haben!«, sagte Howard in einem Versuch, seinen Freund aufzumuntern.

Gordy schwieg.

»Erinnerst du dich an die Kinder, die sich abgebrochene Eisbröckchen von unserem Wagen schnappten und dann fortrannten, als hätten sie einen Schatz geraubt?«, schob er nach.

Ein Lastwagen kam die Straße heraufgedonnert und hielt vor ihrem Schützengraben. Ein Sergeant stolzierte herum und hielt nach Freiwilligen Ausschau. Die D-Force wurde auf das Festland verlegt, um die Royal Scots zu unterstützen, die sich, nachdem sie schwere Verluste erlitten hatten, auf die Insel zurückzogen. Howard und Gordy kletterten aus dem Graben und rannten den Hang hinunter, bevor die Rekrutierung beendet war. Ein paar Meter vor ihnen trottete Ken Campbell.

Auf dem Festland herrschte im brennenden Kowloon das Chaos. Als sie von der Fähre ausgeladen wurden, bedrängten verzweifelte Zivilisten ihren Lastwagen. Die Menschen versuchten immer noch, auf die Insel zu flüchten. Uniformierte Polizisten knüppelten sich den Weg frei und befreiten den Truck, sodass er sich im Schritttempo vorwärtsbewegen konnte. Als sie an Sham Shui Po vorbeifuhren, stürzten schwer beladene Plünderer aus dem Camp in alle Richtungen davon. Howard spürte einen Hauch von Bedauern, als ihm Lucys grünes Kleid einfiel. Er hätte es ihr doch mit der Post schicken sollen.

Nachdem Howards und Gordys Abteilung am Stadtrand Stellung bezogen hatte, verbrachte sie die Nacht auf dem Polospielfeld. Immer wieder detonierten Bomben und Mörsergranaten und erleuchteten den rauchverhangenen Himmel.

Am nächsten Morgen, als sie den sich zurückziehenden Royal Scots Deckung gaben, sah Howard zum ersten Mal den Feind. Als dann die Masse der japanischen Soldaten, mit schwarz bemalten, wild entschlossenen Gesichtern und *»Banzai-ai-ai!«* rufend, über die Anhöhe drängte, bekam er einen Vorgeschmack von einem Kampfeinsatz. Und er fand ihn bitter. Rücken an Rücken mit Gordy im Türrahmen eines bombardierten Gebäudes kauernd, warf er seine erste Granate. Dann noch eine. Zwei Blindgänger. »Herrgott noch mal!«, fluchte er. »Genauso gut könnten wir Steine werfen.« Augenblicke später sprangen sie auf und rannten den erschöpften Royal Scots hinterher. Auf ihrem hastigen Rückzug mit dem Rest der Grenadiers schossen sie blindlings auf die japanischen Krieger, die ihnen nachsetzten.

Mit rasendem Herzen beobachtete Howard auf dem weiteren Rückzug vom Deck der Fähre aus, wie sich die Nachhut, die britisch-indischen Einheiten, einen Kampf Mann gegen Mann mit den Japanern lieferten, die schon die Straßen und Kaianlagen von Kowloon eingenommen hatten.

»Nicht unbedingt die kurzsichtigen Wichte, die man uns geschildert hatte«, keuchte Ken Campbell neben ihm.

Ein Angehöriger der Royal Scots lehnte mit starrem Blick an der Reling und redete wirres Zeug. »Jesus! Es wurden immer mehr und mehr!«, schimpfte er. »Verdammte Irre, Selbstmörder! Die ersten haben sich auf die Stacheldrahtbarrikaden geworfen, und die Nachdrängenden haben sich direkt über sie gewälzt und ihre Körper als Brücke benutzt. Konnte nicht schnell genug auf sie schießen. Sobald einer fiel, kamen zehn andere nach!«

23

In den Tagen nach dem Begräbnis meiner Mutter warf ich am Morgen immer gleich einen Blick auf den Park gegenüber. Das Mädchen war nie dort. Dafür traf ich meinen Vater am Küchentisch sitzend an, und sein unrasiertes Gesicht wurde von Tag zu Tag grauer. Am Samstagmorgen kam mir der Verdacht, dass auch er den Park im Auge hatte. Doch ich verwarf den Gedanken schnell wieder. Es ergab keinen Sinn. Was jedoch Sinn ergab, das waren die leeren Whiskeyflaschen im Abfalleimer.

»Howard hat wegen Trinkens keinen einzigen Arbeitstag gefehlt.« Ich erinnerte mich, dass Mom das in einem Gespräch mit meiner Tante mit Nachdruck festgestellt hatte. Als Antwort hatte Tante Mildred ein Pillenfläschchen über den Tisch geschoben. »Du brauchst nur jeden Morgen eine davon in seinen Kaffee zu tun«, meinte sie. »Wenn er dann Alkohol trinkt, wird ihm schlecht.«

»Also wirklich, Mildred!«, hatte Mom ausgerufen. »Howard ist kein Alkoholiker.«

»Wirklich nicht?«

»Er hat im Krieg viel mitgemacht.«

»Das haben viele Männer.«

»Hin und wieder ein Drink, damit kommt er schon

zurecht«, sagte Mom, ohne auf Tante Mildred einzugehen. »Das ist doch harmlos.«

»Wirklich?« Tante Mildred ließ ihren Blick durch den Raum schweifen.

»Wenigstens schlägt er mich nicht«, erwiderte Mom, empört über die Unterstellung. »Oder gerät mitten in der Nacht auf der Straße in ein Handgemenge mit seinen Söhnen, wie so einige unserer Nachbarn. Und wenn du glaubst, dass ich meinen Howard krank mache, indem ich Pillen in seinen Kaffee schmuggle, dann spinnst du.«

Ich stand jetzt, am Samstagmorgen, in der Küchentür und sah, wie Dads Hände zitterten, während er seinen Kaffee trank, und wunderte mich darüber, dass meine Mutter so fest an ihn geglaubt hatte. In der Nacht hatten mich seine Angstschreie geweckt. Im Halbschlaf hatte ich auf ihre Stimme gewartet, die ihn von der Qual befreien würde. Erst als ich ganz bei Bewusstsein war, begriff ich, dass sie dies nie wieder tun würde. Ich sprang aus dem Bett und war schon auf dem halben Weg die Treppe hinunter, als ich Frankies Stimme hörte. Nachdem Dads Albtraum besiegt und mein Bruder in sein Zimmer hinaufgegangen war, lag ich noch lange wach, bereit, an die Stelle meiner Mutter zu treten.

Jetzt saß er wieder zusammengesackt am Küchentisch und starrte aus dem Fenster. Ihm gegenüber hockte Kipper mit seinen Malutensilien. Er trug ein altes Hemd von Frankie und konzentrierte sich auf seine Farbtöpfe. Farbflecken bedeckten seine Hände und Backen, und ein gelber Klecks zierte die dicke nach vorn gerichtete Falte seines linken Ohres. Er hatte die Zunge in den Mundwinkel geschoben und mischte Farben. Wie Dad achtete er nicht auf das, was um ihn herum vor sich ging. Ich sah zu, wie er seinen Pinsel so lange in die Töpfe tauchte und abstreifte, bis er rot leuchtete. Als er mit seinen bedächtigen Strichen anfing, landete eine Fliege auf dem Tisch. Sie krabbelte zwischen seiner Leinwand und Dads Hand. Ich nahm die Fliegenklatsche vom Haken beim Herd und schlich mich an. Mit einer schnellen Bewegung wischte ich sie vom Tisch. Dad drehte den Kopf, und ich sah den bekannten entrückten Ausdruck auf seinem Gesicht.

Oft habe ich mich gefragt, was mein Vater in diesen Sekundenbruchteilen sah, bevor der Prozess des Wiedererkennens einsetzte. Wo war er, wenn seine Augen so glasig wurden? Erkannte er, was vor ihm war? Und wollte er überhaupt zurückkommen?

Sein Blick folgte der Fliege auf den Boden, dann hob er den Kopf und sah mich an. »Dank dir, Ethie«, sagte er, und ich war stolz, Moms Aufgabe übernommen zu haben: Mein Vater konnte Fliegen nicht ausstehen.

Aus seiner Trance erwacht, beobachtete Dad Kipper bei der Arbeit an seinem Gemälde.

»Was malst du da, Kipper?«, fragte Dad.

Ich erstarrte.

»Ein kjeines Haus.«

»Wo hast du denn so ein Haus gesehen?«

Als das Telefon schrillte, zuckte ich zusammen. Das Telefon war bei uns immer Moms Domäne gewesen. Wenn es klingelte, war es fast immer eine ihrer Freundinnen. Sie konnte mit dem Hörer in der Hand stundenlang dasitzen und plaudern. Wenn aber in diesen Tagen das Telefon läutete, war es entweder Tante Mildred oder jemand, der gerade erst von Moms Tod erfahren hatte und sagen wollte, wie leid es ihm tue. Frankie war der offizielle Telefonbeantworter geworden. Doch Frankie war noch oben im Bett.

Dad und ich starrten auf das Wandtelefon, als wäre es eine Schlange. Schließlich stand Kipper auf und griff nach dem Hörer. »Hajo«, sagte er und hörte dann seinem Gesprächspartner am anderen Ende der Leitung zu. »Ja, er iss da, Mr Teford.« Er überreichte Dad den Hörer, der das Ding ansah, als könnte es ihn beißen.

»Ja?«, meldete er sich und hielt den Hörer ein paar Zentimeter vom Ohr weg.

Ich bekam mit, dass Mr Telford etwas über Kippers Bilder im Malladen sagte. Während Dad ihm zuhörte, kam Frankie herunter. Er steckte den Kopf zur Küchentür herein und ging dann ins Badezimmer.

Plötzlich besorgt, weil ich Kippers Kunstwerk verstecken wollte, hatte ich eine Idee. »Komm, wir gehen Brauseflaschen sammeln«, sagte ich und versuchte, so aufgeregt zu klingen, dass Kipper die Sache auch verlockend fand. Dann flüsterte ich ihm direkt ins Ohr: »Vielleicht können wir damit etwas Geld verdienen und Dad unterstützen.«

»Okay!« Kipper sprang auf meinen Vorschlag an. Er wischte seinen Pinsel an einem Lappen ab. »Und wenn wir genug susammen bekomm, könn wir viejeicht ins Autokino gehn.«

»Ja, das ist eine gute Idee«, erwiderte ich und nahm das Bild von dem roten Haus mit dem geschwungenen Dach hoch. »Das tun wir in mein Zimmer.«

Ich wollte nicht erklären müssen, warum wir neulich nach Chinatown gegangen waren. Dad hatte vielleicht keine Ahnung, dass unsere Busfahrten sich nicht auf das Stadtzentrum beschränkten, aber Frankie wusste es bestimmt.

24

Die Macht des Geldes habe ich früh erkannt. Oder, genauer gesagt, was es bedeutete, wenn es fehlte.

»Zu viel Monat übrig am Ende des Geldes«, hörte ich Mom einmal scherzen, als ihr eines Morgens die Sahne für den Kaffee ihrer Damenklatschrunde ausgegangen war. »Wenn der Wolf nicht genau vor der Tür ist, streicht er irgendwo in der Nachbarschaft herum«, fügte sie mit gespielter Fröhlichkeit hinzu.

Jetzt, da Moms Hinzuverdienst ausfiel und Dad und Frankie eine ganze Woche nicht arbeiteten, fürchtete ich, dass das Geld ein noch größeres Problem werden würde. Als Kipper und ich das Haus verließen, war ich überzeugt, mit etwas Geld den Druck von Dad nehmen zu können. Vielleicht, aber nur ganz vielleicht, würde er dann nicht noch weiter wegtauchen.

Kippers rostige alte Handkarre – ein Rad wurde mit einem um die Achse gewickelten Stück Draht festgehalten – rumpelte hinter uns, während wir auf den unbefestigten Straßen oberhalb des Marine Drive mit der Tour begannen. Wir kickten mit unseren Gummistiefeln das Unkraut beiseite, um in den Gräben am Wegrand nach weggeworfenen Flaschen zu suchen. Bis zur Mittagszeit war die Karre schon mit Brauseflaschen gefüllt.

Die erste Ladung brachten wir zum Gemüseladen am Victoria Drive. Kipper und ich standen auf den Holzdielen, während die winzige Chinesin, deren Gesicht so verrunzelt war, dass man kaum ihre Augen sah, die Flaschen zählte. Kipper starrte auf die Pennybonbons in den Gläsern auf dem Ladentisch.

»Siebenundzwanzig Flaschen«, sagte die kleine Frau. »Zwei Cent für jede, vierundfünfzig Cent.« Sie öffnete die Kasse und reichte mir die Münzen. Sie sah Kipper an und fragte: »Vielleicht paar Bonbons?«

»Nö.« Er lächelte sie stolz an. »Wir sparn Gejd für unsern Dad.«

Wir stapften zurück, bergauf. Kippers Mund war schwarz verfärbt, weil er ein steinhartes Bonbon lutschte – die Chinesin im Geschäft hatte uns je eines geschenkt.

Vierundfünfzig Cent war nicht annähernd genug, um irgendetwas davon zu kaufen. Es kostete zwei Dollar, um ins Cascade-Autokino hineinzukommen – falls Dad uns überhaupt mitnehmen würde. Ich wusste nicht, welcher Film heute Abend gezeigt wurde. Die Wahrheit war, dass ich eigentlich gar nicht ins Kino wollte, aber mir gefiel Kippers Idee, etwas, irgendetwas mit unserem Vater gemeinsam zu unternehmen.

Meine Stiefel fühlten sich mit jedem Schritt bergauf heißer und schwerer an. Oben angekommen, gingen wir an unserer Straße vorbei und machten dort weiter, wo neue Häuser gebaut wurden. »Los«, sagte ich und bog auf einen Kiesweg ein. »Schauen wir, ob die Arbeiter Flaschen dagelassen haben.«

Die Rohbauten zu beiden Seiten des Weges standen

über das Wochenende verlassen da. Die Nachmittagssonne brannte, die warme Luft roch nach frischem Holz und trocknendem Zement. Ich ignorierte die Tafel, auf der »Betreten verboten!« stand, und ging auf das erste Grundstück. Kipper ließ ich mit der Karre auf dem Weg zurück.

»Has heißt strafrecht-… strafrecht-…?«, rief er hinter mir her.

Ich drehte mich um und blickte zu dem Schild, das er sich zu lesen abmühte. »Strafrechtlich verfolgt«, sagte ich. »Das bedeutet, dass jeder, der dabei erwischt wird, dass er Baumaterial klaut, ins Gefängnis muss. Aber wir klauen ja nichts. Leere Brauseflaschen sind denen egal.«

Ich wanderte um das Baumaterial herum, das im Garten aufgestapelt war. Zwischen zerknülltem Wachspapier und verrottenden Apfelbutzen, die die Arbeiter hinterlassen hatten, fand ich eine braune Orange-Crush-Flasche. Ich nahm den kräftigen Limonadengeruch wahr, während ich den Dreck abwischte und sie auf Sprünge untersuchte.

Auf dem Weg von Grundstück zu Grundstück fand ich bei jedem Rohbau mindestens eine, manchmal zwei leere Flaschen. An einigen Stellen waren sie aufgereiht, als hätten sie geradezu auf uns gewartet. Neben einem Stapel Baubretter fand ich eine leere Whiskeyflasche. Nutzlos und hässlich. Ich schleuderte sie in ein dunkles Kellerloch und verspürte Genugtuung, als ich hörte, wie sie gegen die Betonwand prallte.

Als ich mit vollen Armen auf die Straße zurückkam, sah ich eine große Holzkarre neben unserer. Zwei Jungen standen bei Kipper. Einer beugte sich über unsere Karre und drückte sich ein paar Brauseflaschen an die Brust. *Sie klauen unsere Flaschen!* Ich ließ meine fallen, stürzte mich auf den Jungen und riss ihn um.

»Was ist los, zum Teufel?«, brüllte er, als ich mich auf ihn setzte, auf ihn eintrommelte und ihn zerkratzte.

»Ethie, hör auf!«, rief Kipper.

Jemand packte mich von hinten. »Genug, Ethie.« Es war Danny Fenwick. »Wir geben Kipper nur ein paar Flaschen«, sagte er und zerrte mich weg.

»Du meine Güte«, schimpfte der andere Junge und sprang auf. »Bist du vielleicht durchgeknallt!« Er klopfte sich den Staub ab und ging dann die Straße hinunter. »Behalte doch deine blöden Flaschen«, rief er zurück. »Du siehst so aus, als würdest du sie brauchen.«

Danny lief hinter ihm her und redete eine Weile auf ihn ein. Ich wusste, was er ihm sagte. Er sah sich nach mir um. »Tut mir leid!«, rief er, gerade laut genug, dass ich es hören konnte.

»Ja, mir auch.« Ich wollte sein Mitleid nicht. Seine Flaschen auch nicht. Ich packte den Griff unserer Karre. »Los, Kipper, wir gehen.«

Danny kam zurückgerannt und sammelte die auf der Straße herumliegenden Flaschen auf. »Er hat gar nichts gewollt«, sagte er und warf sie in unsere Karre. »Wir bauen im Gestrüpp beim Golfplatz ein Fort. Warum kommt ihr nicht mit und schaut es euch an?«

»Nein«, antwortete Kipper und deutete auf die Baumaterialien in der Holzkarre. »Ich gjaube, du wirs strafrecht-lich …«

»Wegen diesem Zeugs?« Danny lachte. »Nö. Das sind

doch nur verbogene Nägel und Stücke von Brettern, die die Arbeiter für uns dalassen. So wie die Flaschen.«

Das gehörte zu den Dingen, die ich an Danny immer am meisten geschätzt habe. Die Art, wie er direkt mit meinem Bruder sprach. »Was meinst du?«, fragte er jetzt mich. »Willst du mitkommen und unser Fort anschauen?« Kipper sagte Ja für uns beide.

Dannys Fort war in den Bäumen oberhalb des Marine Drive versteckt. Wir kletterten nacheinander die Strickleiter hinauf, um es zu inspizieren.

Kipper und ich verbrachten den Rest des Nachmittags mit Danny. So wie früher. Dann wanderten wir zu dritt zurück durch die Wälder, wateten durch den modrig riechenden Bach, um Frösche zu fangen, zogen Stinkende Zehrwurz aus dem Boden und jagten mit der Beute hintereinander her. Wir brüllten in die frisch verlegten Regenkanalrohre aus Beton hinein und horchten auf unsere Stimmen, die das Echo zurückwarf. Dann krochen Danny und ich in ein Rohr hinein und spielten Soldaten, die sich vor dem Feind versteckten. Als es zu dunkel war, um noch etwas zu sehen, krochen wir zurück und gingen zu Kipper, der sich geweigert hatte, mit uns zu kommen. Er saß an der Öffnung und zeichnete mit einem Stock ein Haus in den Schlamm. Ein Haus mit geschwungenen Dachvorsprüngen.

Später gingen wir zum Golfplatz, wo Danny uns zeigte, wie man in dem hohen Gras am Rand der Fairways nach Bällen suchte. Es war so ähnlich wie die Suche nach Brauseflaschen, doch als wir die Bälle zum Parkplatz brachten, gaben uns die Golfspieler viel mehr Geld dafür.

Kipper war ein äußerst erfolgreicher Verkäufer. Danny meinte, man brauche ja nur in sein ehrliches Gesicht zu schauen, um zu wissen, dass er nicht auf den Rasen gerannt war, um die Bälle zu stibitzen, wie manche Kinder es machten. Dies also war eine andere Möglichkeit, Geld zu verdienen, dachte ich aufgeregt.

Wir kamen in dem Augenblick nach Hause, als Frankie sich auf den Weg zur Abendschule machte. Er rümpfte die Nase über den Geruch nach Sumpf und Stinkender Zehrwurz, der in unseren Kleidern hing, und fragte, was wir am Tag unternommen hätten. Begeistert berichtete Kipper von den Brauseflaschen und den Golfbällen. »Gute Idee«, sagte Frankie, als er hörte, dass wir Dad bitten wollten, uns ins Autokino auszuführen. »Aber ihr solltet diese Sachen ausziehen, bevor er mit euch in einem Auto sitzen muss.«

Ich deckte den Abendbrottisch und legte zwölf Dollar vor Dads Teller. »Was ist das?«, fragte er, als er sich hinsetzte.

»Dasiss für dich, Da!«, strahlte Kipper. Beim Essen erklärten mal er, mal ich, wie wir es verdient hatten.

»Und Kipper meint, dass wir vielleicht einen Teil davon nehmen und heute Abend ins Autokino gehen«, fügte ich hinzu.

Dad blickte auf den Stapel Münzen und die zerknitterten Dollarscheine. »Als ich so alt war wie ihr, habe ich mit der Zustellung des *Star Weekly* mehr als einen Monat gebraucht, um so viel Geld zu verdienen«, meinte er kopfschüttelnd.

Zeitungen austragen. »Vielleicht könnten Kipper und ich ja auch Zeitungen austragen?«

»Vielleicht«, erwiderte Dad. Sein Blick huschte zum Kühlschrank hinauf, während er das Geld über den Tisch schob.

Das Herz rutschte mir in die Hose. Kein Autokino heute Abend.

»Aber ihr beiden behaltet das hier«, sagte er. »Ihr habt es verdient. Also, worauf wartet ihr noch?«

An diesem Abend landeten wir nicht im Cascade-Autokino. Als Dad in der Zeitung gesehen hatte, dass dort *Das Urteil von Nürnberg* lief, fuhren wir ins New Westminster Autokino, wo *Wer die Nachtigall stört* gespielt wurde.

Keiner von uns hat den Film zu Ende gesehen. Wir schliefen auf den Vordersitzen des Hudson ein. Aber das war egal. Auf der Fahrt nach Hause stellte ich mich, zwischen meinem Vater und Kipper eingerollt, schlafend. Dann ließ ich mich von Dad in mein Zimmer hinauftragen und ins Bett legen, ohne die Augen aufzuschlagen. Ich spürte, wie er mir einen Kuss auf die Stirn gab, und begann zu hoffen, dass es vielleicht wirkte. Dass ihm die Tatsache, dass ich ihm so gut half, wie ich konnte, ein Beweis dafür war, wie sehr wir ihn brauchten. Bevor ich einschlief, erinnerte ich mich an das, was Mrs Fenwick gesagt hatte. Sie hatte recht. Die Traurigkeit, der Schmerz waren noch da, aber es war in Ordnung, sich zu freuen, wenn ich mit meinem Vater und meinem Bruder ins Kino ging, und es war auch in Ordnung, wenn es mir wieder Spaß machte, mit Freunden zu spielen.

Auch Dad muss zu so etwas wie einem Entschluss gekommen sein. Zum ersten Mal seit Moms Tod verbrachte er die Nacht in ihrem gemeinsamen Bett.

25

13. Dezember 1941: Insel Hongkong

Howard zog sich die dünne Armeedecke enger um die Schultern. Nach der Rückkehr vom Festland waren er und Gordy in diesen Betonbunker mit Blick auf das Südchinesische Meer geschickt worden. Außer ein paar Schrammen und oberflächlichen Wunden war die ganze Abteilung unversehrt davongekommen. Sie waren vollzählig; das heißt, alle hatten sich zurückgemeldet bis auf einen Gefreiten namens John A. Gray. Howard versuchte, den Jungen von einer Farm in Manitoba mit einem Gesicht in Verbindung zu bringen, aber es gelang ihm nicht.

Er fröstelte. Der Nieselregen war gestern Nacht bis in ihren Bunker vorgedrungen. Selbst in der Nachmittagshitze fühlte er sich noch klamm.

»Was zum Teufel machen wir hier?«, platzte es zum x-ten Mal an diesem Tag aus Gordy heraus. Auch jetzt erwartete er keine Antwort.

Sie sprachen nicht darüber. Unmenschliche Schreie waren aus Kowloon zu hören, so laut, dass sie über das schmale Gewässer zwischen dem Festland und der Insel herüberdrangen. Sie wussten beide, was sie bedeuteten.

Nachdem die letzten Truppenteile der Garnison auf die Insel evakuiert worden waren, hatten die Japaner – die die Rundfunkstationen auf dem Festland unter ihre Kontrolle gebracht hatten – in einer Bekanntmachung alle chinesischen Frauen zu Prostituierten erklärt. Sie waren weniger wert als Tiere. Der Sprecher stellte klar, dass sie als Kriegsbeute betrachtet wurden und dass die siegreichen Soldaten mit ihnen machen konnten, was sie wollten.

Gordy vergrub den Kopf in den Händen. Er hielt sich die Ohren zu. »Mein Gott! Ich halte das nicht aus!« Dann ging er ohne Vorwarnung zum Eingang. »Ich kann hier nicht herumsitzen und verdammt noch mal Däumchen drehen!«, rief er und versuchte, Howard abzuschütteln, der seinen Arm umklammert hatte.

Ein Beben erschütterte die Erde unter ihren Füßen. Im selben Augenblick krachten von Norden her Sperrfeuer und Detonationen. Wieder wurde Victoria bombardiert. Gordy sank auf den Boden und vergrub den Kopf zwischen den Armen.

Howard suchte das öde Terrain ab, das zu der einspurigen Straße und der zerklüfteten Küste führte. Die Felshänge waren kahl, vor langer Zeit von jedem nutzbaren Feuerholz leer geräumt. Nicht einmal der kleinste japanische Soldat könnte sich hier tarnen. Wonach hielten sie eigentlich Ausschau? Die Japaner waren nicht auf der Insel. Oder doch?

Vor ein paar Stunden hatten sie die letzten Neuigkeiten gehört, als eine Middlesex-MG-Einheit vorbeigekommen war. Howard hatte Peter Young in dem Bren-

Gun-Carrier erkannt und das sommersprossige Gesicht von Dick Baxter, der neben ihm marschierte, und war zur Straße hinuntergeklettert. Das gepanzerte Fahrzeug verlangsamte und blieb stehen. »Hey. Hier sind ja die Canucks!« Über Peters Gesicht breitete sich ein Grinsen aus. »Was macht ihr Jungs denn hier?«

»Sieht so aus, als könnte sich irgendein Engländer nicht von dem Gedanken verabschieden, dass es zu einer Invasion vom Meer her kommen wird.«

»Hm. Das ist jetzt ziemlich unwahrscheinlich. Die Nips schnappen ja schon nach unserm Hintern. Haben heute früh bereits auf einem Lastkahn eine Delegation vom Festland herübergeschickt. Sie trugen eine weiße Fahne, auf der ›Friedensmission‹ stand.« Peter schnaubte. »Geben uns die Chance zu kapitulieren. Nett von ihnen, oder?«

»Und die Antwort?«

»Natürlich dass sie abzischen sollen«, gab Peter zurück.

»Wir sind auf dem Weg hinunter, um die Lei Yue Mun-Passage zu bewachen«, sagte Peter und brachte den Bren-Gun-Carrier wieder auf Touren. »Die Wahrscheinlichkeit ist groß, dass die Japaner versuchen werden, diesen Wasserstreifen zu überqueren. Ist ja nur eine halbe Meile breit. Warum kommt ihr Jungs nicht mit uns?«

»Wir dürfen unseren Posten nicht verlassen.«

»Eure Entscheidung.« Das Fahrzeug setzte sich mit einem Ruck in Bewegung. »Aber hier werdet ihr keine Kampfhandlungen erleben«, schrie Peter über die Schulter zurück.

»Und auch keine Medaillen gewinnen!«, rief Howard hinter ihm her.

»Habt ihr das über unsere Schlachtschiffe gehört?«, fragte Dick, der rückwärtslief. »Die *Prince of Wales* und die *Repulse* sind vor der Küste von Malaya versenkt worden.«

Beide Schiffe versenkt? Howard kletterte den Hügel wieder hoch, außerstande, den Gedanken zu verdrängen, dass mit ihnen jede Hoffnung auf Entsatz von See aus untergegangen war. Jetzt konnte er auch seinen Hunger nicht länger ignorieren. Seit drei Tagen hatten sie keine warme Mahlzeit mehr bekommen. Ihre letzten Rationen hatten aus Keksen bestanden. Die Straße fest im Blick, hielt er nach dem Versorgungsfahrzeug Ausschau, musste sich aber eingestehen, dass er in Versuchung geraten war, sich den Maschinengewehrschützen anzuschließen. Alles wäre besser, als in diesem armseligen Möchtegern-Bunker herumzuhocken. Dennoch: Befehl war Befehl. Er würde hier notfalls bis zum Sankt Nimmerleinstag ausharren. Bis er einen direkten Befehl von seinem Truppenkommandeur erhielte, seinen Posten zu verlassen. Einen Befehl, den er mit seinen Gebeten herabflehte. Nicht dass er darauf scharf gewesen wäre, mitten im Schlachtgetümmel zu landen. Er sehnte sich nicht danach, ein Held zu werden. Er hörte in der Ferne das Geheul von Mörsergranaten, spürte das Beben der Explosionen, roch den beißenden Qualm und das Kordit, das der Wind heranwehte.

Sechs Stunden später traf der Befehl ein, zusammen mit ihren Rationen. Im Schutz der Dunkelheit wurden sie zu einem neuen Posten verlegt und stellten im Morgengrauen fest, dass sie in einem ähnlichen Bunker gelandet waren, allerdings mit einer anderen Aussicht auf das Meer.

Das schwere Geschützfeuer vom Festland ging den ganzen nächsten Tag und die folgende Nacht hindurch weiter.

Schließlich wurden sie zum Rapport ins Brigadehauptquartier an der Wong Nai Chung Road im Zentrum der Insel bestellt und holten ihren Zug am Morgen des 17. Dezember ein. Durch eine Regenwand erkannte Howard auf der Straße vor sich Ken Campbell – die Funkausrüstung wippte unter seinem Regencape auf und ab. Er und Gordy schlossen zu ihm auf. »Das hier ist ein organisiertes Chaos«, knurrte Ken. »Sobald wir an einer Stelle stationiert sind, gibt jemand über Funk einen anderen Plan bekannt. Befehl erteilt, Befehl aufgehoben. Ich frage mich, ob die überhaupt wissen, was sie tun.«

»Ja, das fragen wir uns auch«, sagte Howard. Aber sie waren unterwegs. Nach Norden, in Richtung Victoria. Gordy war sichtlich erleichtert. Als sie sich für die Nacht in einem Graben einrichteten, sagten sie sich, dass es am Morgen zum Brigadehauptquartier und zu Brigadier Lawson weitergehen würde.

Am nächsten Tag näherte sich Howards Einheit der Wong Nai Chung Gap Road. In der Nacht waren die Japaner einmarschiert – nein, sie waren in Schwärmen über die Insel hergefallen, genau wie Peter Young vorhergesagt hatte. Jetzt war jedem Mann klar, dass es noch vor Tagesende zum Nahkampf kommen konnte.

Howard hatte inzwischen gelernt, kurze Nickerchen zu machen, wann immer es einen ruhigen Augenblick, eine Pause in dem Krach des Dauerbeschusses gab. Er zuckte auch nicht mehr beim Pfeifen jeder Kugel und Mörsergranate zusammen, dachte nicht mehr pausenlos darüber nach, ob er einen Menschen tötete. Als er eingeteilt war, den Rückzug der Royal Scots vom Festland zu decken, hatte er den ersten feindlichen Soldaten in dem Sekundenbruchteil, nachdem er auf ihn gezielt und abgedrückt hatte, fallen sehen. Bevor er jedoch den Blick auf den nächsten angreifenden Japaner richtete, verspürte er eine Erleichterung darüber, dass es da draußen einen japanischen Soldaten weniger gab, der versuchen würde, ihn zu töten.

Kaum eine Meile vom Brigadehauptquartier entfernt, gerieten sie unter Beschuss. Das plötzliche Einsetzen von Maschinengewehrfeuer ließ die Soldaten in Deckung gehen. Howard warf sich in den Graben, als schon der Pfeifton einer heranfliegenden Granate durch die Luft schrillte. Sein Gewehr mit beiden Händen umklammernd – *lass dein Gewehr niemals los* –, lag er da, das Gesicht auf dem nassen Boden, während Erdklumpen und Steinsplitter auf ihn herabregneten. Und noch etwas anderes. Etwas Weiches. Schwere Pflatscher landeten auf seinem Helm und auf seinem Rücken. Er fasste mit einer Hand nach hinten und schielte auf den roten Brei, mit dem seine Finger beschmiert waren. Verzweifelt wischte er sie an seiner Hose ab.

Wo ist Gordy? Er suchte den Boden mit Händen und Augen ab. »Gordy!«, schrie er. Er hob den Kopf über den Rand des Grabens. Dort, direkt über ihm, stand der Gefreite Veronick wie erstarrt und stierte in einen frischen Krater, ein paar Meter weiter die Straße hinauf.

»Gordy! Leg dich hin!«

Aber er blieb stehen, murmelte etwas Unverständliches über den Lärm des Geschützfeuers hinweg. Howard kletterte hinauf, warf sich nach vorn, packte seinen Freund am Gürtel und zog ihn in den Graben zurück. Als nach einer weiteren Explosion Trümmer herabprasselten, legte er sich auf ihn. Er ignorierte Gordys Zappeln und wandte sich Ken Campbell zu, der sich ein paar Meter entfernt mit dem Funkgerät abmühte. »Granatenbeschuss von Norden!«, rief Ken dem Zugführer zu.

Norden. Mein Gott! Wie können die Japsen schon im Norden sein?

Unter ihm stöhnte Gordy.

In der nächsten Stunde konnte die Einheit nichts anderes tun, als blindlings auf den unsichtbaren Feind zu schießen. Dann endete das Sperrfeuer ebenso plötzlich, wie es begonnen hatte. Vorsichtig rappelten sich die Grenadiers auf und nahmen, noch im Graben, eine Bestandsaufnahme vor. Zwei Mann fehlten.

»Johnson und Maxwell«, murmelte Gordy. »Sie waren da – dann weg. Nur noch ein Loch in der Straße.«

Einer von Gordys Stiefeln erregte Howards Aufmerksamkeit. »Was ist mit deinem Fuß?«, fragte er.

Benommen blickte Gordy nach unten. Sein rechter Stiefel war an der Sohle aufgeschlitzt und ließ eine blutgetränkte Wollsocke sehen. »Muss wohl ein Schrapnell gewesen sein«, sagte er. »Komisch, ich spüre nichts.«

»Oben ist ein Verbandsplatz.« Der Zugführer zeigte in

die Richtung, aus der sie gekommen waren. »Erste Seitenstraße rechts. Bringen Sie ihn dorthin.«

»Mir geht's gut, Sir«, meinte Gordy.

»Ab mit Ihnen! Das ist ein Befehl!«

Die beiden Soldaten kletterten aus dem Graben. Tief gebückt, jeden Moment einen Kugelhagel erwartend, lief Howard hinter seinem hinkenden Freund her. Aber es herrschte Ruhe, bis sie den Graben auf der anderen Straßenseite erreicht hatten und sich sicher fühlten.

Der erste Vorbote des Grauens war der kugeldurchsiebte Sanitätswagen, der die schmale Straße blockierte. Der Punjabi-Fahrer hing über dem Lenkrad, das Gesicht weggeschossen. Erschüttert gingen Howard und Gordy um das Fahrzeug herum und sahen am Straßenrand weitere Leichen; alle Soldaten schienen ihrem Tod entgegengerobbt zu sein, während sie auf Hilfe warteten.

»Lass dir nicht anmerken, dass du hinkst«, sagte eine Stimme hinter ihnen.

Gordy und Howard fuhren herum, die Gewehre im Anschlag.

Auf der anderen Straßenseite bewegte sich etwas unter einem Leichenhaufen. Ein Soldat in Kakiuniform kroch darunter hervor. Mit eingetrocknetem Blut und Dreck bedeckt, eine zerfetzte Bandage um den Kopf, stützte er sich auf den linken Arm. »Private Jack Dell«, sagte er. »Royal Rifles.«

Howard ließ sein Gewehr sinken. »Was zum Teufel ist denn passiert?«

»Ein Massaker. Nichts anderes als ein verdammtes Massaker«, fauchte der Mann aus Neufundland. »Sie wollen keine Gefangenen. Nutzen jeden Vorwand, um uns abzumurksen.« Er deutete auf einen Baum in der Nähe. Howard brauchte einen Moment, bis er kapierte, dass es sich bei dem Gespenst, das von den Ästen baumelte, um einen an den Fersen aufgehängten Körper handelte. »Mit dem Bajonett abgestochen, aus Jux und Tollerei«, erklärte Dell. »Die Verwundeten, alle umgebracht. Krankenschwestern, Sanitäter, alle dahin, weggeführt ins Weiß-Gott-Wohin. Ich habe mich unter den Leichen meiner Kameraden tot gestellt. Sie haben mich nicht erwischt – das heißt, fast nicht.« Er hob seinen blutgetränkten rechten Arm.

Howard zog den Mann auf die Füße. Stehend war Jack Dell gerade einmal einen Meter fünfundsechzig groß.

Howard wandte sich an Gordy. »Geh mit ihm zurück in Richtung Küste. Sucht nach einem Verbandsplatz. Ich schließe zu unserer Einheit auf.«

»Quatsch!«, antworteten sie beide gleichzeitig.

»Ich habe nichts außer diesem Streifschuss auf der Stirn.« Der Mann aus Neufundland hielt den rechten Arm hoch und wackelte mit den Fingern. »Der Arm ist okay. Er muss bloß verbunden werden. Nips abknallen kann ich damit immer noch.«

»Tja. Wer hat dich denn zum Sergeanten befördert?«, knurrte Gordy Howard an. »Ich kann wunderbar gehen.« Und um das zu beweisen, lief er auf den Fersen ein Stück die Straße zurück.

In dieser Nacht fanden sie die meisten Angehörigen ihrer Kompanie wieder. Aber zu spät. Das Brigadehauptquartier war erobert worden. Lawson war tot; niedergestreckt, während er seine Männer bei einem Angriff aus dem Bunker führte. Die Japaner hatten die Wong

Nai Chung Road unter Kontrolle. Sie hatten die Insel praktisch in zwei Teile geteilt.

Howards Einheit kam im Schutz der Dunkelheit voran. Sie erreichte die östlichen Abhänge des Mount Nicholson und traf gerade noch rechtzeitig ein, um eine monotone Stimme aus Ken Campbells Funkgerät zu hören: »An alle Streitkräfte in Hongkong. Hier spricht Mark Young, Gouverneur von Hongkong. Die Zeit ist gekommen, gegen den Feind vorzurücken. Die Augen des Empire sind auf uns gerichtet. Seid stark und tut eure Pflicht.«

»Was zum Teufel glaubt der, was wir hier sonst tun?«, fragte Jack Dell.

Am nächsten Abend, nach einem Tag heftiger Kämpfe, hatte Howard bereits jegliches Zeitgefühl verloren. Am Morgen hatte der Zugkommandeur Jack Dell ins St. Stephen's Hospital beordert. Er hatte nicht mit sich reden lassen. Gordy dagegen entging einer Untersuchung und wurde zusammen mit Howard wieder am Middle Gap stationiert, von wo aus ein Versuch unternommen wurde, die Wong Nai Chung Road zurückzuerobern.

Zahlenmäßig unterlegen, schlecht ausgerüstet und untrainiert, nahmen sie die kampferprobten Japaner unter Beschuss. Howard wurde Zeuge heroischer Taten. Sergeant Major Osborn von den Grenadiers war ums Leben gekommen, als er eine scharfe Granate zündete, um seine Männer zu retten. Private Jack Williams wurde getroffen, als er einen verwundeten Kameraden in Sicherheit bringen wollte. Private Aubrey Flagg hatte sich freiwillig gemeldet und war, mit zwei Pistolen bewaffnet, in eine Todesfalle gegangen, um eine Engländerin und ihre beiden kleinen Töchter aus der Hand einer Gruppe Japaner zu befreien. Selbst das Maskottchen der Royal Rifles, der schwarze Neufundländer Gander, hatte sich heldenmütig gezeigt, als er mit einer feindlichen Granate in der Schnauze davonrannte. Er wurde in Stücke gerissen. Es gab in allen Rängen Helden; Howard selbst aber war, wie die meisten seiner Kameraden, nur bestrebt zu überleben.

Er sah Gordy an, der neben ihm am Berghang kauerte und fest schlief. Er war auch so einer, sein zäher Freund hier, der sich weigerte zu humpeln, obwohl sein geschwollener Fuß längst nicht mehr in den Stiefel passte. Aber wie lange würde er das noch durchhalten?

Im ersten Licht der Morgendämmerung bereitete sich Howards Einheit auf den Rückzug vor, und zwar dieselben Hänge hinunter, die sie sich gestern hinaufgekämpft hatten. Eine Gruppe von Hongkong-Freiwilligen saß in einem Betonbunker unterhalb des Hanges fest. Howards verstreute Einheit, inzwischen weniger als dreißig Mann mit einem einzigen Vickers-Maschinengewehr, sollte diese Gruppe retten. Von den MG-Schützen oben gedeckt, begannen sie den Abstieg.

Sie hatten die halbe Strecke zurückgelegt, als Howard die Reflexe von Stahlbajonetten bemerkte und die grauenvollen Schlachtrufe hörte, ausgestoßen von der schwarzen Welle, die den Hang heraufrollte. Er ließ sich fallen, holte eine Granate aus dem Gürtel, zog den Sicherungsstift mit den Zähnen heraus, schleuderte sie und hob dann sein Gewehr, um auf die anstürmenden Japaner zu zielen. Eine Salve aus der Vickers pfiff über sie hinweg, und der Feind wich zurück. Ein Panzerwagen erschien unten auf der Straße und feuerte aus allen Rohren. Die britischen Middlesex! Die Japaner waren in die Zange genommen, denn von oben drängten die Grenadiers nach, und der Panzer sollte die Nachhut bilden. Howard und Gordy liefen mit dem Rest ihrer Truppe den Hügel hinunter, warfen in die Mannschaften des in die Zange genommenen Feindes Granaten und schossen. Plötzlich aber kam von den Seiten her eine zweite Welle von Japanern, und mit ihnen schwerer Mörserbeschuss. Der Panzerwagen unter ihnen wurde direkt getroffen. Howard ließ sich zu Boden fallen und wälzte sich hinter eine Anhöhe, Gordy dicht hinter ihm. Rechts von ihnen verschwand ein trockenes Bachbett hinter dem Hang. Howard zeigte darauf. Gordy nickte. Gemeinsam ließen sie sich ins Bachbett rollen und robbten von dort den Hügel hinunter.

Das grasbedeckte Dach des Betonbunkers, in dem die Hongkong-Freiwilligen gefangen waren, lag jetzt direkt unter ihnen. Auf der Straße, die mit Opfern beider Seiten übersät war, stand ein japanisches Geschütz, dessen Mündung auf die Bunkertür gerichtet war. Wie aus dem Nichts erschien ein Helm über dem Rand des Bunkerdachs. Eine dunkle Gestalt schob sich hoch und kroch zum Entlüftungsrohr. Es war ein japanischer Soldat, der mit einer raschen Bewegung eine Granate aus dem Gürtel holte, den Sicherungsstift herauszog und sich über das Rohr beugte.

Howard blieb keine Zeit zum Nachdenken. Er sprang auf den Soldaten, landete auf seiner Schulter und schlug ihn mit der explodierenden Granate vom Bunker.

Die Erschütterung der Detonation schleuderte Howard zu Boden. Er spürte, wie er mit fuchtelnden Armen und Beinen durch die Luft flog. Er schlug, mit dem Gesicht nach unten, dumpf auf der Erde auf, und sein Gewehr fiel ihm aus den Händen. Seine Ohren dröhnten und seine Augen brannten, während er nach seinem Gewehr tastete. Erleichtert klammerte er die Hand um den Kolben, während er sich auf den Rücken wälzte.

Über ihm, am unschuldigen Morgenhimmel, schienen die letzten Sterne auf eine durchgeknallte Welt herab. Er sah Lucy vor sich, so klar, dass er die Sommersprossen erkannte, mit denen ihre Nase übersät war, und das Weiß ihrer Zähne, während sie lächelte. Das also war der Augenblick. Der Tod wartete dort draußen mit der Dämmerung. Wenn er sich ihm stellen musste, würde er es kämpfend tun, wie Brigadier Lawson es getan hatte. Er stützte sich ab, um wieder auf die Beine zu kommen und seinem Schicksal entgegenzugehen.

Er sah Stahl blitzen, fühlte den Druck gegen seine Brust, bevor er den Soldaten sah, der über ihm stand und ihn mit der Spitze seines Bajonetts auf den Boden zurückzwang. Der Japaner riss Howard das Gewehr aus der Hand und schleuderte es mit einem Fußtritt zur Seite. Grinsend tat er einen Schritt zurück, bereit, mit seinem Bajonett zuzustechen.

»*Teriyuu!*« Der bellende Befehl brachte das Bajonett in der Luft zum Stehen. Der Soldat nahm Haltung an. Howard drehte den Kopf in Richtung der Stimme. Auf der Straße stand breitbeinig ein japanischer Offizier. Hinter ihm holten brüllende Soldaten die kapitulierenden Hongkong-Freiwilligen aus dem Bunker heraus. Der Offizier kam herüberstolziert und blickte auf Howard hinunter. »So also sehen wir uns wieder, mein Freund«, sagte er.

Während Howard sich langsam erhob, nahm er die makellose Uniform wahr, das rote Band und den Stern auf der Mütze des Offiziers. Es dauerte ein paar Augenblicke, bis er begriff, dass dieser japanische Offizier, der perfekt Englisch sprach, der kleine Barbier war, mit dem er, vor einem ganzen Leben, vor den Baracken von Camp Sham Shui Po Zigaretten und Bier geteilt hatte.

Der Kriegslärm ging während ihres mühsamen Marsches nach Victoria weiter. Doch für Howard und für das, was von seiner Einheit übrig war, gab es keinen Kampf mehr. Sie waren Kriegsgefangene. Aber sie waren am Leben, dank des Offiziers, der Howards Leben verschont hatte. Während des Gewaltmarschs nach Norden sahen sie Zeugnisse der erbarmungslosen Metzeleien: britische und kanadische Soldaten, die man zuhauf in die Gräben geworfen hatte, damit sie dort verrotteten; viele von ihnen hatten die Arme mit Draht auf den Rücken gebunden. Die Toten waren jedoch nicht ausschließlich Militärs. Die verwesenden Leichen von Zivilisten, einschließlich Frauen und Kindern, lagen überall an der Route.

»Wilde!«, schrie Gordy dem Bewacher zu. »Ihr seid nichts anderes als eine Bande Wilder!« Ein Gewehrkolben knallte an seinen Kopf. Howard, der mit einem Telefondraht an ihn gefesselt war, geriet mit ihm zusammen ins Straucheln.

»Haltet den Mund!«, rief jemand aus der weitertrottenden Gruppe. »Diese Kerle murksen uns ab, schneller, als sie uns ansehen.«

»Lenk keine Aufmerksamkeit auf dich«, flüsterte Howard und zog Gordy auf die Füße. »Lehn dich an mich.« Zusammen stolperten sie weiter.

Es war unmöglich, das Gemetzel mit der Freundlichkeit zu vereinbaren, die ihre Aufseher manchmal an den Tag legten. Bewacher, die einen Gefangenen in einem Augenblick mit dem Gewehrkolben zu Boden streckten, boten einem anderen im nächsten Wasser aus ihrer Feldflasche an oder ließen heimlich einem dritten einen Bissen zukommen.

Und dann war da noch der Offizier, der Howard das Weiterleben gestattet hatte.

Nach der Belagerung des Bunkers waren die Hongkong-Freiwilligen, zusammen mit den sich ergebenden Kanadiern, in eine Reihe gestellt und durchsucht worden, und man hatte ihnen alles abgenommen, was von Wert war. Howards Uhr, die Hongkongdollar in den Taschen seiner Uniform und sein Ehering wurden sofort beschlagnahmt. Mit blutendem Herzen musste er zusehen, wie sein Tagebuchkalender auf den Boden geworfen wurde. Der Barbier, der sich in einen Offizier verwandelt hatte, kam herüber, bückte sich und hob ihn auf. Er öffnete das Büchlein und nahm Lucys Foto heraus. »Sandkastenliebe«, sagte er und grinste Howard an. Dann griff er in seine Uniformjacke und zog sein eigenes Tagebuch heraus. Er blätterte es auf, nahm ein ähnliches Bild heraus und hielt es hoch, damit Howard es begutachten konnte.

Eine dunkelhaarige junge Frau lächelte schüchtern auf

einer sepiafarbenen Fotografie. »Sehr hübsch«, zwang sich Howard zu sagen.

»Ja«, antwortete der Offizier. Bevor er weiterging, gab er Howard sein Tagebuch zurück, zusammen mit Lucys Foto. Howard sollte ihn nie wiedersehen.

Erschöpft, verdreckt und ausgehungert erreichte die Prozession zwei Tage nach der Gefangennahme Victoria. Unter dem von schwarzem Rauch verhangenen Himmel wurden die Gefangenen hinter japanischen Offizieren, die auf tänzelnden Hengsten saßen, durch die Straßen geführt. Die Stadt lag in Schutt und Asche, überall ausgebrannte Busse und Autos. Der Hafen war ein Friedhof halb versenkter Schiffe, brennender Fähren und Treibstofftanks. Das Emblem der Aufgehenden Sonne hing an bombardierten Gebäuden. Transparente mit diesem Hoheitszeichen waren über ihnen aufgespannt. Die Straßen waren von verängstigten chinesischen Zivilisten gesäumt, die Tücher mit diesem blutroten Kreis um den Arm trugen und auf Englisch skandierten: *Asia for Asians! Asia for Asians!*

Verzweifelt suchten Gordy und Howard das Meer von Gesichtern ab. Aber es waren so viele. Ihr Marsch endete am North Point, dem früheren Flüchtlingslager, durch dessen Tore sie getrieben wurden.

Das geplünderte Camp war fast leer. Nicht ein einziges Metallbett, weder Decken noch Matratzen waren zurückgelassen worden. Schlimmer noch: Es gab keine einzige Latrine. In dieser Nacht schliefen Howard und die anderen Gefangenen zusammengedrängt auf den wenigen Holzpritschen und auf dem bloßen Betonboden.

Am folgenden Tag liefen sie auf dem Lagergelände umher und suchten jeden Zentimeter nach etwas Essbarem ab. Einige saßen regungslos da mit dem leeren Blick der Besiegten. Andere tauschten Geschichten darüber aus, was sie durchgemacht hatten. Viele weinten um gefallene Kameraden. Die Japaner ignorierten sie die meiste Zeit. Ein paar gelangweilte Bewacher verspotteten sie durch den Stacheldraht, weil sie sich ergeben hatten. Nur Feiglinge würden sich gefangen nehmen lassen, statt glorreich auf dem Schlachtfeld zu sterben oder Selbstmord zu begehen.

Jede Stunde trafen weitere Gefangene ein, Briten und Kanadier. Howard stieß einen Seufzer der Erleichterung aus, als er Ken Campbell sah, der ohne sein Funkgerät und seinen Helm am Abend durchs Tor kam. Schmutzbedeckt und zwanzig Pfund leichter wirkend, trat er zu Howard an den Zaun und teilte ihm mit, dass eine Kompanie von Royal Rifles und Hongkong-Freiwilligen immer noch kämpfte, und zwar in Stanley, mit dem Rücken zum Meer.

Bald darauf betraten die überlebenden Rajputen hoch erhobenen Hauptes das Lagergelände. Dann folgten auf der Straße vor dem Lager einige japanische Offiziere. Sie trugen Galauniform und weiße Handschuhe und fuhren in offenen Autos wie Mitglieder des Königshauses. Einer kletterte heraus und paradierte vor dem Zaun auf und ab. »Ihr seid Asiaten wie wir«, rief er in englischer Sprache. »Schüttelt uns die Hand. Vereint euch mit uns im Sieg. Schließt euch uns an in unserer Forderung nach einem Asien für Asiaten. Wir müssen der Welt zeigen, dass wir einig sind.« Die Rajputen saßen mit untergeschlagenen

Beinen schweigend auf dem Boden des Camps, während Freundschaftsangebote und Versprechen, eine Welt ohne Vorherrschaft der Weißen zu schaffen, über ihre Köpfe hinweggingen.

Schließlich machte sich unter den japanischen Offizieren Unmut breit. Maschinengewehre wurden auf Dreibeinstützen montiert und auf das Lager gerichtet.

»Schließt euch uns an, oder ihr seid des Todes!«, brüllte ein Offizier und reckte seinen Säbel in die Luft.

Die Rajputen, die siebzehn Tage ohne Unterbrechung gekämpft hatten, wankten nicht. Howard beobachtete mit klopfendem Herzen, wie sie zum Drahtzaun marschierten. Wortlos rissen sich die stolzen Krieger die Hemden auf und boten ihre bloßen Oberkörper dar.

Das Camp hielt den Atem an. Howard horchte auf die Geräusche des Windes über dem Wasser und die kreischenden Möwen. Auf beiden Seiten des Zauns hielten die Gegner stand, bis die Japaner schließlich nachgaben. Der Offizier bellte einen Befehl auf Japanisch. Die Maschinengewehrschützen zogen sich zurück.

Während der nächsten Tage ignorierten die Japaner die Gefangenen.

Howard verbrachte die Zeit zum größten Teil damit, sich gegen die Fliegen zur Wehr zu setzen. Erleichterung kam mit dem Regen. Doch sobald er nachließ, schwärmten sie wieder in dunklen Wolken über den Dunghaufen, die die Pferde und Maultiere der japanischen Armee hinterlassen hatten. Bewegliche schwarze Teppiche verhüllten die verwesenden Leichen und Kadaver außerhalb des Camps. Der Gestank im Lager war unerträglich. Die Menschen wurden krank.

Dann, am Weihnachtstag, machte das Gerücht die Runde, Gouverneur Mark Young habe die Kolonie übergeben. Am Nachmittag hielt ein Lastwagen vor den Lagertoren und ließ drei braune Leinensäcke mit Reis auf den Boden fallen.

»Fröhliche Weihnachten«, sagte Ken Campbell, als er sich einen über die Schulter warf. Drei Säcke für Tausende.

Stunden später saß Howard, an einen Zaunpfosten gelehnt, auf dem Boden und blickte auf die Handvoll halbgaren Reis in seinem Helm. Er dachte an die alte Frau, die er am Tag zuvor beobachtet hatte, wie sie vor dem Camp Reiskörner aus Pferdeäpfeln herauspickte. Immerhin, er hatte noch etwas zu essen.

Gordy aß seine Ration in zwei Bissen und starrte weiter auf die Straße jenseits des Zauns. Er hielt Ausschau nach Shun-ling. Howard merkte, dass er betete, sie möge nicht in die Nähe des Camps kommen. Auf dem Marsch hierher hatte er gesehen, was die Japaner einer wehrlosen Frau antun konnten.

Sosehr die Japaner die Gefangenen auch hassten, so schienen sie die Chinesen doch noch mehr zu hassen. Einige der Wächter schossen aufs Geratewohl auf jeden Menschen, der zu nahe an sie herankam, ob Alt oder Jung, Mann oder Frau, einfach nur so zum Spaß. Die hungernde Alte draußen vor dem Lager hatte für ihre paar mistverschmierten Reiskörner mit dem Leben bezahlt. Die Bewacher hatten sie nahe genug herankommen lassen, hatten ihr die Beine weggeschossen und sie dann, als sie wegzukriechen versuchte, unter Gelächter als Ziel ihrer Schießübungen benutzt.

Neben ihm legte Gordy seinen Helm auf den Boden. »Sie war Jungfrau«, sagte er, immer noch auf die Straße starrend.

»Was?«

»Shun-ling.«

Verblüfft über diese vertrauliche Mitteilung, konnte Howard nichts entgegnen.

»Damit hatte ich nicht gerechnet ...« Gordy rang nach Worten. »Tja, ich habe gedacht ... Ich weiß nicht. Ich habe gedacht, weil ihr Vater sie verkauft hat ... Ich habe es nicht gewollt. Es ist einfach passiert. Dankbar. Ich schätze, sie war dankbar.« Er schüttelte den Kopf. »Ich bin nicht stolz darauf.«

Howard versuchte das Brennen in seinem Magen zu ignorieren, das etwas anderes war als Hunger.

»Mensch, Howie, ich empfinde etwas für sie! Es ist kein Mitleid, keine Lust, ja nicht einmal Sex. Es ist irgendwie mehr.« Er schluckte. »Ich weiß, es ist kaum einen Monat her, aber ich denke schon, na ja, daran, sie nach Hause mitzunehmen. Sie zu bitten, mich zu heiraten, verstehst du?«

Die Hitze in Howards Magen stieg hinauf in die Brust. »Bist du dir sicher?«

Gordy hob den Kopf. »Ja, ich bin mir sicher. Ich bin mir noch nie bei irgendwas sicherer gewesen.« In seinen Augen blitzte eine unausgesprochene Herausforderung.

Howard zwang sich, seinem Blick standzuhalten. »Tja, dann ist ja alles in Butter«, sagte er.

»Ja, in Butter«, antwortete Gordy. »Nur dass ich sie jetzt wahrscheinlich nie wiedersehe.«

Trotz seiner verwirrten Gefühle fand Howard die

Stimme wieder. »Bestimmt wirst du sie wiedersehen«, beruhigte er seinen Freund. »Wenn das hier alles vorbei ist, gehst du nach Victoria, und sie wird in dieser Wohnung auf dich warten.«

»Ja. Wenn das hier alles vorbei ist. Genau.«

»Bestimmt.« Selbst in Howards Ohren klangen seine Worte verlogen. »Jetzt sind die Amerikaner im Spiel. Es ist nur eine Frage der Zeit.«

26

Dad gab sich Mühe. Er gab sich wirklich Mühe. Am Morgen nach unserem Autokinobesuch stand er früh auf. Als Kipper und ich in die Küche kamen, saß er schon mit einem Becher Kaffee am Tisch, vor sich die ausgebreitete Sonntagszeitung. »Heute Vormittag ist Ebbe«, sagte er. »Was haltet ihr davon, wenn wir nach Birch Bay fahren?«

Auf diese Frage folgte ein sekundenlanges erstauntes Schweigen.

»Viel«, sagte ich mit absichtlich neutraler Stimme, als könnte irgendeine Bekundung freudiger Erregung die Aussicht zunichte machen.

Solche Befürchtungen hatte Kipper nicht. »Jaaa!«, rief er und klatschte in die Hände. Dann tätschelte er Dads Schulter und sagte: »Dasiss gut, Da.«

Dad lächelte und wandte sich dann zum Herd, wo Frankie Schinkenspeck briet. »Und was ist mit dir, Frankie?«

Es dauerte für mein Gefühl sehr lange, bis Frankie antwortete: »Ja, gut.« Aber seine Stimme klang, wie meine, vorsichtig. Nicht dass wir Birch Bay nicht gemocht hätten – alle in unserer Familie fuhren gern in den kleinen amerikanischen Ferienort jenseits der Grenze, allen voran Dad. Nachdem Mom den Hudson gekauft hatte, studierte Dad oft an klaren Sonntagen morgens die Gezeitentafel in der Zeitung. Wenn Ebbe war, fuhren wir für den ganzen Tag dorthin, um im Watt der Bucht nach Kalifornischen Taschenkrebsen zu suchen. Es war einfach nur schwer, sich vorzustellen, ohne Mom dorthin zu fahren.

Es war schon ein merkwürdiges Gefühl, unseren Picknickkorb ohne sie zu packen. Kipper und ich butterten die Brotscheiben für die Sandwiches – Erdnussbutter und Gelee für uns beide, Fleischwurst mit Senf für Frankie, und für Dad, natürlich, seine geliebten Sardinen. Kipper hatte sich, wie mir schien, leicht daran gewöhnt, dass Mom nicht mehr da war. Ich überlegte, ob ihm klar war, dass er sie nie wiedersehen würde. Wusste er überhaupt, was »nie« bedeutete? Mom hatte immer gesagt, dass Kipper, wenn man ihm nur genügend Zeit ließe, alles verstehen, alles herausfinden könnte und immer das Richtige tun würde. »Er besitzt eine Klugheit, die über das Lernen hinausgeht«, hatte sie behauptet.

Als läse er meine Gedanken, blickte Kipper zu mir auf. Sein breites Gesicht verzog sich zu einem schiefen Grinsen. »Ich denke, im Himmej freut sich Mom, wenn wir sum Wassa gehn«, sagte er, während er die obere Brotscheibe auf sein Sandwich drückte.

Ich erkannte die gespielte Fröhlichkeit in Dads Stimme, als wir in Frankies Studebaker stiegen. Aber auf der Fahrt, während er und Kipper über das Schlemmermahl redeten, das wir veranstalten würden, klang er so, als wäre er wirklich ganz da.

Die Fahrt in den amerikanischen Bundesstaat

Washington dauerte nicht einmal eine Stunde. Sobald wir beim Peace Arch die Grenze passiert hatten, stieß Kipper seine üblichen Freudenschreie aus. Wir ließen uns beim letzten Picknicktisch am Strand nieder und machten uns bald auf den Weg über die mit Rankenfußkrebsen übersäten Felsen zu den seichten Watttümpeln. Wenn wir einen der großen roten Krebse aus dem Seetang befreit hatten, hoben ihn Frankie oder Dad am Hinterteil hoch. Darauf bedacht, nicht mit den gewaltigen Zangenscheren in Kontakt zu kommen, warfen sie die zappelnde Beute in einen Eimer, während Kipper und ich vor Freude jauchzten.

Am Nachmittag ließen wir uns auf unseren schwarzen Reifenschläuchen im auflaufenden Wasser treiben. Wenn ich fror, breitete ich mein Handtuch im Sand aus und legte mich auf den Bauch. Am Picknicktisch teilte Frankie Dad mit, dass er am nächsten Tag wieder zur Arbeit ginge. »Nachtschicht«, sagte er. Bevor ich eindöste, hörte ich noch, wie sie sich darüber unterhielten, wer dann, wenn auch Dad seine Arbeit wieder aufnehmen würde, zu uns ins Haus käme.

Als ich etwas später aufwachte, hörte ich sie über Mr Telfords Anruf sprechen. »Merkwürdiger Mann«, meinte Frankie. »Macht sich Gedanken über den Verkauf von Kippers Bildern, wo doch seine Frau … in dieser Zeit.«

»Jeder hat wohl seine eigene Art, Dinge zu verarbeiten«, antwortete Dad ruhig.

Ich machte ein Auge auf und sah, dass er auf die Bucht hinausschaute, aber es war nicht sein entrückter Blick.

»Ich glaube, der Anruf war ein Vorwand, um Missverständnisse auszuräumen«, sagte er nach einer Weile.

»Vielleicht hat er Schuldgefühle, weil es sein Boot war, sein defektes Heizgerät. Er sagt, er habe keine Ahnung gehabt, dass sie dorthin gehen wollten, dass er, als Marlene nach Lucys Anruf ihren Skizzenblock nahm, gedacht habe, sie würden sich im Laden treffen.« Er fuhr sich über das Gesicht und seufzte schwer. »Er hat mir gesagt, dass Lucy sich von Marlene hatte malen lassen wollen. Eine Überraschung für mich. Er fragte, ob ich die Skizzen haben wolle, die er gefunden hat …« Er hielt inne, als er meinen Blick bemerkte.

Als die Sonne unterging, saßen wir im Schein unseres Lagerfeuers und sogen das Fleisch aus den gekochten Krebsen. Ich behielt Dad im Auge, weil ich darauf wartete, dass er wieder in seine eigene Welt abtauchen würde. Ich bemerkte, dass auch Frankie ihn skeptisch beobachtete. Aber Dad blieb bei uns und trank nichts außer Coca-Cola.

Die nächsten paar Tage hielt er durch. Dann, am Mittwochnachmittag, brachte Dora Fenwick ihm Moms Brief.

27

Ich habe ihn erst gestern Abend gefunden«, sagte Mrs Fenwick. Sie blickte auf das Couvert in ihrer Hand. »In der Zuckerdose«, setzte sie hinzu. »Das Gedächtnis meiner Mutter wird immer schlechter.« Sie folgte Dad zum Küchentisch, lehnte es aber ab, sich zu setzen. »Ich bleibe nicht. Ich wollte den Brief nur abgeben.« Sie blickte zu mir herüber, zur Arbeitsfläche, wo ich Geschirr abtrocknete.

Diesen Blick kannte ich. Er bedeutete, dass sie, solange ich im Raum war, nicht über das reden würde, was sie bewegte. Also legte ich das Geschirrtuch hin und ging auf die Eingangsveranda. Durch das halb geöffnete Fenster konnte ich sie und Dad am Tisch stehen sehen. »Ich habe mit mir gerungen, ob ich ihn dir geben soll oder nicht«, sagte sie. »Ich weiß nicht, ob er dir wehtun oder helfen wird, aber ich denke, dass du ihn haben sollst.« Als würde sie sich ungern von ihm trennen, überreichte sie ihn Dad.

Eine Ader an Dads Hals pulsierte, als er ihn entgegennahm.

»Sie …« Dora Fenwick versagte die Stimme. »Lucy hat ihn am Samstag bei meiner Mutter gelassen. Wahrscheinlich war es ihr zu unsicher, ob Mom mir ausrichten würde, dass sie nach mir gesucht hat.« Sie fummelte an den Ärmeln ihres Sweaters herum, als wüsste sie nicht, was sie mit ihren leeren Händen anfangen sollte. »Ich lasse ihn bei dir.« Sie ging zur Küchentür, blieb dann stehen und wandte sich wieder zu Dad. »Wir haben das Mädchen im Park am Tag zuvor bemerkt, als wir Kaffee tranken«, sagte sie. »Haben uns gefragt, warum sie dort steht, im strömenden Regen, aber ich habe keinen Gedanken mehr an sie verschwendet, bis ich diesen Brief gelesen habe.«

Dad schreckte auf. »Welches Mädchen?«

»Lies«, sagte sie, fast flüsternd. »Lucy hat an diesem Tag eine Freundin gebraucht. Wäre ich bloß zu Hause gewesen!«

Sobald die Tür zu war, sank Dad auf einen Küchenstuhl. Er nahm das zusammengefaltete Blatt Papier aus dem Umschlag und strich es mit zittrigen Händen glatt. Während er den Brief las, kroch das Zittern seine Arme hoch und erfasste seinen ganzen Körper. »O Gott!«, murmelte er, »ich hätte ihr längst die Wahrheit sagen sollen!«

Aber Mrs Fenwick war schon aus der Tür. Kaum hatte sie den Rasen überquert, kehrte ich in die Küche zurück. »Dad?« Ich musste es dreimal wiederholen, bevor er den Kopf hob. Er faltete das Papier zusammen, stand, ohne ein Wort zu sagen, auf und verließ den Raum. Augenblicke später hörte ich seine Schlafzimmertür zugehen. Als Frankie ihn zum Mittagessen rief, setzte er sich mit uns an den Tisch, rührte aber seinen aufgewärmten Eintopf kaum an.

Nach dem Abendessen saßen Dad und Kipper aneinandergeschmiegt im Sessel vor dem Fernseher. Frankie ging aus. Ich wartete, bis er weggefahren war. Dann ging ich in den Flur und in Dads Schlafzimmer. Ich zog leise die Tür hinter mir zu, schlich auf Zehenspitzen zu seiner Kommode und durchsuchte die Schubladen. Der Umschlag, den Mrs Fenwick ihm gegeben hatte, war nicht zu finden. Ich fing an, in den Schubladen von Moms Frisierkommode herumzustöbern. Dort war er auch nicht – dort waren nur ihre alten Zeitungsausschnitte. Neugierig pickte ich einen heraus. Der Artikel stammte aus einer alten Ausgabe der *Daily Province.*

Kanadier stehen in Hongkong an der Front

Nach Angriff der Japaner schwere Kämpfe im Dominion Hongkong

OTTAWA, 8. Dezember 1941 – In Hongkong stationierte kanadische Soldaten befinden sich jetzt, da Kanada Japan den Krieg erklärt hat und in der westpazifischen Region Kämpfe ausgebrochen sind, direkt am Kriegsschauplatz …

In einem Bericht aus London, demzufolge man davon ausgeht, dass die Japaner bereits »einige britische Besitzungen« angegriffen haben, diente die Nennung von Hongkong als eines der »angegriffenen Ziele« dazu, die Tatsache hervorzuheben, dass das Gebiet, in dem Kanadier dienen, in der Kriegszone liegt. Die Namen der in die Kämpfe verwickelten Einheiten wurden nicht bekannt gegeben.

Warum hatte sie so etwas aufbewahrt?

Rasch ging ich die restlichen Ausschnitte durch und hielt nur inne, um ein grobkörniges Foto unter der Schlagzeile »Hongkong schickt die ersten Kanadier in den Kampf« zu studieren. Die ernsten Gesichter der Soldaten waren mir fremd.

Ich überflog die Spalte.

10. Dezember – Der Kriegsberichterstatter der kanadischen Presse.

Die nach China entsandten kanadischen Soldaten sind der Stolz des kanadischen Korps. Kanadische Soldaten in Großbritannien verfolgten heute aufmerksam Berichte, um etwas über ihre in Hongkong stationierten Kameraden zu erfahren.

»Glückspilze«, lautete allenthalben der Kommentar.

»Und wenn ich mir vorstelle, dass ich, wäre ich bei meinem alten Regiment geblieben, jetzt mit ihnen in Hongkong wäre!, meinte ein Ist Division Colonel aus Winnipeg, der vor zwei Jahren mit dem ersten Kontingent in Großbritannien eintraf. »Sie werden diesen Japsen ganz schön einheizen.«

Als ich den Zeitungsausschnitt in die Schublade zurücklegte, fiel mir das vergilbte Telegramm ins Auge. Ich zog es heraus und las die an Mom gerichtete Botschaft, die an Tante Mildreds Adresse in der Vine Street adressiert war.

Hongkong? Mein Vater war mal in Hongkong? Ich setzte mich auf den Stuhl vor dem Toilettentisch. Auch wenn mein Vater nie darüber sprach, wusste ich, dass er im Krieg gewesen war. Aber in Hongkong? Plötzlich fiel mir das chinesische Mädchen im Park ein. Hatte sie etwas mit meinem Vater zu tun? War sie aus Hongkong? Kannte sie ihn aus der Zeit, als er dort war? *Nein.* Dafür war sie viel zu jung. In meinem Kopf wirbelten Fragen durcheinander, die keinen Sinn ergaben.

Verwirrt legte ich alles zurück und setzte mich draußen auf unsere Eingangsveranda. Durch das offene Wohnzimmerfenster drang die Fernsehstimme von Timmy, der Lassie nach Hause rief.

Auf der Straße spielten Kinder im abendlichen Dämmerlicht Dosenkicken. Ihr Lachen erfüllte die Sommernacht. Ardith forderte mich winkend zum Mitmachen auf. Ich schüttelte den Kopf. Ab und zu ertönte der Singsangruf einer Mutter, die ihr Kind nach Hause rief. Der heiße Stein des Kummers in meiner Brust wurde noch schwerer bei dem Gedanken, dass ich nie mehr den vertrauten Ruf nach mir hören würde.

Ich saß da, bis Danny Fenwick unseren Rasen heraufspaziert kam. Er setzte sich auf die Verandastufe unter mir und lehnte sich ans Geländer. Ich versuchte, ihm aufmerksam zuzuhören, während er über Alltagsdinge sprach, etwa darüber, dass in zwei Wochen die Schule wieder losginge, oder über sein neues Fahrrad. Aber meine Gedanken waren woanders. Schließlich stellte Danny seine Bemühungen ein, und wir sahen schweigend zu, wie das Spiel unter der Straßenlaterne allmählich zum Erliegen kam.

»Hast du gewusst, dass meine Mom an diesem Samstag – an dem Tag, an dem sie gestorben ist – bei euch war und nach deiner Mom gesucht hat?«, fragte ich.

»Nein«, antwortete er und rückte nervös die Brille auf seiner Nase zurecht. »Nein.«

»Tja, hast du da drüben je ein Mädchen gesehen, eine Chinesin?« Ich nickte in Richtung Park.

»Hey, ja, schon oft. An einem Morgen sogar im Regen.«

Ich richtete mich auf. »Was hat sie gemacht?«

»Stand einfach nur da. Ich dachte, sie würde auf jemanden warten, bis ich sie mit …«

»Was? Mit wem? An welchem Morgen?«

»Ach, nichts.«

»Mit wem?«, bohrte ich nach und packte ihn an der Schulter.

»He, Ethie, ich wollte nicht …«

»Raus mit der Sprache. Bitte.«

»Na ja, also – ich hab sie auf eurer Veranda gesehen, an diesem, ja, an diesem Samstagvormittag … Sie hat sich mit deiner Mom unterhalten.«

In diesem Augenblick rief Mrs Fenwick nach Danny. Er rappelte sich auf. »Ich muss gehen«, erklärte er und steckte die Hände in die Hosentaschen. Nach zwei Stufen drehte er sich um und sagte irgendwas.

»Hm?«

»Ich hab gefragt, ob du morgen mit zum Baumfort kommst.«

»Ach so, na ja, nein«, antwortete ich und versuchte, irgendwie zu lächeln, wusste aber, dass es mir misslang. »Vielen Dank, aber nicht morgen.«

Morgen würde ich wieder in die Stadt fahren. Ich würde herausfinden, was dieses Mädchen mit meiner Familie zu tun hatte.

28

1. Januar 1942: Hongkong, North Point Camp

Der Totengräbertrupp verließ das Lager im Morgengrauen. Während sie sich einem leichenübersäten Schlachtfeld näherten, stieg vom Scheiterhaufen der Japaner schon Rauch auf. So viele Tote. Auf beiden Seiten. Howard stieß seine Schaufel in die Erde. Er zog sich das Hemd aus und band es sich vor Nase und Mund. Wenigstens hielt es die Fliegen ab.

Die feuchte Erde gab leicht nach, öffnete sich bereitwillig, um das, was ihr gehörte, wieder aufzunehmen.

Der unschuldige Duft regennasser Erde brachte für ein paar Sekunden Erholung von dem grauenhaften Gestank. Mit ihm blitzte das Bild einer regennassen Straße in Vancouver auf. War es wirklich kaum mehr als zwei Monate her, dass er und Lucy auf dem feuchten Rasen vor Mildreds Haus gestanden hatten? In einem anderen Leben. In einer anderen Welt – einer normalen Welt. Gab es sie noch? Ging Lucy gerade jetzt dieselbe Straße hinunter, oder lag sie in demselben Haus im Bett und sorgte sich um ihn und fragte sich, ob er am Leben war?

Mir geht's gut, Lucy. Mir geht's gut. Mit jeder Schaufel Erde wiederholte er stumm diese Botschaft, wollte sie dem Wind anvertrauen, damit er sie über den Ozean und in ihr Herz trug. *Mir geht's gut, Lucy.*

Als die Grube tief und breit genug war, begannen die Soldaten in Zweiergruppen mit der grausigen Aufgabe, ihre gefallenen Kameraden in das Massengrab zu legen. Howard beugte sich über den ersten Toten. Er schluckte, um zu verhindern, dass er an der Galle, die in seiner Kehle aufstieg, würgen musste, und entfernte vorsichtig die Erkennungsmarke von dem aufgedunsenen Leichnam. Jemand schrie: *»Teryiuu!« Aufhören.*

Ein Gewehrkolben knallte von der Seite gegen Howards Kopf und warf ihn auf die Knie. Die Marke wurde ihm aus der Hand gerissen und in die Grube geschleudert. Durch das Klingeln in den Ohren hörte er, wie ein hitziger Streit zwischen den Bewachern und den Gefangenen entbrannte, die versuchten, die Erkennungsmarken zu retten.

Howard zwang sich auf die Beine. Wenn er in den letzten Wochen etwas über die Leute gelernt hatte, die ihn gefangen genommen hatten, dann war es, dass sie sich nur an die Vorschriften hielten, wenn es ihnen passte. Erst gestern war ein britischer Offizier, der eine humanere Behandlung seiner Männer gefordert hatte, von einem Lageraufseher blutig geschlagen worden. In gebrochenem Englisch hatte der Mann gefaucht: *»Japan not sign Geneva Convention!«* Die Gefangenen hätten nur dank der Gnade des Kaisers überlebt, was, wie Howard annahm, bedeutete, dass sie zu irgendetwas nütze waren – vielleicht als Geiseln zum Austausch, wer konnte das wissen?

Unterdessen war klar, dass ihre Bewacher sie auf jede erdenkliche Weise entmutigen und entmenschlichen wollten. Gab es eine bessere Möglichkeit, als ihnen den Namen zu nehmen?

Howard wandte sich der nächstliegenden Aufgabe zu. Er ignorierte die ständigen Befehle, sich zu beeilen, das Stoßen der Gewehrkolben, den Todesgeruch und konzentrierte sich auf den Namen, der auf der Erkennungsmarke des nächsten Toten stand. »Merkt euch die Namen!«, rief er. »Merkt euch die Namen!«

Der Ruf wurde aufgenommen und von Mann zu Mann weitergegeben, während sie ihre Kameraden zur letzten Ruhe legten.

Merkt euch die Namen.

Bujold … Lebel … McGrath … Chalmers …

Als sie ins Camp zurückgekehrt waren, suchte Howard nach Colonel Sutcliffe. Der Mann sah aus, als wäre er in den letzten Tagen um vierzig Jahre gealtert, und seine einst so breiten Schultern schienen bei jedem gemeldeten Namen tiefer zu sacken.

Während der folgenden Wochen wiederholte Howard jedes Mal, wenn sie zum Zählappell gerufen wurden, wenn sie stundenlang in Habachtstellung in der nachmittäglichen Sonnenhitze ausharren oder sich vor ihren Bewachern verbeugen mussten, und jedes Mal, wenn der Name eines japanischen Offiziers gebrüllt wurde, leise die Namen der Gefallenen. Dieses Mantra half ihm, die Stimmen, die Gesichter, die Präsenz derjenigen, die ihn gefangen genommen hatten, zu verwischen und ihn in seiner Entschlossenheit zu stärken, sich *ihre* Namen nicht zu merken.

18. Januar 1942: … Doyle … Main … Slaughter …

Niemals würde er alle Namen behalten können, aber er prägte sich so viele wie möglich ein. In Gedanken brachte er die immer länger werdende Liste in eine alphabetische Ordnung und wiederholte die stille Übung so oft wie möglich.

Mit den Fliegen waren die Durchfälle gekommen. Niemand blieb davon verschont. Howard stellte sich mit gespreizten Beinen auf die Bretter über der Ufermauer am hinteren Ende des Lagers – der einzige Ort, wo ein Mann sich erleichtern konnte. Er hängte seinen Gürtel über einen Zaunpfosten, hielt sich daran fest und ging in die Hocke. Er versuchte, nicht auf das Wasser hinunterzuschauen, das an die schleimbedeckten Felsen unter ihm schlug. Jede Welle brachte neue Gräuel – aufgeblähte Leichen und Körperteile, die zwischen anderem Treibgut auf und ab tanzten.

Er band seine Hose wieder fest und blickte nun doch nach unten. Er erstarrte. Direkt im Wasser unter ihm trieb ein menschliches Bein. Eine lange Stoffgamasche schwamm hinter der nackten Wade und wand sich aus dem oberen Teil des Stiefels heraus, der noch an den Fuß gebunden war. An einen rechten Fuß. Er brauchte einen langen Stock, um den Stiefel herauszufischen, der Gordys ersetzen würde. Während er verzweifelt zum Rand der Ufermauer kletterte, versuchte er, eines der Bretter hochzuziehen.

»Vergiss es. Warte einfach ein paar Stunden, bis der Nächste das Sterberevier verlässt. Wenn die Leute von dort herauskommen, brauchen sie keine Stiefel mehr.«

Howard fuhr herum, um zu sehen, wer ihn angesprochen hatte, aber es war niemand da. Die Worte waren aus seinem eigenen Kopf gekommen. Der Hunger und die Sorge um Gordy trieben ihn allmählich in den Wahnsinn.

Gordys Bein ging es schlechter. Er konnte es nicht mehr belasten. Jeden Morgen half Howard ihm, hinauszuhumpeln, damit er am Lagerzaun Wache halten konnte. Er weigerte sich, ins Krankenrevier zurückzugehen, was Howard ihm nicht verübeln konnte. In der ersten Woche hatte er Gordy in das umfunktionierte Lagerhaus begleitet, wo der Arzt seinen anschwellenden Fuß aus dem Stiefel herausschnitt. Kein Wunder, dass es auch Sterberevier genannt wurde, hatte er gedacht, als der Doktor Gordys Wunde reinigte und mit bereits benutzten Binden verband. Nicht mehr als ein Schuppen am hinteren Ende des Lagers war dieses »Lazarett« im North Point Camp.

In den überfüllten Hütten, die ursprünglich für dreihundert Flüchtlinge gedacht waren, hausten inzwischen mehr als sechstausend Gefangene. Im Lazarett lagen die Verletzten und Kranken auf behelfsmäßigen Betten und Pritschen, bedeckt mit Blut und Schmutz, unter dünnen Decken oder überhaupt nicht zugedeckt, versorgt von überforderten Militärärzten und freiwilligen Hilfskräften, die wenig mehr anzubieten hatten als Mitgefühl und falsche Hoffnung. Howard war genauso erleichtert wie Gordy, als er von dort hatte flüchten können.

Die primitiven Bedingungen in dem Behelfslazarett waren nicht der einzige Grund, warum sich die Gefangenen vor ihm fürchteten. Howard hatte von dem Blutbad gehört, zu dem es im St. Stephen's Hospital gekommen war. Jack Dell hatte dafür gesorgt, dass alle es erfuhren. Sein Arm war dort amputiert worden, zwei Tage bevor die Japaner das Gebäude am Heiligen Abend einnahmen. Nachdem er ein Massaker überlebt hatte, wusste er, was ihnen bevorstand. In dem Augenblick, in dem die Japaner in die Stationen stürmten, hatte er sein Bett zusammengerollt und sich, während das Gemetzel seinen Lauf nahm, unter einem Stoß Wäsche versteckt. Jetzt ging er im Camp herum und erzählte allen, die ihm zuhörten, wie kranke und verwundete Soldaten erschossen oder mit dem Bajonett aufgespießt wurden. »Das Blut stand so hoch, dass es die Treppen hinunterlief. Als die Japsen mit den Soldaten fertig waren, setzten sie die Metzelei fort und vergewaltigten und ermordeten die Krankenschwestern und Nonnen.« Das Massaker dauerte bis zum nächsten Tag. Dann waren siebzig britische und kanadische Soldaten tot, zusammen mit fünfundzwanzig Angehörigen des Krankenhauspersonals. Jack Dell und die wenigen anderen Überlebenden waren gezwungen worden, die Leichen zu verbrennen. Wie bei der Massenbestattung nach der Kapitulation wurde auch ihnen das Einsammeln der Erkennungsmarken verwehrt. Als japanische Offiziere am Schauplatz erschienen und von einem hysterisch gewordenen Arzt erfuhren, was stattgefunden hatte, ließen sie die Täter an Ort und Stelle hinrichten und versprachen, dass solche Gräueltaten weder geduldet noch wiederholt würden. Doch wer hatte Grund, sich auf ihr Wort zu verlassen?

Als Gordys Fuß und sein Bein jedoch unter dem schwarz gewordenen Verband immer weiter anschwollen, flehte Howard ihn an, mit ihm zusammen zum Krankenrevier zurückzukehren. Gordy weigerte sich. Alles, was er wollte, war, am Lagerzaun zu sitzen.

Howard flehte die Ärzte um nicht vorhandene Medikamente an. »Sehen Sie zu, dass er genug isst«, war der einzige Rat, den sie ihm geben konnten.

Essen – zwei jämmerliche Portionen schimmliger Reis, oft verschmutzt mit Mäusedreck und Maden, waren das Ereignis, um das sich jeder Tag drehte. Hin und wieder wurde eine Ladung stinkendes gemüseartiges Zeug beim Tor abgeworfen; es schien aus kompostierten Fruchtschalen zu bestehen, vermischt mit Gras und Seetang, und wurde dem Reis zugesetzt. Howard hoffte, dass das »grüne Grauen«, wie es die Gefangenen nannten, den kärglichen Portionen wenigstens einige Vitamine hinzufügte. Er stand zweimal am Tag an und kratzte die Hälfte seiner eigenen Ration in Gordys Helm, bevor er sie ihm übergab, aber sein stämmiger Freund verlor noch rascher an Gewicht als die übrigen Gefangenen, und eine rote Entzündung kroch ihm die Wade hinauf.

Während der zweiten Februarwoche brachte Ken Campbell, auf Howards Drängen hin, einen Lagerarzt zu Gordys Bett. »Das Bein muss amputiert werden«, sagte der Doktor. »Bringen Sie ihn in die Krankenhütte.«

»Sie werden mir das Bein nicht abnehmen!«, knurrte Gordy, sobald der Arzt gegangen war.

Ken, einer der wenigen Tapferen, die sich freiwillig bereit erklärt hatten, als Hilfskraft in der Krankenstation zu arbeiten, weigerte sich, ihm überhaupt zuzuhören. »Du hast keine Wahl«, sagte er. »Entweder dein Bein oder dein Leben.«

»Dann lasse ich es darauf ankommen«, meinte Gordy.

»Und was soll ich Shun-ling sagen, wenn das hier vorbei ist?«, fragte Howard. »Dass du gestorben bist, weil du Angst hattest? Dass es dir egal war, ob du sie wiedersiehst, Hauptsache, dein Körper war komplett?«

Sie amputierten ihm das Bein unterhalb des Knies. Irgendwie hatte Ken einen der freundlicheren Bewacher überredet, ihnen ein Fläschchen Chloroform zu besorgen. Howard wusste trotzdem nicht, wie Gordy es aushielt. Er wartete draußen vordem Krankenhausschuppen, presste die Hände auf die Ohren, hörte aber trotzdem die Schreie, während die Ärzte die primitive Operation durchführten. Während der folgenden Tage blieb er in der Hütte, um seinen Freund zu pflegen, und schlief jede Nacht neben ihm auf dem Boden. Sobald Gordy auf seinem gesunden Bein stehen konnte, humpelten sie aus dem Sterberevier hinaus.

Howard konzentrierte sich jetzt auf ein Leben, dessen einziger Sinn darin bestand, sich um seinen Freund zu kümmern. Er fand einen Erdnussölkanister und half Gordy, ihn außerhalb ihrer Hütte als Toilette zu benutzen. Er riss zwei Bretter von der Rückwand ihrer Hütte und schnitzte daraus ein Paar Krücken. Und jeden Morgen half er Gordy zum Zaun, wo sie im Schatten des Wachhauses saßen und auf die breite Straße vor dem Camp schauten.

In den folgenden Monaten verschlechterten sich die

Bedingungen in North Point. Tagsüber gab es keinen Schutz vor der sengenden Sonne. Die Nächte waren erstaunlich kalt. Die Gefangenen konnten sich nur auf Bretter oder den Betonboden legen; deshalb schliefen sie eingerollt in Dreier- oder Vierergruppen und wechselten sich ab, damit alle einmal in der wärmenden Mitte liegen konnten.

»Wenn du nach Hause kommst, sag Lucy, dass ich dein Bett warm gehalten habe«, scherzte Gordy, während er eingeklemmt zwischen Howard und Ken lag. »Sag ihr, dass ich mein Versprechen, gut auf dich aufzupassen, gehalten habe.«

»Das kannst du ihr selbst erzählen.«

Auch ohne Decken feierten Wanzen, Läuse und Flöhe wahre Orgien. Dankbar, dass er, Gordy und Ken immer noch von diesem Leiden verschont blieben, beobachtete Howard, wie die anderen vor lauter Kratzen fast verrückt wurden. Er fragte sich, wie lange Ah Sams Wundermittel noch reichen würde.

Lieutenant Colonel J. L. R. Sutcliffe. Am 7. April fügte Howard seinen Namen der Gedächtnisliste an. Der Colonel war an Beriberi und Anämie gestorben. Aber Howard glaubte, dass er letztlich an gebrochenem Herzen starb, weil er so viele seiner »Jungs« verloren hatte. Er schloss sich dem Totengräbertrupp an, der ihn in dem Behelfsfriedhof außerhalb des Camps zur letzten Ruhe bettete. Den Zapfenstreich spielten sie längst nicht mehr. Es war zu deprimierend. Die Gräber wurden nicht mehr markiert. Sobald ein Holzkreuz aufgestellt worden war, kamen in der Nacht Flüchtlinge und klauten das kostbare Feuerholz. Gräber wurden geöffnet, um die dünnen Decken zu rauben, in die die Toten gehüllt waren. Schließlich hörten die Gefangenen auf, die Leichen einzuwickeln.

Ende April sah Howard vom Zaun aus, wie die britischen Regimenter in Richtung Camp Argyle und Sham Shui Po, auf dem Festland, abmarschierten. Plötzlich entdeckte er unter den Soldaten, die vorbeitrotteten, Peter Young und Dick Baxter. Ihre Haare waren länger, und ihre verdreckten Uniformen hingen schlaff an ihren dürren Körpern, doch so mitgenommen die beiden MG-Schützen auch aussahen, so trotzig wirkten sie. Erleichtert zu sehen, dass sie beide überlebt hatten, rief Howard: »Gut, dass ihr Jungs ein paar Gefechte erlebt habt!«

Peter blieb stehen und suchte die Menschenmenge am Zaun ab. Er grinste, als er Howard erkannte. »Ja, wir warten nur noch auf die Medaillen.« Ein Gewehr wurde in seine Seite gerammt. Vorwärtsgestoßen, rief er ihm über die Schulter zu: »Euch zwei Canucks sehen wir im Sun Sun wieder, wenn das alles vorbei ist. Nicht umsonst heißt unser Regiment The Diehard Company!«

»Dann spendiert ihr aber das Bier!«, brüllte Howard ihm hinterher. Mit den Briten zogen die sadistischsten Bewacher ab. Der Schlimmste war ein kleiner Mann mit verkniffenem Gesicht gewesen, der wie ein Gockel im Lager herumstolzierte. Howard hätte sein Gehabe komisch gefunden, wäre es nicht so mörderisch gewesen. Oft stand der Kerl vor dem Tor, wo er einheimische Mädchen mit falschem Lächeln und dem Versprechen, ihnen zu essen zu geben, über die Straße lockte, nur um sie dann ins Wachhaus zu zerren.

Wenn es der Inbegriff des Bösen war, sich am Leiden anderer zu weiden, so stellte der Bewacher, dem die Gefangenen den Spitznamen »Satan« gegeben hatten, dessen Verkörperung dar. Spät in der Nacht pflegte er sich in der Dunkelheit am Ende des Lagers zu verstecken und auf die Ahnungslosen zu warten, die sich der Ufermauer näherten. Bevor sie sich erleichtern konnten, sprang er hervor und befahl ihnen, sich vor ihm zu verbeugen. Er stieß mit seinem Bajonett zu, brachte ihnen oft Wunden bei und verspottete sie, wenn sie in die Hose machten. Sein einzig erfreulicher Zug war die Gewohnheit, die Luft geräuschvoll durch eine Lücke zwischen den Schneidezähnen einzuziehen. Wie eine Katze mit einem Glöckchen warnte dieses Geräusch jeden, der in seine Nähe geriet. Zusammen mit dem ganzen Camp atmete Howard erleichtert auf, als dieser Mann nun mit den Briten abmarschierte.

Mit der Verlegung der Gefangenen war North Point nicht mehr so überfüllt. Das Leben im Lager wurde besser organisiert, und Howard sagte sich, dass das, was er Gordy immer versicherte, nämlich dass es nur noch eine Frage von Monaten sei, bis sie freikämen, sich bewahrheiten könnte. Leider verbesserte sich das Essen nicht, und jede Beschwerde bedeutete Schläge oder eine weitere Reduktion der Rationen. Aber sie hatten Hoffnung. Zum ersten Mal bemerkte Howard das eingeschmuggelte Radio, das in einer der Hütten hinter Wandbrettern versteckt war. Die Stimmung hellte sich auf, als echte Nachrichten – nicht die Propaganda, die die Japaner verbreiteten – von Mund zu Mund gingen.

Im Mai durften die Gefangenen zum ersten Mal

nach Hause schreiben – fünfundzwanzig Wörter auf ein dünnes Blatt Zwiebelschalenpapier. Aber niemand wusste, ob die Briefe tatsächlich abgeschickt wurden. Howard tat es gut, seine ermutigende Nachricht hinzukritzeln und sich Lucys Freude vorzustellen, wenn sie seine Handschrift sehen würde. »Meine geliebte Lucy. Ich vermisse Dich und denke jeden Tag an Dich. Alles in Ordnung. Bin guten Mutes. Werde gut behandelt. Alles Liebe, Dein Howard.« Die Unwahrheit seiner Mitteilung verursachte ihm keine Schuldgefühle.

Zusammen mit dieser Geste des guten Willens kam die Ankündigung, dass die Kanadier eine Verlängerung der Landepiste des Kai Tak Airport bauen sollten. Howard und zwanzig andere arbeitstaugliche Grenadiers, begleitet von ihrem Bewacher, der ein Gewehr mitschleppte, wurden mit der Fähre aufs Festland transportiert. Von Tagesanbruch bis zur Abenddämmerung hackten die Kriegsgefangenen auf einem kleinen Berg herum. In Körben, die an Bambusstangen hingen, schafften sie wie Kulis ihre Ladungen auf die andere Seite der Piste.

Zum Glück gehörte der Aufseher, der Howards Gruppe zugeteilt wurde, zu den Guten.

Die Grausamkeit der Männer, die sie gefangen genommen hatten, ließ sich weitgehend mit der Loyalität gegenüber dem japanischen Kaiserreich erklären oder mit Arroganz oder sogar mit einem pennälerhaften Überlegenheitsgefühl. Wenige waren so grausam wie Satan. Und nur wenige waren so freundlich wie ihr Arbeitstruppbewacher, der sie mit Respekt behandelte und Strenge nur vortäuschte, wenn Vorgesetzte zugegen waren. Er entschuldigte sich oft für »unsere Lage« und zeigte bei jeder Gelegenheit Fotos von seiner Familie herum. Mehr als einmal hatte er – unter großem persönlichem Risiko, wie Howard ahnte – eine Dose Kondensmilch in die Hände eines Gefangenen verschwinden lassen, der dringend Hilfe benötigte.

Während andere Bewacher beim Flugplatz ständig Befehle brüllten und ihre erschöpften Untergebenen zur Arbeit antrieben, sah er darüber hinweg, wenn in seinem Trupp jemand innehielt. Er teilte auch das Wasser nicht in Rationen aus, sondern erlaubte ihnen, nach Belieben zu trinken. Und wenn sie bei der Verpflegungsausgabe vor ihm anstanden, drückte er ein Auge zu, wenn sich jemand zum zweiten Mal in die Schlange stellte.

Bei Sonnenuntergang verbeugte er sich und dankte den Männern für ihre Arbeit an diesem Tag. Merkwürdig, wie körperliche Betätigung und ein wenig Respekt selbst unter diesen Umständen die Stimmung heben können, dachte Howard, als er mit der müden, aber irgendwie aufgekratzten Mannschaft zur Fähre zurückging. Von den Extrarationen ganz zu schweigen. Zum zehnten Mal vergewisserte sich Howard, dass der geschmuggelte Schatz noch in seiner Tasche steckte. Sardinen. Die kleinen eingelegten Fische waren zwar inzwischen Brei, aber sie würden Gordy mit einer Dosis Protein versorgen. Während er sich dem Kai näherte, fragte er sich, wie sein Freund heute allein zurechtgekommen war. Hatte ihm jemand zum Erdnussölkanister geholfen? Hatte er es zum Zaun geschafft, um beim Tor Wache zu halten? War er immer noch dort und hielt, wie jeden Tag, Ausschau nach einer Person, von der sie beide – obwohl sie nie über sie gesprochen hatten – hofften, dass sie niemals dort auftauchte?

Und dann sah er sie. Selbst aus der Entfernung hatte er keinen Zweifel: Es war Shun-ling. Sie stand am Drehkreuz bei der Star-Fähre, an genau derselben Stelle, an der sie am ersten Abend gewartet hatte, bevor sie ins Kino gegangen waren.

Während Howard sich den Weg durch die Gruppe der Kriegsgefangenen bahnte, ließ er ihr Gesicht nicht aus den Augen. Shun-lings Blick wanderte zwischen ihm und dem Bewacher hin und her, der, das Gewehr achtlos über die Schulter gehängt, eine Zigarette rauchte. Endlich stand Howard vor ihr, so nah, dass nur das hüfthohe Drehkreuz sie voneinander trennte. Er suchte ihren Blick. Etwas hatte sich geändert. Sie war erst achtzehn, aber vom ersten Augenblick an war sich Howard in ihrer Gegenwart wie ein kleiner Junge vorgekommen. Ein verheirateter Junge von zwanzig Jahren. Seine Lebenserfahrung war nichts im Vergleich zu dem Wissen, das in ihren Augen stand. Aber nach den letzten fünf Monaten trafen sich ihre Blicke mit dem Wissen Erwachsener.

Howard registrierte das weiße Stück Stoff mit der blutroten Sonne, das um ihren Arm gebunden war. »Ah Sam meint, wir müssten wenigstens so tun, als wären wir auf ihrer Seite«, sagte sie.

»Er ist ein kluger Mann«, antwortete Howard.

»Und ein guter Mann«, ergänzte sie. »Er hat unsere Familie aufgenommen. Wir stehen unter seinem Schutz.«

»Gordy wird erleichtert sein, wenn ich es ihm erzähle.«

»Wo ist er?«, fragte sie. »Ich habe gehört, dass die Kanadier auf dem Flugplatz arbeiten. Ich habe gehofft, ihn zu sehen. Ich …« Sie stockte mitten im Satz. »Geht es ihm gut?«

Sollte er ihr von Gordys Bein erzählen? Davon, wie sehr er abgemagert war? Von dem Blut und dem Eiter, den er jedes Mal sah, wenn er den Erdnussölkanister leerte?

»Er braucht Medikamente, Shun-ling«, flüsterte er. »Antibiotika. Kann Ah Sam uns welche bringen?«

»Das kann er nicht riskieren. Die Japaner halten Ah Sam für einen Verbündeten«, sagte sie mit so leiser Stimme, dass er sich weiter vorbeugen musste. »Ich werde sie bringen.«

»Nein. Das ist nicht sicher. Kommen Sie nicht in die Nähe des Lagers. Ich werde jetzt jeden Tag am Flugplatz arbeiten. Warten Sie hier auf mich.«

»Ich werde Sie finden.«

»Sehen Sie ihn?« Howard nickte in Richtung ihres Aufpassers. »Kommen Sie nur, wenn dieser Bewacher bei uns ist. Gehen Sie kein Risiko ein, wenn es ein anderer ist.«

Die Fähre tutete. Der Bewacher trat seine Zigarette aus und winkte seine Mannschaft weiter.

Während ihres raschen Wortwechsels war Howard aufgefallen, dass Shun-ling das Täuschmanöver mit dem Pidgin-Englisch aufgegeben hatte. *Vertrauen oder Notwendigkeit?*

Erst als sie sich umdrehte und er sie im Profil sah und

bemerkte, wie sie die Hände schützend über die verräterische Wölbung unter ihrem Kittel legte, begriff er, warum sie gekommen war und nach Gordy Ausschau gehalten hatte.

Von dem Augenblick an, als Howard Gordy die Neuigkeit mitgeteilt hatte, bestand sein Freund darauf, sich der Arbeitsgruppe anzuschließen. Den Bewachern war es egal. Ihre Quote betrug fünfhundert Mann, und jeden Morgen würde eine Mindestzahl von fünfhundert Gefangenen auf der Fähre sein – ob sie arbeitstauglich waren oder nicht.

Howard wusste nicht, woher Gordy die Kraft genommen hatte, aber am nächsten Tag rührte er, auf seine Bretterkrücken gestützt, in einer Wanne Zement an, nur in der Hoffnung, am Abend ein paar Momente mit Shun-ling zu haben. Bevor sie an jenem Morgen losgezogen waren, hatte Howard das Geld, das er und Gordy gerettet hatten, in das Futter seiner Schiffchenmütze geschoben. Die Hongkongdollar waren ja bei der Gefangennahme beschlagnahmt worden, aber die Banknoten in ihren Stiefeln waren den Japanern entgangen. Das Geld war hier zu nichts nütze. Wenn sie versuchten, die Bewacher damit zu bestechen, würde es nur konfisziert und das ganze Lager durchsucht.

Als sie am Abend zur Fähre zurückgingen, wartete Shun-ling am Drehkreuz. Während Gordy sich unter Tränen auf seinen Krücken vorbeugte, hielt Howard sich abseits. Erst als die Fähre an der Pier anlegte und der Bewacher die Gefangenen an Bord winkte, trat er näher an sie heran. Während sie und Gordy ein paar letzte leise Worte austauschten, ließ Shun-ling geschickt ein kleines Päckchen in Howards Hand gleiten. Im Gegenzug schob er ihr rasch seine Mütze zu. Er fühlte sich erleichtert, weil er das Geld los war und wusste, dass Shun-ling und ihre Familie es so dringend brauchten.

Später hielt sich Howard fern, wenn Shun-ling bei der Fähre auftauchte. Er wollte nicht mehr von ihren eiligen Unterhaltungen mitbekommen, als unbedingt nötig. Oder Zeuge werden, wie Shun-lings Sprache sich wieder in die einer bezahlten Dienerin verwandelte.

Ob es die Medizin war oder einfach Shun-lings Anwesenheit – Gordys Gesundheitszustand schien sich zu bessern. Entzückt über die Aussicht, Vater zu werden, machte er Pläne für ihr gemeinsames Leben. »Sie wird mich heiraten, wenn das hier vorbei ist«, erzählte er Howard, als könnte er es selbst nicht glauben. »Stell dir das vor. Sie begleitet diesen Kater Kuno mit dem Holzbein nach Kanada.«

Wochenlang lebte Howard nun ein Leben aus zweiter Hand, beobachtete ihre kurzen Treffen und hörte Gordy zu, wenn er Zukunftspläne schmiedete. Das Leben ging weiter.

»Überleben tun nur diejenigen, die sich auf die Möglichkeiten freuen, die über das hier hinausweisen«, hatte Ken Campbell über die Patienten im Sterberevier gesagt, und Gordy war der Beweis dafür.

Howard hatte seine eigenen Träume, aber es fiel ihm immer schwerer, sich daran zu erinnern. Zuhause in Manitoba war ihm die Post nicht wichtig gewesen. Jetzt betete er, wie alle anderen, um einen Brief von zu Hause. Es kam keiner. »Kein Brief heute«, sagten die Bewacher achselzuckend. Die Grausamen verhöhnten sie und spotteten: »Eure Familien haben euch längst vergessen.«

29

Sobald sich die Idee in meinem Kopf eingenistet hatte, das Mädchen aus dem Park könnte etwas mit meiner Familie zu tun haben, ließ sie mich nicht mehr los. Nachdem Kipper und ich an jenem Abend zu Bett gegangen waren, Frankie zu seiner Nachtschicht im Sägewerk aufgebrochen war und Dad den Fernseher ausgeschaltet hatte, lag ich noch lange wach und überlegte, unter welchem Vorwand ich am nächsten Tag in die Stadt fahren könnte.

Am Morgen – Frankie war schon von der Arbeit zurück und nach oben ins Bett gegangen – sagte ich zu Kipper, dass wir uns heute auf ein heimliches Abenteuer einlassen würden. Als Dad in die Küche kam, hielt ich den Zeigefinger an die Lippen mit einem, wie ich hoffte, verschwörerischen Blick. Aber es war gar nicht nötig. Als mein Vater sich Kaffee einschenkte, war mir klar, dass ich ihm auch hätte erzählen können, ich würde mit Kipper zum Mond fliegen. Wenn er überhaupt geantwortet hätte, dann: »Wie schön«, und dabei hätte er weiter mit glasigen Augen aus dem Fenster gestarrt.

Als wir schließlich das Haus verließen, war ich so sehr auf mein Ziel konzentriert, dass mir erst an der

Bushaltestelle am Victoria Drive auffiel, wie regengrau der Himmel war. Auch Kipper hatte ein Ziel vor Augen. Sobald wir uns im Bus hingesetzt hatten und ich ihm sagte, wohin wir fuhren, redete er nur noch von dem kleinen roten Haus hinter dem Laden. Als er mich dann fragte, ob wir wieder dort hingehen und es uns anschauen könnten, erklärte ich ihm, dass es ein Geisterhaus sei. Das war nicht unbedingt gelogen. Letztes Jahr hatten wir in der Schule etwas über »Geisterhäuschen« in Asien erfahren, und es war doch möglich, dass es sich auch bei diesem kleinen Haus um eines handelte. Da ich Kippers Angst vor Geistern kannte, war es fast gemein, es ihm zu sagen. Es gab nur einen Grund, nämlich meinen verzweifelten Wunsch, dass er dieses Häuschen vergessen möge. Aber hätte ich geahnt, welche Folgen meine achtlos hingeworfenen Worte haben sollten, hätte ich den Mund gehalten.

Als wir im Stadtzentrum aus dem Bus stiegen, wälzten sich schwarze Wolken über den Himmel, der sich über den Betonbauten immer weiter verdüsterte. Ich spürte die ersten schweren Regentropfen, als wir über die Hastings Street eilten. Bis wir in Chinatown ankamen, waren wir klatschnass, und der Regen tropfte von Kippers Hutkrempe. Wir hasteten die grauen Straßen hinunter und duckten uns von Geschäft zu Geschäft, bis wir endlich bibbernd vor dem Laden standen, in dem wir das Mädchen gesehen hatten.

Dort angelangt, hatte ich plötzlich nicht mehr den Mut einzutreten. In meiner Entschlossenheit, mein Ziel zu erreichen, hatte ich mir gar nicht den nächsten Schritt überlegt. Was wäre, wenn sie heute gar nicht arbeitete? Nach wem würde ich fragen? *Nach einem chinesischen Mädchen?*

Während ich so zauderte, kam eine kleine bucklige Chinesin, mit Tüten voller Gemüse beladen, aus dem Geschäft. Ich trat beiseite, um sie vorbeizulassen, aber sie blieb stehen und musterte Kipper. »Was hatta?«, fragte sie.

Diese Frage hasste ich. Nur ungehobelte Menschen fragten so. Und ich gab ihr genau die Antwort, die Mom mir für solche Fälle eingetrichtert hatte. »Er hat das Downsyndrom.«

»Nein«, erwiderte die grauhaarige Frau beinahe ungehalten. »Ich meine Atem. Sieht aus wie kein Atem haben.«

Ich drehte mich zu Kipper um. So sehr war ich damit beschäftigt gewesen, das Mädchen zu finden, dass ich gar nicht bemerkt hatte, wie schwer sein Atem ging. Er holte seinen Inhalator hervor und steckte ihn sich in den Mund. Er schluckte ein paarmal ganz flach. Dann nahm er das Gerät unter verstärktem Keuchen wieder heraus und sah es an. Sein Gesicht hatte sich seltsam grau verfärbt. »Was ist los?«, fragte ich, als er den Inhalator schüttelte.

»Er iss ... leer«, stieß er hervor. Schuldgefühle und Angst packten mich, und ich klopfte ihm auf den Rücken. »Entspann dich«, stammelte ich und versuchte mich zu erinnern, was Mom immer gesagt hatte, um ihn zu beruhigen. »Konzentrier dich darauf, langsam zu atmen.«

Während er sich bemühte, Luft in seine pfeifenden Lungen zu ziehen, kamen Kunden aus dem Geschäft heraus, und andere traten ein. Die meisten guckten, sagten aber nichts. Die alte Dame war in den Laden zurückgegangen. Als die Panik mich schon überwältigte, kam sie wieder heraus, an ihrer Seite das Mädchen, das eine Schürze umgebunden hatte.

Während die Frau ihren Schirm aufspannte und davonschlurfte, beugte sich das Mädchen zu Kipper hinunter. »Hallo. Schön, dich wiederzusehen«, sagte sie.

Er lächelte. »Ha-jo«, stieß er zwischen zwei mühsamen Atemzügen aus.

»Was ist passiert?«, fragte sie vorsichtig.

Ich beeilte mich, für ihn zu antworten. »Asthma. Kipper – mein Bruder – hat Asthma. Sein Inhalator ist leer.« Die Worte sprudelten so aus mir heraus, als wäre auch ich in Gefahr, keine Luft mehr zu bekommen.

»Kommt mit.« Ihre sanfte Stimme klang beruhigend. Ich nahm Kipper bei der Hand, und wir folgten ihr durch den Laden. Ohne stehen zu bleiben, sagte sie etwas, was ich nicht verstehen konnte, zu einem Mann hinter dem Ladentisch. Der Mann nickte, während er einer Kundin ihr Wechselgeld herausgab.

Der Geruch nach Erde im Lagerraum im hinteren Teil des Ladens erinnerte mich an den Lieferwagen des alten Mr Fong. Aufeinandergestapelte Holzkisten voller Obst und Gemüse türmten sich im schummrigen Licht.

Plötzlich blieb Kipper stehen. Er ließ meine Hand los und wich zurück. »Was wenn – die – Geister – die Geister hereinkomm?«, presste er heraus.

Das Mädchen drehte sich zu ihm um. »Welche Geister?«

»Aus – dem – keinen – dem keinen …« Er kämpfte mit Atem und Worten.

»Das ist meine Schuld«, beichtete ich. »Ich habe ihm erzählt, dass in dem, ehm, in dem kleinen Haus hinter dem Laden Geister sind.«

Das Mädchen sah mich verdutzt an. »Welches kleine Haus?« Sobald sie verstand, blickten ihre Augen sanfter. »Ach so«, sagte sie und wandte sich Kipper zu. »Da gibt es nichts, wovor man sich fürchten müsste«, beruhigte sie ihn. »Das ist eine Kultstätte. Die Leute, denen dieser Laden früher gehört hat, haben sie zu Ehren ihrer Ahnen gebaut.«

»Ahnen?«, fragte er.

»Verwandte, die nicht mehr leben.«

»Tote … tote Menschen?«

»Ja, aber Ahnen sind gute Geister«, erklärte sie. »Die Familie geht jeden Tag zu diesem kleinen Haus und redet mit ihnen, bittet um Rat. Es ist wie ein Tempel. Ein guter Ort.«

Kipper verarbeitete diese Information, und ich schämte mich für die Rolle, die ich bei seinem Asthmaanfall gespielt hatte. »Dasiss – gut«, sagte er und ließ sich von dem Mädchen durch das Holzkistenlabyrinth führen.

Am hinteren Ende des Lagerraums blieb sie am Fuß einer Treppe stehen. Ohne etwas zu sagen, als kommunizierten sie auf einer anderen Ebene miteinander, fragte sie Kipper, ob er die Treppe hinaufsteigen könne. Kipper nickte, und sie nahm seinen Arm. Ich folgte den beiden, während sie langsam, Stufe für Stufe, nach oben gingen.

In der Wohnung über dem Laden roch es nach Mottenkugeln und Räucherstäbchen. Ein schmaler Flur führte zu einer kleinen Küche, in der sich eine Frau in einem losen grauen Kittel vom Spülbecken umdrehte, als wir eintraten. Bei unserem Anblick runzelte sie kurz die Stirn – sie sah aus wie die ältere Schwester des Mädchens. Die fremden Worte brauchte ich nicht zu verstehen. Der scheltende Ton machte klar, dass sie mit unserer Anwesenheit nicht einverstanden war. Aber als das Mädchen schützend den Arm um Kippers Schultern legte und mit Nachdruck auf sie einredete, wich die Skepsis in ihrem Gesicht einem Ausdruck der Besorgnis.

»Ihr sitzen«, befahl die Frau Kipper und mir und verschwand im Flur. Wir nahmen auf Stühlen am Küchentisch Platz, während das Mädchen einen Topf mit Wasser füllte, ihn auf den Herd stellte und dann ebenfalls den Raum verließ. Die einzigen Geräusche in der Küche waren das Zischen der Gasflamme und Kippers rasselnder Atem.

Bald kehrte das Mädchen mit Handtüchern zurück und reichte mir eines. Dann nahm sie Kipper den nassen Hut ab und legte ihm das andere Tuch auf den Kopf. Ich zuckte zusammen, weil ich erwartete, dass er protestieren würde, aber zu meinem Erstaunen setzte er die Miene auf, die er gewöhnlich für Mom und mich reservierte, und sagte auch nichts, während er zusah, wie sie seinen Hut über dem Herd zum Trocknen aufhängte.

Ein paar Augenblicke später kehrte die ältere Frau zurück, in der Hand ein großes Glas mit getrockneten Blättern. Sie stellte es auf die Arbeitsfläche und schraubte den Deckel auf. Dann tauchte sie eine Tasse hinein, warf den Inhalt in den Topf und rührte die vor sich hin köchelnde Mischung um. Als sie zufrieden war, sagte sie rasch ein paar scharf klingende Worte auf Chinesisch. Sie nahm die Schürze des Mädchens und verschwand, nachdem sie einen letzten verstohlenen Blick auf Kipper und mich geworfen hatte, nach unten.

»Sie sagt, er muss den Dampf zehn Minuten lang inhalieren«, erklärte das Mädchen. Sie rührte die Blätter kurz um und füllte dann einen kleinen Kessel mit Wasser, um Tee zu machen.

Während ich ihr bei der Arbeit zusah, schwirrte die unausgesprochene Frage wie eine Hornisse in meinem Kopf herum. Warum hatte sie an dem Tag, als meine Mutter starb, mit ihr gesprochen? Wie sollte ich sie das fragen? Während ich mir die Worte zurechtlegte, sah ich mich in der schwach beleuchteten Küche um, die so ganz anders war als unsere. Schwarze Töpfe mit rundem Boden hingen über dem Gasherd. Gläser und verzierte Blechdosen waren auf einem Bord über der Arbeitsplatte aufgereiht. Vom Küchentisch aus konnte ich in ein kleines Wohnzimmer spähen, in dem über die Arm- und Rückenlehnen einer burgunderroten Couch und eines Sessels Spitzendeckchen gelegt waren. Porzellanfigürchen und Fotografien füllten ein Nippesregal an der Wand. Hölzerne Drachen wanden sich über einen faltbaren Wandschirm, der die beiden Räume voneinander trennte. Ähnliche Drachen dekorierten eine Porzellanschüssel, in die das Mädchen jetzt den Blättersud goss. Sie trug die dampfende Mischung zum Tisch und stellte sie vor Kipper ab. »Das wird dir beim Atmen helfen«, sagte sie und setzte sich neben ihn. Sie forderte ihn auf, sich vorzubeugen, und legte dann das Tuch so über seinen Kopf, dass der Dampf eingefangen wurde.

Als sie sicher war, dass er den Dampf richtig einatmete, ging sie zur Arbeitsplatte und schenkte Tee ein.

»Ich habe noch nie heißen Tee aus einem Glas getrunken«, sagte ich.

»So trinken wir den Tee in Hongkong.«

»Hongkong!« Mein Herz klopfte wie wild.

»Da bin ich aufgewachsen. Jetzt wohne ich hier.« Sie setzte sich neben Kipper.

Während es in meinen Ohren noch rauschte, hörte ich sie sagen, dass sie erst seit einem Monat in Vancouver sei. Sie wollte im September an der Universität ein Studium beginnen. Als sie erwähnte, dass sie Lily heiße, platzte es aus mir heraus: »Lily? So hatte meine Mom mich nennen wollen!«

Das Mädchen blickte auf und sah mich an. »Es tut mir leid wegen deiner Mutter«, sagte sie leise. Einen Augenblick fragte ich mich, woher sie von ihrem Tod wusste, aber dann erinnerte ich mich an den Tag der Beerdigung, an dem wir ihr in die Stadt gefolgt waren: Kipper hatte erzählt, er habe ihr gesagt, dass Mom in den »Himmej« gegangen sei.

Ich fühlte, wie sich mir die Kehle zuschnürte, und murmelte: »Vielen Dank« – eine Antwort, die ich in den letzten Wochen oft genug gegeben hatte.

Das Mädchen hob Kippers Handtuch an einer Ecke hoch und fragte ihn, ob alles in Ordnung sei.

Er nickte. »Ja«, sagte er, und sein Keuchen hatte bereits nachgelassen.

»Hast du meine Mutter gekannt?«, fragte ich sie.

»Nein. Ich habe mich nur einmal mit ihr unterhalten.« Sie ließ das Tuch wieder sinken und fuhr dann fort: »Ich glaube, sie war sehr nett.«

Das war meine Chance. »Worüber hast du dich denn mit ihr unterhalten?«, fragte ich und versuchte, meine Stimme neutral klingen zu lassen.

Sie zögerte und sagte dann: »Ich habe nach jemandem gesucht.«

»Nach wem? Nach wem hast du gesucht?« *Nach Frankie?*

»Das ist eine komplizierte Geschichte.«

»Kompliziert?«

»Jeden Monat, seit ich lebe«, sagte sie und machte sich an Kippers Tuch zu schaffen, »hat uns jemand über einen Freund meiner Familie Geld nach Hongkong geschickt. Dieser Mann, der wie ein Onkel für mich war, wollte uns nicht verraten, woher das Geld kam. Leider ist unser Freund gestorben. Sein Neffe, der nicht wusste, dass es sich um ein Geheimnis handelte, hat uns die letzte Zahlungsanweisung gegeben.«

»Aber was hat das mit meiner Mutter zu tun?«

»Die Absenderanschrift auf dem Umschlag war sechs neun sieben neun Barclay Street.«

Kipper schaute unter dem Tuch hervor. »Sechs neun sieben neun! Dasiss doch unsre Adresse!« Er grinste. Wasser tropfte von seinem Kinn, aber sein Atem ging wieder normal.

Lily zog sein Handtuch zurecht und half ihm, sich wieder über die Schüssel zu beugen. Dann sagte sie: »Noch ein paar Minuten.« Sie stand auf, nahm den Topf vom Herd und goss mehr von dem dampfenden braunen Sud in die Schüssel.

»Das hast du meiner Mutter erzählt? Was hat sie geantwortet?«, fragte ich, weil mir klar war, dass die Anschrift falsch sein musste. Niemand in unserem Haus hatte Geld, das er nach Hongkong hätte schicken können.

»Sie meinte, dass es ein Irrtum sei. Dann hat sie mir gesagt, ich solle am nächsten Tag wiederkommen. Aber an dem Morgen waren viele Leute in eurem Haus. Ich wollte nicht stören. Ich bin jeden Tag gekommen und habe nach ihr Ausschau gehalten. Dann habe ich Kipper im Park getroffen und die traurige Nachricht erfahren.«

»Bist du deshalb nicht wiedergekommen?«

»Ja. Ich wollte deine Familie nicht in ihrer Trauer stören.« Sie trug die Schüssel hinüber zur Spüle und forderte Kipper auf, sich die Haare mit dem Tuch zu trocknen.

Ich blies auf meinen heißen Tee. Kipper hatte recht: Lily war nett. Aber sie hatte nun wirklich nichts mit meiner Familie zu tun. Wie Mom gesagt hatte: Es war ein Irrtum. Die falsche Adresse. Als ich sah, wie sie meinem Bruder ein Glas Tee einschenkte, wurde mir klar, dass ich mir wünschte, sie wäre eine von Frankies Verehrerinnen. Da kam mir ein Gedanke: Warum hatte Mom gesagt, dass sie wiederkommen solle? War es, weil sie auf dem Weg zu ihrer Freundin Marlene gerade in Eile war? Hatte sie Mitleid mit Lily gehabt, die zum falschen Haus gekommen war? Hatte Mom – wie im Fall der streunenden Katzen und Hunde, die im Laufe der Jahre bei uns gelandet waren – beabsichtigt, auch sie bei uns aufzunehmen? Noch wahrscheinlicher: Hatte sie gewollt, dass Lily ihren Sohn Frankie kennenlernte? Bei der Vorstellung, dass Mom die Kupplerin gespielt haben könnte, musste ich mir das Lachen verbeißen.

Erleichtert, wenn auch ein bisschen traurig, dass sich das Rätsel so leicht aufgelöst hatte, nippte ich an meinem Tee. Da fiel mir über den Rand des Glases etwas auf dem Nippesregal im Wohnzimmer auf. Ich ging hinüber, um das ungerahmte Foto auf dem mittleren Brett näher zu betrachten. Ohne nachzudenken, griff ich danach. Eine brennende Hitze machte sich in meiner Magengrube bemerkbar, als ich die bekannten Gesichter studierte. Wie war das möglich?

»Das ist meine Mutter«, sagte Lily leise.

Ich hatte nicht bemerkt, dass sie mir gefolgt war. Erschrocken fuhr ich herum. Natürlich war das Mädchen auf dem Foto ihre Mutter. Die Ähnlichkeit war unverkennbar. Aber nicht sie war es, die meine Aufmerksamkeit erregte. Es waren die beiden Soldaten rechts und links von ihr. Wir hatten ein ähnliches Foto bei uns zu Hause. Aber auf unserem stand meine Mutter zwischen den beiden Soldaten, von denen der eine mein Vater war.

Warum war er zusammen mit Lilys Mutter auf einer Fotografie? Was hatte ihre Mutter mit ihm zu tun? Bevor ich sie fragen konnte, zerstreute Lilys sanfte Stimme meine Zweifel. »Meine Mutter und mein Vater«, sagte sie. »Ich glaube, dass er es ist, der uns jeden Monat Geld schickt.«

Und plötzlich ging mir ein Licht auf. Alles in mir wollte schreien. *»Nein! Das kann nicht sein!«* Ich sah Kipper an, der gerade seine Tasse Tee austrank, und zwang mich, den Mund zu halten. Ich stellte das Foto auf das Regal zurück und sagte: »Wir müssen jetzt gehen.«

Ich eilte in die Küche und holte Kippers Hut von der Ablage über dem Herd. »Vielen Dank, dass du dich um meinen Bruder gekümmert hast«, sagte ich zu Lily und drängte ihn, aufzustehen.

»Ich bringe euch zur Bushaltestelle«, sagte Lily.

»Nein, wir schaffen das schon.«

»Ich möchte mit euch kommen«, bat sie. Sie zog eine der Küchenschubladen heraus, nahm einen Kuli und ein Stück Papier und schrieb schnell etwas darauf. Auf dem Weg nach draußen zog sie in dem dunklen Flur zwei Regenschirme aus dem Ständer.

Unten lief ich mit gesenktem Kopf durch den Laden, um dem Blick der Frau, die Lily und dem jungen Mädchen auf dem Foto so ähnlich sah, nicht zu begegnen.

Auf dem Weg zur Hastings Street ging Kipper mit Lily unter ihrem Regenschirm und bedankte sich noch mehrmals dafür, dass sie ihm geholfen hatte und er sich jetzt »ganz vie besser« fühlte. Er atmete wieder normal.

An der Bushaltestelle fragte er: »Kommst du ma su uns nach Haus?«

»Ich weiß nicht«, antwortete sie, und ihr ernster Blick war nicht auf ihn, sondern auf mich gerichtet.

Der Bus fuhr an den Randstein, und die Türen öffneten sich. Ich klappte den Regenschirm zu und wollte ihn Lily geben, aber sie weigerte sich, ihn zurückzunehmen. Stattdessen zog sie den Zettel aus ihrer Tasche und schob in mir in die geschlossene Faust.

»Stimmt's, Ethie?«, sagte Kipper und beugte sich zu mir herüber, um durch das Fenster zurückzuwinken, als der Bus anfuhr. »Ich hab dir doch gesagt, dass sie nett iss.«

»Ja.« Das war richtig. Lily *war* nett.

»Wird sie uns ma besuchn?«

Ich gab ihm dieselbe Antwort wie Lily. »Ich weiß nicht.« In diesem Augenblick wusste ich es wirklich nicht. Ich konnte mich nicht konzentrieren. Ich konnte nicht aufhören, darüber nachzudenken, wie sich unsere Mutter am Ende jedes Monats Sorgen wegen des Geldes gemacht hatte. Und immer sah ich die unterschiedlichen Gesichter von unserem Vater vor mir, das eine, wie er über jenen Couverts bekümmert am Küchentisch saß, und dann sein grinsendes Gesicht auf diesem Foto.

Ich schielte hinunter auf das zerknüllte Blatt Papier in meiner Hand. Langsam strich ich es auf meinem Schoß glatt, bis ich die ordentliche Schrift lesen konnte. »Lily Feng. Tochter von Feng Shun-ling.« Und darunter eine Telefonnummer.

Sie hatte es nicht aussprechen müssen. Ich hatte es in ihren dunklen Augen gesehen. Die Notiz war nicht für mich gedacht. Sie war für meinen Vater.

30

24. August 1942, Insel Hongkong

Adams … Berzenski … Ellis … Payne … Diese Namen brannten sich in Howards Gedächtnis ein. Die vier Männer von den Winnipeg Grenadiers waren am 20. August geflohen und drei Tage später gefasst worden. An diesem Tag mussten sich alle Lagerinsassen – einschließlich Kranker und Sterbender – stehend oder liegend im Hof versammeln. Howard stand mit gesenktem Kopf da und wiederholte still sein Namenmantra, während vier Aufseher mit Säbeln in ihren weißbehandschuhten Händen aus dem Camp marschierten.

Stunden später brach eine schrille Stimme in Howards Trance ein. Bambusrohre peitschten durch die Luft, während die Gefangenen Zehnergruppen bilden und diese abzählen mussten.

»*Ichi.*«

»*Ni.*«

»*San.*«

Jeder Mann rief trotzig seine Zahl. Howards Zahl war die Acht.

»*Hachi.*«

»Merkt euch eure Nummer!«, brüllte ein japanischer

Bewacher. »Verschwindet einer, bezahlen die anderen neun mit dem Leben.«

Das nächtliche Geflüster über Ausbruchsversuche verstummte.

Tatsächlich gab es viele Gelegenheiten. Es hatte sie von Anfang an gegeben. Die Japaner, die felsenfest glaubten, ihre Gefangenen würden keine Fluchtversuche unternehmen, waren in Bezug auf die Sicherheit nachlässig geworden.

Howard konnte leicht nachvollziehen, warum die Grenadiers ihr Leben aufs Spiel gesetzt hatten. Die Chance, die Freiheit zu gewinnen, stand gegen die Wahrscheinlichkeit von Krankheit und Hungertod; denn im Lager grassierten Ruhr, Beriberi und Pellagra. Und jetzt munkelte man auch über Diphtherie und Cholera.

Die vier Flüchtigen hatten das Risiko auf sich genommen; sie hatten verloren, aber wenigstens einen Plan gehabt und ihn ausgeführt. Während Gordy neue Kräfte sammelte, war in Howards Fantasie ein ähnlicher Fluchtplan gereift. Jetzt war dieser Hoffnungsschimmer ausgelöscht.

Zwölf Stunden später standen und lagen die Gefangenen immer noch unter der sengenden Sonne im Hof. Die Lagerkommandanten hielten es für eine Strafe, aber Howard sah darin, wie wohl auch die übrigen Kanadier, eine Ehre, die sie den wagemutigen vier Kameraden erwiesen.

Die japanischen Offiziere hatten sich allerdings eine noch qualvollere Folter ausgedacht. Als die Sonne unterging, trugen zwei Aufseher einen vollen Postsack in den Hof und ließen ihn vor den erschöpften Männern auf den Boden fallen. Hörbares Luftholen ging durch die Reihen. Der Leinensack wurde ausgekippt, aber die Hoffnung verwandelte sich in Grauen, als ein Bewacher Dieselöl auf den Berg von Briefen spritzte und ein anderer ein brennendes Zündholz darauf warf. Mit den Flammen explodierte die Wut. Vor Zorn rasende Gefangene mussten von ihren Kameraden zurückgehalten werden, während die Zeilen ihrer Lieben in Rauch und Asche aufgingen.

Ende September wurden die Kanadier in ihre alte Kaserne auf dem Festland zurückverlegt. Auf der Überfahrt bemerkte Howard die *Lisbon Maru,* jenen japanischen Frachter, den er fast ein Jahr zuvor im Hafen von Hawaii hatte liegen sehen. Der Mundpropaganda zufolge sollte das inzwischen in einen Truppentransporter umgerüstete Schiff am nächsten Morgen mit dem auflaufenden Wasser auf Fahrt gehen; es hieß, es habe zweitausend britische Kriegsgefangene aus Camp Sham Shui Po an Bord, die in Arbeitslager nach Japan gebracht würden. Howard erwähnte Gordy gegenüber nicht seinen Verdacht, ihre Rückkehr in das nun geräumte Lager könnte bedeuten, dass sie als Nächste an der Reihe waren. Gordy war schon verzweifelt genug. Seit mehr als zwei Wochen war Shun-ling nicht mehr beim Drehkreuz gewesen.

Wieder einmal gingen Howard und Gordy Seite an Seite die Nathan Road hinauf. Aber dieses Mal wurden keine Union Jacks geschwenkt. Stattdessen hingen Fahnen mit der Aufgehenden Sonne an den Schaufensterfronten und Balkonen. Gruppen einst freundlicher Chinesen, die das blutrote Emblem auf weißen Armbinden trugen, verhöhnten die vorbeiziehenden müden Gefangenen.

Eine halbe Meile vor dem Lager packte Howard Gordy am Arm. »Schau!«, flüsterte er und deutete mit dem Kinn auf eine Gruppe von Zuschauern am Straßenrand, die irgendetwas riefen. Mitten unter ihnen stand, ein kleines Bündel in den Armen wiegend, Shun-ling.

»O Gott«, krächzte Gordy.

»Lenk bloß nicht die Aufmerksamkeit auf sie!«, zischte ihm Howard ins Ohr und zerrte ihn voran.

Sobald Shun-ling die beiden erkannte, drehte sie das Bündel herum. Der Schopf schwarzer Haare und das rosige Gesichtchen sorgten dafür, dass sich Howards Kehle zuschnürte und er sich genauso zusammenreißen musste wie Gordy.

Der Zustand von Sham Shui Po entsetzte Howard. Von ihrem alten Camp war wenig übrig. Wie North Point war es vollständig geplündert worden. Die Hütten waren jetzt die reinsten Bruchbuden, deren Fensteröffnungen mit Wellblech zugedeckt waren, und die Wände bestanden fast nur aus Teerpappe und Putz. Geblieben aber waren die Armeefeldbetten, und die mit Flöhen und Wanzen verseuchten Liegematten waren immerhin besser als Betonböden und Holzbretter.

Die wenigen britischen Gefangenen, die man im Camp zurückgelassen hatte, waren krank oder verstümmelt. Außer ihnen gab es noch ein paar Gesunde, die sich um sie kümmerten – in einem Lazarett, das der Sterbestation von North Point auf grausige Weise ähnelte.

Howard verbrachte den ersten Tag auf der Suche nach Peter Young und Dick Baxter. Doch niemand wusste etwas über die beiden MG-Schützen.

Nach einigen Tagen brachte das eingeschmuggelte Radio die Nachricht, die sich im Lager wie ein Lauffeuer verbreitete: Drei Tage nachdem es Hongkong verlassen hatte, war das japanische Schiff, das durch keine Kennzeichnung deutlich gemacht hatte, dass es Kriegsgefangene transportierte, durch den Torpedoangriff eines amerikanischen Unterseeboots versenkt worden. Man befürchtete, dass über tausend britische Gefangene umgekommen waren.

Bestürzt nahm Howard die Nachricht zur Kenntnis und betete, dass sich die beiden MG-Schützen vom Middlesex Regiment irgendwie hatten in Sicherheit bringen können.

Im neuen Camp ging das Leben weiter. Ebenso wie das Sterben. Die Diphtherie forderte ihren Tribut. Täglich fielen ihr mindestens drei Männer zum Opfer. Und Gordys Kräfte schwanden. Er spielte weiter den zähen Burschen; ja, er machte sogar Scherze darüber, dass man jetzt auf seinem Rippengestell wie auf einem Kamm eine Melodie blasen könne. Eines Morgens, als Howard ihm riet, sich lieber nicht dem Arbeitstrupp anzuschließen, blaffte er: »Wer hat dich zu meiner Mutter erklärt?« Diese Anstrengung hatte einen Hustenanfall zur Folge. Nachdem er sich wieder gefangen hatte, blickte er mit feuchten Augen auf und sagte: »Du weißt doch, Howie, ich brauche solche Augenblicke. Sie erhalten mich am Leben.«

Auch wenn die Verlegung auf das Festland bedeutete, dass sie Shun-lings Familie jetzt näher waren, so bedeutete sie doch auch, dass es keine Gelegenheit für heimliche Gespräche am Drehkreuz der Fährstation mehr gab. Der einzige Kontakt, den sie noch hatten, waren Blicke, die sie mit Shun-ling wechseln konnten. Die junge Frau stand mit dem Baby am Straßenrand, wenn die beiden Männer am Ende ihres Arbeitstages vom Kai Tak Airport ins Sham Shui Po Camp zurückmarschierten.

Als wollten die Götter ihre Stimmung in den Staub treten, brachte die Übersiedlung nach Sham Shui Po einen weiteren Schrecken mit sich.

Im ersten Moment war ihnen der neue Lagerdolmetscher wie ein Retter erschienen. Als sich herumsprach, dass es sich um einen Japano-Kanadier handelte, der in British Columbia geboren- und aufgewachsen war, schöpften sie Hoffnung: Er würde Mitleid mit seinen Landsleuten haben. Am ersten Tag stolzierte der hochgewachsene, gertenschlanke Sergeant auf den Hof hinaus. Die Sonne spiegelte sich in seinen dunkelbraunen Schaftstiefeln, und ein Gemurmel ging durch die Reihen der in Habachtstellung verharrenden Gefangenen.

»Schaut euch die Bügelfalte seiner Hose an – mit der könnte man sich rasieren.«

»So was kann eben nur ein Canuck.«

Mit diesen Bemerkungen war es rasch zu Ende. Er blieb abrupt vor ihnen stehen. Kerzengerade stand er da, eine weißbehandschuhte Hand auf den Griff des Säbels gelegt. Seine unter den schweren Brauen streng blickenden schmalen Augen wanderten so lange über den

Hof, bis Ruhe herrschte. In perfektem Englisch erklärte er dann seine Pflichten als Lagerdolmetscher und ließ die Soldaten wissen, wo genau er stand. Er war in seiner Kindheit in Kanada von den Weißen gedemütigt und wie ein Außenseiter behandelt worden. Die Männer begriffen, dass er beabsichtigte, sie nun für das büßen zu lassen, was er erlebt hatte.

Im Laufe der zweiten Oktoberwoche, nach fast zehnmonatiger Gefangenschaft, saß Howard auf seinem Feldbett und beobachtete die Männer, die um ihn herum ihre Post öffneten. Briefe von zu Hause! Er hielt Lucys Couvert fest in der Hand. Neben ihm lag Gordy auf dem Rücken und presste sich ebenfalls einen Umschlag an die Brust. Howard würde ihm den Brief später vorlesen. Das sah Lucy wieder ähnlich! Gordy zu schreiben, weil sie wusste, dass er keine Familie hatte. Und für Howard war es ein Glück, weil er gleich zwei Briefe von ihr genießen konnte. Vorsichtig hob er die Lasche seines unversiegelten Couverts, darauf bedacht, jede Sekunde auszukosten.

»Scheiße!«, schimpfte Ken Campbell, und allenthalben waren ähnliche Kraftausdrücke zu hören. Howard sah, wie Ken seinen Brief auffaltete. Das dünne Blatt Papier war durch dicke schwarze Striche verunstaltet. Überall in den Baracken wurde geflucht über die Balken aus der Feder des Zensors, der Wörter, ganze Sätze und Abschnitte unkenntlich gemacht hatte. Während sie sich abmühten, das zu lesen, was übrig war, wandte sich Howard bedrückt seinem Brief zu.

Behutsam nahm er die dünnen blauen Blätter aus dem

Umschlag. Verblüfft zog er sie auseinander, überprüfte jede Seite, die erste, die zweite, die dritte ... Nicht ein einziges Wort war durchgestrichen. Er drehte sich von den anderen weg zur Tür, damit niemand bemerkte, welches Glück er hatte.

Der Brief war vom 12. März 1942.

Mein liebster Howard!
Ertrinkst Du schon unter der Flut meiner Briefe? Ich habe keine Möglichkeit herauszufinden, ob sie durchkommen. Ich bete jeden Tag, dass ein Brief von Dir eintreffen möge. Ich habe nichts gehört. Doch ich brauche Ottawa nicht dazu. Ich weiß, dass Du lebst. Ich spüre Deine Präsenz jeden Tag. Dennoch sehne ich mich danach, von Dir zu hören, mein Liebling. Geht es Dir gut? Behandeln sie Dich anständig?

Ich gehe jeden Abend an den Strand, um die untergehende Sonne zu betrachten. Wenn ich über das Wasser der English Bay schaue, fühle ich mich Dir näher ...

In Vancouver haben wir jede Nacht Verdunkelung. Wie seltsam, am North Shore keine Lichter zu sehen. Aber jeder trägt seinen Teil zur Kriegsanstrengung bei.

Nicht alles davon ist erfreulich. Die junge Japano-Kanadierin, die bei Sidney arbeitet, ist abgeholt worden. Man hat sie und ihre ganze Familie zusammengetrommelt und in ein Internierungslager irgendwo im Landesinneren verfrachtet. Sidney hat sich für sie eingesetzt. Vergeblich.

Wie sie behandelt werden, ist schändlich. Sie sind Kanadier! Ihr Vater, der im letzten Krieg für Kanada gekämpft hat, ist ein hochdekorierter Held, dessen Name auf dem japano-kanadischen Kriegerdenkmal im Stanley Park eingraviert ist. Dennoch lässt man sie verschwinden, und sie dürfen nur das mitnehmen, was sie tragen können. Sidney hat einige ihrer Habseligkeiten im Keller aufbewahrt für die Zeit, wenn dieses Chaos vorbei ist …

Im weiteren Verlauf war der Brief weniger ernsthaft, ein aufschlussreiches Geplauder über Mildred und Sidney und das Alltagsleben in einer rationalen Welt. Aber dann die letzte Seite:

Ich fühle mich ganz wohl, trotz der morgendlichen Übelkeit. Ich habe natürlich meine Stelle im Drugstore verloren. Man sollte glauben, sie hätten diese altmodische Vorstellung überwunden, dass schwangere Frauen ihren Zustand verbergen müssten.

Besonders dann, wenn gerade Krieg herrscht. Aber Mildred ist entzückt, mich den ganzen Tag um sich zu haben, und verwöhnt mich wie ein Hätschelkind.

Mein Termin ist erst Mitte Juli, aber ich bin schon so dick, dass manche sich fragen, ob ich Zwillinge bekomme. Das ist aber nicht der Fall. Zumindest glaubt Sidney das nicht. Auch wenn das Baby so viel herumkickt, dass es sich manch-

mal wie zwei anfühlt. Es muss ein Junge sein. Ich hoffe es. Ein schöner, kräftiger Junge, genau wie sein Vater.

Komm nach Hause zu mir, zu uns, mein Liebling. Du fehlst mir so sehr.

Alles Liebe, immer

Deine Lucy

Ein Baby? Im Juli? Dann war er ja bereits Vater! Er las den Brief noch einmal, jetzt langsam, und genoss jedes einzelne Wort. Erst nachdem er ihn dreimal gelesen hatte, fragte er sich, wie er unbeschadet durch die Zensur gekommen war, in Kanada und hier. Ging man nach dem Zufallsprinzip vor? Oder waren die Zensoren so überarbeitet, dass ihnen einiges durch die Finger rutschte?

Plötzlich sträubten sich ihm die Nackenhaare. Das Gebrummel hinter ihm verstummte. In der Hütte wurde es unheimlich still, und Hass verbreitete sich wie ein unheilverheißender Geruch. Das Geräusch von Ledersohlen auf Holzdielen durchbrach die Stille. Absatz, Spitze, Absatz, Spitze. Die Schritte hallten durch die Hütte, bis sie mit einem Klick vor Howard anhielten. Er starrte auf die Schaftstiefel am Rand seines Blickfelds und wiederholte sein Mantra … *Bacon, Baptiste, Barclay.* Er ließ die Namen über die Tafel seines Gedächtnisses rollen, bevor er den Kopf hob und den Blick zu dem grinsenden Gesicht hinaufwandern ließ. Mit gespielter Unverfrorenheit faltete er den Brief zusammen und steckte ihn in den Umschlag.

Es war einerlei. Zensur war die Aufgabe des Dolmetschers. Dennoch empfand Howard Wut bei dem Gedanken daran, dass der Sergeant Lucys Worte gelesen hatte.

Mit seinem Schlangenblick schaute er Howard direkt in die Augen. »Auch mein Vater hat im letzten Krieg für Kanada gekämpft«, sagte er. »Ein hochdekorierter Held. Als Kind habe ich mit seinen Kriegsauszeichnungen gespielt. Auch sein Name steht auf dem Kriegerdenkmal im Stanley Park. Und trotzdem waren wir nichts als kleine gelbe Dreckskerle.« Mit einem selbstgefälligen Grinsen ließ er seinen Blick durch die schweigende Hütte schweifen. »Jetzt werdet ihr sehen, was dieser kleine gelbe Dreckskerl alles kann.«

Drei Tage später erfüllte der Dolmetscher sein Versprechen und kündigte an, dass die Essensrationen für alle Männer gekürzt würden, die nicht oder nicht hart genug arbeiteten. Es wurde Druck gemacht, damit die Landepiste am Kai Tak Airport fertig wurde. Wer zu schwach oder zu krank war, wurde zur Baustelle getragen. Wer nicht mit anpackte, erhielt auch keine Rationen.

»Das ist grundfalsch«, wandte Howard ein. »Sagen Sie Ihren Vorgesetzten, dass sie von Männern, die am Verhungern sind, nicht erwarten können, dass sie arbeiten. Sie brauchen mehr zum Essen, nicht weniger.« Im Gegensatz zu anderen, deren Beschwerden mit einem Bambusstockhieb quittiert wurden, blieb Howards Dreistigkeit folgenlos.

»Keine Arbeit, kein Essen«, sagte der Sergeant und schritt davon. Bis Mitte November war klar, dass die Japaner das Unmögliche verlangten. Mit ihren von Beriberi angeschwollenen Leibern und ihren von Pellagrawunden entzündeten Mündern und Gesichtern verloren viele Männer den Willen durchzuhalten. Der Mangel an Grundnährstoffen löste das »Elektrische-Füße«-Syndrom aus, und viele konnten nicht mehr gehen. Von dem unerträglichen Kribbeln gequält, wimmerten die Betroffenen vor Schmerzen. Wer noch sitzen konnte, stellte die Füße in Eimer voll Wasser und schlug Ken Campbells Warnungen in den Wind, dass die vorübergehende Linderung des Leidens mit dem Risiko tödlicher Infektionen oder Lungenentzündung einherging.

Diphtherie und Amöbenruhr waren inzwischen endemisch. Die Bemühungen des medizinischen Personals wurden durch den Mangel an Medikamenten zunichte gemacht.

Die Japaner, die sich um sich selbst Sorgen machten, trugen Gesichtsmasken und bestraften die hilflosen Ärzte dafür, dass sie unfähig waren, die Krankheiten einzudämmen. In der Nacht, in der sieben Kriegsgefangene starben, kam Ken Campbell in die Baracke zurückgehumpelt. Als er vorsichtig sein Hemd auszog, sah Howard, dass sein Rücken voller Striemen war. »Der Dolmetscher.« Ken stöhnte, während er sich auf den Bauch legte. »Jeden einzelnen der Ärzte und Sanitäter hat er verdroschen, weil er unsretwegen eine schlechte Figur macht.«

Nur kleine Dosen Antitoxine wurden ausgegeben, und somit wurde es den Ärzten überlassen, mit der dürftigen Lieferung Gott zu spielen. Die Diphtheriefälle häuften sich. Die Abreise der Soldaten aus Vancouver war damals so überstürzt erfolgt, dass die meisten der Männer der C-Force nicht geimpft worden waren. Howard gehörte zu den wenigen Glücklichen. Als Teenager war er auf einen rostigen Nagel getreten und hatte eine kombinierte Tetanus-Diphtherie-Impfung erhalten.

Gordy nicht. Als die Landepiste fertig war, konnte er sich auch mit seinen Krücken kaum noch aufrecht halten. Trotzdem wollte er auf keinen Fall im Lager bleiben und weigerte sich, das Fieber und die Halsschmerzen, die gefürchteten Symptome der Krankheit, zur Kenntnis zu nehmen.

Nachdem die Bauarbeiten beendet waren, verbrachte Howard den frühen Morgen damit, den Flüchtlingen zuzusehen, die wieder allmorgendlich heimlich das Watt abgrasten. Seit Satan weg war, kam es nur noch selten zu Zwischenfällen zwischen Bewachern und Chinesen; denn die vorgesetzten Offiziere der Japaner ahndeten sadistische Behandlung von Zivilpersonen strikt. Es war inzwischen mehr als ein Monat vergangen, seit Howard einen Blick auf Shun-ling erhascht hatte, aber als er sie jetzt im Morgennebel auftauchen sah, trat er, von ihrem Anblick gerührt, in die Dunkelheit zurück. Doch sie hatte ihn bereits gesehen.

Sie wartete, bis ihre Gruppe hinter der Böschung verschwunden war, und kauerte sich dann in das Gebüsch an der Zaunecke. Howard vergewisserte sich, dass keine Wachen in der Nähe waren. »Hier ist es nicht sicher«, flüsterte er ihr zu.

Sie schob ein in braunes Papier gewickeltes Päckchen durch den Stacheldraht. »Für Gordys Darmbeschwerden.«

Howard nahm es, obwohl er wusste, dass die chinesische Medizin nicht stark genug war. »Er hat Diphtherie, Shun-ling«, sagte er und ließ das Päckchen in seine Tasche gleiten. »Kann Ah Sam Serum besorgen?«

»Ich komme morgen wieder.« Sie wich zurück und verschwand im Nebel.

Am nächsten Morgen brachte sie mehr Kräuter. »Die Japaner haben das ganze Serum beschlagnahmt. Dies hier ist alles, was Ah Sam anzubieten hat. Er sagt, Gordy muss sehr viel abgekochtes Wasser trinken.«

Jeden Morgen hielt Howard nach ihr Ausschau. Alle paar Tage erschien sie und schob Kostbarkeiten durch den Zaun. Zusammen mit den Kräuterpäckchen brachte sie Neuigkeiten aus der Welt und Geschichten über das Baby, das zu Ehren von Gordys Mutter Lily genannt worden war. Die eiligen Begegnungen und die weitergeleiteten Gespräche wurden für Howard ein ebenso lebensnotwendiger Rettungsanker wie für seinen kranken Freund.

Worin auch immer Ah Sams Mixturen bestanden: Sie hatten bei Gordys Durchfall Wirkung gezeigt – und auch Howard geholfen. Aber gegen die Diphtherie konnten sie nichts ausrichten, und Gordys Zustand verschlimmerte sich weiter.

Schließlich blieb ihm keine Wahl mehr. Er wurde in den Lazarettschuppen gebracht. Howard brauchte keine Ärzte oder Ken Campbell zu konsultieren: Er selbst konnte die Wahrheit an Gordys Atem riechen, an den geschwollenen Lymphdrüsen am Hals sehen und an seinem Husten hören. Dennoch hielt sein Freund durch und machte sich sogar über den Tod lustig, der sich an ihn heranpirschte. Tag und Nacht blieb Howard an seiner Seite. Ah Sams Rat befolgend, tröpfelte er abgekochtes Wasser auf Gordys ledrige Zunge. Er fütterte ihn mit dem Aufguss aus den von Shun-ling gelieferten Kräutern, aber er wurde nur, mit schwarzem Schleim vermischt, wieder hochgewürgt. Jede Nacht schlief Howard auf dem Boden neben Gordys Feldbett und entfernte sich nur, wenn er zur Latrine musste oder am Morgen zum Zaun am hinteren Ende des Lagers ging, um zu warten. Aber während er rasch Shun-lings mit Hoffnung gefüllte Päckchen in Empfang nahm, brachte er es nicht über sich, ihr zu sagen, wie aussichtslos die Situation war.

Eines Morgens hörte Howard beim Aufwachen rasselnde Atemzüge. Er kniete sich neben Gordys Bett und beobachtete, wie die eingesunkene Brust seines Freundes sich mühsam hob und senkte. Gordy bestand fast nur noch aus vergilbter, über Knochen gelegter Pergamenthaut. Als Howard die dünne Decke zurechtzog, bemerkte er die violetten Flecken – Blut, das sich in Gordys verbliebenem Fuß staute.

Plötzlich sprangen Gordys Lider auf. »Howie?«

»Ich bin hier«, sagte Howard und strich das Haar auf Gordys Schädel glatt.

Seine rissigen Lippen bewegten sich angestrengt. »Das ist immer noch ein weibischer Name«, wisperte er, und für einen kurzen Moment blitzte das trotzige Schulkind von einst auf. Howard horchte auf Gordys flachen Atem und merkte, dass er seinen Atem dem des Freundes anpasste.

Ein … aus … ein … aus … ein …

Und dann … nichts.

Nein! Nein! Howard stieß seinen Atem mit aller Kraft aus in der Hoffnung, die regungslose Brust möge auch ausatmen.

Plötzlich pfiff Luft aus Gordys weit geöffnetem Mund. Howard legte sich neben ihn auf das Bett. Als er ihn in seinen Armen wiegte, hörte er den Freund sagen: »Sorg für … meine Mädels …«

Widerspruch stieg in Howards Kehle auf, zusammen mit dem Tränenkloß. Er schluckte. Er würde Gordy nicht durch Lügen herabwürdigen und so tun, als würde der Tod nicht seinen Tribut fordern. »Natürlich tu ich das«, presste er hervor.

4. Dezember 1942: … Gordy Veronick …

31

Als Kipper und ich nach Hause kamen, ging gerade ein weiterer Platzregen nieder. Auch Lilys Regenschirm konnte uns nicht vor dem prasselnden Regen schützen. Wie zwei patschnasse Pudel schlichen wir uns durch den Keller ins Haus. Es wäre nicht nötig gewesen. Frankie schlief noch. Und Dad war nicht zu Hause. Er war wohl zu seinem Spaziergang durch den Regen aufgebrochen. Ich war froh, denn ich hätte nicht gewusst, was ich ihm hätte sagen sollen.

Während Kipper ein Bad nahm, zog ich meinen Pyjama an. Sobald er aus der Wanne gestiegen war, ging er nach oben. Frankie kam zu mir in die Küche, als ich Käsepulver unter die Kraft Dinner-Nudeln mischte. Er gähnte und kratzte sich die Brust. »Was habt ihr, du und Kipper, denn heute gemacht?«, fragte er und griff nach der Kaffeekanne.

Ich wusste, es war nur eine Frage, mit der er die Leere in unserem Haus füllen wollte, doch während er die Kaffeekanne ausspülte, überlegte ich, ob ich es ihm erzählen sollte. Wirklich. Aber was hätte ich ihm denn sagen können? »Wir waren in der Stadt und haben herausgefunden, dass Dad eine andere Tochter – eine andere Familie hat?«

Da kam Kipper herein, im Pyjama und mit seinem nassen Hut auf dem Kopf.

»Nichts«, antwortete ich. Dann fragte ich in der Hoffnung, das Thema zu wechseln: »Möchtest du Makkaroni?«

»Lieber nicht«, erwiderte Frankie und wuschelte mir durchs Haar. »Das jetzt ist mein Frühstück, vergiss das nicht!« Er wandte sich an Kipper: »He, Kumpel«, sagte er, »du bist ja ziemlich früh fertig zum Schlafengehen, was?«

»Ich bin nass gehorn«, sagte Kipper. »Genau hie da.«

»Ist Dad spazieren gegangen?«, fragte Frankie. Er zog eine Eierschachtel aus dem Kühlschrank, und sein Blick wanderte zu der halbleeren Whiskeyflasche hinauf.

Ich zuckte die Achseln. »Wird er wohl.«

Als wir gegessen hatten, war Dad immer noch nicht zurück.

»Ich gehe vor der Arbeit noch zur Abendschule«, sagte Frankie. »Ihr kommt doch allein zurecht?«

Taten wir das nicht immer?

Kipper und ich lümmelten uns auf die Couch und sahen uns *Erwachsen müsste man sein* an. Wie sehr ich Beaver und Wally Cleaver um ihr Fantasie-Leben beneidete! Ihre Kleider sahen immer funkelnagelneu aus, ihre Betten waren perfekt gemacht, und sie hatten eigene Zimmer mit Bad und WC. Am unglaublichsten war, dass sie einen Vater hatten, der ihnen seine ungeteilte Aufmerksamkeit schenkte.

Als die Sendung zu Ende war, ließ ich Kipper, dem immer wieder die Augen zugefallen waren, auf der Couch zurück und ging in die Küche, um aufzuräumen. Ich schabte die Essensreste von meinem Teller in den Mülleimer unter der Spüle. Hinter dem Abflussrohr bemerkte ich zwei braune Papiertüten. Ich brauchte sie nicht zu öffnen, um zu wissen, was darin war. Mehr Whiskey.

Von plötzlicher Wut gepackt, nahm ich die beiden Flaschen und knallte sie auf die Arbeitsplatte. Ich schraubte den Verschluss auf. Mit zittrigen Händen kippte ich sie um und sah zu, wie die bernsteinfarbene Flüssigkeit auf das weiße Email platschte. Während sie den Abfluss hinunterwirbelte, war es mit meiner Entschlossenheit zu Ende. Wozu war das gut? Dad würde sich doch wieder Nachschub besorgen. Trotzdem holte ich auch noch die andere Flasche vom Kühlschrank herunter. Dabei berührte meine Hand etwas, was oben auf dem Kühlschrank lag. Ein Stück Papier flatterte auf den Boden. Ich bückte mich und hob es auf.

Hätte ich den Brief zurückgelegt, ungeöffnet und ungelesen, wäre nichts von dem, was folgen sollte, passiert. Aber ich faltete ihn auf und las die Worte meiner Mutter.

Dora,
wenn ich je eine Freundin gebraucht habe, dann jetzt. Das Mädchen, das wir gestern im Park gesehen haben, kam heute früh an meine Tür. Ich habe Grund zu der Annahme, dass Howard ihr Vater ist.

Er hat siebzehn Jahre lang Geld nach Hongkong geschickt. Wie konnte er das vor mir geheim halten? Wie konnte ich all diese Jahre mit ihm verheiratet sein und ihn nicht kennen?

Ich habe das Mädchen gebeten, morgen wieder zu kommen. Ich brauche Zeit, um meine Gedanken zu ordnen, bevor ich mich ihr stellen kann. Oder ihm.

Ich muss mit jemandem reden. Bitte ruf mich an, sobald Du nach Hause kommst.

Lucy

Meine Mutter wusste es also! Deshalb war sie so beunruhigt gewesen und war zu ihrer Freundin Marlene gegangen. Fassungslos las ich die Worte noch einmal, dann ließ ich das Blatt zu Boden fallen. Ich hob die halbvolle Whiskeyflasche vom Kühlschrank herunter und flüchtete mich damit die Treppe hinauf.

In meinem Zimmer verkroch ich mich ins Bett, zog die Decke bis zum Kinn hoch und schraubte den Verschluss auf. Vielleicht war es ja wie Medizin. Frankie hatte einmal etwas auf einen schmerzenden Zahn geträufelt, um ihn taub zu machen. Vielleicht würde der Whiskey meinen Kopf betäuben und dafür sorgen, dass ich zu denken aufhörte. So wie er es bei Dad tat.

Ich schleuderte den Verschluss auf den Boden, packte die Flasche am Hals und kippte einen Riesenschluck hinunter. Die brennende Flüssigkeit versengte mir die Kehle. Ich musste würgen, der Whiskey spritzte mir aus Mund und Nasenlöchern und löste einen Hustenanfall aus, der meinen ganzen Körper erfasste, während ich angestrengt nach Luft japste.

»Hör auf, Ethie!«, rief Kipper. Verschwommen sah ich, wie er auf mein Bett zukam. »Dasiss schecht«, schimpfte er und langte nach der Flasche. Ich hielt sie fest, während er sie mir aus den Händen reißen wollte. Halbherzig kämpfte ich ein paar Augenblicke, dann ließ ich sie los. Kipper taumelte rückwärts, die Flasche flog durch die Luft, und der Whiskey spritzte im hohen Bogen über Bett und Wand, bevor die Flasche auf den Boden fiel und in die Ecke kullerte.

»Hopsa«, sagte Kipper.

»Ich hab's sowieso nicht gewollt.« Ich warf mich aufs Bett zurück und zog mir die Decke über den Kopf. Ich wollte, dass alles wieder so war wie früher. Ich wollte meine Mutter wiederhaben. Ich wollte, dass mein Vater wie ein Vater war. Ich wollte, dass das, was meine Mutter in dem Brief geschrieben hatte, nicht stimmte.

»Bist du traurig, Ethie?«, fragte Kipper, der neben meinem Bett stand. Ich konnte hören, dass seiner Frage ein Schluchzen folgen würde. Deshalb rückte ich zur Seite und schlug die Decke zurück, damit er sich neben mich legen konnte.

Am Morgen weckte mich der Schreckensschrei meiner Tante.

32

»Hiergeblieben!«, fuhr Tante Mildred mich an und schleifte den schluchzenden Kipper aus meinem Zimmer über den Flur in seines. Ein paar Sekunden später hörte sich der Knall seiner zugeworfenen Tür wie eine Anklage an. Als ich die Schritte meiner Tante schwer auf der Treppe hörte und sie den Namen meines Vaters kreischte, sprang ich aus dem Bett.

Ich kam im richtigen Moment unten im Flur an, um zu sehen, wie Dad in seine Hose stieg. »Mildred!«, rief er und zog den Reißverschluss hoch. »Was ist passiert?«

Schwer atmend stürmte sie zur Tür seines Schlafzimmers. »Ich komme, um mit Ethie Schulkleider zu kaufen, und finde …«

»Tut mir leid«, unterbrach Dad sie matt und griff nach seinem Hemd. »Ich hab ganz vergessen, dass du kommst.«

»Vergessen? Du hast es nicht vergessen – du warst einfach nur zu verkatert, um dich daran zu erinnern!«, fauchte sie. »Zu beduselt, um zu wissen, was deine Kinder treiben.« Sie stand breitbeinig, die Hände in die Hüften gestemmt, in der Tür. »Christopher war in Ethies Bett! Ich hab ihn erwischt. Und sie haben Whiskey getrunken! Deinen Whiskey. In ihrem Zimmer riecht es wie im Bordell.«

»Wovon *redest* du eigentlich?«, fragte Dad.

»Wir haben ihn nicht getrunken«, rief ich hinter ihr.

Meine Tante fuhr herum und sah mich an. »Ich hab dir doch gesagt, dass du in deinem Zimmer bleiben sollst, Ethie!«

Dad schob sich an ihr vorbei auf den Flur hinaus.

Bei seiner Berührung zuckte Tante Mildred und kniff die Lider zusammen. »Du warst ja letzte Nacht gar nicht hier, oder, Howard? Schau dich doch mal an! Deine Sachen sind ja noch nass. Unterwegs auf einem deiner berühmten schwelgerischen Spaziergänge, statt zu Hause bei deinen Kindern.«

Dad schenkte ihr keine Beachtung, sondern legte mir den Arm um die Schulter. »Gehen wir rauf und schauen wir nach Kipper«, sagte er und führte mich durch den Flur zurück.

»Ich gehe nicht weg, Howard«, warnte Tante Mildred. »Wir müssen miteinander reden, du und ich.«

»Ganz wie du willst«, antwortete Dad, ohne sich umzudrehen. »Jetzt kümmere ich mich erst einmal um meine Kinder.«

»Ein bisschen spät.«

»Es war nicht Kippers Schuld«, heulte ich, während wir die Treppe hinauftrotteten. »Er hat nichts Böses getan.«

Er saß in seinem Zimmer am Boden, gegen die Wand gesackt, immer noch im Pyjama. Als Dad die Tür öffnete, hob er sein tränen- und rotzverschmiertes Gesicht.

»Tante – Midred – sagt – ich bin böse«, schluchzte er. »Ich bin – nich – böse. Oder – Da?«

»Natürlich nicht.« Dad ging in die Hocke und half ihm auf. »Mach dir nichts aus ihr«, sagte er, setzte sich auf die Bettkante und nahm Kipper in die Arme. Er hielt ihn fest, bis seine Schluchzer nachließen, und fragte dann: »Wo ist dein Hut?«

Kipper wischte sich die Nase am Pyjamaärmel ab. »In Ethies Simmer.« Schniefend versuchte er zu lächeln.

»Ich hol ihn.« Dad zog das Bettzeug zurück. »Kriech nur da rein, während ich unten mit deiner Tante rede. Okay?«

»Okay, Da.«

In meinem Zimmer runzelte Dad die Stirn, als er das zerwühlte Bett sah, das seit Wochen nicht mehr gemacht war, die Kleider, die auf dem Boden herumlagen, und die leere Whiskeyflasche in der Ecke. Es roch stark nach abgestandenem Alkohol. Aber er bemerkte es wahrscheinlich nicht, weil er selbst so roch.

»Ich nehme an, wenn du das mal mit den Augen deiner Tante betrachtest, ist ihr Entsetzen einigermaßen verständlich«, meinte er.

»Es ist meine Schuld«, sagte ich. »Ich habe die Flasche genommen. Aber ich habe sie wirklich nicht ausgetrunken. Ich habe sie verschüttet.«

Plötzlich erinnerte ich mich, dass ich ja auf ihn wütend war, und setzte mich aufs Bett.

»Ziemlich scheußliches Zeug, oder?«, sagte Dad und setzte sich neben mich.

Ich schüttelte seine Hand ab, lehnte mich dann mit verschränkten Armen zurück an den Kopfteil meines Bettes und weigerte mich, ihn anzusehen.

»Es ist weder deine noch Kippers Schuld«, sagte er.

»Es ist meine Schuld. Da hat eure Tante recht. Ich hätte hier sein sollen.« Er nahm Kippers Hut vom Bettpfosten. »Ich versuche, sie zu beruhigen.« Er wollte mir übers Haar streicheln, aber ich wich ihm aus.

Nachdem er hinunter und ins Badezimmer gegangen war, schlich ich mich auf den Flur und setzte mich auf die Stufe über der Treppenkehre. Als ich klein war, hatte ich mich hier immer vor Kipper versteckt, wenn wir Verstecken spielten. Hier waren wir am Heiligen Abend eingeschlafen, während wir auf den Weihnachtsmann warteten. Hier hatte ich in der Nacht gesessen, als die Polizei in unser Haus kam.

Im Badezimmer wurden die Wasserhähne zugedreht, und Dad kam heraus und ging in die Küche. Im Haus war es so still, dass ich hörte, wie die Kaffeekanne über das Gitter auf dem Herd geschoben wurde. »Hör zu«, sagte er. »Ich weiß, das hier sieht aus wie …« Er hielt abrupt inne.

Die Stimme meiner Tante unterbrach die Stille. »Du – du –«

Die wie erstickt klingende Antwort meines Vaters drang kaum an mein Ohr: »Woher hast du das?«

»Eine Tochter?«, rief meine Tante, seine Frage ignorierend. »An dem Tag, an dem Lucy starb, hat sie herausgefunden, dass du ein außereheliches Kind hast?«

Moms Brief! Es war mir egal, ob sie mich jetzt hörten. Ich rannte ins Wohnzimmer und verkroch mich in der Ecke beim Sofa.

In der Küche stand Dad, die Kaffeekanne immer noch in den Händen. »Nein, das ist nicht …«

»Über all diese Jahre Lucy anlügen«, schrie Tante

Mildred. »Geld nach China schicken, zu einer anderen Familie, während meine Schwester keins hatte.«

»Du hast alles falsch verstanden.«

»Wirklich? Dann erklär mir das!« Sie wedelte mit dem Papier in seine Richtung. »Hat Lucy es denn auch falsch verstanden? Ein Missverständnis?«

»Ja. Leider.«

»Leider?«, kreischte sie. »Weißt du, wie oft ich meiner Schwester Geld gegeben habe? Sie hat nie darum gebeten. O nein. Aber genommen hat sie es. Und wir mussten es vor dir geheim halten. Wollten deinen ach so kultivierten Stolz nicht verletzen. Und während der ganzen Zeit hast du also Geld für ein uneheliches Kind abgezwackt.«

»So ist es nicht gewesen.«

In diesem Augenblick musste sie die leeren Whiskeyflaschen auf der Arbeitsplatte bemerkt haben, denn sie fragte mit eisiger Stimme: »Jetzt schon *zwei* Flaschen pro Tag, Howard? Ich habe Lucy seit Jahren gewarnt. Sie wollte es einfach nicht wahrhaben. Du bist nichts anderes als ein Säufer.«

Ich wollte aufspringen und ihr sagen, dass er diese Flaschen nicht ausgetrunken hatte, als Dad ihr leise antwortete: »Du hast recht. Das bin ich. Aber ich höre damit auf. Ich werde ...«

»Schön«, sagte Tante Mildred. »Ich nehme Ethie so lange zu mir. Und ich bringe Christopher in eine gute Einrichtung, wo er ...«

»Nein«, entgegnete Dad mit leiser Stimme.

»Was glaubst du, was die von der Fürsorge sagen würden, wenn jemand ihnen Bericht erstattet?«, fragte Tante Mildred. »Ein Junge im Teenageralter im Bett mit seiner kleinen Schwester? Ein Kinderzimmer, in dem es nach Alkohol riecht? Der Zustand dieses Hauses? Im Nullkommanichts würden die dir die Kinder wegnehmen!«

»Wir sollten uns erst mal beruhigen«, bat Dad.

»Nein«, fauchte sie. »Du setzt dich jetzt hin und hörst mir zu. Jemand muss doch die Verantwortung übernehmen! Du bist nicht in der Verfassung, dich um diese Familie zu kümmern.«

»Wir – ich werde mich ändern. Ich werde mit dem Trinken aufhören. Wir werden es schaffen.«

»Und wie, bitte schön? Wer wird sich tagsüber um den Jungen kümmern? Hier sein, wenn Ethie aus der Schule kommt? Wer wird für sie kochen? Oder erwartest du vielleicht, dass sie von« – sie griff nach einem käseverschmierten Teller – »abgepackten Makkaroni leben?«

»Wir werden jemanden finden, der herkommt. Unsere Nachbarin von nebenan sagt, sie wird mit der Frau reden, die nach der Schule auf ihren Sohn aufpasst. Dora meint, sie könnte selbst an den Tagen kommen, an denen Frankie und ich bei der Arbeit sind.«

»Dora!« Der Name kam ihr voller Abscheu über die Lippen. »Ha! Würde sie nicht dich am liebsten unter ihre Fuchtel bringen? Und meine Nichte gleich dazu?«

»So ist es nicht. Sie ist – sie war Lucys Freundin.«

»Schöne Freundin!«

Die Bitterkeit ihrer Worte jagte mir einen Schauer über den Rücken. Aber mir ging plötzlich auf, dass mehr dahinter steckte als nur Wut. Natürlich! Moms Brief an

Dora Fenwick! Als Mom jemanden brauchte, mit dem sie reden konnte, hatte sie sich an zwei Freundinnen gewandt, und nicht an ihre Schwester. Als wäre Dad derselbe Gedanke gekommen, sagte er: »Mir wäre es bei Gott lieber gewesen, sie hätte *dich* angerufen!«

»Jetzt reicht's!« Ich hörte, dass ein Schluchzen in Tante Mildreds Kehle stecken blieb. »Wage es nicht, mich zu beschuldigen!«

»Das war nicht meine Absicht. Ich weiß, dass du sie geliebt hast.«

Ein paar Augenblicke sagte keiner etwas. »Hör mir zu, Howard«, sagte Tante Mildred schließlich. »Wir wollen vernünftig sein. Bleibt dir wirklich eine Wahl? Glaubst du wirklich, dass du das tust, was für die Kinder das Beste ist? Ich glaube es nicht. Und ich werde nicht zusehen, wie die Kinder meiner Schwester leiden. Wenn es sein muss, bringe ich dich vor Gericht und kämpfe um das Sorgerecht.«

»Mildred, tu das nicht«, sagte Dad, aber mit krächzender Stimme.

»Ich drohe dir nicht. Ich sage dir nur ein paar Wahrheiten. Jemand muss es tun. Und wenn wir vor Gericht enden, werde ich gewinnen. Die andere Möglichkeit ist, dass du mich Ethie jetzt gleich mit nach Hause nehmen lässt. Und den Jungen bringe ich an einen Ort, der für Leute wie ihn eingerichtet ist. Wo man sich seiner richtig annimmt.« Sie holte tief Luft. »Du und ich, wir wissen beide, dass Lucy jeden Tag Stunden damit verbracht hat, ihm Unterricht zu geben, sich um ihn zu kümmern. Wer wird das jetzt übernehmen? In einem Internat wird er diese Art von Aufmerksamkeit bekommen. Wenn

Ethie bei mir wohnt, kannst du sie besuchen, wann immer du willst. Und wenn du dein Leben wirklich wieder in Ordnung gebracht hast, na schön, dann sehen wir weiter.«

Da er ihr keine Antwort gab, fuhr sie fort: »Es ist an der Zeit, zur Abwechslung einmal nicht nur an dich selbst zu denken. Überleg mal, was für Ethie richtig ist … und für Christopher. Und für Frankie. Was ist mit ihm? Auch Lucy würde dir sagen, dass es Zeit ist, für die Kinder das Richtige zu tun.«

Sie ließ das Schloss ihrer Handtasche aufspringen. »Und es gibt keinen Grund, warum sie hierüber jemals etwas erfahren sollten«, sagte sie und ließ Moms Brief hineinfallen und das Schloss wieder zuschnappen.

»Es spielt keine Rolle«, entgegnete Dad. »Die Wahrheit ist schlimmer.«

33

18. Dezember 1942: Camp Sham Shui Po

Zwei Wochen nach Gordys Tod hatte Howard Shunling immer noch nicht die Wahrheit gesagt. Im Dunkeln schlich er sich aus der Hütte zum Zaun am hinteren Ende des Lagers. Dort schaufelte er den lockeren Sand um den Eckpfosten zur Seite, kroch unter dem Stacheldraht hindurch und ließ sich auf den darunter liegenden Felsvorsprung hinab. In seine dünne Decke gehüllt, fasste er einen Beschluss: Dieses Mal würde er es ihr sagen. Lautlos tauchte sie auf und kauerte sich neben ihn.

Ihr Anblick verunsicherte Howard. Dass sie zwei Fläschchen Serum mitgebracht hatte, machte es ihm auch nicht leichter. »Diphtherie-Antitoxin«, flüsterte sie und hielt sie stolz hoch. »Von Ah Sam.«

»Was für ein großes Risiko muss das für Ihren Freund gewesen sein«, sagte Howard, als er ihr die kleinen Gläser abnahm, und fügte leise hinzu: »Und für Sie.«

»Er hat gesagt, dass es nächste Woche mehr davon gibt. Ich bringe es.«

Als Howard in ihre hoffnungsvollen Augen sah, brachte er es nicht übers Herz, ihr mitzuteilen, dass alles vergebens war. Er würde ihr noch ein paar Tage des Nichtwissens gönnen.

Deshalb erkundigte er sich, statt ihr die Wahrheit zu sagen, nach der Bezahlung. »Machen Sie sich keine Sorgen«, erwiderte sie. »Ah Sam schreibt alles auf. Er sagt, er wird Ihnen, wenn alles vorbei ist, eine Rechnung schicken.«

»Er glaubt, dass es ein Ende haben wird?«

»Er hat keinen Zweifel daran.«

Als sie gehen wollte, tippte Howard ihr auf den Arm. »Feng Shun-ling«, flüsterte er, »ich …« Er stockte. Er war sich nicht sicher, was er eigentlich sagen wollte. Vielleicht hatte er nur hören wollen, wie seine Stimme ihren Namen aussprach. Vielleicht aber hatte er sie tatsächlich von Gordys Tod in Kenntnis setzen wollen. Doch er hatte keine Chance. Während er ihr in die Augen blickte, legte sie ihm ihre Fingerspitzen auf die Lippen.

»Howard Coulter«, wisperte sie und verschwand im frühmorgendlichen Dämmerlicht.

»Menschenskinder, kann sie nicht mehr davon organisieren?«, fragte Ken Campbell, als Howard ihm die Medizin überreichte.

»Sie glaubt, dass es für Gordy ist«, gestand ihm Howard.

Ken bedrängte ihn, weiter für Nachschub zu sorgen. »Dieses Zeug bedeutet für viele Männer Leben!« Für Gordy war es zu spät, aber anderen würde das Antitoxin das Leben retten.

Widerstrebend erklärte Howard sich einverstanden,

wies aber Ken warnend darauf hin, dass er Shun-ling am Ende die Wahrheit sagen müsste.

Während er sie weiterhin traf, beruhigte er sein Gewissen mit dem Gedanken, dass von seiner Täuschung andere profitierten. Aber er wusste, dass hinter all den Entschuldigungen für sein Schweigen sein eigenes Bedürfnis stand. Wenn er mit einem anderen menschlichen Wesen zusammensaß, in dessen Augen noch Licht leuchtete, wenn er in der Dunkelheit ihrer leisen Stimme lauschte, dann konnte er glauben, dass dies alles eines Tages vorbei sein würde.

Sie brachte ihm Nachrichten aus der Außenwelt. Wenn die Gefangenen anfangs den Bekanntmachungen des Dolmetschers über die glorreichen Siege des japanischen Kaiserreichs zu Wasser und zu Lande noch Glauben schenkten, so hatten sie das inzwischen aufgegeben. Ja, irgendwo im Lager war ein Radio versteckt, aber nur ein paar Offiziere waren so privilegiert, es hören zu dürfen. Bis die Informationen Howard schließlich zu Ohren kamen, konnte man Wahrheit und Gerücht kaum noch voneinander unterscheiden.

Und Shun-ling brachte Neuigkeiten von Lily, die Berichte einer stolzen Mutter, die eigentlich an Gordy weitergegeben werden sollten. Während er hinter dem Zaun mit ihr unter seiner Decke beisammensaß und von den Fortschritten des Kindes hörte, ließ er sich durch die unredlich erworbenen Bilder nach Hause versetzen.

Er wartete immer noch auf einen zweiten Brief von Lucy. Ihr Baby – ein Junge? Ein Mädchen? – musste einen oder zwei Monate vor Lily auf die Welt gekommen sein. Deshalb stellte er sich, wenn er Shun-lings verschämter Prahlerei zuhörte, vor, wie Lucy vor Stolz glühte beim ersten Lächeln, bei einem Gickeln oder einem Zahn, der sich ertasten ließ. Shun-ling stand für Freiheit, Hoffnung und Mut.

Nach jeder heimlichen Begegnung ließ er wie ein Dieb, der seine Schuld dadurch mindert, dass er Almosen auf den Altar legt, die geschmuggelten Päckchen auf Ken Campbells Bett fallen.

An die nächtlichen Rhythmen gewöhnt, lag Howard da und lauschte auf die Geräusche im Lager. Über das rasselnde Schnarchen der Glücklichen, die Schlaf gefunden hatten, legte sich das Stöhnen und unterdrückte Wimmern derer, die von Hunger, »elektrischen« Füßen, rebellierenden Gedärmen, Fieber und Delirien geplagt wurden. Er betete, dass er in dieser Nacht nicht den traurigen Schrei eines Sterbenden nach seiner Frau, seinem Schatz – nach seiner Mutter hören würde.

Howard starrte in die Finsternis hinaus und wartete mit geschärften Sinnen wie ein Blinder. Immer wieder brach kurz das Mondlicht durch die Ritzen zwischen den Brettern, mit denen die Fenster zugenagelt waren. Es warf Schatten in die Hütte, die alle paar Augenblicke von den Umrissen ausgemergelter Gespenster zerrissen wurden, die sich auf den Weg zu den Latrinen machten.

Irgendein makaber gestimmter Lagerstatistiker hatte geschätzt, dass der unter Durchfällen leidende Gefangene tagsüber mindestens zehnmal pro Stunde seinen Darm entleerte. In der Nacht war es nicht besser. Seit gestern gestaltete sich diese Parade des Jammers noch qualvoller, weil der Aufseher Satan wieder aufgetaucht war. Vor ihm und dem Dolmetscher mit seinem glühenden Hass auf jeden Kanadier und überhaupt jeden Weißen war niemand sicher.

Der japano-kanadische Sergeant machte seine Drohung wahr und nutzte jeden Vorwand, um die Gefangenen zu bestrafen. Seine Lieblingsmethode, seinen Opfern so lange gewaltsam Wasser einzuflößen, bis ihre Bäuche aufgebläht waren, und dann auf diese Bäuche zu springen, machte ihn zum meistgehassten Mann im Camp.

Während einer Inspektion des Roten Kreuzes Ende November hatte ein kanadischer Offizier den beinahe tödlichen Fehler begangen, hervorzutreten und den Delegierten mitzuteilen, dass die Bedingungen, die sie zu sehen bekamen, nur vorgegaukelt waren. Sobald die Delegation wieder weg war, traktierte ihn der wütende Dolmetscher mit der Schnalle seines Gürtels, mit seinen bloßen Fäusten und seinen Stiefeln so lange, bis der Offizier die Besinnung verlor. Jetzt rang er im Sterberevier um sein Leben.

Der Sergeant war zwar gefährlich, aber seine Wut beschränkte sich auf die Gefangenen. An chinesischen Zivilisten zeigte er keinerlei Interesse. Howard hatte das Gefühl, dass deshalb für Shun-ling keine wirkliche Gefahr bestand. Und aus irgendeinem Grund glaubte er, dass das auch für ihn selbst galt. Seit Lucys Brief hatte der Dolmetscher ihn fast freundlich behandelt. Howard tat sein Bestes, ihm aus dem Weg zu gehen, was nicht immer einfach war: Zwischen zwei Kulturen gefangen und von keiner akzeptiert, verspürte der Mann gelegentlich das Bedürfnis, mit jemandem zu reden. Wenn Howard sich ihm stellen musste, stand er mit gesenktem Kopf da und wiederholte sein stummes Mantra.

Was für Shun-ling jedoch eine wirkliche Bedrohung darstellte, das war Satans plötzliche Rückkehr. Aufgrund dieser beängstigenden neuen Wendung musste das heutige Treffen mit ihr das letzte sein. Howard musste ihr die Wahrheit sagen und sicherstellen, dass sie nicht mehr zum Camp kam. Er wünschte, er könnte ihr eine Warnung zukommen lassen, dass sie sich fernhalten solle. Er hatte gehofft, dass sintflutartige Regenfälle einsetzen würden, denn Regen würde bedeuten, dass sie nicht käme. Aber als er aufstand, schien sich der Mond geradezu über ihn lustig zu machen.

Er wickelte die leichte Decke um seine Schultern und machte sich barfuß auf den Weg durch die Hütte; die Stiefel trug er in den Händen. Draußen duckte er sich, um sie sich anzuziehen, und lauschte, ob er einen Steinchenregen gegen eine Hüttenwand, ein auffallendes Niesen oder dreimal nacheinander ein bellendes Husten hörte – alles Warnsignale, dass ein Bewacher in der Nähe war. Da er nichts hörte, schlich er sich, dicht an den Barackenwänden entlang, auf den Zaun zu.

Wolken gaben ihm Deckung, stellten zugleich aber auch Regen in Aussicht. Am Ende des Camps bewegte sich Howard leise am Garten der japanischen Offiziere entlang. Im spärlichen Mondlicht bemerkte er, wie sich zwischen den Kartoffelpflanzen etwas regte. Er erstarrte. Ein paar Meter entfernt sah er einen gekrümmten Rücken, einen erhobenen Kopf und vorstehende Augen, die ihn anstarrten. Nur ein anderer Gefangener auf Diebestour. Howard stieß die angehaltene Luft aus. Ein stummer Gruß ging zwischen ihm und dem Gespenst hin und her. Etwas an dem überraschten Gesicht des Gefangenen kam ihm bekannt vor. Der Mann grinste Howard an und hielt eine mit Erde verschmierte Faust hoch, das Zeichen, dass der Weg frei war. Dann grub er weiter. Es war eine gefährliche Tätigkeit: Die sichtbaren Teile der Pflanze blieben stehen, damit sie weiter wuchsen, während die winzigen Kartoffeln von den Wurzeln abgeknipst wurden. Gefährlich, aber das war eben ihr Los, dachte Howard. Plötzlich assoziierte er das grinsende Gesicht mit dem jungen Soldaten, den er am Bug der *Awatea* gesehen hatte, diesem kindischen Kerl, der vor einem ganzen Leben die Japaner auf der *Lisbon Maru* verhöhnt hatte.

Der Gartendieb blickte auf und hielt die Hand hoch, um ihm seinen Schatz zu zeigen, dann warf er sich die Würmer in den Mund und kaute genüsslich. Der Hunger führte dazu, dass man fast alles verschlang. Howard hatte gesehen, dass unter ihren Reis Teile von Ratten, Schlangen, Mäusen und Insekten – selbst Maden – gemischt waren. Er hatte gelernt, das willkommene Protein hinunterzuwürgen. Doch so weit, dass er Würmer aß, war er noch nicht. Er tastete nach dem eingewickelten Stückchen Schokolade in seiner Tasche. Es war der Rest von seinem Anteil der Rotkreuzpakete, die während der humanitären Inspektion verteilt worden waren. Er hatte die letzte Schokoladenrippe aufbewahrt, als Weihnachtsgeschenk – jetzt also ein Abschiedsgeschenk – für Shun-ling.

Aber er konnte sich nicht von dem jungen Soldaten

im Garten abwenden, von den Augen, in denen der Tod lauerte, und den Erdklümpchen, die ihm wie Kuchenbrösel am Mund klebten. Howard zog das Stückchen Schokolade hervor und ließ es neben dem Mann fallen.

Ein paar Minuten später kauerte er sich auf den Vorsprung unter dem Zaun nieder, um auf Shun-ling zu warten. Das Läuten einer Glockenboje schwebte von der Bucht herauf, zusammen mit dem Geräusch der Wellen, die über das Watt schlugen.

Plötzlich spiegelte sich der Mond im Wasser, und sein Licht schuf eine Illusion von Freiheit. So täuschend nah. Wie verlockend war es, zur Bucht hinunterzuklettern und bei Flut hinauszuwaten! Davonzuschwimmen, sein Glück zu versuchen bei den Sampans und Fischerbooten, die draußen auf dem Wasser schaukelten. Aber die neun anderen Männer, die bestraft, vielleicht sogar hingerichtet würden, wenn er nicht zurückkehrte, ließen ihn innehalten. Und Shun-ling. Er musste sie warnen.

Unversehens war sie da. Geduckt und lautlos bewegte sie sich auf ihn zu. Howard spürte, wie ihm beim Anblick ihres Baumwollkleids das Blut in den Ohren pochte. Das blau-weiße Blumenmuster leuchtete im Mondlicht hell – zu hell. Er hob seine Decke hoch, um auch sie zuzudecken, während sie neben ihm kauerte. Sie zog sich das Kleid über die Knie und blickte zu ihm auf. Dasselbe gefährliche Mondlicht, reflektiert auf ihrem ovalen Gesicht, glänzte in ihren dunklen Augen. Unvermittelt legte sie ihm die Hand auf die Wange. »Howard«, sagte sie. Es war weder eine Frage noch eine Feststellung. Es war ein ganzes Gespräch in einem einzigen Wort.

Überrascht von der Wärme und dem Trost, den ihre Handfläche spendete, drückte er sie kurz an sein Gesicht. »Shun-ling, Sie müssen mir zuhören«, flüsterte er. »Es ist …«

Das Letzte, woran er sich erinnerte, war ein Zischen, wie es entsteht, wenn Luft durch eine Zahnlücke eingezogen wird. Dann krachte der Gewehrkolben gegen seine Schläfe.

Spitze Steine stachen ihm in die Knie, Draht schnitt ihm in Hals und Handgelenke. Am Rand seines Blickfelds nahm er dunkelbraune Schaftstiefel wahr, deren polierte Spitzen nur Zentimeter von seiner Schläfe entfernt waren.

Durch das Schrillen in seinen Ohren hindurch hörte er aus dem Wachhaus unterdrückte Schreie. Shun-ling. Der Draht um Howards Hals und um die hinter seinem Rücken zusammengebundenen Hände schnitt bei seinem verzweifelten Kampf noch tiefer ein. »Lassen Sie sie los!«, flehte er die Stiefelspitzen an und wehrte sich gegen die Schwärze, in die er zurückzusinken drohte. »Sie hat nichts getan. Sie ist nur ein Flüchtling, eine Frau, die auf dem Watt nach Sachen sucht.«

Die Stiefel bewegten sich und umkreisten ihre Beute. »Sie hat nichts mit mir zu tun«, antwortete der Dolmetscher. »Sie ist *seine* Belohnung dafür, dass er Ihre Flucht vereitelt hat.«

»Ich wollte nicht …« Howard konnte nichts erklären, ohne Shun-ling zu belasten. Aus dem Wachhaus drangen immer lautere Zeugnisse ihres Widerstands und Satans grausamer Vergeltung.

»Bestien!«, murmelte Howard.

»Fluchtversuche werden mit dem Tode bestraft«, erklärte der Dolmetscher. »Was soll ich jetzt mit Ihnen machen?«

Als Antwort sauste ein Bambusstock über Howards Rücken. Immer und immer wieder. Er rang darum, bei Bewusstsein zu bleiben, doch er versank in der wirbelnden Schwärze.

Als er zu sich kam, fiel etwas Schweres auf den Boden. Er schlug die Augen auf und sah Shun-ling, mit dem Gesicht nach unten, der Länge nach ausgestreckt, ihr Kopf nur einen Arm weit von seinem entfernt.

»Eine Kämpferin!«, rief Satan und versetzte ihrem schlaffen Körper einen Fußtritt. »Sie hat sich gut geschlagen.«

Sie hob den Kopf, und als ihr Blick den von Howard traf, gelang ihr ein trotziges Lächeln.

»Shun-ling«, flüsterte er.

Über ihnen war das grausige Geräusch einer Stahlklinge zu hören, die aus der Scheide gezogen wird. »Ein Kämpfer verdient einen ehrenvollen Tod«, verkündete Satan theatralisch.

»Lassen Sie sie!«, schrie Howard. Er drehte sich zu den Stiefeln des Dolmetschers um. »Halten Sie ihn auf! In Gottes Namen! Im Namen Ihres Vaters – eines kanadischen Helden – flehe ich Sie an: Bitte, verschonen Sie sie!« Er legte das Gesicht auf die Erde. »Hier, hier!«, er dehnte seinen Nacken so weit, wie der Draht es zuließ, um ihn als Ziel darzubieten. Seine Muskeln spannten sich an bei dem zischenden Hieb durch die Luft. Kalter Stahl traf mit einem dumpfen Geräusch auf Fleisch.

Ein Schwall heißer Flüssigkeit spritzte auf ihn, und er schrie, wie er noch nie geschrien hatte.

Der Bambusstock peitschte über seinen Rücken und zwang ihn, den Kopf zu heben. Howard bemühte sich, seine schweren Lider geschlossen zu halten. Ein zweiter Schlag bestärkte ihn in seinem Entschluss. Er würde kein Zeuge sein. Er wollte nicht zulassen, dass das Grauen Gestalt annahm. Die Hiebe wurden fortgesetzt, bis er sich nicht mehr beherrschen konnte, seine Lider aufsprangen und er das Unvorstellbare sah – Shun-lings zusammengesackten Torso mit dem Halsstumpf, aus dem Blut spritzte.

Satan spazierte unbekümmert davon und zog die Luft zwischen den Zähnen ein, während der Dolmetscher den Stock zur Seite warf. »Eine solche Ehre haben Sie nicht verdient«, erklärte er und ließ Howard allein zurück. Während der sintflutartige Regen die blutgetränkte Erde reinwusch, verlor er immer wieder das Bewusstsein. Als er im Morgengrauen zu sich kam, sah er, wie Shun-lings sterbliche Überreste durch das Lagertor gezogen und auf die Straße geworfen wurden. Augenblicke später tauchten aus dem Nebel Flüchtlinge auf und trugen sie fort.

34

Mein Vater hat mich weggegeben. *Er hat mich weggegeben!* Wie ein Hunde- oder Katzenjunges, das ihm lästig geworden war. Er wollte mich nicht. So einfach war das. Und Kipper wollte er auch nicht. Nur Mom hatte uns in all diesen Jahren gewollt. Jetzt waren wir im Weg. Eine Last.

»Nur für ein Weilchen.« So hatte Dad es erklärt, als er heraufkam und sich bei meinem Bruder auf die Bettkante setzte, um es uns beizubringen. Kipper akzeptierte es in Kipper-Manier und vertraute Dad, als er hörte, dass der Ort, an den er gehen würde, wie eine Schule sei, in der man übernachtete, wo er eine Menge neue Sachen lernen und neue Freunde finden würde. Und wenn er wollte, könnte er jedes Wochenende nach Hause kommen. Na ja, nach dem ersten Monat. »Stell es dir einfach wie ein Sommercamp vor«, sagte Dad, als Kippers Lippe zu zittern anfing. »Du hast doch immer in ein Sommercamp gehen wollen. Und wenn es dir nicht gefällt, brauchst du nicht zu bleiben.«

»Okay, Da«, antwortete er und saugte seine Lippe ein.

Dad sah mich an. Ich stand mit verschränkten Armen an der Tür. »Es ist ja nicht für immer«, versprach er.

»Ha!« Ich drehte ihm den Rücken zu, stampfte über den Flur in mein Zimmer und schlug die Tür zu.

Nachdem er hinuntergegangen war und ich gehört hatte, dass er aus dem Haus war, riss ich meinen Schrank auf und zerrte alles heraus. Kleider, Sprungseile, Schuhschachteln voller sorgsam gehüteter Schätze – alles flog auf den Boden. Ich nahm meinen wertvollen Stapel Comic-Hefte vom Regal und zerriss eines nach dem anderen. Als Tante Mildred meine Tür aufschob, lag zu meinen Füßen das unlösbare Puzzle meiner Wut und Enttäuschung.

Sie runzelte die Stirn, verlor aber kein Wort über das Chaos. »Ich habe einen Koffer gefunden, den Christopher nehmen kann«, sagte sie und hielt einen alten aus dem Keller hoch. »Und du nimmst einfach das mit, was du in deine Reisetasche packen kannst, mein Schatz«, fügte sie hinzu, als ginge es um einen Ferienaufenthalt.

Nachdem sie in Kippers Zimmer gegangen war, warf ich Kleider und Unterwäsche in den kleinen Koffer, den ich immer mitnahm, wenn ich bei ihr übernachtete. Alles andere ließ ich mit meiner Kindheit zurück. Was ich aber mit mir nahm, das war mein Lily-Geheimnis. Ich faltete den zerknitterten Zettel mit ihrem Namen und ihrer Telefonnummer so klein wie möglich zusammen und steckte ihn hinter das Futter meines Koffers. Wenn unser Vater uns nicht haben wollte, würde er auch sie nicht haben wollen, sagte ich mir. Oder vielleicht hatte ich genau davor Angst, dass es anders sein könnte.

Ich kroch wieder in mein Bett, zog mir die Decke über den Kopf und wartete, dass Tante Mildred kam und sagte, was ich als Nächstes tun sollte. Ich wachte auf, als sie von unten rief, dass es Zeit zum Abfahren sei. Bevor ich mein Zimmer verließ, nahm ich Kippers Gemälde von der Wand über meinem Bett. Ich ging, das Bild unter den Arm geklemmt, nach unten und erwartete, dass sie sich beschweren würde. Aber sie führte mich zu ihrem Auto, machte den Kofferraum auf und legte wortlos meine Sachen hinein.

»Wo ist Kipper?«, fragte ich.

Er war weg. Sie hatten ihn bereits abgeholt. »Es ist am besten so«, erklärte Tante Mildred.

Am besten? Ich hatte mich nicht einmal von ihm verabschiedet! Ich konnte nicht anders und fing zu heulen an. »Ich will zu Frankie«, schniefte ich.

»Frankie wird uns bald besuchen«, sagte sie, öffnete die Beifahrertür und schob mich auf den Sitz.

Während der Fahrt zu ihrem Haus saß ich so dicht an der Tür wie möglich. Ich hatte ihr nichts zu sagen. Hatte niemandem etwas zu sagen. Ich überlegte, ob ich das Reden für immer einstellen könnte.

Tante Mildred nahm eine Hand vom Steuer und berührte meine Haare. »Heute Abend werden wir diesen Mopp entwirren und waschen«, sagte sie. »Dann flechte ich dir morgen die Haare. Das habe ich bei deiner Mutter auch immer gemacht. Als sie ein kleines Mädchen war, habe ich ihr jeden Tag die Zöpfe geflochten.«

Ich rückte noch weiter zur Tür.

Das Haus meiner Tante und meines Onkels war riesig. »Zu groß für zwei«, hatte Onkel Sidney oft gesagt. Selbst für drei war es noch zu groß. Im Eingang roch es nach Holz und Möbelpolitur. Sobald wir eingetreten waren, marschierte ich durch die Halle und die breite Eichentreppe hinauf. Tante Mildred rief hinter mir her, dass es in einer Stunde Mittagessen gebe.

In meinem Zimmer schleuderte ich den Koffer in die Ecke. Ich lehnte Kippers Bild an die Wand und warf mich aufs Bett.

Soweit ich mich erinnern kann, hatte ich im Haus meiner Tante immer ein eigenes Zimmer. Ein Zimmer ganz in Rosa, das sie nur für mich hergerichtet hatte. Ich hatte es geliebt. Ich hatte die Reihen von Puppen geliebt, die von den Regalen auf das Bett hinunterblickten, Puppen, die sie von ihren Reisen in die ganze Welt mitgebracht hatte. Jetzt stieg ich aufs Bett, fuhr mit der Hand die Bretter entlang und wischte sie alle zur Seite. Ich sammelte sie zusammen, warf sie unten in den Schrank und knallte die Schranktür zu. Dann ließ ich mich auf den Stuhl vor dem Frisiertisch fallen. Ich drehte mir eine Haarsträhne in den Mund und starrte in den Spiegel. Haare, genau wie die meiner Mutter. Das hatte ich mein Leben lang gehört. Ich stand auf, öffnete meine Zimmertür und ging über den Flur in Tante Mildreds Nähzimmer. Ich durchsuchte sämtliche Schubladen, bis ich fand, was ich wollte. Wieder in meinem Zimmer, setzte ich mich vor den Toilettenspiegel, nahm ein Büschel Haare und hob die Zickzackschere. Während meine Locken auf den Boden fielen, grinste ich bei dem Gedanken an das entgeisterte Gesicht meiner Tante, wenn ich mich an ihren Esstisch setzte.

35

»Was hat sie getan?«, fragte Frankie. »Was kann sie nur gesagt oder getan haben, damit du dir die beiden von ihr wegnehmen lässt?«

Über den Tisch gebeugt, stierte Howard in seinen Kaffeebecher. »Es ist ja nicht für immer«, murmelte er. »Nur für so lange, bis ich wieder in Ordnung bin. Es ist das Richtige.«

»Das Richtige? Das Richtige für wen? Für dich?«, fragte Frankie, und seine Worte klangen schrill vor Ironie. Er marschierte durch die Küche und nahm Howard den Becher aus den Händen.

Es war tatsächlich nur Kaffee, aber Howard vermutete, der Beweis dafür, dass er zuvor der Legion einen Besuch abgestattet hatte, haftete noch seinem Atem an. Nur einen einzigen Drink hatte er gebraucht, um diesen Tag zu überstehen, während Mildred für sie beide gehandelt hatte.

»Ja, für mich, für dich, für alle im Moment.« Mit einem Ruck hob er den Kopf, als der Becher wieder auf den Tisch geknallt wurde. »Es ist ja nicht für immer«, wiederholte er.

»Jesusmaria!«, fluchte Frankie. »Ich habe mich immer gefragt, warum Mom deine Sauferei einfach nicht wahrhaben wollte. Warum sie dich nicht gezwungen hat, zwischen ihr und dem Saufen zu wählen.« Er blinzelte seine Tränen zurück. »Ich glaube, ich kenne die Antwort: Sie hat gewusst, wofür du dich entschieden hättest.«

»Nein«, flüsterte Howard. »Niemals.«

Frankies Kiefermuskeln spannten sich an. »Weißt du was?«, schrie er. »Ich wollte, du wärst es gewesen! Ich wollte, du wärst es gewesen, nicht sie.«

»Ich auch«, brummte Howard hinter Frankie her.

Der Knall der zugeworfenen Tür hallte in der stillen Küche wider und erzeugte ein Klingeln in Howards Ohren. Er fuhr sich mit den Händen durch die Haare. Bei dieser Berührung tat ihm der Kopf weh: Ein Hammer klopfte in seinem Schädel. Selbst seine Augäpfel schmerzten.

Howard stand auf und durchsuchte mit zitternden Händen den Schrank unter der Spüle. Als er nichts fand, ging er in sein Zimmer und schaute unter das Bett, wühlte sich durch die Schubladen der Frisierkommode. Nichts. Er zog die Kleiderschranktür auf.

Der Duft traf ihn wie ein Schlag. Er sank auf den Schrankboden, griff sich eine Handvoll von Lucys Sachen und drückte sie sich ans Gesicht. Er atmete ihr Wesen ein, das ein Verlangen stillte. Alkohol würde das niemals ersetzen können. Nach einer Weile bemerkte er den beruhigenden Rhythmus des Regens, der vor dem Schlafzimmerfenster niederging. Er holte seine Lederjacke aus dem Garderobenschrank und zog sie an. Draußen blieb er auf der untersten Verandastufe stehen, legte den Kopf in den Nacken und überließ es dem Regen, ihm das Gesicht abzuwaschen. Dann schlug er den verfilzten Schaffellkragen hoch und ging die Straße hinauf.

Anders als am Tag zuvor, als er auf dem durchweichten Boden über Lucys Grab aufgewacht war, wusste er jetzt genau, wohin er ging. Er kam am Spirituosenladen am Victoria Drive und an der Royal Canadian Legion an der Fraser Street vorbei. Er lief weiter, bis er bei der Adresse ankam, die Ken Campbell ihm am Tag von Lucys Begräbnis gegeben hatte. Howard blieb vor dem Haus stehen, holte tief Luft und ging dann hinunter zum Kellereingang.

In dem Raum unten wandten sich ihm alle Köpfe zu, als er die Tür öffnete. Er hielt inne und fühlte sich plötzlich wie gelähmt, unfähig, die Schwelle zu überschreiten. Da hörte er, wie ein Stuhl über den Betonboden schrammte – ein Rettungsring, der einem Ertrinkenden zugeworfen wurde. Er tat einen Schritt vor, griff nach der Lehne und klammerte sich daran fest. Er straffte die Schultern, öffnete den Mund und sagte: »Mein Name ist Howard. Ich bin Alkoholiker.«

36

17. Januar 1943: Camp Sham Shui Po

Howard wartete in der Schlange darauf, dass Ken Campbell an den vor ihm stehenden Gefangenen einen Rachenabstrich vornahm.

»Was zum Teufel hast du hier verloren?«, fragte Ken, als Howard vortrat und den Mund aufsperrte. »Sei nicht verrückt, Mann«, sagte er. »Du wirst diese Reise nicht überstehen. Du hast Malaria. Du kannst dich kaum auf den Beinen halten.«

»Ja, aber ich habe keine Diphtherie, und darum geht es ihnen.«

Ken blickte über seine Schulter auf die Bewacher, die, solange sie die Reihenuntersuchung beaufsichtigten, weiße Gesichtsmasken trugen. »Für die ist das doch nur ein Spiel mit Zahlen«, sagte er leise. »Sie brauchen sechshundertfünfzig Mann, Sklavenarbeiter für ihre Werften und Kohlenbergwerke. Sie rechnen damit, dass viele unterwegs draufgehen. Und du wirst einer von denen sein.«

Howard schlang die Arme um sich, um einen Schüttelfrostanfall abzumildern. Er nickte in Richtung von Jack Dell. »Und was ist mit dem?«, krächzte er. »Den hast du getestet. Der wird gehen, obwohl er nur einen Arm hat?«

»Dieser kleine Newfie ist zäher als Leder«, sagte Ken. »Der überlebt alles. Du nicht.«

»Jetzt mach schon.«

Widerstrebend wickelte Ken das Stäbchen aus. »Ich weiß genau, was du tust.«

Zwei Tage später wachte Howard schweißgebadet auf. Er wollte aufstehen, aber eine schwere Hand auf der Brust drückte ihn nach unten. Er hob mühsam den Kopf und blickte in die morgendliche Dunkelheit. Keine Hand war zu sehen, niemand in seiner Nähe. Er musste aufstehen. Aber warum eigentlich? Er kramte in seiner vom Fieber getrübten Erinnerung. Am anderen Ende des Raums beugte sich Ken Campbell über sein Bett und packte ein paar Habseligkeiten in eine Decke.

Ja, richtig! Heute würde das Schiff nach Japan auslaufen.

»Ich fahre mit«, sagte Howard und tastete nach seinen Stiefeln.

»Tut mir leid, aber das wirst du nicht tun.« Ken knotete seine Decke zusammen. »Dein Diphtherieabstrich war positiv«, sagte er, über Howard gebeugt.

Ein Hustenanfall schüttelte Howard. »Ich bin doch immun«, krächzte er und schnappte nach Luft. »Und das weißt du ganz genau.«

»Auf dieses Schiff zu gehen wäre dein Todesurteil. Und das weißt *du* ganz genau.«

Aber Howard kämpfte sich auf die Füße. »Du hast meinen Befund gefälscht? Ich werde dich …«

Ken legte ihm eine Hand auf die Schulter. »Der Unterschied zwischen Leben und Tod an diesem Ort hier ist die Fähigkeit, über das hinauszusehen, was wir tun müssen, um zu überleben. Diese Fähigkeit hast du verloren, und ich werde den Teufel tun, dir das Sterben leicht zu machen.«

»Irgendwann muss jeder sterben«, sagte Howard, konnte Ken aber nicht in die Augen sehen.

»Ja, und am Ende zeigt sich, wofür ein Mensch zu sterben bereit ist. Denk an Gordy, an all die Männer, die wir beerdigt haben, auch an das Mädchen – alle waren bereit, für irgendetwas alles zu riskieren. Selbst die Japaner wollen für etwas sterben, was größer ist als sie selbst. Bist du denen etwa unterlegen?« Er nahm die Hand von Howards Schulter. »Such dir wieder einen Lebenszweck, mein Freund. Wenn dies alles vorbei ist, will ich nicht aus Japan zurückkommen und hören, dass du für etwas so Ichbezogenes wie Schuldgefühle gestorben bist.«

37

Mir fehlte die Barclay Street. Mir fehlten meine alte Schule und meine Freundinnen. Am meisten aber fehlte mir meine Familie. Ich gab meiner Tante die Schuld. Und meinem Vater.

Zwei Wochen lang weigerte ich mich, ihn zu sehen. Als er zum ersten Mal zu Besuch kam, schloss ich mich in meinem Zimmer ein und tat so, als könnte ich nicht hören, wie er vor der Tür meinen Namen rief.

Als ich mich am nächsten Abend wieder weigerte, die Tür zu öffnen, kam Tante Mildred nach oben. »Jetzt ist es genug, Ethie«, sagte sie, und ihr energisches Klopfen übertönte das sanfte Pochen meines Vaters. »Mach die Tür auf.«

»Zwing sie nicht«, sagte mein Vater. »Ich komme morgen wieder.«

Ich setzte mich hinter der Tür auf den Boden und horchte, wie seine Schritte sich entfernten.

Danach wurde es zum allabendlichen Ritual, dass er unten wartete, während meine Tante heraufkam und versuchte, mich mit guten Worten aus meinem Zimmer zu locken. Wenn sie weg war, stellte ich mich in meinem fabelhaften neuen Zimmer, in meinen schönen neuen Kleidern hinter die Rüschenvorhänge und sah zu, wie mein Vater auf der Straße zu seinem Auto zurückging.

Frankie kam und versuchte, vernünftig mit mir zu reden. »Dad bemüht sich, Ethie. Er bemüht sich wirklich.« Er erklärte mir das mit den Anonymen Alkoholikern und den Treffen, zu denen er Dad begleitet hatte. »Ich bin auch wütend auf ihn gewesen«, sagte er, »aber ich weiß, dass er sein Bestes tut.«

Ich wollte Frankie glauben, als er sagte, dass wir schließlich wieder alle zusammen sein würden. Aber Dad hatte das auch behauptet.

In diesem Moment hätte ich Frankie beinahe etwas über das riesengroße Geheimnis gesagt. Ich wollte ihn fragen: »Wenn Dad Mom angelogen und ihr nie was von Lily erzählt hat, warum sollten wir dann glauben, was er uns sagt?« Aber ich behielt es für mich. Und wusste nicht, warum.

Ich wusste überhaupt nicht mehr, wer ich war. Es war mehr als der Haarschnitt, den zu retten Tante Mildreds Friseurin ihr Bestes getan hatte. In meiner neuen Schule kam ich mir älter vor als die Kinder in meiner Klasse. Ich redete mit niemandem. Schon gar nicht mit meiner Tante. Am schlimmsten war, dass ich aufhörte, sie »Tante« zu nennen. Jedes Mal genoss ich den Schmerz in ihren Augen, wenn ich »Mildred« zu ihr sagte.

An einem Sonntagmorgen, zwei Wochen nachdem ich zu ihnen gezogen war, sammelte Tante Mildred draußen die vom Baum gefallenen Pflaumen auf. Ich lümmelte auf der Wohnzimmercouch und starrte auf den leeren Fernsehschirm – genau wie mein Vater. Plötzlich stand Onkel Sidney vor mir, mit einem großen Fotoalbum unter dem Arm. Ich hatte nicht einmal gemerkt, dass er ins Zimmer gekommen war.

»Darf ich mich zu dir setzen, Ethie?«, fragte er.

Ich rückte zur Seite, um ihm Platz zu machen.

Er ließ sich neben mir nieder und legte das Album auf seinen Schoß. »Ich glaube, du würdest gern mal ein paar alte Fotos von deiner Mutter und deinem Vater ansehen«, sagte er freundlich. »Du weißt ja, dass deine Mom bei uns gewohnt hat, während dein Vater im Krieg war, oder?«

Ich nickte. Er schlug das Album auf und strich die dicken schwarzen Seiten auseinander. Mein Atem stockte, als ich ein Foto sah, auf dem meine Mutter vor dem Haus meiner Tante und meines Onkels auf den Stufen der Eingangsveranda saß, das Kinn in die Hände gestützt.

Onkel Sidney nahm den Schnappschuss aus den Fotoecken heraus. »Ich kann mich noch gut erinnern, wie sie da draußen auf den Briefträger gewartet hat«, sagte er und reichte mir das Bild. »Über zwei Jahre lang war es jeden Morgen dasselbe. Sie saß auf den Stufen oder, wenn es geregnet hat, drinnen in der Eingangshalle und hoffte, dass ein Brief käme, in dem stand, dass dein Vater am Leben und wohlauf war. Er hat im Krieg in Hongkong gekämpft, hast du das gewusst?«

Ich zuckte mit den Achseln, während ich eingehend das Foto von Mom betrachtete.

»In den ersten beiden Jahren«, fuhr er fort, »kam keine einzige Zeile. Ich habe in Ottawa alle Hebel in Bewegung gesetzt und versucht, eine Liste der Gefallenen und Gefangenen zu bekommen. Aber sie hatten kein vollständiges Verzeichnis. Deine Mutter jedoch hat keine Minute gezweifelt. Am Neujahrstag des ersten Jahres kam sie herunter und erzählte uns, dass sie mitten in der Nacht die Stimme deines Vaters gehört habe. Glasklar, schwor sie, habe er gesagt, dass es ihm gut gehe. Als endlich ein Brief vom Kriegsministerium eintraf, wollte der Briefträger ihn nicht durch den Schlitz werfen. Stattdessen klopfte er an die Tür und drückte ihn ihr in die Hand.«

Er blätterte um. »Die Admiral *Hughes*«, sagte er und tippte auf ein Schiff, das sich der Pier näherte. »Der amerikanische Truppentransporter, der deinen Vater nach Hause gebracht hat. Wir sind mit deiner Mom hingegangen und haben ihn abgeholt.«

Ich suchte die Gesichter der winkenden Soldaten auf den Decks ab.

»Dein Vater ist auf keinem dieser Fotos. Als er nach vier Jahren Gefangenschaft die Laufplanke herunterkam, war er wenig mehr als ein klapperndes Skelett. Deine Mutter und deine Tante wollten ihn nicht ins Veteranen-Krankenhaus lassen. Wir haben ihn nach Hause gebracht, und die beiden haben ihn gepäppelt und gesund gepflegt. Deine Tante war einmal eine sehr tüchtige und mitfühlende Krankenschwester.« Er dachte einen Augenblick nach. »Vielleicht wäre es besser gewesen, wenn sie in ihrem Beruf geblieben wäre. Aber wir haben gehofft, eine Familie zu gründen. Nach dem Krieg, na ja, da hatte Mildred einfach nicht mehr den Mut, noch einmal von vorn anzufangen.«

Er wandte seine Aufmerksamkeit wieder dem Album zu und zeigte auf ein Foto von allen am Esstisch, aufgenommen am ersten Weihnachten nach der Rückkehr meines Vaters. »Er ist nach Hause gekommen mit einem Riesenappetit auf Sardinen. Hast du das gewusst? Er konnte einfach nicht genug davon kriegen. Eigentlich von nichts.« Er kicherte. »Eines Abends hat deine Tante, ohne groß nachzudenken, Reis zum Essen serviert. Als sie ihn auf den Tisch gestellt hatte, fiel es ihr plötzlich ein, und sie wollte die Schüssel wieder hinaustragen. Aber dein Dad sagte, sie solle sie dalassen. Das Problem sei ja gewesen, dass es nie genug davon gegeben habe.«

Mir war klar, dass er mir das über meine Tante und meinen Vater nur erzählte, damit ich sie besser verstand, doch ich hörte kaum noch zu. Ich hatte mich an seiner Bemerkung festgebissen, mein Vater habe vier Jahre in einem Gefangenenlager verbracht.

38

16. August 1945: Camp Sham Shui Po

Es war vorbei. Howard, der nur einen grauen Lendenschurz und ein zerrissenes Hemd trug, stand in der Tür der Lazaretthütte und beobachtete durch den Nieselregen die amerikanischen Frachtflugzeuge über dem Lagergelände. Sich blähende Fallschirme schwebten wie riesige Blumen zur Erde. Tonnen und Kisten aller Formen und Größen schwangen unter ihnen hin und her. Beim Aufprall brachen viele Behälter auf: Dosennahrung, Schokoladetafeln, Zigaretten und medizinisches Material lag im und vor dem Camp auf dem Boden verstreut. Nach dem Leben voller Entbehrungen ließen sich Howard und viele der Gefangenen von dieser Yankee-Bezeugung von Überfluss und Großherzigkeit überwältigen. Andere stürzten sich auf die Schätze, stopften sich Schokolade in den Mund und versuchten, Pfirsichdosen wegzutragen.

Nach den Frachtmaschinen kamen Kampfflugzeuge, die in einer Demonstration von Sieg und Stärke übermütige Figuren flogen.

Im Lager Sham Shui Po befanden sich noch ganze vierhundert Kanadier, die ihren Befreiern zujubeln konnten. Mehr als eintausend ihrer Kameraden waren in den letzten beiden Jahren nach Japan verschifft worden. Wie viele mochten bis zum heutigen Tag überlebt haben?

Vor Monaten hatte das versteckte Radio Nachrichten über das Kriegsende in Europa und über die Verschärfung der Kämpfe im Pazifik berichtet. Die amerikanische Flotte kontrollierte die Meere. Japan ächzte unter einer Blockade, sein Volk hungerte. Bei Tiefangriffen über Tokio abgeworfene Bomben hatten große Teile der Stadt in Schutt und Asche gelegt und Hunderttausende Bewohner das Leben gekostet.

Jetzt ist es nur noch eine Frage der Zeit. Halte durch. Halte durch.

Am 13. August hatten die japanischen Gefangenenaufseher die Waffen niedergelegt. Bevor sie aus dem Lager verschwanden, hatte der freundliche Bewacher, der die Arbeitsgruppen am Kai Tak Airport beaufsichtigt hatte, Howard anvertraut, dass eine Bombe, *eine einzige Bombe,* eine ganze japanische Stadt zerstört habe. Zwei Tage später hatte eine zweite eine weitere Stadt ausgelöscht.

Konnte das wahr sein? Es spielte keine Rolle, auf welcher Seite man stand, dachte Howard, dieser Krieg hatte die Seelen der Menschen zerstört. Aber er war tatsächlich vorbei. Dafür war diese Himmelsschau der Beweis.

Er wusste nicht, welche Empfindungen er erwartet hatte – für den Fall, dass dieser Moment käme. Aber jetzt fühlte er sich merkwürdig leer. Keine Aufregung, keine Hochstimmung.

Die Kampfflugzeuge warfen Flugblätter ab. Wie riesige Schneeflocken taumelten sie herab, während die

Tragflächen zum Zeichen des Sieges in die Schräge gingen. Dann flogen die amerikanischen Flugzeuge hinaus auf die See, wobei einige so tief über ihre Köpfe hinwegdonnerten, dass Howard die auf den Rumpf gemalten Pin-up-Girls und die grinsenden Gesichter der Piloten erkennen konnte. Plötzlich flog ein dunkelbraunes Bündel aus einem Cockpit. Es landete keine zwei Meter von Howard entfernt. Er ging hin und zog die Bomberjacke aus dem Schlamm. Er sank auf die Knie, als er sie sich um die Schultern legte. Als die Wärme ihn umhüllte, spürte er etwas in der Innentasche. Er griff hinein und zog ein zusammengefaltetes Stück Papier heraus.

»Nachricht für die Kriegsgefangenen unserer Alliierten.« Das Flugblatt, ähnlich denen, die um ihn herum auf den Boden flatterten, bestätigte die bedingungslose Kapitulation Japans. Die Pazifische Flotte, Briten und Amerikaner, waren auf dem Weg. Die Bekanntmachung war unterzeichnet von A. C. Wedemeyer, Lieutenant General, USA.

Howard sah genauer hin. Am unteren Ende stand eine Bleistiftnotiz: »Grüße von Wing Commander Gregory Jonas aus Little Rock, Arkansas. Willkommen in der Freiheit und in einer besseren Welt.«

Eine bessere Welt? Freiheit?

Howard klopfte an seine Hemdtasche und vergewisserte sich, dass der Brief noch da war. Ein Brief, den er vor fast zwei Jahren erhalten hatte, kurz nachdem die letzte Gruppe Kanadier nach Japan verschifft worden war.

Seit Shun-lings Tod hatte Howard sich geweigert, mit dem japano-kanadischen Dolmetscher zu reden, ja, ihn überhaupt zur Kenntnis zu nehmen. Er hatte Schläge für seine Aufsässigkeit ertragen, er hatte sie regelrecht begrüßt. Nachdem Ken Campbell nach Japan verschifft worden war, hatte Howard monatelang vor sich hin vegetiert. Dann stand eines Morgens der Dolmetscher vor ihm, ein blaues Luftpostcouvert in der Hand. In diesem Augenblick zählte nichts außer dem Brief. Weder Leben noch Tod, nicht einmal Hass.

Der Sergeant beugte sich vor und führte ihn mit Lucys Zeilen in Versuchung: »Sagen Sie meinen Namen, und ich gebe ihn Ihnen.«

Howard spürte die Qual in seiner trockenen Kehle, als er sich bemühte, den Namen des Mannes auszusprechen. Er konnte es nicht.

Er drehte sich zur Seite und wartete darauf, dass eine Gürtelschnalle über seinen Rücken sausen, dass ein Stiefel ihn vom Bett stoßen würde. Nichts kam. Lange Zeit später hörte er, wie sein Peiniger aus der Hütte stürmte.

Weder die Hoffnung auf die Zukunft noch Träume von der Freiheit hielten Howard am Leben. Es war der unzensierte Brief, den der Dolmetscher auf sein Feldbett hatte fallen lassen.

15. Dezember 1942

Howard, mein Liebling!

Wie immer bete ich, dass dieser Brief Dich bei guter Gesundheit erreicht. Ich habe immer noch keine Zeile von Dir erhalten, aber ich fühle Dich in meinem Herzen und hoffe, dass wenigstens ein paar von meinen Briefen zu Dir gelangen …

Sidney und Mildred haben versprochen, an Frankies erstem Weihnachtsfest eine Menge Fotos zu machen. Kannst Du glauben, dass unser Sohn schon fast sechs Monate alt ist? Ich kann es selbst kaum glauben, obwohl ich doch jeden Tag sehe, wie er wächst. Er sieht Dir so ähnlich, mein Schatz …

Versprich mir, dass Du alles tust, um das durchzustehen. Wir – wie komisch und schön fühlt es sich an, »wir« und nicht nur»ich« zu sagen! – brauchen Dich. Komm zu uns nach Hause.

Deine Dich liebende Frau

Lucy

39

Dein Vater fuhr wahrscheinlich deshalb so gern nach Birch Bay, weil er sich erinnerte, wie die Amerikaner die kanadischen Überlebenden auf ihrem Weg nach Hause behandelt haben«, sagte Onkel Sidney und schlug die nächste Seite im Fotoalbum auf. »Nachdem sie wie Tiere behandelt worden waren, trug man sie jetzt auf Händen.« Auf den nächsten beiden Seiten waren Schnappschüsse von Frankie als Baby und Kleinkind, entweder mit meiner Mutter oder mit meiner Tante oder mit beiden zusammen. Ich hatte viele dieser Fotos schon zu Hause gesehen, aber ich schwieg und versuchte, diese neue Information über meinen Vater zu verarbeiten, während Onkel Sidney weitererzählte.

»Frankie war dreieinhalb Jahre alt, als dein Dad nach Hause kam, und während dieser ganzen Zeit haben deine Mutter und deine Tante ihn gemeinsam aufgezogen. Ich bin mir sicher, dass er eine Zeitlang gar nicht wusste, welche von den beiden seine Mutter war. Zu deiner Mom sagte er Mommy und zu Mildred Mum-Mum. Deine Tante hat ihn über alles geliebt. Es war sehr schwer für sie, als sie bei uns auszogen. Für mich auch, das muss ich zugeben.«

Jetzt kam ein Foto, auf dem Dad Frankie auf seinen

Knien hielt. »Von dem Augenblick an, als dein Vater von Bord ging, hatte dieser Junge nur noch Augen für ihn. Er wurde sein Schatten. Nachdem sie bei uns ausgezogen waren, geriet Frankie jedes Mal, wenn wir zu Besuch kamen, in Panik, denn er hatte Angst, dass wir ihn von seinem Vater trennen würden. Das hat uns sehr wehgetan.«

Ich setzte mich, mit verschränkten Armen, aufrecht hin.

»Ich weiß, Ethie, du bist im Moment böse auf deine Tante«, sagte Onkel Sidney leise, »aber ich möchte nur, dass du ihre Seite verstehst. Sie hat ihre Schwester sehr geliebt, und dich hat sie genauso lieb. Und richtig oder falsch, sie glaubt, dass das, was sie tut, für euch das Beste ist, für Frankie und …«

»Und für Kipper?«, fragte ich.

»Ja, auf ihre Weise glaubt sie das«, antwortete er. »Ich bin da übrigens nicht ganz ihrer Meinung. Als Kipper zur Welt kam, konnte sich deine Tante nur ein Leben voller Leid und Schmerz für deine Mutter vorstellen. Vom allerersten Tag an hat sie versucht, sie zu überreden, ihn wegzugeben. Zum Glück haben es deine Eltern nie in Betracht gezogen, nicht einen einzigen Augenblick lang.«

»Warum kann sie ihn denn nicht auch lieb haben?«

»Ich glaube, sie weiß nur nicht, wie. Manche Leute haben Angst vor Unterschieden. Ich habe immer gehofft, dass sie, wenn sie genug Zeit hätte, über das hinausblicken würde, was bei ihm anders ist. Wer könnte Kipper nicht lieben, wenn er ihn einmal kennt?«

Sie bemüht sich ja nicht einmal, ihn kennenzulernen,

dachte ich, doch da rief meine Tante von der Eingangsveranda herauf nach meinem Vater.

Ich sprang von der Couch auf und rannte in den Flur. Als ich bei der Treppe angelangt war, flog die vordere Tür auf. Ich legte meine Hand aufs Geländer, schaute rasch über die Schulter auf meinen Vater, der in der Tür stand. Tante Mildred eilte hinter ihm her. »Howard, ich denke, wir hätten vereinbart, dass du vorher anrufst.«

Er ignorierte sie, und sein Blick blieb an mir haften. »Es geht um Kipper«, sagte er.

40

Wieder musste Frankie mir mit seinem Gedächtnis helfen. Jeden Tag, seit Tante Mildred uns weggeholt hatte, habe Dad auf dem Kalender neben dem Telefon mit einem X markiert. Ein weiterer Tag Abstinenz. Ein weiterer Tag ohne seine Familie. Die Tage schleppten sich in entsetzlichem Zeitlupentempo dahin, und die meisten gingen mit dem Schmerz zu Ende, dass ich mich weigerte, ihn zu sehen.

»Sie ist genauso bockig und stur wie ihre Mutter«, erklärte er Frankie, »aber das Schweigen hat sie von mir.«

»Lass ihr Zeit«, meinte Frankie. »Sie kommt schon wieder zur Vernunft.«

Bei der Arbeit rief Dad vom Münztelefon in der Kantine jeden Tag in Sunnywoods an. Kippers neues Zuhause hatte eine Regel, derzufolge in den ersten dreißig Tagen keine Familienbesuche gestattet waren. Die neuen Bewohner sollten sich erst einmal einleben. »Wie habe ich mich jemals damit einverstanden erklären können, ihn einen ganzen Monat lang nicht zu sehen?«, warf Dad sich immer wieder vor.

Der Pförtner im Heim erkannte inzwischen seine Stimme und stellte ihn ohne jeden Kommentar zur Heimleiterin durch. Zuerst beantwortete Mrs Crossly

Dads Fragen mit höflicher Gleichgültigkeit. Ja, Christopher passe sich gut an. Nein, er habe kein Heimweh. Asthma? Dem werde sie nachgehen. Nein, sie dürften ihn nicht vor Ende der Dreißigtagefrist besuchen – Vorschriften sind Vorschriften.

Nach der ersten Woche verwandelten sich ihre glatten Antworten auf Dads Fragen in knappe Bescheide. Nach zehn Tagen machte sie ihm energisch klar, dass seine ständigen Anrufe störten. Dann, am Freitag, legte sie auf, nachdem sie betont hatte, sie würden ihn anrufen, wenn es ein Problem gebe.

Dieser Anruf kam am Sonntagmorgen um zehn Uhr. Der Schreck fuhr Frankie in die Magengrube, als Dads Gesicht sich verfinsterte, nachdem er den Hörer abgenommen hatte. »Nein, hier ist er nicht. Was verstehen Sie unter *abgängig*? Wann? … Er ist schon *die ganze Nacht* fort? Wir kommen sofort«, brüllte er.

Der Mitarbeiter, der die massiven Türen von Sunnywoods öffnete, kam Frankie vor wie ein Rausschmeißer in einer Bar. Mit grimmiger Miene führte er sie durch die Haupteingangshalle und dann die schwach beleuchteten leeren Korridore entlang.

Im Büro der Heimleiterin blieben Dad und Frankie stehen, während Mrs Crossly hinter ihrem Schreibtisch sitzen blieb. Frankie geriet sofort in Wut angesichts der irrwitzigen Tatsache, dass diese Frau, die seit gestern von Kippers Verschwinden wusste, sich die Zeit genommen hatte, sich zu schminken und perfekt zu frisieren. Sie beschrieb die Situation so, als handelte es sich um eine kleine Unannehmlichkeit.

»Warum in Gottes Namen haben Sie mich erst so spät benachrichtigt?«, fragte Dad.

»Wir haben damit gerechnet, dass er jeden Augenblick zurückkommt«, antwortete sie. »Wir waren uns ganz sicher, dass er sich nur irgendwo hinter dem Haus versteckt hatte und schmollte.«

»Warum schmollte?«

»Na ja«, sagte sie, »er musste sozusagen gerügt werden, hm, eingeschränkt werden, wegen aggressiven Verhaltens.«

»Aggressiv?«, fragte Frankie. »Kipper?«

Sie überhörte ihn geflissentlich und erklärte, an Dad gewandt: »Ja, der Junge hat einen unserer Helfer gebissen.«

»Mein Sohn hat noch nie in seinem Leben irgendjemanden gebissen!«

»Ich kann Ihnen versichern, dass er das jetzt getan hat«, fuhr sie fort. »Das Personal hat den ganzen Nachmittag und Abend damit verbracht, das Gebäude und das Gelände abzusuchen. Wie ich schon sagte, waren wir uns sicher, dass er wieder auftaucht. Als wir ihn bei Einbruch der Dunkelheit noch nicht gefunden hatten, haben wir die Polizei verständigt. Es hätte keinen Sinn gehabt, Sie um diese Uhrzeit anzurufen. Was hätten Sie denn noch tun können?«

»Ich hätte meinen Sohn finden können, bevor er eine Nacht Gott weiß wo verbringt«, antwortete Dad. »Ich möchte mit dem Personal reden. Mit all seinen Freunden.«

»Das hat die Polizei bereits getan. Und ich gestatte Ihnen nicht, unsere Leute noch weiter zu belästigen. Ihr

Sohn hat schon genug Ärger verursacht. Der Junge ist viel zu selbstständig, allerdings zu seinem eigenen Vorteil.« Sie stand auf, ging zur Tür und drängte sie hinaus. »Ich bin sicher, dass man ihn findet. Ich bin sicher, dass er, wenn er Hunger hat, entweder hier auftaucht oder nach Hause läuft. Ich schlage vor, dass Sie dort auf ihn warten. Wenn er hierherkommt, rufen wir Sie an.«

»Nun, es gibt noch einen weiteren Punkt, bei dem Sie sicher sein können«, sagte Dad. »Hierher wird er nicht zurückkehren!«

Auf dem Parkplatz trat hinter Dads Auto ein junger Mann aus der Hecke heraus. »Sind Sie die Familie von Kipper?«, fragte er und ging gebückt auf sie zu.

»Ja«, erwiderte Frankie. »Warum?«

Der Blick des Mannes wanderte nervös zwischen den beiden hin und her. »Ich arbeite hier«, erklärte er, »also zurzeit jedenfalls.« Er kam noch näher. »Ich möchte Ihnen sagen, dass Kipper nicht einfach abgängig ist«, sagte er leise. »Er ist ausgerissen. Wir haben in der Waschküche ein offenes Fenster gefunden. Da muss er hinausgekrochen sein.«

»Die Heimleiterin hat gesagt, dass er eingeschränkt werden musste. Was genau soll das heißen?«, fragte Dad.

»Was ich jetzt sage, haben Sie bitte nicht von *mir*. Aber man hat ihm nachts die Handgelenke an den Bettpfosten gebunden, damit er mit dem Daumenlutschen aufhört.«

»Was?«, rief Frankie. »Kipper hat seit Jahren nicht mehr am Daumen gelutscht!«

Der Mann zuckte zusammen, weil Frankie so laut redete. »Na ja, hier hat er es jedenfalls getan«, antwortete er. »Vor ein paar Nächten haben wir die Schlafsäle überprüft, bevor wir das Licht ausmachten, und fanden ihn, wie er an seinen Bewegungshemmern herumkaute. Einer der Betreuer hat sie wieder festgezurrt, und dabei hat Kipper ihm in die Hand gebissen.«

Sein Blick huschte an dem Gebäude hoch, dann wieder zurück zu Dad. »Haben Sie eine Vorstellung davon, was man hier mit Insassen macht, die beißen?«, fragte er und fügte dann leise hinzu: »Ihr Sohn schon.«

Nachdem der junge Mann sich weggestohlen hatte, schaute Dad auf die weißgetünchte Fassade, die in der Morgensonne glänzte wie eine Lüge, und auf die Schemen hinter den vergitterten Fenstern.

»Wie«, überlegte er laut, »konnte *ausgerechnet* ich, der ich so oft hier vorbeigefahren bin, nicht erkennen, was dieser Ort tatsächlich ist?«

Dad zog die Autotür auf. »Kipper ist nicht von hier weggelaufen«, knurrte er, »er ist dem hier *entkommen*.«

41

Tante Mildred erhob keine Einwände, als Dad ihr sagte, er würde mich auf die Suche nach Kipper mitnehmen. »Wenn jemand herausfinden kann, wohin er gegangen ist, dann bist es du, Ethie«, sagte er, während ich mit zitternden Fingern meine Laufschuhe zuband. »Ich habe immer geglaubt, dass du in Bezug auf deinen Bruder einen sechsten Sinn hast.«

Während er und Frankie Onkel Sidney und Tante Mildred erklärten, was passiert war, bekam ich es immer mehr mit der Angst zu tun. Was würde Kipper tun, allein, in der Nacht? Und er hatte seinen Inhalator nicht bei sich.

Frankie zog ihn aus seiner Tasche. »Ein Typ, der dort arbeitet, hat ihn uns auf dem Parkplatz gegeben. Er hat gesagt, die Heimleiterin habe nicht gewollt, dass Kipper ihn mit sich herumträgt. Sie war der Meinung, der Inhalator sei eine ›Krücke‹. Seine Asthmaanfälle seien etwas Psychologisches.«

»Mein Gott!«, stöhnte Onkel Sidney. Er nahm den Inhalator, untersuchte ihn und gab ihn zurück.

»Der Frau hätte ich am liebsten den Hals umgedreht«, sagte Frankie und schob ihn wieder in seine Tasche.

»Dieser Gedanke ist mir auch gekommen«, murmelte Dad.

Ich war inzwischen mit meinen Schuhen fertig und sprang auf.

»Nimm eine Jacke oder einen Pullover mit!«, sagte Dad. »Wir wissen nicht, wie lange wir unterwegs sind.«

Auf Tante Mildreds Gesicht zeichnete sich Panik ab. »Wir kommen mit«, krächzte sie.

»Nein, das ist nicht nötig«, erwiderte Dad und machte die Tür auf.

»Aber …«

»Mildred.« In Onkel Sidneys Stimme schwang ein warnender Unterton mit. Er drückte Dad kurz die Schulter. »Sag uns einfach, was wir tun können, um euch zu helfen, Howard.«

»Wartet in unserem Haus. Jemand sollte dort sein. Für alle Fälle.«

Ich saß auf dem Vordersitz zwischen Dad und Frankie, während wir den Marine Drive hinunter in Richtung Sunnywoods fuhren. Das Heim lag an der Grenze zwischen den Stadtteilen Burnaby und New Westminster, nur ein paar Kilometer von unserem Haus entfernt. Dad glaubte, dass ich sehen sollte, von wo aus Kipper gestartet war.

Frankie schaute auf das trübe Wasser des Fraser unterhalb der Straße. »Meinst du, dass er sich in der Nähe des Flusses gehalten hat, Ethie?«

Ich konnte nicht klar denken. *Nein. Nein. Warum sollte er?* »Das glaube ich nicht«, flüsterte ich und wollte es nicht einmal in Betracht ziehen. »Wir sind nie da hinunter gegangen.«

Nachdem wir am Victoria Drive vorbeigekommen waren, wurde mir die kurvenreiche Straße vertrauter.

»Als wir losgefahren sind, haben wir Danny Fenwick gesehen«, erzählte Dad »Er hat ein paar Freunde mobilisiert und hilft, die Nachbarschaft abzusuchen. Kannst du dir andere Gegenden vorstellen, wo Kipper sein könnte?«

»Der Golfplatz!«, rief ich. »Wir haben dort mal Golfbälle gesucht. Danny hat da im Wald ein Baumfort gebaut.« In der Aufregung verhaspelte ich mich. »Vielleicht hat er heute Nacht im Baumfort geschlafen.«

Wir kehrten bei der nächsten Kreuzung um. Ich dirigierte Dad durch ein Gewirr neu angelegter Straßen, halbfertiger Häuser und unbebauter Grundstücke oberhalb des Marine Drive. Ich zeigte auf eine unbefestigte Straße, die rund um den Golfplatz führte. »Dannys Fort ist da unten.«

Unsere Reifen spritzten Kies auf, bis das Auto wieder gerade ausgerichtet war. Als wir über einen Buckel in der Straße fuhren, blendete mich ein Licht, das von einem Spiegel reflektiert wurde. Der Hudson verlangsamte, bis er mit einem Ruck stehen blieb. Die Lichtung vor dem Wald sah wie ein voll besetzter Parkplatz aus. Die Fahrzeuge glänzten in der Nachmittagssonne. Frankie beugte sich aus dem Fenster.

»Das sind unsere Nachbarn«, sagte Dad.

Er stieß seine Tür auf, und wir rannten auf die Leute zu. Dad hatte recht: Mrs Fenwick, die Mansons, die Jacksons, die Blacks, alle aus der Barclay Street, alle, die bei Moms Beerdigung gewesen waren. Selbst der Junge, mit dem ich mich um die Flaschen gebalgt hatte, schloss sich dem Suchtrupp an.

Sobald Dora Fenwick uns kommen sah, lief sie uns entgegen. Danny habe in der Nachbarschaft die Sache mit Kipper herumerzählt. Ardiths Vater, der bei der Feuerwehr war, organisiere die Suche in dieser Gegend. Die Menge trat schweigend auseinander, um uns durchzulassen. Mr Price hatte auf der Ladeklappe eines Pickups eine Karte ausgebreitet. Er und Dad gaben sich die Hand.

Plötzlich tauchte Danny neben mir auf. Er schielte und schob seine Brille zurecht. »Ich habe gedacht, dass er zum Baumfort gegangen sein könnte«, sagte er mit enttäuschter Miene, »aber es sieht nicht so aus, als wäre da jemand gewesen.«

Den ganzen Nachmittag durchkämmten wir den Wald, die Lichtungen, die Bäche und Dämme. Suchtrupps trotteten durch die hohen Gräser, die Disteln und das dichte Gestrüpp. Sie schauten in all die unfertigen Häuser hinein. Während sich die Nachricht verbreitete, erschienen immer mehr Leute, um sich an der Suche zu beteiligen. Das Sägewerk, in dem Dad und Frankie arbeiteten, machte für den Rest des Tages dicht, und die Angestellten kamen, um uns zu helfen. Viele Golfspieler verließen die Fairways, um sich uns anzuschließen, und bahnten sich mit ihren Schlägern einen Pfad durch das Dickicht. Wir scheuchten Frösche und Eichhörnchen auf, fanden ausrangierte Autoreifen und einen streunenden Hund, aber keinen Kipper.

Am späten Nachmittag gelangte unsere Gruppe zum Eingang eines der Tunnel aus den Betonabflussrohren.

»Wo führen die denn hin?«, fragte Dad.

»Irgendwann zum Fluss«, sagte Mr Price.

»Ethie, was meinst du?«, fragte mich Dad.

»Nein. Da würde er nie reingehen«, sagte ich.

»Wirklich nicht?«, fragte Dad. »Oder hoffst du nur, dass er das nicht tun würde? Hast du je da drinnen gespielt?«

»Ja. Aber Kipper nicht.« Mom hatte immer behauptet, dass Kipper, auf sich selbst gestellt, das Richtige tun würde. Ich wusste, dass das stimmte. »Nein«, sagte ich. »Ganz sicher würde er da nicht hineingehen. Nicht einmal mit mir zusammen. Als Danny und ich da drinnen gespielt haben, ist Kipper draußen geblieben.« *Er ist draußen geblieben und hat mit einem Stock ein Haus in den Schlamm gezeichnet.*

»Der Malladen!«, rief ich, und mein Herz fing heftig zu pochen an. »Vielleicht ist er in die Stadt gelaufen, in Marlenes Laden.« Natürlich! So oft war er mit Mom dorthin gegangen. Und ich war mir sicher, dass er den Weg kannte.

Dad hielt bei der ersten Telefonzelle am Marine Drive an. Durch das offene Fenster hörte ich, wie er mit Mr Telford sprach und darauf bestand, dass er uns gleich im Laden erwarten solle.

»Nein, es geht nicht um seine Bilder!«, sagte Dad ungeduldig. »Kipper wird vermisst, und er könnte dort sein.« Er presste die Kiefer zusammen, und ich sah, wie während einer erneuten Unterbrechung seine Muskeln zuckten. »Hören Sie«, sagte er leiser und sprach jedes Wort langsam aus. »Wir sind in etwa zwanzig Minuten dort. Wenn Sie uns dann nicht aufmachen, werde ich die Tür aufbrechen.«

Als wir in der Gasse hinter dem Geschäft eintrafen, stand Mr Telford schon neben seinem Auto. Dad sprang aus dem Hudson, noch bevor der Motor mit einem Stottern ausging. Er zeigte auf eine offene Deckenluke an der Seite des Gebäudes und auf die beiden umgedrehten Mülltonnen darunter.

»Jesusmaria!«, rief Mr Telford. Er zog einen Schlüssel aus der Tasche und eilte auf die Eingangstür zu.

»Schneller!«, brüllte Dad. Als das Schloss aufsprang, schob er sich schon an ihm vorbei. Frankie und ich folgten ihm, während Mr Telford hinter uns das Licht einschaltete. Wir liefen durch das Haus, durchsuchten verzweifelt jeden Raum, den Laden vorn, alle Schränke und die Badezimmer und riefen dabei immerzu Kippers Namen.

Frankie und ich blieben in der Tür zum Atelier stehen. »Was ist denn das?«, schrie Frankie und rannte in den schwach ausgeleuchteten Raum.

Mr Telford knipste die Deckenlampen an. »Na ja, hier scheint ja *wirklich* jemand gewesen zu sein«, sagte er.

Frankie untersuchte bereits ein Bündel Wischtücher im hinteren Teil des Zimmers unter dem Maltisch. »Sieht so aus, als hätte jemand hier drauf geschlafen«, sagte er. Als er ein Tuch hochhob, fiel ein schwarzer Skizzenblock heraus und landete mit der Bildseite nach unten auf dem Boden.

Mr Telford hob ihn auf. »Das ist der von Marlene«, sagte er. »Die Skizzen, von denen ich Ihnen erzählt habe.«

Dads Brust und Schultern sackten ein, als wäre ihm die Luft aus den Lungen gesogen worden. Er machte das

Skizzenbuch langsam zu, aber erst nachdem ich die Bleistiftzeichnung vom Gesicht meiner Mom gesehen hatte. Und in diesem Moment ging mir ein Licht auf. »Dad«, sagte ich und zerrte an seinem Arm. »Dad, ich weiß jetzt, wo er ist.«

42

Im Stadtzentrum wurden die Strahlen der untergehenden Sonne von den Betonhäusern und den dunkel werdenden Fenstern reflektiert. Ein roter Schein am westlichen Himmel verhieß schönes Wetter für den morgigen Tag. Für die bevorstehende Nacht gab es keine solchen Verheißungen. Ich brauchte weder Dad noch Frankie, um zu wissen, dass die Zeit nicht für uns arbeitete. Wenn wir Kipper nicht bald fänden, müsste er eine weitere Nacht allein verbringen, ohne Essen und – ich schauderte allein schon bei dem Gedanken – ohne seinen Inhalator.

Frankie saß am Steuer. Während er die Granville Street hinunterraste, nahm er vor den gelben Ampeln den Fuß nicht vom Gaspedal, ja nicht einmal dann, wenn eine Ampel auf Rot sprang. »Wenn die Polizei uns verfolgt«, hatte Dad zu ihm gesagt, als wir uns ins Auto drängten, »dann fahr einfach weiter. Wir erklären es später.«

Jetzt saß er neben mir auf dem Vordersitz und forderte mich auf, mit meiner stammelnden Erklärung fortzufahren, warum ich glaubte, wir würden Kipper in Chinatown finden, hinter einem Gemüseladen.

»Ich glaube, er ist dorthin, um mit Mom zu reden. Ich habe ihm gesagt – wir haben ihm gesagt –, dass es ein

Ort ist, wo die Leute hingehen, um mit ihren verstorbenen Angehörigen zu reden.«

»Wir?«

Und dann sprudelte die ganze Geschichte aus mir heraus – über das Mädchen auf der anderen Straßenseite, darüber, wie wir ihr am Tag von Moms Beerdigung ins Zentrum gefolgt waren, über das kleine rote Haus im Hof hinter dem Laden. »Kipper konnte nicht aufhören, davon zu reden. Er wollte dorthin zurück, um es sich anzusehen. Er hat sogar ein Bild davon gemalt. Deshalb habe ich ihm, als wir das nächste Mal in die Stadt gefahren sind, erzählt, dass in dem Häuschen Geister wohnen.«

»Das nächste Mal?«, fragte Dad, und auch Frankie schaute mich mit aufgerissenen Augen an, bevor er sich wieder auf die Straße konzentrierte.

»Tut mir leid«, stotterte ich. »Ich weiß …«

»Es ist schon in Ordnung.« Dad tätschelte mein Knie. »Das nächste Mal?«, drängte er.

Ich erklärte zögernd, dass Kipper, als wir beim Laden angelangt waren, einen Asthmaanfall hatte. »Aber sein Inhalator war leer. Das Mädchen nahm uns mit hinauf in die Wohnung, und dort hat sie Blätter gekocht, die ihm halfen, dass er wieder atmen konnte.« Ich brach in Tränen aus. »Ich hätte das über die Geister nicht sagen sollen«, jammerte ich. »Ich hätte ihn nicht dorthin bringen sollen.« Dann, nach ein paar Sekunden, fragte mein Vater leise: »Ethie? Wie heißt dieses Mädchen?«

Ich wischte mir über die Augen. »Ihren Nachnamen habe ich vergessen. Sie hat ihn, zusammen mit ihrer Telefonnummer, auf einen Zettel geschrieben. Aber den habe ich in meinem Koffer bei Tante Mildred gelassen. Doch ihren Vornamen, den kenne ich. Lily.«

Dad erstarrte, als hätte er schlagartig zu atmen aufgehört.

»Es tut mir leid, dass ich dir nicht von ihr erzählt habe.«

»Das spielt jetzt keine Rolle«, antwortete er. »Das einzig Wichtige ist, dass wir Kipper finden.«

Ein paar Blöcke weiter platzte es aus mir heraus: »Sie hat ein Foto von dir, zusammen mit ihrer Mutter. Ich habe es gesehen. Lily glaubt ... sie glaubt ...«

»Sie glaubt was?«, drängte Dad. »Es ist schon in Ordnung, Ethie. Du kannst es mir ruhig sagen.«

»Sie glaubt, du bist ihr ... ihr Vater«, flüsterte ich.

Das Auto machte einen Schlenker, aber Frankie brachte es gleich wieder unter Kontrolle.

Dad hob mein Kinn an. »Ethie, sieh mich an«, sagte er und wischte mir mit den Daumen die Tränen ab. Ich sah ihm in die Augen. Und der leere Raum zwischen uns war verschwunden.

Mein Leben lang werde ich nicht vergessen, wie blau die Augen meines Vaters an jenem Tag waren. Und welches Licht ich darin leuchten sah. Und ich wusste, dass dieses Licht mich einbezog.

»Ich habe nur eine Tochter«, sagte er, »und das bist du, Ethie. Ich bin nicht Lilys Vater.«

»Aber ... was ist mit dem Geld, das du ihr jeden Monat geschickt hast?«

Wieder warf Frankie uns einen Blick zu, ohne etwas zu sagen.

»Das ist eine lange Geschichte«, seufzte Dad, »und

ich verspreche, dass ich sie euch erzählen werde. Aber erst müssen wir Kipper finden.«

Wir hörten ihn, bevor wir ihn sahen. In dem Augenblick, als wir das Holztor hinter dem Geschäft aufstießen, hörten wir ein flaches, um Luft ringendes Atmen.

Mit drei Schritten legte Dad den Weg durch den Hof bis zu dem Häuschen zurück, und Frankie und ich folgten ihm. Wir fanden Kipper zusammengerollt in der Ecke der kleinen Veranda, seine Augen waren geschlossen, seine keuchenden Lungen bemühten sich, über seine geschwollene Zunge Luft einzusaugen. Dad nahm ihn in die Arme und hob ihn hoch. Kippers Lider öffneten sich ein wenig. »Hi, Da«, sagte er mit heiserer Stimme. »Mom hat gesagt, dass du kommst.«

Dad drückte seine Lippen auf Kippers aschfahles Gesicht. »Das hast du geträumt, mein Sohn«, flüsterte er. Er wiegte ihn in den Armen und rückte zur Seite, damit Frankie seinem Bruder den Inhalator geben konnte. Dad und Frankie holten mit jedem Pumpen tief Luft, als würde das dazu beitragen, das Medikament schneller in Kippers verstopfte Lungen zu bringen.

»Ich hole Lily«, sagte ich.

43

Bringen Sie ihn herauf«, forderte Lily Dad auf, sobald sie Kipper sah. In der Küche über dem Laden stand wieder die Frau am Gasherd, die auch beim letzten Mal da gewesen war, und löffelte Blätter in einen Topf mit kochendem Wasser. Mit einer Kopfbewegung dirigierte sie uns ins Wohnzimmer.

Als Dad und ich auf der Couch Platz nahmen, mit Kipper in unserer Mitte, fragte Frankie, ob er kurz telefonieren dürfe. Lily führte ihn in den Flur. Während er die Polizei und Onkel Sidney anrief, beobachtete ich Kipper, der sich wie eine schlaffe Puppe an unseren Vater lehnte.

Wie konnte er einen so weiten Weg zurückgelegt haben, ohne jemandem aufzufallen? Mit seinem Handwerkeroverall und dem grauen Hemd, dem geschorenen Schädel mit der schorfigen Kopfhaut, sah er so aus wie die Männer auf den Feldern der Fraser-Valley-Gefängnisfarmen.

Lily kam mit Handtüchern ins Wohnzimmer und legte sie auf den Couchtisch. Dann hielt sie eines hoch, und Kipper hob den Kopf, damit sie es ihm um die Schultern legen konnte. Dad lächelte sie wehmütig an. »Sie sehen genauso aus wie Ihre Mutter«, sagte er leise.

Plötzlich schüchtern geworden, senkte Lily ihre dunklen Augen. Hinter ihr blickte die Frau in der Küche auf, die gerade die dampfende Mixtur in eine Schüssel goss.

»Shun-qin?«, fragte Dad.

Sie nickte und wandte sich wieder ihrer Arbeit zu. Einen Augenblick später schob sie den Topf auf den Herd zurück, trug die Schüssel ins Wohnzimmer, stellte sie auf den Couchtisch und ging wieder in die Küche.

Lily drapierte das Tuch wie ein Zelt über Kippers Kopf. Er lächelte zu ihr hinauf, beugte sich dann vor und atmete den Dampf ein.

»Ich sehe, dass du dich gut damit auskennst«, lachte Dad.

»Ja, Da«, sagte Kipper unter dem Tuch. »Danach geht es mir ganz vie besser.«

»Fünfzehn Minuten, und er wie neu«, bemerkte die Frau in der Küche, während sie Gläser mit Tee auf den Tisch stellte.

»Shun-qin«, rief Dad überrascht, »Sie können ja sprechen!«

»Man zieht auf Kind, muss sprechen lernen.«

Während Kippers Atmung sich normalisierte, nippte ich an meinem Tee und schaute mich im Zimmer um. Ich sah Frankie an, der stocksteif dasaß, und Lily, die auf dem Boden neben dem Couchtisch kniete, sich schützend zu Kipper beugte und immer wieder das Tuch anhob, um nach ihm zu sehen.

»Danke dafür, dass Sie ihm geholfen haben, Lily«, sagte Dad in die Stille hinein. »Dieses Mal und das Mal davor.«

Sie antwortete mit einem scheuen Lächeln.

»Ihre Mutter hat für Ihren Vater Heilkräuter ins Gefangenenlager in Hongkong gebracht.« Er holte so tief Luft, als würde er für seine nächsten Worte Platz brauchen: »Für ihn sind sie leider zu spät gekommen. Aber viele andere Soldaten, ich inbegriffen, verdanken ihren Medikamenten das Leben.«

Er blickte hinüber zu Shun-qin, die in der Küchentür stand. »Wie geht es unserem Freund Ah Sam?«, wagte er zu fragen.

»Gestorben«, antwortete sie. »Schon viele Monate.«

»Tut mir leid, das zu hören. Er war ein guter Mensch.« Er wandte sich wieder Lily zu. »Ich habe Sie im Park gesehen«, sagte er. »Dann habe ich mir eingeredet, dass meine Fantasie mit mir durchgeht, dass ich Visionen habe. Denn noch Jahre nach dem Krieg dachte ich, dass jede Asiatin, die ich sah, Ihrer Mutter ähnelte.« Er schwieg einen Moment und fragte dann: »Hat Ah Sam Ihnen meine Adresse gegeben?«

»Nein, sein Neffe. Er hat nicht gewusst, dass es ein Geheimnis war.« Sie blickte auf ihre Hände und dann, mit feuchten Augen, wieder zu Dad auf. »Es tut mir leid, dass ich an diesem Tag zu Ihrem Haus gegangen bin. Ich habe Ihnen Unglück zur Haustür gebracht. Vielleicht, wenn ich nicht mit Ihrer Frau gesprochen hätte, dann …«

Dad erblasste. »Nein.« Er hob eine Hand, als wollte er Lilys Redefluss stoppen. »Nein«, wiederholte er.

44

Der Ausdruck auf Lilys Gesicht schnürte Howard die Kehle zu. Er war in den letzten siebzehn Jahren jeden Morgen mit demselben Bild vor Augen aufgewacht. Siebzehn Jahre, die in einem Zustand der Reue vergangen waren. *Wenn doch nur. Wenn ich doch nur.*

Wenn er Shun-ling doch nur vor dieser Nacht die Wahrheit über Gordy gesagt hätte! Wenn er sie daran gehindert hätte, zum Camp zu kommen! Und jetzt die zusätzliche Qual, zu wissen, dass Lucy, wenn er ihr schon vor Jahren die Wahrheit gesagt hätte, nicht auf dieses Segelboot gegangen wäre.

Er blickte Shun-lings und Gordys Tochter in die Augen. Er war es den beiden schuldig, dafür zu sorgen, dass nicht auch sie unter einer Last von Schuldgefühlen litt – nur wegen der abergläubischen Vorstellung, mit ihrem Erscheinen Unglück in sein Haus gebracht zu haben.

»Nein«, sagte Howard kopfschüttelnd. »Lucys Tod war ein Unfall, ein schrecklicher Unfall. Sie haben nichts damit zu tun, und Sie hätten nichts tun können, um ihn zu verhindern. Lucy wäre die Erste, Ihnen zu sagen, dass es Schicksal war – der feste Wille des Himmels, wie sie es immer nannte.«

In diesem Augenblick fiel Howard ein ungerahmtes

Foto auf, das auf dem Nippesregal in der Ecke stand. Er ging hinüber, um es sich anzusehen. »Darf ich?«, fragte er. Lily nickte. Er spürte, dass sie ihn beobachtete, während er die sepiafarbene Fotografie vom Regal nahm. Er wandte sich zu Lily um und hielt das Bild hoch. »Dieser Mann«, sagte er und zeigte auf Gordy, »er war Ihr Vater.« Er blickte zu Shun-qin hinüber. »Haben Sie das nicht gewusst?«, fragte er.

»Nein«, antwortete sie. »Ich nur kennen ein Mann, der Vater ist von Lily – ein Mann, Shun-lings Freund.«

»Der Name von Lilys Vater war Gordy Veronick. Er war mein bester Freund. Wir sind zusammen aufgewachsen. Er hat Ihre Mutter und Sie sehr geliebt«, sagte Howard zu Lily gewandt.

Lilys dunkle Augen füllten sich mit Tränen. »Er ist tot?«

»Ja, er ist tot.«

»Aber Sie waren es doch, der, seit ich ein Kind war, Geld geschickt hat?«, fragte sie.

»Ja«, antwortete Howard. »Das habe ich Ihrem Vater versprochen. Und Ihrer Mutter war ich es schuldig.«

»Diese Schuld bezahlt«, sagte Shun-qin von der Küchentür her.

»Niemals.«

»Meine Tante meint«, sagte Lily, »dass wir keine finanzielle Hilfe mehr benötigen. Ah Sam hat das Geld gut für uns angelegt. So gut, dass wir es uns leisten konnten, hierherzukommen, zusammen mit einem anderen Freund unserer Familie diesen Laden zu kaufen und für mich das Studium zu finanzieren. Deshalb bin ich zu Ihrem Haus gegangen. Um Ihnen zu danken.«

»Ich möchte auch su unserm Haus gehn«, jammerte Kipper unter dem Tuch hervor.

Frankie schüttelte sich, als erwachte er aus einem Traum. Er beugte sich zu Kipper hinüber und drückte ihm den Arm. »Und ob wir das tun!«

Lily ging zu Kipper. »Ich glaube, das reicht jetzt.« Sie entfernte das feuchte Tuch, ersetzte es durch ein trockenes und tupfte ihm die Nässe vom Kopf. »Mein Hut!«, rief er und fasste sich an den kahl geschorenen Schädel. »Sie habn mir mein Hut weggenomm!«

»Das tut mir leid, mein Sohn«, sagte Howard und legte ihm den Arm um die Schultern. »Morgen kaufen wir dir zuallererst einen neuen.«

Lily verschwand im Flur und kehrte wenige Augenblicke später mit einer Mütze zurück. »Hier, Kipper«, sagte sie. »Die kannst du haben.« Sie drückte sie ihm in die Hand. »Das ist ein ganz besonderer Hut. Er hat meinem Vater gehört.«

Bestürzt über den Anblick seiner alten Militärmütze, die er benutzt hatte, um Shun-ling bei der Fährstation das Geld zuzustecken, wollte Howard sie korrigieren. Aber irgendetwas hielt ihn zurück. Warum sollte er ihr diese Erinnerung zerstören?

Kipper stülpte die Schiffchenmütze auf seine bleiche Kopfhaut. »Ein besonderer Hut?«, fragte er.

»Ja«, sagte Shun-qin, den Blick nicht auf Kipper, sondern auf Howard gerichtet. »Meine Schwester mir gesagt, Hut gehört dem Mann, dem gehört ihr Herz.«

45

Nachdem Kipper und ich neben Dad auf die Rückbank geklettert waren, sagte Kipper auf der Heimfahrt schläfrig: »Sie haben mir alle Sähne siehn wollen. Dasiss schecht, Da, oder?«

»Und wie!«, antwortete Dad, legte den Arm um uns beide und zog uns an sich.

Kipper gähnte. »Du has gesagt, ich könnt gehn, wenn ich wojte, und das hab ich getan.«

»Gut so!« Dad zog uns noch ein wenig fester an sich und versprach Kipper, dass er nie nach Sunnywoods zurückgehen müsse. »Von jetzt an«, sagte er, »bleibt diese Familie zusammen.« Aber da war Kipper schon eingeschlafen.

Ich schmiegte mich an Dad und dachte über das nach, was er Lily von ihrer Familie erzählt hatte, dass Gordy Veronick keinen ihm bekannten Verwandten mehr in Kanada hatte. »Ihr Vater und ich waren aber wie Brüder«, hatte er ihr versichert, »und ich habe ihm versprochen, nach Ihnen zu sehen. Selbst wenn Sie keine finanzielle Unterstützung mehr brauchen, möchte ich für Sie da sein, Ihr kanadischer Onkel sein, wenn Sie das wollen.«

»Dad«, flüsterte ich in der Dunkelheit, die hinten im Auto herrschte. »Ich hab Lily richtig gern.«

Er gab mir einen Kuss auf die Stirn. »Das freut mich, mein Schatz.«

Im Rückspiegel sah ich, wie Frankies Augen lachten. Ein paar Blöcke weiter sagte er: »Du hast Mom nie was davon erzählt.« Obwohl es eher eine Feststellung war als eine Frage, erwartete ich eine Antwort.

»Nein«, bestätigte Dad leise.

»Warum nicht?«

Nach einer Zeit, die mir sehr lang vorkam, sagte Dad: »Ich weiß es nicht genau. Am Anfang, gleich nach meiner Rückkehr, konnte ich nicht darüber reden. Je mehr Zeit vergangen ist, desto unmöglicher erschien es mir.«

Als wir bei der nächsten Ampel anhielten, drehte Frankie sich um. »Ich glaube, sie hätte es verstanden«, sagte er.

»Ja, bestimmt.«

Es war schon spät, als wir in die Barclay Street einbogen, fast Mitternacht. Wir fuhren langsam an den Häusern unserer Nachbarn vorbei. Über jeder Veranda brannten die Lampen.

Kipper wachte auf. Er rappelte sich hoch und rieb sich die Augen. »Hieder daheim, hieder daheim, schnuckedi-schnuck.«

»Ja, mein Sohn«, sagte Dad, »wieder daheim.«

Als ich den Wagen sah, der vor unserem Haus parkte, erstarrte ich.

»Onkel Sidney will Kipper untersuchen«, sagte Frankie, während er hinter Tante Mildreds Volvo an den Randstein fuhr.

Auf der anderen Straßenseite bewegte sich der Vorhang hinter Mrs Mansons Fenster. Sie erschien in dem Augenblick auf ihrer Veranda, als Dad Kipper aus dem Wagen half. »Ich bin so froh, dass ihr ihn gefunden habt«, rief sie. »Alles in Ordnung, Howard?«

»Ja«, erwiderte Dad. »Er ist nur müde. Wir sehen uns dann morgen.« Auf halbem Weg blieb er stehen und rief ihr nach: »Und dank dir, Irene.«

Im Wohnzimmer saß Kipper auf der Couch, während Onkel Sidney ihm Herz und Lungen abhörte und ihm in Hals, Augen und Ohren schaute. Ich stand neben Dad, klammerte mich an seinen Arm und wich Tante Mildreds Blick aus. Als er seine Untersuchung beendet hatte, tätschelte Onkel Sid Kippers Knie: »Er muss sich nur ordentlich ausschlafen, wie wir alle. Wir fahren gleich los.«

Tante Mildred machte einen Schritt auf mich zu. »Dann komm, Ethie«, sagte sie.

Ich hängte mich noch fester an Dad. Frankie half Kipper auf die Füße, und die beiden standen neben uns.

»Sie bleibt hier«, sagte Dad. »Heute und für immer. Kipper genauso. Hier ist ihr Zuhause.« Bevor Tante Mildred etwas sagen konnte, hob Dad die Hand. »Schau«, fuhr er fort, »ich weiß, dass du es gut meinst, und ich weiß, dass ich dir viel Dank schulde. Aber meine Dankesschuld werde ich nicht mit meiner Familie abbezahlen. Ich werde mich nicht beugen. Dieses Mal nicht.«

»Aber wie willst du zurechtkommen?«, fragte sie. »Was wirst du tun?«

»Wir«, verbesserte Dad. »Du meinst, was *wir* tun werden. *Wir* sind eine Familie und werden von jetzt an das tun, was nötig ist, damit es so bleibt. Du kannst ein Teil dieses *Wir* sein. Es liegt ganz bei dir.«

»Aber …«

»Mildred«, schaltete sich Onkel Sidney ein, »lass es jetzt gut sein.« Sein Blick wanderte zu Dad. »Sie wird nicht gegen dich vorgehen, Howard, das verspreche ich dir. Und wir werden euch beistehen, wie und wann immer ihr das wünscht.«

»Danke, Sid.«

Plötzlich sank Tante Mildred auf Dads Sessel und schlug sich die Hände vors Gesicht. »Jetzt habe ich euch alle verloren.«

Da ging Kipper auf sie zu und legte ihr die Hand auf die Schulter. »Wir sin nich verjoren, Tante Midred, wir sin doch alle da!«

46

In den Jahren, die folgten, gab es gute und schlechte Zeiten, eben *Yin* und *Yang*. Zuerst überwogen die traurigen Zeiten. Es kam, wie wir alle zugeben würden, oft vor, dass sich am Morgen der Gedanke, einen weiteren Tag ohne Mom erleben zu müssen, unerträglich anfühlte. Während dieser Zeiten lernten wir, einfach nur einen Fuß vor den anderen zu setzen und vorsichtig Ausschau zu halten nach den schwarzen Löchern der Verzweiflung. Dann war es meist Kipper, der uns rettete. Wenn zu viel Zeit verging, ohne dass irgendjemand Mom erwähnte – weil es manchmal zu sehr schmerzte, auch nur ihren Namen auszusprechen –, erinnerte er an einen ganz besonderen Augenblick, den wir mit ihr erlebt hatten, oder wiederholte eines ihrer Lieblingszitate und machte uns klar, dass sie, in einem ganz realen Sinn, bei uns war.

Es gab Zeiten, in denen mein Vater zu kämpfen hatte, wahrscheinlich mehr, als wir je bemerkten. Aber nach einer Weile hörten wir auf, uns jedes Mal Sorgen zu machen, wenn er seine Bomberjacke anzog, und gelangten allmählich zur Überzeugung, dass er seine ausgedehnten Spaziergänge durch den Regen mehr aus Gewohnheit denn aus Notwendigkeit unternahm.

Es war nicht immer leicht für ihn, da bin ich mir sicher, aber er hielt Wort. Soweit ich weiß, hat er nie wieder getrunken. Im Lauf der Zeit erfüllte er auch sein Versprechen, seine Vergangenheit mit uns zu teilen, und ermöglichte es mir, nach all diesen Jahren seine Geschichte aufzuschreiben.

Nach dem Krieg, im Frühjahr 1947, wurde mein Vater nach Hongkong eingeladen, um bei den Ermittlungen zu den Kriegsverbrechen der Japaner auszusagen. Er lehnte ab.

In der Folge dieser Untersuchungen wurde der Kapitän des Kriegsgefangenenschiffs, der *Lisbon Maru,* für schuldig befunden, den Befehl gegeben zu haben, die Luken zu schließen und die Luftzufuhr zu drosseln, während das Schiff sank. Er wurde zu sieben Jahren Gefängnis verurteilt für die Rolle, die er bei dem Verlust von 846 britischen Gefangenen gespielt hatte, die absichtlich im Laderaum festgehalten wurden. Unter den Toten waren auch die beiden MG-Schützen vom Middlesex Regiment, Private Peter Young und Private Dick Baxter.

Auch ohne die Aussage meines Vaters wurden der japanische Leiter der Hongkonger Gefangenenlager und der Sanitätsoffizier der Camps des »unbarmherzigen und menschenverachtenden Verhaltens« für schuldig befunden. Beide wurden zum Tod durch den Strang verurteilt. Das Todesurteil wurde später in zwanzigjährige Haftstrafen umgewandelt.

Der Dolmetscher, der Camp Sergeant in Sham Shui Po, ein kanadischer Staatsbürger, der in Kamloops, British Columbia, geboren und aufgewachsen war, kam nicht in den Genuss einer solchen Schonung. Der Sergeant – der Name seines Vaters ist auf dem Kriegerdenkmal im Stanley Park in Vancouver eingraviert, das die Tausende von Japano-Kanadiern ehrt, welche in den beiden Weltkriegen für Kanada kämpften – wurde am 21. April 1947 des Hochverrats für schuldig befunden und drei Tage später gehenkt.

Der Lageraufseher, unter dem Namen Satan bekannt, wurde überhaupt nicht vor Gericht gestellt. Einen Tag nach der bedingungslosen Kapitulation Japans wurde sein aufgedunsener, grün und blau geschlagener Leichnam auf dem Watt unterhalb des Camps angespült. »Der Krieg lässt keine Seele unbefleckt zurück«, war alles, was mein Vater dazu sagte.

Dad hat nicht wieder geheiratet. Er und Kipper leben noch immer in unserem alten Haus an der Barclay Street. Vor einigen Jahren haben sie ein Atelier angebaut. Die beiden verbringen da draußen Stunden miteinander, Kipper mit seinen Gemälden und Dad mit dem Bau der passenden Rahmen.

Mein Bruder Frankie hat mir oft vorgehalten, ich sei auf Happyends aus. Und ich gebe zu, dass ich davon träumte, mein Vater könnte sich in die Freundin meiner Mutter, Dora Fenwick, verlieben. Aber als ich fünfzehn war, heiratete Mrs Fenwick einen Angestellten der Telefongesellschaft.

Dann malte ich mir aus, dass er Shun-qin heiraten würde, mit der er sich angefreundet hatte. Aber weiter als das ging es nie – sie blieben gute Freunde. Wie Danny Fenwick und ich. Nach den Ereignissen jenes Sommers wurde Danny wieder mein bester Freund. Er war auch der erste Junge, den ich küsste. Aber in der Highschool beschlossen wir, eine gelungene Freundschaft nicht dadurch zu zerstören, dass wir einen Schritt weitergingen. Bald nach unserer Abschlussprüfung zog Danny nach Calgary, Alberta. Ich bekomme immer noch jedes Jahr eine Weihnachtskarte von ihm und seiner Frau.

Frankie ist zu guter Letzt doch noch an der Universität gelandet, ist Lehrer geworden und hat geheiratet. Besser spät als nie, wie Tante Mildred gern sagt.

Vor Jahren hat mein Vater Frieden mit ihr geschlossen. Wie wir alle. Nach diesem Sommer ist etwas mit ihr passiert. Sie hat Dad beim Wort genommen, Teil dieses *Wir* zu werden, das unsere Familie darstellt. Sie war es, die für uns die Haushälterinnen fand, während wir aufwuchsen, und oft sprang sie selbst ein, um uns zu versorgen, wenn Dad Überstunden machen musste. Das erste Mal, als sie Kipper und mich zusammen einlud, bei ihr zu Hause zu übernachten, war ich entsetzt und sträubte mich dagegen. Doch sobald wir ihr Wohnzimmer betraten, wo über dem Kamin ein von Kipper gemaltes Bild hing, wusste ich, dass es in Ordnung war. Das Bild von dem kleinen roten Haus – wo Kipper angeblich mit Mom gesprochen hatte – wirkte in dem förmlich eingerichteten Raum so deplatziert, dass es selbst mir merkwürdig vorkam. Aber es hängt heute noch dort.

Nachdem Tante Mildred mehr Zeit mit Kipper verbrachte, machte sie es sich zur Aufgabe, möglichst viel über das Downsyndrom in Erfahrung zu bringen. Langsam wurde ihr klar, dass es kein Leiden war, sondern ein Teil von dem, was Kipper ausmachte. Ich schwöre, dass das Gesicht meiner Tante jedes Mal weich wird, wenn sie ihn ansieht. Und dann erinnern mich ihre grünen Augen an Mom.

Seit Jahren stellen Dad und Kipper jedes Wochenende, wenn die Sonne scheint, seine neuesten Bilder auf dem Openair-Kunstmarkt im Stanley Park aus.

Heute sitze ich mit untergeschlagenen Beinen auf meiner Decke im Park, nur ein paar Schritte vom japano-kanadischen Kriegerdenkmal entfernt, und schließe mein Notizbuch. Auf der grasbewachsenen Anhöhe darüber schauen Lily und Frankie ihrem Sohn mit den ebenholzschwarzen Haaren zu, der mit seinem Onkel Kipper Ball spielt. Ja, genau – Frankie und Lily haben sich ineinander verliebt und geheiratet. Für dieses romanhafte Ende kann er mich wirklich nicht verantwortlich machen. Oder vielleicht doch. Es ist mir egal. Frankie gibt zu, dass es von dem Moment an, als sie sich begegneten, unausweichlich war. Lily, die heute Apothekerin ist, wurde schließlich Teil unserer Familie. Nichts hätte meinen Vater glücklicher machen können.

Er sitzt jetzt auf einem Gartenstuhl am Weg und plaudert mit meinem Mann und Onkel Sidney, während er ein Auge auf die potenziellen Käufer hat, die Kippers Bilder begutachten. Ich werfe meinem Bruder einen Blick zu.

Kipper bremst. Sein Herz streikt. Heftig keuchend übergibt er seinem Neffen den Ball. »Ich muss mein Hers jest ausruhen«, sagte er zum kleinen Gordie und geht auf meine Decke zu.

Auf Tante Mildreds Knie sitzt meine Tochter und beobachtet, wie er sich neben mir niederlässt. Sie runzelt die Stirn. »Warum muss Onkel Kipper denn sein Herz ausruhen?«, fragt sie.

»Tja, mein Schatz«, antwortet Tante Mildred und streicht Lucille eine kupferrote Locke aus der Stirn, »das muss er, weil sein Herz größer ist als das von anderen Leuten.«

Kipper grinst. »Aso, Tante Midred«, sagt er, »jest gibs du aber ganz schön an!«

Im Oktober 1945 kehrten die überlebenden Angehörigen von Kanadas C-Force nach Hause zurück. Vier Jahre zuvor waren 1979 junge Royal Rifles und Winnipeg Grenadiers aus dem Hafen von Vancouver ausgelaufen; sie waren die Antwort auf die Bitte Großbritanniens, die Garnison von Hongkong zu verstärken. Von den 557 Männern, die nicht zurückkamen, fielen 289 während der achtzehntägigen Schlacht um Hongkong. Die Übrigen 268 kamen in den Kriegsgefangenenlagern von Hongkong und Japan ums Leben.

Diese Infanteristen, ausschließlich Freiwillige, waren die ersten kanadischen Soldaten, die im Zweiten Weltkrieg in bewaffnete Kämpfe verwickelt wurden.

Und sie kamen als letzte nach Hause.